몸의
인지 서사학

Narratology of Embodied Cognition

질병과 치유의 한국 소설

노대원 지음

소설을 읽을 때 우리의 몸은 어디에 있는가
몸에 관한 소설을 몸은 어떻게 읽는가

박이정

노대원(魯大元)

제주대 국어교육과 및 인공지능융합교육전공 부교수.
서강대에서 국어국문학과 신문방송학을 전공하고, 국어국문학 석사와 박사 학위를 받았다.
대산대학문학상과 《문화일보》 신춘문예로 등단하여 문학평론가로 활동하고 있으며, 현재
인지 서사학(인지 신경과학과 문학), 문학과 의학, 취약성(vulnerability), AI, SF, 포스트
휴머니즘, 인류세(기후 위기) 등 다양한 융합 학문을 연구하고 있다.
저서로 『의료문학의 현황과 과제』(공저), 『팬데믹 모빌리티 테크놀로지』(공저) 등이 있고,
주요 논문으로 「인지신경과학과 서사 윤리학」, 「위태로운 시대의 취약성 연구」(공저), 「인
공지능이 인간을 지배할 때」, 「포스트휴먼 (인)문학과 SF의 사변적 상상력」 등이 있다.

몸의 인지 서사학
질병과 치유의 한국 소설

초판 인쇄 2023년 2월 10일
초판 발행 2023년 2월 24일

지 은 이 | 노 대 원
펴 낸 이 | 박 찬 익
펴 낸 곳 | ㈜박이정
책임편집 | 권 효 진
편   집 | 김 승 미

주   소 | 경기도 하남시 조정대로45 미사센텀비즈 8층 F827호
전   화 | 031)792-1195
팩   스 | 02)928-4683
홈페이지 | www.pjbook.com
이 메 일 | pijbook@naver.com

ISBN | 979-11-5848-856-7 (93810)
책   값 | 28,000원

목 차

[머리말] 몸으로 읽는 소설 ·· vii

제1장 몸의 인지과학과 소설의 만남

1. 인지과학 시대의 문학 연구 ··· 3

　1) 새로운 문학 연구와 생물문화적 접근법 ························· 3

　2) 인지과학의 심신 이론과 서사 이해 ······························ 8

2. 인지 문학 연구의 경향 ·· 17

3. 질병과 치유의 한국 소설 ··· 24

　1) 한국 소설 연구에서의 질병과 치유 ······························ 24

　2) 질병-치유 서사의 이론 ··· 30

　3) 질병과 건강의 생물문화적 이해 ··································· 39

목 차

제2장 인지 서사학과 소설의 몸

1. 새로운 서사학의 출현과 인지 서사학 ················· 45

   1) 서사적 전환과 포스트-고전서사학의 부상 ················· 45

   2) 인지적 전환과 인지 서사학의 부상 ················· 48

2. 인지 문학론의 대화적 현실과 연구 영역 ················· 51

   1) 문학의 다양한 현실 간 대화적 관계 ················· 51

   2) 인지 문학론의 작가·독자·텍스트 ················· 53

3. 서사-체의 텍스트성과 생태대화적 관계망 ················· 67

   1) 서사-체의 개념과 텍스트적 특성 ················· 67

   2) 서사적 인지 범주와 생태대화적 관계망 ················· 71

제3장 몸으로 읽는 소설의 시공간

1. 신체화된 크로노토프의 텍스트세계 형상화 ·················· 87
    1) 문학적 크로노토프 이론과 신체화 ···················· 87
    2) 개념적 은유 분석을 통한 크로노토프의 재조명 ········ 95
2. 인물의 세계 감각과 이현실성의 실현 ···················· 99
    1) 텍스트세계-내-존재의 감각질과 의미 생산 ············ 99
    2) 텍스트세계와 현실 세계의 이현실적 대화 ············ 110
3. 질병-치유 서사의 신체화된 크로노토프 분석 ············ 115
    1) 병원의 시공간 인지와 신체적 세계 감각 형상화 ······ 115
    2) 아파트의 시공간 인지와 현대적 병리성 ·············· 138

목 차

제4장 몸으로 읽는 소설의 인물

1. 신체화된 인물의 인격체 형상화 ·· 155
   1) 인물 이론의 부활과 신체화 ·· 155
   2) 마음이론(ToM)을 통한 인물의 마음 읽기 ································ 161
2. 인물 간 상호신체성과 문학적 공감의 실현 ································ 172
   1) 인물 간 접촉과 신체화된 상호주체성 ···································· 172
   2) 인물의 인격성과 독자와의 공감적 대화 ································ 178
3. 질병-치유 서사의 신체화된 인물 분석 ···································· 185
   1) 사회적 인지의 신체화와 생명적 정동 음조 ··························· 185
   2) 인물의 신체적 은유와 대화적 윤리 ······································ 206

제5장 몸으로 읽는 소설의 사건

1. 신체화된 사건성의 행위 형상화 ·· 225
   1) 사건 및 플롯 이론과 신체화 ·· 225
   2) 열린 복합적 가능성으로서 사건성과 상관론적 사유 ···················· 232

2. 인물의 신체 행위와 연행적 공명의 실현 ·· 239
   1) 인물 신체와 행위 통한 사건의 신체화된 인지 ······················· 239
   2) 서사적 연행성과 신체화된 시뮬레이션 공명 ·························· 245

3. 질병-치유 서사의 신체화된 사건성 분석 ·· 249
   1) 생물-심리-사회 모델의 질병-치유 사건성 인식 ····················· 249
   2) 심신의 실존적 치유와 문화 의사의 서사적 역능 ····················· 266

목 차

제6장 몸의 인지 서사학과 체험의 서사

1. 서사-체 분석과 해석의 새로운 지평 ·· 289

   1) 질병-치유 서사-체 분석의 종합과 해석 ······························· 289

   2) 신체화된 접근의 대화주의적 윤리 비평 ······························· 299

2. 서사성의 체험과 변화-생성적 특성 ·· 303

   1) 서사-체 내부 국면들의 하위 서사성 ································· 303

   2) 서사-체의 독서 체험과 변화-생성적 서사성 ······················· 305

제7장 몸의 인지 서사학을 향해

· 몸의 인지 서사학을 향해 ··· 313

❖ 참고문헌 ··· 323

❖ 용어 해설 ··· 340

❖ 찾아보기 ··· 350

몸으로 읽는 소설

몸-마음-의미와 소설 읽기

소설을 읽을 때 우리의 몸은 어디에 있는가? 몸으로 소설을 읽는다는 것은 대체 무슨 말인가? 몸을 주제로 한 소설과 그런 소설을 다룬 책들은 많았다. 하지만, 이 책은 몸에 관한 소설을, 몸이 어떻게 읽는지 다룬다. 즉, 몸의 서사적 주제와 몸의 서사 시학을 다루기 위한 이중 과제를 겨눈다. 서사학(narratology)과 인지과학(cognitive science)의 학제간 대화를 통해 서사학 이론을 재조명·재개념화하고, 그에 따라 실제 서사 텍스트 비평을 위한 분석과 해석 방법론을 고안하기 위한 이론적 기획이다. 이 기획을 '몸의 인지 서사학(narratology of embodied cognition)'이라 제안한다. '몸의 인지 서사학'은 인지과학에서도 주로 '신체화된 마음(embodied mind)' 이론 또는 '신체화된 인지(embodied cognition)' 접근에 근거한 인지 서사학(cognitive narratology) 이론이다.

최근, 인지과학은 융합 학문으로서 '마음의 과학(sciences of mind)'이라는 더 넓은 용어를 선호하고 있다. 하지만, 한국에서는 여전히 인지 문학 이론(cognitive literary theory)이 (인)문학 연구자들에게 널리 알려지지 않았다. 이러한 조건에서, '몸의 인지 서사학'이라는 용어는, '인지'라는 단어를 사용하면 마음을 컴퓨터의 정보 처리로 보았던 1세대 인지과학을 모델로 하는 문학 이론이라는 오해를 피할 수 있다는 장점도 있다.

인지과학의 발전은 학자들에 따라 여러 단계로 구분된다. 그 가운데 하나가 인지과학을 1세대와 2세대로 나누는 방식이다. 1세대 인지과학이 인간의 마음을 컴퓨터에 비유하여 정보처리 모델로 파악했다면, 2세대 또는 신체화된 마음의 인지과학은 마음이 근본적으로 몸에 근거한다고 이해한다. 그간 심신 이원론을 극복하기 위한 철학적 노력은 이제 경험과학(empirical science)에 의해 하나의 당위에서 실제적인 현상으로 받아들여지게 되었다. 몸을 중심에 두는 인문학 이론은 이제 새로운 전기를 마련한 것이다. 최근의 인지과학 또는 마음에 대한 과학의 발전으로 인간의 직접적이고 명시적인 신체성뿐만 아니라 마음의 신체화와 신체화된 인지 과정을 과학적으로 논의할 수 있게 되었기 때문이다. 이에 따라 심신 이론을 위시한 인문사회과학 전반의 논의들이 새로운 전제 위에서 재구성되고 있다. 그러한 맥락에서 이 책은 인문학과 과학의 통합적 토대 위에 심신의 이원론을 극복하고 정신-육체-언어(의미) 삼자의 상호 연결 및 관련성을 중시하는 서사 분석과 해석 방법론을 제시하고자 한다. 그렇다면, '몸의 인지 서사학'은 어떤 맥락에서 출발해서, 어떤 방향을 추구하는가?

'몸의 인지 서사학'의 지성사적 배경

첫째, 현대 인문학과 문학에서 '몸' 담론이 중요한 주제이자 논점으로 부상했다. 특히, 신체화된 인지를 중심으로 한 최근의 인지과학의 발전은 '마음이 신체에 기반하고 있다'는 명제를 핵심으로 삼아 다양한 실제 경험 과학의 연구들로 논증하여 과학은 물론 인문사회과학의 모든 분야에 걸쳐 일대 코페르니쿠스적 사고 전환을 요청하고 있다.

이성 중심주의와 모든 이항 대립적 논리에 대한 비판 프로그램을 내장한 탈구조주의와 포스트모던 이론의 강력한 영향 하에, 그간 서사학 연구와 문학 비평에서도 점차 몸과 감각을 강조해왔다. 그러나 이러한 몸에 대한 분석 및 해석은 주로 텍스트에 재현된 인물과 관련된 영역으로 한정될 뿐이다. 또한 이 논의들은 관념적·당위적으로만 심신 이원론에 반대할 뿐, 사실상 실제로는 인식 주체와 인식 객체(연구 대상)의 전통적인 분리 관습을 따르며 몸(과학)과 문화(인문학)의 견고한 이분법에서 아직 벗어나지 못했다. 말 그대로 몸은, 인문학적 '담론' 속에서 관념적으로 존재해 왔다.

정작 포스트 이론들의 핵심적 원류라 할 수 있는 니체는, 자신의 후배들보다 훨씬 더 급진적으로, 신체란 주체와 분리된 단순히 인식 대상이자 사유를 위한 수동적인 주제만이 아니라 철학과 사상을 결정하는 것으로 보았다. 니체나 인지과학에 의하면, 외부세계에 대한 주체의 해석이 다양할 수 있는 것은 개별 인지 주체들의 신체화된 상태와 정황을 근거로 삼기 때문이다. 포스트모던 상대주의나 급진적인 사회구성주의가 오해하듯이, 인간의 보편적인 자연적 '본성'과 세계의 객관적 실체를 무시하면서, 이에 비해 훨씬 강조된 언어와 텍스트의 '탈신체화된(disembodied)' 정신적 세계 속에서 주관적, 상대주의적인 견해들이 존재한다는 의미는 아니기 때문이다.1) 따라서『몸의 인지 서사학』에서 신체화된 인지 접근은 포스트-포스트모던 인문학 이론으로 종래의 인문학 연구에 대한 반성의 차원에서도 그 필요성을 찾아볼 수 있다.

둘째, 트랜스휴먼(transhuman) 과학기술의 발전, 그리고 인터넷 사이버스페이스 등 가상현실(virtual reality)의 일상화, 다양한 뉴미디어와 개인 모바일 정보통신기기의 보급 등으로 인해 과학과 문화 양쪽에서 '탈신체화(disembodiment)'의 담론과 이데올로기가 점점 확산되고 있다. 또한 오늘날 이러한 기술과 문화적 맥락에서 몸의 불안을 서사 장르에서는 언제나 중요하게 다루어 왔다.2) 역설적으로, 몸과 신체성에

---

1) 포스트모던 상대주의 비판을 거쳐 신체화된 접근의 인문학적 방법론이 지닌 대안적 강점들에 관한 논변은 에드워드 슬링거랜드, 김동환·최영호 역,『과학과 인문학: 몸과 문화의 통합』, 지호, 2015 참고.
2) 포스트휴머니즘에 대해서는 노대원,「한국 문학의 포스트휴먼적 상상력 — 2000년대 이후 사이언스 픽션 단편소설을 중심으로」,『Comparative Korean Studies』23권 2호, 국제비교한국학회, 2015 및 노대원,「포스트휴머니즘 비평과 SF — 미래 인간을 위한 문학과 비평 이론의 모색」,『비평문학』제68호, 한국비평문학회, 2018 등을 참고.

대한 재고를 바탕으로 이른바 물질적 세계와 연결된 '신체화된 포스트 휴머니즘(embodied posthumanism)'(셰릴 빈트의 용어)의 윤리적 주체성과 책임이 요구되는 상황이 도래한 것이다.

셋째, 문학 텍스트에 재현된 육체에 대한 관심은 높아졌으나, 그 실제적인 논의는 대부분 푸코와 페미니즘 등 사회구성주의적 이론으로 그 범위가 제한되어 있어서 새로운 이론적 돌파구가 필요한 실정이다. 또한 문학 텍스트의 심리적 분석에 정신분석학이 상당한 기여를 한 것에 비해, 육체에 관한 문학 텍스트 분석 방법론은 아직은 미흡한 수준이다. 문학에 재현된 육체에 대한 분석 방법론마저 정신분석학 비평에 의존하고 있을 정도이다. 근대 이후 문학 텍스트의 분석 및 해석 방법론 국면에서도 육체와 정신의 이분화를 목격하고 있는 것이다. 서구 근대의 몸 담론의 문제점을 지적하는 관점은 인문학 및 문학 연구에서 쉽게 찾아볼 수 있다. 그러나 정작 그러한 비판과는 별개로 문학 이론은 그대로 정신과 육체를 분리하고 있으며, 이를 통합할 만한 적절한 분석, 해석 방법론을 강구하지 못하고 있는 실정이다.

한편, 문학주제학은 다양한 문학 연구 방법론들 중 가장 오래 된 대표적인 학제간 통섭적 연구 방법론이라고 할 수 있다. 현재에 이르기까지 '몸 담론'과 '문학과 의학' 또는 '문학병리학'이라는 연구 범주 및 방법론으로 주로 개화기 및 근대 초기(1890~1930년대)에 대한 기존 연구는 다양한 성과를 거두었으며, 대략 1960년대까지의 한국 소설에 나타난 병리적 주제에 관한 연구는 이재선의 『현대소설의 서사주제학』3) 에서 정점에 도달했다고 볼 수 있다. 그 이후 정신분석 관점에서 현대소설에 나타난 불안의 양상을 분석한 우찬제의 『불안의 수사학』4)은 질병의 서사 주제학 분야의 심화된 연구 성과를 보여주었다. 이러한 기존 연구 성과를 토대로, 신체와 정신의 상호관계를 과학과 인문학의 통합된 시각에서 다룰 수 있는 의미 있는 후속 연구가 필요하다.

그러나 후속 연구들에서, 산업 현대화 시기의 서사 텍스트를 대상으로 그 시기의 병증과 시대적 맥락을 세밀하게 설명하기에 적합한 심신의학이나 인지과학 등 새로운 방법론을 도입한 연구는 부족한 편이다. 단편적인 연구들 역시 개화기 및 근대 초기에 관한 연구에서 채택한 방법론과 관점이 거의 유사한 이론을 택하고 있어서 사실상 문학 텍스트에 대한 해석과 그 결론은 거의 대동소이하여 예측 가능할 정도로 이론의 소진 상태가 심한 편이다. 연구의 교착 상태에 처해 있는 상황에서 기존 연구에 비해 변별적이고 독창적인 연구 방법론의 도입이 요청된다.

---

3) 이재선, 『현대소설의 서사주제학: 문학 모티프와 테마를 찾아서』, 문학과지성사, 2007.
4) 우찬제, 『불안의 수사학』, 소명출판, 2012.

'몸의 인지 서사학'의 지향점

첫째, 신체화된 마음의 인지과학에 근거한 인지 서사학, 인지 수사학, 인지 의미론, 인지 심리학 등을 중심으로 최근의 다양한 인접 학문의 연구 성과와 더불어 몸의 인문학 담론과 심신 의학을 비롯한 인문 의학의 논의 역시 비판적으로 수용한다. 특히, 인지과학과 인문학의 심신 이론 및 인간관을 서사 문학 이해의 근본 바탕으로 삼는다. 이 과정에서 미하일 바흐찐의 소설 이론과 니체의 철학 및 메를로-퐁티의 현상학 등과 연결-접속하고 그들의 사유 안에서 마음의 과학과 같은 현대의 학문과 대화할 수 있는 잠재력을 지닌 통찰을 발굴하고 재조명할 것이다.

둘째, 신체화된 인지 이론을 중심으로 생물문화적 접근(biocultural approach) 방법을 채택하는 학제간 연구로 융합적 실천을 지향한다. 기존의 문학 연구들은 작가·서사 텍스트·독자에 대한 문화 및 사회적 접근을 중심으로 한 문화 구성주의적 분석에 한정되었다. 반면에 이 연구는 인문사회적(문화적) 설명과 더불어 인간의 '본성'에 관한 생물학적 근거와 논의를 동시에 수용하며, 몸과 문화, 과학과 인문학 간의 통합을 실천한다.

셋째, 심신 문제(mind-body problem) 또는 심신 관계(mind-body connection)를 중심으로 신체와 정신 간의 상호작용 및 심신과 언어와의 상관관계를 중시한다는 관점을 채택한다. 이 연구는 심신 의학 또는 생물-심리-사회 모델에서처럼 전일적(全一的) 인간관과 다요인 분석 방법론을 수용한다.

넷째, 몸-마음에 '의한' 서사 시학(narrative poetics)이자 몸-마음에 '관한' 서사 주제학(narrative thematics)으로 양자의 연계를 도모한다. 그 구체적인 전략으로 인지 서사학의 방법론을 도입하는 동시에, 신체화된 마음 이론에 근거한 인문사회학적 담론을 주제학적 해석의 자원으로 활용한다. 또한 기존 서사학 연구 등의 성과를 충분히 반영하면서 문학주제학이 주로 내용 편향의 텍스트 분석 이론이라는 한계점을 보완하고, 문학적 형식과 체계, 스타일 분석과 긴밀하게 연동하기 위해 이론적으로 고려한다. 두 방법론을 동시에 연계하고 고려하면서 더욱 강력한 상승효과를 획득할 수 있을 것이다. 신체화된 인지 접근을 중심으로 학제간 이론의 탄력적인 융합을 통해서 정신-육체-언어의 상호관계를 중시하는 서사 이론을 고안하고자 한다. 서사 현상의 여러 국면들의 신체화된 특성과 서사 국면들 간의 생태대화론적 관계망, 서사성(narrativity)의 특질을 규명해볼 것이다.

다섯째, 이 책에서는 서사 주제학의 관점에서, 질병-치유 서사 텍스트에 나타난 '심신'의 테마와 모티프, 특히 심신 의학적(psychosomatic) 질병에 주목한다. 이는 몸-마음에 '관한' 서사 주제학이자 몸-마음에

'의한' 서사 시학으로서 상호 조명하여 이론과 분석에서 상승효과를 기대하기 위함이다. 이론 작업을 바탕으로 1960년대부터 70년대에 이르는 산업 현대화 시기의 '질병-치유 서사' 유형에 속하는 한국 단편소설들을 대상으로 실제 비평 작업을 수행한다. 질병과 치유, 병리와 건강의 문학적 상상력의 다양한 양상을 입체적·역동적으로 조명하는 문학주제학적 총비평(Total Criticism)을 시도할 것이다. 특별히, 이 연구서는 문학에 재현된 몸뿐만 아니라 텍스트세계에 반응하고 참여하는 독자의 신체화 양상을 함께 다룬다.

*

이 책이 몸을 얻기까지, 많은 분들의 곡진한 마음이 필요했습니다. 이 자리를 빌어 그 분들에게 감사드립니다. 또한 미숙한 저작을 세상에 내놓게 되어 송구스럽다는 말씀도 올립니다. 이 책이 다루는 인지 서사학에 대해 학계의 선후배님들과 누구든, 언제든 함께 공부하고 토론하여, 책의 빈 곳을 꾸준히 채워나갈 것을 약속드립니다.

부족한 제자를 글 공부 길로 이끌어주시고 아껴주신 지도교수 우찬제 선생님께 고개 숙여 감사 드리고자 합니다. 온 삶을 바쳐 학문을 한다는 것이 무엇인지 몸소 알려주신 이재선 선생님께 거듭 존경을 표합니다. 학부 시절부터 박사 논문 심사에 이르기까지 어리석은 제자에게 많은 가르침을 주신 김승희, 김경수, 이상란 선생님께 감사드립니다. 도전적이고 새로운 연구를 늘 격려해주신 오윤호 선생님께도 감사드립니다. 늘 열정적인 비평숲길의 선생님들께도 부끄러운, 늦은 출산을 알려드립니다. 또한, 함께 고생하며 공부한 선배, 동료, 후배들, 특히, 박사 논문 전체를 검토하고 논평해 준 안아름, 양정현 박사에게 고마운 마음을 전합니다. 유익한 토론과 논평을 해주신 제주대 국어교육과 박사과정 선생님들에게도 감사드립니다. 취약성 연구(vulnerability studies)를 함께 하며 서로의 취약한 존재를 끌어안아 주는 황임경, 이소영 선생님께도 깊은 우애의 마음을 전합니다. 읽고 쓰는 것 말고는 무능한 이 몸을 사랑으로 품어주는 가족들에게도 미안하고 고마운 마음입니다. 마지막으로, 출간을 제안해주시고 오랜 시간 기다려주신 박이정 박찬익 대표님, 세심한 눈으로 정성껏 책을 만들어주신 권효진 편집장님께 감사드립니다.

민오름 아래, 반딧불과 더불어

노 대 원

제1장

몸의 인지과학과 소설의 만남

몸의 인지 서사학 질병과 치유의 한국 소설

1 몸의 인지과학과 소설의 만남

 인지과학 시대의 문학 연구

1) 새로운 문학 연구와 생물문화적 접근법

이 책은 과학적인 관점과 문화적인 관점을 동시에 수용하여 인간과 서사 현상을 이해하고자 하는 '생물문화적 접근(Biocultural Approach)'을 지향한다. 생물문화적 접근은 인간을 생물학적인 존재이자 동시에 문화적, 사회적 존재로서 바라본다. 그러므로 철저히 분리되어 있는 자연과학과 인문학 간의 지식과 이론을 융합하면서 새로운 지식과 통찰력을 생산해내고자 한다. 최근 문학 연구에서도 과학을 배제하거나 관심에 두지 않는 인문학적 연구를 반성하고 새로운 과학적 발견에 대한 관심을 문학 연구의 장으로 확산시키는 생물문화적 접근이 부상하고 있다. "문학에 대한 생물문화적 접근은 텍스트의 풍요함과 텍스트가 환기하는 인간 본성의 다면성으로 돌아가라고 권유한다. 그러나 문학 텍스트로 복귀할 경우 우리는 지난 반세기에 걸쳐 과학이 아닌 인간 본성, 정신, 행동에 관해 발견한 것을 수용하고, 그 발견이 최초의 진정으로 포괄적인 문학 이론을 위해 제안하는 것을 고려해야만 한다."[1]

인지적 문학 비평을 위시하여 신역사주의, 생태비평, 진화비평2), 신경 문학 비평3)을 포함한 새로운 문학 비평 이론들이 이러한 생물문화적 접근을 대표한다. 또한 최근의 '문학과 과학(literature and science)' 혹은 '문학과 의학(literature and medicine)' 등 학제간 연구 영역들도 같은 맥락에서 중요하게 부각되고 있다. 특히, 인간의 몸-마음은 생물문화적 접근을 통해서만 더욱 분명하게 이해될 수 있는 점에서, 생물문화적 접근은 이 책의 연구 방법론으로 채택되었다. 많은 인문학 연구자들은 과학적 인문학 혹은 문학과 과학 연구가 필요한 이유로 인문학 '위기' 시대의 맥락을 우선적으로 들고 있다. 인문학 위기는 이제 상식이 되었고 적어도 활력을 상실해가고 있다는 진단은 보편적이다.4) 이처

---

1) 브라이언 보이드, 남경태 역, 『이야기의 기원』, 휴머니스트, 2013, 11면.
2) 보이드는 '진화비평(evocriticism)'의 기본 관점과 지향점을 다음과 같이 설명한다. 문화구성주의에 대한 그의 비판은 남다르게 강한 편이지만, 대체로 생물문화적 접근의 지향점을 잘 대변해준다고 할 수 있다. "진화비평은 이론적이면서도 경험적인 문학의 이론을 제공하며, 인간과 동물의 행동에 대해 우리가 아는 모든 것에 비추어 가설을 제시하고 검증한다. 진화비평은 훨씬 이전의 문학이론과 비평과도 양립할 수 있지만, 일반적인 문화구성주의나 구체적인 '인식 변화'를 토대로 시대와 문화에 따라 인간 정신들이 근본적으로 단절되어 있다고 가정하는 입장은 거부한다. 진화비평은 오랫동안 인간 경험에 관한 정보의 보고였던 문학을 인간 본성과 사고에 관한 이해를 심화시키는 현재의 다양한 연구와 연결시킨다. 이 점에서 진화비평은 문학이론과 대립한다. 문학이론은 인간의 사고와 발상을 단지 언어, 관습, 이데올로기의 산물이라고 봄으로써 문학과 삶을 분리시킨다. 그리고는 그런 분리를 상쇄하기 위해 문학은 항상 정치적이거나 이데올로기적이라고 주장한다. 또한 문학이론은 사고를 사실적 증거에 비추어 검증하는 경험론을 회피함으로써 문학과 연구도 분리시킨다." 같은 책, 537면. 강조는 원문.
3) 신경 문학비평(neuro literary criticism)은 "인간이 복잡한 문학작품을 읽을 때, 혹은 문학을 창작할 때 두뇌에서 어떤 뇌세포가 어떻게 활성화되는지를 뇌 스캔으로 관찰하여 독서와 창작의 이면에 있는 생리학적 과정을 규명하고자 한다. 신경문학 비평은 뇌의 진화와 유전학을 토대로 한다는 점에서 진화론적 인지과학과 연계된다." 석영중, 『뇌를 훔친 소설가』, 예담, 2011, 7면.
4) Jonathan Gottschall, *Literature, Science, and a New Humanities*, Palgrave Macmillan, 2008, p. xi. 그리고 에드워드 슬링거랜드, 앞의 책, 39면 등.

럼 생물문화적 문학 연구는 인문학적 위기에 적극적으로 응전하기 위해 새로운 인문학 운동으로 제기된 것이기도 하다.

　캐서린 헤일스는 포스트휴먼 서사 문학을 고찰하면서, 먼저 문학과 과학 기술 간의 긴밀한 상호 관계를 논한다. 문학 작품은 문화적 맥락에서 과학 이론과 기술의 의미, 가정, 이데올로기를 적극적으로 형성하며 구체적으로 보여준다. 과학이 문화를 통해 순환하듯 문화 역시 과학을 통해 순환하며, 상호 매개를 순환계의 신체적 비유로 표현할 때 그 심장 부위는 바로 '서사'이다.5) 헤일스에 의하면, 하나의 특수화된 영역으로서 '문학과 과학'은 단순한 문화 연구의 하위 범주나 문학 분야 내의 부차적인 활동 이상으로 평가된다. 왜냐하면, 문학과 과학은 "우리 스스로를 신체화된 말을 통해서 신체화된 세상을 살아가는 신체화된 존재로 이해하는 한 가지 방법"6)이기 때문이다. 사실 소설을 비롯한 문학은 오래 전부터 과학과 긴밀하고 지적인 교류 관계를 맺어오면서 전개되었다. 근대 소설의 경우에는 에밀 졸라가 「실험소설」에서 전개한 자연주의 소설론과 소설 작품 『떼레즈 라깽』 등이 대표적인 사례이다.7) 이광수도 "1905년에 쓴 「문학의 가치」에서부터 진화론을 의식하거나 이해"하고 있었으며, 『무정』에서도 비유화와 수사적 논변에 영향을 주었다.8)

---

5) 캐서린 헤일스, 허진 역, 『우리는 어떻게 포스트휴먼이 되었는가: 사이버네틱스와 문학, 정보 과학의 신체들』, 플래닛, 2013, 54면. (N. Katherine Hayles, *How we became posthuman: Virtual Bodies in Cybernetics, Literature, and Informatics*, University of Chicago Press, 2008, p. 21을 참조하여 번역을 약간 수정.)
6) 같은 책, 59면.
7) 과학의 문학에의 도입에 부심했던 에밀 졸라의 자연주의 이후 프랑스 문학, 특히 소설 문학은 언어학, 정신분석학, 사회학, 철학 등 여러 과학적 성과에 깊이 의존하는 경향을 보이게 된다. 유기환, 『에밀 졸라: 예술과 과학의 행복한 융합』, 건국대학교출판부, 1996, 14~15면.
8) 이재선, 「제8장. 이광수의 진화론 사상: 사회진화론 및 에른스트 헤켈과의 관계」, 『이광

이 책에서 생물문화적 접근은 과학적 연구 결과를 적극적으로 수용하고 인문학적 지식 및 통찰력과 대등하게 중시하되, 독단적인 과학적 환원주의 또는 생물학적 환원주의(biological reductionism)는 경계한다.9) 몸-마음, 그리고 서사 현상을 포함한 인간에 대한 이해는 사회문화적 통찰력 없이는 결코 이해 불가능하다는 점을 강조해야 한다. 이를테면, "환원주의적 관점이 강하게 나타난 영역의 하나가 마음의 작동 원리를 뇌의 신경적 활동의 수준으로 환원시켜서 하나의 이론으로 다 설명할 수 있다는 신경적 환원주의"10)가 그렇다. 현재 인간과 인간 마음에 대한 이해에 관련된 학문에서 뇌과학은 중심적이고 선두적인 역할을 수행하고 있다. 신경 경제학, 신경 철학, 신경 정치학, 신경 교육학, 신경 마케팅, 신경 수사학(Neurorhetorics) 등 '신경(neuro-)'이란 접두사가 붙은 새로운 학문들이 속속 등장하고 있다. 그러나 뇌의 중요성을 아무리 강조한다 해도, 뇌가 곧 마음은 아니며, 뇌에 대한 과학적 이해를 통해 인간 마음의 작동 방식이나 사회문화적 현상들을 온전히 이해하는 것도 사실상 불가능하다. 이른바 '뇌과학의 함정'에 빠지면 인간의 마음을 외부 환경과 단절된 '통 속의 뇌(brain-in-a-vat)'로 보는 신데카르트주의의 오류를 범하게 된다. 따라서 "뇌는 물리적일 뿐만 아니라 사회적·문화적이기도 한 복잡한 환경과 지속적으로 상호작용하는, 살아 있고 목적이 있는 몸에서 작용한다."11)는 점을 유념해야 한다. 더

수 문학의 지적 편력: 문학론의 원천과 형성』, 서강대학교 출판부, 2010, 336면.

9) 이를테면 현대 생물학은 환원주의적 방법론에 철저히 근거하고 있으며, 주요한 접근 방법론은 물리적·화학적 반응에 대한 분석적이고 환원적인 연구 방법이다. 또한 최재천 등은 에드워드 윌슨(E. O. Wilson)이 주창한 '통섭'(Consilience)이 지나치게 환원적인 접근에 근거하고 있다는 비판적 견해를 제기한다. 강호정, 「환원주의를 극복하려는 생물학」, 최재천·주일우 편, 『지식의 통섭: 학문의 경계를 넘다』, 이음, 2008, 160, 173면.

10) 이정모, 『인지과학: 과거-현재-미래』, 학지사, 2010, 152~153면.

욱이 서사나 문학과 같은 문화 현상은 더더욱 이러한 환경과 맥락에서 자유로울 수 없다.

모리스 메를로-퐁티와 존 듀이는 철학적 사상을 형성하는 데 경험적인 심리학, 생리학, 신경과학을 최대한으로 이용했다. '신체화된 마음의 서구 사상에 대한 도전'이란 부제를 단 책,『몸의 철학』의 저자들은 그들을 '경험적으로 책임 있는(empirically responsible) 철학자들'이라고 부르게 될 모델로 삼는다.12) 바로 그 점에서, 이 책은 그 자체로 경험적 연구는 아니지만, 과학의 다양한 경험적 연구 결과들을 활용하면서 학제적 경계를 허무는 문학 연구를 지향한다. 인지과학자 이정모는 문학 연구에서 인지과학의 필요성을 역설하며 다음과 같이 비판적인 의견을 제기한다.

> 기존의 문학(비평) 이론은 주로 사회적, 역사적, 문화적 측면만 강조하였지, 그러한 문학활동의 대상이 되는 인간의 인지적, 신경적 측면에 대한 자연과학적 연구 결과가 지니는 시사점을 무시하였다. 실제의 인간은 진화역사적으로 변화/발달한 몸을 지닌 생물체 (자연 범주)인데, 과거의 문학, 적어도 문학(비평)이론은 이러한 문학적 산물을 내어놓고, 또 이해하는 인간이 자연의 존재라는 자연 범주 특성을 무시하여 왔다(신경적, 인지적 작동원리를 무시함). 과거의 문학비평 이론은 문학작품, 예술 등(TV 보기, 공감 등)과 관련된 인간 마음의 [자연과학적으로 밝혀지는] 숨겨진 복잡성 (hidden complexities)에 대하여 학문적 인식, 과학적 지향함의 수용이 없었음을(인지과학적 의미에서) 보여준다.13)

---

11) 마크 존슨, 김동환·최영호 역,『몸의 의미: 인간 이해의 미학』, 東文選, 2012, 272면.
12) 마크 존슨·조지 레이코프, 임지룡·노양진 역,『몸의 철학: 신체화된 마음의 서구 사상에 대한 도전』, 박이정, 2002, 20면.

위와 같은 비판적 성찰을 토대로 이 책의 연구는 (인)문학의 생물문화적 접근 가운데 특히 인지과학의 신체화된 인지 접근을 중심으로 서사학 이론을 재조명한다.

문학 연구와 비평의 주류적인 관점은 대부분 과학적 이론을 배제한다. (인)문학 연구가 과학적 지식체계와 단절된 이유는, 근본적으로, 심신 이원론에 입각한 데카르트적 근대 사유가 대학 연구에도 뿌리 깊게 작용하고 있기 때문이다. 데카르트적 사유는 엄밀한 자연과학을 가능하게 하여 근대 학문과 문물의 발전에 크게 기여했지만, 한편으로 인문학을 정신과 문화의 탐구에만 철저히 국한시킨다. 본래 동양과 고대의 서양에서는 심신을 하나로 보는 일원론적 관점이 지배적이었다. 데카르트 이후, 서구적 근대 시기에서는 몸과 마음의 이분법적 분리가 이루어졌으나, 최근 마음의 과학과 철학, 의학계에서는 이를 반성적으로 고찰하고 있으며, 이를테면 심신 의학(Psyhosomatic Medicine, Mind-Body Medicine: 정신신체의학)은 이를 대표하는 관점이다. 정신분석학뿐만 아니라, 인지과학, 뇌과학, 진화 이론 등의 최신 과학의 성과에서도 정신과 육체의 상관관계를 중시하고 있다.

2) 인지과학의 심신 이론과 서사 이해

심신의 비(非)이원론을 정립하기 위한 철학자와 현상학자 들의 학문적 노력은, 현대적인 과학의 발전에 힘입어 새로운 전기를 맞이하고 있

---

13) 이정모, 『인지과학: 과거-현재-미래』, 149~150면.

다.14) 즉, 마음의 신체화(embodiment)15)를 중시하는 제2세대 인지과학과 뇌 연구에 근거한 신경과학에서는 몸과 마음의 분리가 허구임을 실증적으로 논파해오고 있다. 신체화된 인지 접근 연구의 복잡한 논의들을 한 마디로 축약하자면, "마음은 몸에 근거한다"는 명제이다. 이러한 과학적 입증은 서구 근대 학문의 견고한 기존 전제들에 도전하는, 인간에 대한 새로운 이해라고 볼 수 있다. 따라서 인문학과 사회학, 예술과 미학 등 다양한 학문 분과에 강력한 영향을 주면서 새로운 통찰과 도전적인 사유를 가능하게 했다. 몸과 마음의 상호관계(신체화된 마음), 신체화된 마음과 언어, 신체화된 마음과 서사에 대해서 차례대로 개괄해 보기로 한다.

● 신체화된 마음(embodied mind)과 감정

제1세대 인지과학은 '인지주의(cognitivism)'로 특징지어지는 관점이다. 인지주의는 인간의 마음과 컴퓨터가 모두 정보 처리 시스템이라고 보는 관점이다. 학문적으로 다루기 어려운 인간 마음을 컴퓨터에 빗대 이해하려는 노력의 일환이었다. 그러나 인지주의를 넘어서는 1970년대 이래의 제2세대 인지과학의 혁신에 의하면, 인간의 마음은 세계와 분리된

---

14) 데이비드 허먼은 데카르트의 심신 이원론부터 내성주의(introspectionism), 행동주의, 제1차 인지 혁명, 제2차 인지 혁명에 이르는 마음 이론의 전개 과정을 내적인 마음과 외적인 세계라는 양극을 강조해온 진자 운동으로 정리한다. David Herman, "Narrative Theory after the Second Cognitive Revolution," Lisa Zunshine ed., Introduction to Cognitive Cultural Studies, Johns Hopkins UP, 2010, pp. 158~161.
15) 몸을 중시하는 2세대 인지과학에서 가장 중요한 핵심 용어인 'embodiment'는 주로 '신체화' 또는 '체화', '체현' 등으로 번역된다. 또 과거에는 종종 '구체화'로 오역되기도 했다. 이 책에서 embodiment는 '신체화'로 표기하기로 한다.

정보 처리가 아니라 몸을 근본 지평으로 하여 환경과 상호작용하는 '신체화(embodiment)'로써 가능한 활동이다. 그런 이유에서 '신체화된 마음' 또는 '신체화된 인지 이론(embodied cognitive theory)'16)의 연구자들은 최근에는 인간의 마음이 인지나 정보처리 이상이라는 것을 드러내기 위해, 인지과학이라는 용어를 대신해서 '마음의 과학(sciences of mind)'으로 부르기도 한다. 또한 마음의 과학 또는 제2세대 인지과학 연구에서 마음은 주변 환경과 사회적·문화적 요인들에 의해 복합적으로 구성되는 것으로 이해된다.

최근 인지과학은 이른바 '4E 접근법'의 시대로 점차 진입했는데, 마음이 (환경에) 내재된(embedded), 발제(發製)적인(enacted), 신체화된(embodied), 확장된(extended) 것으로 고려하기 때문이며, 이를 'E-접근법(E-Approaches)'으로 부르기도 한다.17) '확장된 마음'이란 스마트폰과 같은 외부 환경의 사물을 이용하면 마음의 확장될 수 있다는 것을 의미한다. '발제'는 프란시스코 바렐라와 동료들이 쓴 『신체화된 마음』(국내에서는 『몸의 인지과학』으로 번역)의 핵심 용어로, '행동으로 발현되는' 마음의 특징을 의미하기 때문에 '행위화'나 '행화'로도 번역된다.18) 바렐라의 신체화된 마음 이론을 '발제주의(enactivist) 접근'이

---

16) '신체화된 인지'는 grounded cognition, embedded cognition, enactive approach 등으로도 지칭된다.

17) Marco Bernini, "Supersizing Narrative Theory: On Intention, Material Agency, and Extended Mind-Workers," Style, Vol. 48 Issue 3, Fall 2014, p. 349.

18) 신체화된 접근에 관한 국내 번역어들은 아직 확정되지 못했다. 가령 "Enactivism" 역시 '발제(發製)' '구성(構成)', '행위화(行爲化)' 등으로 번역되고 있으나 확정된 것은 아니다. 배문정, 「Enactivism을 Enact하기: 번역의 문제를 중심으로」, 『인지과학』 제25권 제4호, 2014.
인지과학자 프란시스코 바렐라는 시인 안토니오 마카도의 말을 빌려서 '발제(enaction)' 개념을 설명한다. "길을 걷는 것은 너의 발길이다; 너는 걸어가며 길을 놓는다." 여기서

라고도 부른다. '내재된 마음'은 '구현된 인지'(Embedded Cognition) 이론과 관련되는데, 인지 과정이 유기체의 외적 환경에 의존한다는 것을 강조한다.[19]

『몸의 철학』(1999)으로 그간의 신체화된 마음 이론을 집성하여, 심신 이원론을 기반으로 삼는 서구 사상 전반에 대해 도전장을 제출한 마크 존슨과 조지 레이코프가 "인지과학의 세 가지 주요 발견"으로 강조하며 제시한 견해는 다음과 같다.

- 마음은 본유적으로 신체화(embodied)되어 있다.
- 사고는 대부분 무의식적(unconscious)이다.
- 추상적 개념들은 대부분 은유적(metaphorical)이다.[20]

근대 서구 철학이 주장하듯이 이성은 탈신체화된(disembodied) 인간 특유의 어떤 능력이 아니다. 이성은 몸에 의해, 두뇌의 신경 구조의 세부 내용에 의해, 세상에서 우리의 일상적 기능의 세부 사항에 의해 결정적으

발제는 '신체화된 마음'의 개념에 상응하면서 여러 논자들에 의해 함께 사용되지만, 행위의 수행(performance) 혹은 실행을 포함하면서 인지 행위자의 적극성을 보다 강조한 개념이다. F. J. Varela, "Laying down a path in walking," in W. I. Thompson, ed., Gaia: A Way of Knowing. Political Implications of the New Biology, Lindisfarne Press, 1987, p. 63. 여기서는 심광현, 「제3세대 인지과학과 '신체화된 마음의 정치학'」, 『문화과학』 제64호(2010년 겨울), 문화과학사, 221면에서 재인용. '발제'에 대한 논의는 프란시스코 바렐라·에반 톰슨·엘리노어 로쉬, 석봉래 역, 『몸의 인지과학』, 김영사, 2013(Varela, Francisco J. The embodied mind: cognitive science and human experience. c1991.). 참고. 특히, 이인식의 해제 「몸으로 생각한다」를 읽어볼 것.

19) 이영의, 「체화된 인지의 개념 지도: 두뇌의 경계를 넘어서」, 『Trans-Humanities』, 8권 2호, 이화여자대학교 이화인문과학원, 2015, 120면.
20) 마크 존슨·조지 레이코프, 『몸의 철학』, 25면. 괄호 안 원어 병기는 인용자.

로 형성된다는 것이다. 인간의 마음은 신체적 경험, 특히 감각운동 경험에 의해 형성된다는 것이다. 또한 인지적 무의식(cognitive unconscious)이란, 무의식이 억압되어 있다는 프로이트적 의미가 아니라, 의식이 접근할 수 없으며, 너무 빨리 작용하기 때문에 집중할 수 없는 방식으로 인지적 의식 층위 아래에서 작용한다는 의미로 사용된다.21)

마크 존슨은 『몸의 의미』에서 신체화된 인지과학과 신체화된 의미론에 근거하여 철학과 미학, 예술은 물론 우리의 모든 일상적 체험을 설명하기 위해 시도한다. 그는 우리가 일상적인 '산 경험(lived experience)'에서 몸과 마음이 분리되어 있다고 느끼는 이유를 설명한다. 우리가 세계를 자동적으로 경험하기 위해 무의식적 신체 과정의 차원은 은폐된다는 것이다. 예를 들어, 정서 경험은 복잡한 신경·내분비 과정에 기초하고 있음에도 우리는 그 과정에 대한 체인식(felt awareness)을 가질 수 없다. 이러한 '자기 은폐적 몸의 성향'은 잠재적인 데카르트주의의 신체적 기초로, 비신체화된 사고에 대한 관념을 강화하는 데 기여해 왔다.22) 이 연구는 이러한 철학적 흐름과 과학적 발견 양자를 포괄하면서 심신의 비이원론적 태도를 견지하고자 한다.

신경과학자 안토니오 다마지오는 "특정한 정서를 가진 유기체의 경우, 정서가 생명 유지의 역할을 한다는 근본적인 진화적·생태학적 주장"23)을 펼친다. 몸에 관한 느낌 즉 신체적(somatic) 상태는 어떤 이미지를 표시하기 때문에, 이를 하나의 표지(marker)로 보는 '신체표지가

21) 같은 책, 25~36면. 레이코프와 존슨의 '몸의 철학'을 쉽게 이해하기 위해서는 문답 인터뷰 형식의 다음 글도 참조. 조지 레이코프, 「몸의 철학」, 존 브록만 편, 스티븐 핑커 외, 이한음 역, 『마음의 과학』, 와이즈베리, 2012.
22) 마크 존슨, 앞의 책, 33~38면.
23) 같은 책, 105면.

설(somatic marker hypothesis)'이 제안된다. 다마지오는 이처럼 신체 변화에 따라 정서(emotion)와 느낌(feeling)이 촉발되며, 이성(reason)은 정서와 분리된 것이 아니라 정서 및 느낌과 긴밀하게 관련된다고 본다. 물론 특별히 인간은 사회문화적 공동체 속에서 이차적인 혹은 사회적 정서를 지닌다.24) 다마지오의 연구에 의하면 인간의 정서는 몸과 분리된 특정한 정신적인 상태를 가리키지 않으며, 신체화된 감정(embodied emotion)이다. 또한 감정은 이성보다 열등한 것이 아니라 의사결정 능력을 비롯한 이성을 정상적으로 가능하게 하는 근본 원리에 가깝다. 마크 존슨은 정서의 신경생리학적 설명과 '마음이나 뇌가 아닌 상황이 정서의 중심지'라는 존 듀이의 주장을 토대로 "정서는 우리 속에 있고, 동시에 세계 속에 있다"고 본다.25)

● **신체화된 언어와 몸의 수사학**

'신체화된 의미 이론(embodied theory of meaning)'의 핵심 주장은 "'마음'과 '몸'이 둘이 아니라 한 유기적 과정의 두 양상이기 때문에, 우리의 모든 의미·사고·언어가 신체화된 활동의 미적 차원에서 발생한다"26)는 것이다. 이 이론의 관점에 의하면, '의미(meaning)'란 언어나 언어적 표상/재현(representation)의 차원을 넘어서는 신체화된 미학적 현상으로 이해된다. 따라서 어떤 사물이나 지각 대상, 그리고 사건과 상징 등은 그 자체로 의미를 갖는 것이 아니라 실제적이거나 가능한 경

---

24) 안수현, 「이성, 정서, 느낌의 관계 - 안토니오 다마지오의 "신체화된 마음" 이론을 중심으로」, 『동서사상』 제5집, 동서사상연구소, 2008.
25) 마크 존슨, 앞의 책, 122~123면.
26) 같은 책, 27면.

험의 다른 양상들과 연결되어 있기 때문에 의미를 갖게 된다.27) 이러한 체험주의적 인지 언어학(experiential cognitive linguistics)에서는 인간의 마음이나 감정의 언어 표현은 신체적 '경험'으로부터 유래한다고 본다.28) 이는 인간의 인지 과정이나 의식 현상을 과학적으로 파악하기 어려웠던 구조주의 언어학은 언어(랑그)가 사유를 가능하게 한다고 설명한 것과 대비된다.

이재선에 의하면, 동양에서는 『회남자』와 같은 고전을 위시하여 매우 오래 전부터 인체를 소우주(microsm)로 파악하였다. 특히, "한국인은 자아(自我)의 지각을 주로 신체 지각 내지는 신체적인 실존에서 파악하는 데 예민하다. 한국인에게 있어서 신체, 즉 몸은 자아를 지각하는 중추적 현상이며, 이러한 몸의 신체성에 대한 인식을 근거로 자아가 바로 세계 속의 존재임을 인지케 되는 것이다."29) 한국어에 나타난 신체를 표현의 장으로 삼는 발화가 다양하고 장부 기관을 중심으로 한 정념 표현이 두드러진다. 그 점에서 한국어를 매질로 삼거나 한국 문화를 맥락으로 삼는 서사 텍스트에서 신체화된 인지 접근은 더욱 주목에 값한다고 할 수 있다. 이처럼 문화 교차적(cross-cultural) 연구 혹은 언어 상대성(linguistic relativity)30) 관점에서 주목해 본다면, 신체화된 접근

---

27) 같은 책, 406면.
28) 체험주의는 고대 플라톤에서부터 20세기의 논리 실증주의에 이르기까지 서양 철학의 주류인 객관주의의 한계를 극복하기 위한 철학이다. 객관주의에 비교해서 체험주의는 인간 신체(body)에 깊은 관심을 갖고 철학적 논의의 장으로 불러들인다. 나익주, 「은유의 신체적 근거」, 191~193면. 봉원덕, 「몸과 마음의 상관성: 신체적 경험에 근거한 개념과 언어 표현 -감정 표현을 중심으로」, 53~75면.
29) 이재선, 「제8장 표현의 장(場)으로서의 신체: 몸의 수사학」, 『한국문학 주제론』, 서강대학교 출판부, 2009, 180면.
30) "문화에 따른 인지적 차이는 그 언어가 서로 다른 사실과 관련되어 있다는 생각. 이 생각은 언어 간의 어휘적·통사적인 차이점은 비언어적인 인지적 차이점에 의해서 반영된

은 인간 본성의 보편성은 물론이거니와, 한국어와 한국 문학의 특수성에 대한 이론적 이해에 큰 도움이 될 것이다.

● 마음의 서사적 원리와 서사적 정체성

인지과학의 서사 심리학(narrative psychology) 접근과 철학자들의 주장은 인간 마음의 원리를 탐구하면서 마음이 문학적이거나 서사적으로 작동한다는 것이다. 인지 수사학자인 마크 터너에 의하면, 마음은 문학적으로 작동한다. "이야기는 마음의 기본 원리(basic principle of mind)이다. 우리의 경험, 우리의 지식, 우리의 생각 대부분은 이야기들로 구성된다."31) 문학 창작과 독서를 할 때처럼 특정 상황에서만 문학적인 마음이 별개로 작동되는 것이 아니라 인간 마음의 작동 원리가 근본적으로 문학적이라는 주장이다. 철학자인 D. 로이드(D. Lloyd)도 인간의 마음의 작동 원리를 서사적 입장에서 개진한다. 그는 인간의 심적 원리는 세 가지로, 가장 낮은 수준에서는 구현(implementation) 수준의 신경망적 연결주의 원리가 작용하고, 상위 심적 수준에서는 일차적으로 이야기 원리(psychonarratology principle)가 작용하고, 그 위 수준에서는 필요에 의해서만 합리적 이성의 원리가 적용된다고 논했다. 다시 말해, 사고의 원래 형태는 이야기 패턴(narrative pattern)인 것이다.32)

다는 것이다." 「언어 상대성」, 곽호완 외, 『실험심리학용어사전』, 시그마프레스, 2008.(http://terms.naver.com/list.nhn?cid=41990&categoryId=41990)
31) Mark Turner, *The Literary Mind: The Origins of Thought and Language*, Oxford University Press, 1996, p. v.
32) 이정모, 『인지과학: 과거-현재-미래』, 144~145면.

그러므로 자아는 신체화된 마음에 근거한 '이야기'로 구성된다고 할 수 있다. 문학과 철학의 분야에서도, 가령 폴 리쾨르 역시 자기 인식과 정체성 형성이 자기 서사의 해석에 근거한다고 주장해왔다. "이 '삶에 관한 이야기'에 역사 또는 허구(드라마 또는 소설)에서 빌려온 서술적 모델——플롯intrigues——을 적용시킬 때, 그 이야기는 좀더 인지 가능하게 되는 것이 아닌가? […] 즉, 자신le soi에 대해 안다는 것은 해석하는 일이고, 자신에 대해 해석한다는 것은 이야기 속에서, 그리고 여러 다른 기호와 상징들 속에서 특별한 매개를 발견하는 것이다."33) 리쾨르는 "이야기가 한 인물의 지속적인 성격——이른바 서술적 정체성——을 구축함과 동시에, 인물의 정체성을 만들어가는 플롯 intrigue만이 역동적인 정체성을 구성한다"34)고 하면서 서사적 정체성의 중요성을 강조했다. 서사적 자아(narrative self)와 문학적 마음의 심리학적 기초는 미적 경험 혹은 예술이 인간 삶에 있어서 근본적이라는 견해를 뒷받침한다. 삶과 예술은 분리되거나, 혹은 예술과 서사 텍스트가 객관적 구조물이 아니라는 주장이다. 이 책의 관점은 니체와 바흐찐, 혹은 프래그마티스트 철학의 예술론과 경험주의적 미학에 근거한다.

---

33) 리쾨르, 김동윤 역, 「서술적 정체성」, 주네트·리쾨르·화이트·채트먼 외, 석경징·여홍상·윤효녕·김종갑 편, 『현대 서술 이론의 흐름』, 솔, 1997, 52면.
34) 같은 글, 61면.

2 인지 문학 연구의 경향

국내에서 인지과학을 응용한 문학 이론 (인지 문학 연구) 혹은 인지 서사학은 아직은 도입 초기 단계이며 계속적으로 발전 중에 있는 신생 연구 경향이다. 그럼에도 연구사를 두 단계로 나누어 보면, 개념적 은유의 분석틀을 사용한 인지 시학적 경향과 그 이후 본격적인 인지 서사학 이론의 도입 이후 연구 경향으로 살펴볼 수 있다.

첫째, 인지 시학(cognitive poetics) 혹은 개념적 은유(conceptual metaphor) 분석 활용 단계이다. 국내의 인지 이론을 통한 가장 초기의 서사 연구는 인지 서사학의 체계적인 적용보다는 주로 조지 레이코프와 마크 존슨이 『삶으로서의 은유』(1980)[35] 등에서 제안한 개념적 은유의 분석틀을 이용한 논문들이다. 그 이유는 언어학자들에 의해 인지 언어학과 인지 시학(인지 수사학)이 가장 먼저 번역·소개되고 연구[36]되었기 때문이다. 시 장르에 대한 분석에서도 마찬가지로, 현재까지 이 연구들이 인지과학과 문학 연구에서 가장 지배적인 방법론으로 계속되고 있다. 초기의 인지 서사학 연구 가운데 국어학 연구자 엄정호의 논문[37]은

---

35) 조지 레이코프·마크 존슨, 노양진·나익주 역, 『삶으로서의 은유』(수정판), 박이정, 2006,
36) 나익주, 「은유의 신체적 근거」, 『담화와인지』 제1권, 담화·인지언어학회, 1995.
　　박정운, 「개념적 은유 이론」, 『언어와 언어학』 제28집, 한국외국어대학교 언어연구소, 2001.
　　박정운, 「개념적 은유와 시적 은유」, 『시학과언어학』 제7집, 시학과언어학회, 2004.
　　임지룡, 「개념적 은유에 대하여」, 『한국어의미학』 20권, 한국어의미학회, 2006.
　　봉원덕, 「몸과 마음의 상관성: 신체적 경험에 근거한 개념과 언어 표현 -감정 표현을 중심으로」, 『인문학연구』 19권, 경희대학교 인문학연구원, 2011 등등.
37) 엄정호, 「소설에 나타난 은유 분석 시론」, 『반교어문연구』 제13집, 반교어문학회,

개념적 은유 이론을 소개하고 이균영 소설에 적용해본 시론으로, 어휘 표현들에만 한정된 인지 시학적 방법론의 소설 적용에 해당한다. 이외에도 몇몇 인지 언어학 연구에서 문학 텍스트를 언어학적 분석을 위한 자료로 활용하는 경우가 있다.

소설을 대상으로 한 본격적인 인지 문학 연구는 최근에서야 이루어지고 있다. 최성민은 인지 언어학의 개념적 은유 이론을 전통적 은유론 및 폴 리쾨르의 서사 이론과 함께 논의하면서 서사 텍스트의 매체 연구에 은유론을 활용할 단서를 제시했으며,[38] 장일구는 리쾨르의 해석학과 인지언어학을 활용하여 최명희의 소설 『혼불』을 분석을 시도하여 소설 해석에 새로운 가능성을 선보였다.[39] 그 이후 김원희의 여러 논문들[40]을 비롯해서, 인지 문학적 연구의 초기 버전이라고 할 수 있는 방법론을 채택한 연구는 여전히 주류를 이루며 계속되고 있다. 분석 틀 자체의 다양화는 물론이거니와 신체화된 인지 접근의 특장을 살릴 수 있는 진일보한 방법론이 필요하다는 것을 확인할 수가 있다.

다음으로, 개념적 은유의 분석틀로 소설을 분석하고 이를 문학교육에 적용하거나, 인지교육학의 이론으로 문학교육 방법론을 만들고자 한 연

2001.
38) 최성민, 「은유의 매개와 서사의 매체」, 『시학과 언어학』 제15집, 시학과언어학회, 2008.
39) 장일구, 「은유의 문화적 구성 역학 -『혼불』을 사례로 한 시론」, 『시학과 언어학』 제15집, 시학과언어학회, 2008.
40) 김원희, 「김경욱 소설의 매체 접속 양상과 은유」, 『현대소설연구』 42권, 한국현대소설학회, 2009.
김원희, 「강경애 『소금』의 개념적 은유 접근 방법」, 『인문학연구』 41권, 조선대학교 인문학연구원, 2011.
김원희, 「장용학 「요한 시집」에 내포된 몸의 은유」, 『현대문학이론연구』 56권, 현대문학이론학회, 2014.

구들이 있다. 김원희는 백신애, 박태원, 이상, 강경애 등의 식민지 시기 소설에서부터 정미경 등 최근 소설에 이르는 텍스트를 대상으로 조지 레이코프와 마크 존슨의 개념적 은유의 분석틀을 이용해 인지 구성의 원리를 제시하면서, 문학 교육에 활용하고자 했다.[41] 다양한 텍스트를 대상으로 분석한 인지 문학 연구를 문학 교육으로의 활용 가능성을 타진해 보았다는 데 연구의 의의가 있으나, 여전히 초기의 개념적 은유에 의존하여 은유적인 어휘의 분석만을 제한적으로 시도하고 있고 문학 교육을 위한 실용적·실제적 방안을 제시하지 못하고 있기 때문에 방법론적 체계화나 인지 서사학의 이론적 심화와는 거리가 멀다.

두 번째로, 인지 서사학의 도입과 응용 단계이다. 단지 인지 시학의 소설적 적용을 넘어서 소설 또는 서사 이론을 인지과학적으로 재구성해 논의해야만 인지 서사학으로 볼 수 있다. 최근에는 인지과학과 문학과의 관계 또는 서사학에의 적용 가능성에 대한 더욱 진전된 이해를 바탕으로 이론적으로 탐사하거나 외국의 다양한 인지 서사학 이론의 요목을 소개하는 개론적 연구들이 이루어졌다. 최용호는 기호학적 문학 이론과 인지주의(cognitivism) 혹은 계산주의적 인지 서사 이론을 접목하여 소개하고 실제 텍스트 분석을 보여준 바 있다.[42] 최혜실은 스토리텔링

---

41) 김원희, 「문학 교육을 위한 강경애 『인간문제』의 인지론적 연구」, 『한국문학이론과 비평』 제49집, 한국문학이론과비평학회, 2010.
김원희, 「문학 교육을 위한 백신애 소설세계의 인지론적 연구」, 『현대문학이론연구』 41권, 현대문학이론학회, 2010.
김원희, 「문학교육을 위한 정미경 〈밤이여, 나뉘어라〉의 인지론적 연구」, 『인문학연구』 40권, 조선대학교 인문학연구원, 2010.
김원희, 「이상 〈날개〉의 인지론적 연구와 탈식민주의 문학교육」, 『한국민족문화』 제41호, 부산대학교 한국민족문화연구소, 2011.
김원희, 「박태원 「소설가 구보씨의 일일」의 인지경로와 문학 교육」, 『인문사회과학연구』 제13권 제1호, 부경대학교 인문사회과학연구소, 2012.

의 이론을 대중적으로 설명하면서, 그 일부로 이야기와 인지과학의 관계를 논의한 바 있다.43) 장일구는 외국의 다양한 인지 문학 이론 및 인지 서사학 연구 성과를 검토하면서 방법적 개념의 모색을 시도한 바 있다.44) 노문학자 이득재는 인지과학과 문학 전반에 걸친 개괄적 이해를 제공하면서 러시아 형식주의의 '낯설게 하기' 기법과 연관시킨다.45) 독문학자 송민정은 서사학에서 '인지적 전환'의 경향을 개괄하고46), 모니카 플루더닉의 '자연적' 서사학을 중심으로 인지 서사학의 이론을 소개47)하고 있어 인지 서사학 분야에 대한 유용한 참고점을 제공한다. 최성실의 연구는 신체화된 인지에 초점을 두고 신경숙 소설『엄마를 부탁해』를 해석하는 시론적인 논문으로, 특히 작중인물인 엄마의 '손'에 관한 분석을 시도하고 있다.48) 서철원도 인지 서사학을 활용하지 않으나 인지 의미론의 원형 이론(prototype theory) 등을 활용하는 등 초기 연구에서 나아가 인지 언어학의 더 진전된 이해를 바탕으로 소설 분석을 시도하고 있다.49)

---

42) 최용호, 『서사로 읽는 서사학: 인지주의 시학의 관점에서』, 한국외국어대학교출판부, 2009.
43) 최혜실, 「제2부 이야기와 인지과학」, 『스토리텔링, 그 매혹의 과학: 이야기의 본질과 활용』, 한울, 2013.
44) 장일구, 「서사 소통의 인지 공정과 문화적 과정의 역학 ─방법적 개념의 모색을 위한 시론」, 『현대문학이론연구』 55권, 현대문학이론학회, 2013.
45) 이득재, 「인지과학과 문학」, 『서강인문논총』 제40집, 서강대학교 인문과학연구소, 2014.
46) 송민정, 「문학 연구의 인지적 전환(1) - 텍스트에서 콘텍스트로 -고전서사학과 인지적 서사학의 비교를 중심으로」, 『독일언어문학』 61권, 한국독일언어문학회, 2013.
47) 송민정, 「몸-마음-내러티브의 만남: 체화된 인지의 내러티브적 이해 - '자연적' 서사학을 중심으로」, 『헤세연구』 제32집, 한국헤세학회, 2014.
48) 최성실, 「세계 속의 한국문학: 내러티브 인지와 공감의 글쓰기 - 신경숙의 『엄마를 부탁해』를 중심으로」, 『아시아문화연구』 제29집, 가천대학교 아시아문화연구소, 2013.
49) 서철원, 「최명희 『혼불』의 인지의미론적 연구 - 작중인물의 신체적/정신적 경험 담론을

다음으로 인지과학 및 인지 서사학적 방법론을 소설의 공간 및 여행 서사의 분석에 접목한 연구들이 있다. 이 연구들은 특정 서사 유형과 서사 공간론의 연구 성과를 토대로 인지 서사학과 인지 문학론에 대한 이론적 이해를 결합하여 실제 비평을 시도하고 있다. 국내의 인지 서사학 연구들 가운데 가장 깊은 이해를 보이는 논의들은 주로 서사적 공간 문제 해명에 집중되어 있다. 그 이유는 물론 학자 개개인의 기존 연구의 방향과 연속성에서 찾을 수도 있겠지만, 이와 더불어 인지 서사학이 서사를 세계 내지는 공간의 은유로 파악하는 것과도 관련이 있을 것으로 추측된다. 장일구는 서사의 인지 공정을 탐사하기 위해서 레이코프의 인지소 가설을 '서사적 인지소(narrative cog)' 개념으로 변환하여 제안하고, 이에 따라 박태원의 『천변풍경』의 공간 표상과 서사적 역학을 면밀하게 분석하고 있어 서사 공간의 인지 서사학적 분석을 위한 지침을 제공한다.[50] 황국명은 인지 서사학적 접근의 이론을 개괄한 뒤에 여행서사의 인지적 차원을 분석하기 위해 '인식의 지도그리기(cognitive mapping)' 개념 등을 중심으로 한 체계적인 방법을 제시한다. 그는 인지 심리학의 관점에서 신체화된 마음이 정보처리를 위해 설계된 것이라면, 진화론적 관점에서 신체화된 인지는 적응된 인지의 특정한 발현으로 보고, 진화 심리학과 생산적 대화를 모색하는 것이 인지 서사학의 불가피한 선택이라고 본다.[51] 이 책은 이러한 기존 논의들

중심으로」, 『현대문학이론연구』 60권, 현대문학이론학회, 2015.

50) 장일구, 「『천변풍경』의 서사공간과 인지소」, 『구보학보』 11권, 구보학회, 2014.

51) 황국명, 「여행서사의 인지서사학적 접근(1): 개념과 방법을 중심으로」, 『동남어문논집』 제35집, 동남어문학회, 2013, 8~9면. 후속 연구로 황국명, 「여행서사의 인지서사학적 접근(2): 윤후명의 〈여우사냥〉을 중심으로」, 『韓國文學論叢』 제63집, 한국문학회, 2013.

과 생산적으로 대화하고 수용하되, 특별히 신체화의 개념에 초점을 맞추어 이른바 신체화된 크로노토프의 이론과 비평을 제안하고자 한다.

인지과학의 관점에서 연극과 연행 예술의 다양한 국면들을 이론적으로 해명한 김용수의 연구들도 인지 문학 연구에서 매우 주목할 만한 논의이다. 연극대사를 인지과학의 관점에서 고찰한 연구는 소설과 같은 기술 서사 텍스트에서 신체성 및 신체화와 결부시켜 논의할 때 또한 유익한 참조점을 제공한다.52) 기호화된 신체 연기에 관한 연극학 이론을 디드로, 델사르트, 마이어홀드, 그리고 아르토에 이르기까지 역사적으로 면밀하게 고찰하고, 이를 현대의 인지과학적 원리로 입증하여 '기호 연기'의 이론을 구축하는 논의53)와 서사학 이론을 인지과학에서 재조명한 논의54) 역시 연극 이외의 서사 장르에서 인물들의 몸짓 분석에 유용하게 활용될 수 있을 것이다.

그 외에, 인지 서사학을 문학치료학적으로 응용하거나, 문체번역의 방법론으로 활용55)하거나, 멀티미디어 환경의 서사적 콘텐츠을 분석하는 데 활용한 경우56)가 있다. 이민용은 '신체화된 인지' 개념과 인지 문학 이론의 기본적인 내용을 소개하고, 그 이론의 기반 위에서 '거울 뉴런' 등을 통해 서사의 공감 원리를 제시하고 서사 치료의 가능성을 시사하고

---

52) 김용수, 「인지과학의 관점에서 본 연극대사 ―〈아가멤논〉의 사례를 중심으로」, 『드라마연구』 제35호(통합 제13권), 한국드라마학회, 2011.
53) 김용수, 「기호로서의 신체적 연기: 그것의 연극적 특성과 인지과학적 원리」, 『한국연극학』 52권, 한국연극학회, 2014.
54) 김용수, 「인지과학의 관점에서 본 서사극 이론」, 『한국연극학』 49권, 한국연극학회, 2013.
55) 한미애, 「인지시학적 관점의 문체번역 연구: 황순원의 단편소설을 중심으로」 동국대 영문과 박사논문, 2013.
56) 최용호, 「인문학 기반 스토리 뱅크 구축을 위한 서사 모델 비교 연구」, 『인문콘텐츠』 제11호, 인문콘텐츠학회, 2008.

있다.57) 전미정은 주로 다양한 신경과학의 마음 연구 성과들을 참조하여 문학의 모방본능과 관련된 원리를 제시하는 논의를 보여 주었다.58)

지금까지 국내의 기존 연구들을 중심으로 인지 문학 연구 성과를 검토해 보았다. 그 결과, 첫째, 국외에서 매우 활발하게 이루어지고 있는 다양한 인지 문학 이론의 번역 작업을 포함한 소개 및 비판적 수용이 더욱 필요하며, 둘째, 기본적으로 인지신경과학 자체에 대한 더욱 심도 있고 폭넓은 이해가 필요하다. 또한 셋째, 이론 구축과 시론적 연구에서 머물지 말고 도전적인 자세로 실제 텍스트에 대한 분석과 해석을 중심으로 한 사례 연구들로 나아가야 할 때이다. 넷째, 상당히 많은 연구들이 여전히 인지 언어학의 개념적 은유 분석 방법에만 의존하고 있기에, 인지신경과학의 다양한 연구 성과들을 활용해서 다양한 문학 이론과 분석 도구 들을 마련하기 위해 노력해야 할 것이다. 가령, 공간 분석과 여행소설, 연극에 구체적인 초점을 맞추어 인지 서사학 연구를 수행한 장일구와 황국명, 김용수의 논문처럼 특정한 영역에 대한 집중적인 이론화와 텍스트 분석은 심화된 인지 문학 연구의 모범으로 볼 수 있을 것이다. 마지막으로, 심신 의학 및 정신분석학 등의 다른 인접 학문과 대화하고 다양한 철학 및 문학 이론을 현대의 인지신경과학의 성과와 접목해서 과학과 문학의 명실상부한 통합적 인문학 방법론과 이론을 창출할 수 있도록 강구해야 한다.

위와 같은 비판적 검토 결과를 토대로, 특히 국내에 소설과 서사학 전반의 영역을 아우르는 총괄적이고 체계적인 '2세대 인지과학' 혹은

---

57) 이민용, 「인지과학의 관점에서 본 내러티브와 그 치유적 활용 근거」, 『어문논집』 Vol.69, 민족어문학회, 2013.
58) 전미정, 「문학 본능과 마음의 법칙(1) -모방본능을 중심으로」, 『현대문학이론연구』 54권, 현대문학이론학회, 2013.

'신체화된 인지' 접근의 문학 연구가 전무하다는 점이 인지 문학 연구의 심화와 확장을 어렵게 하는 요인이라고 판단했다. 그리하여 우선 이론화 작업부터 절실하다고 보았다. 또한 모든 문학 이론은 실제 텍스트 분석을 통해 그 비평적 유효성이 입증될 수 있다는 점에서 이 책은 이론화와 분석을 동시에 추구하고자 한다.

③ 질병과 치유의 한국 소설

1) 한국 소설 연구에서의 질병과 치유

몸의 인지 서사학의 실제 예시 분석 대상으로 질병-치유 서사를 선정한 이유는 다음과 같다. 첫째, 일상적인 상황에서, 대체로 정상적인 신체는 의식 아래로 은폐되기 쉽다. 질병의 서사적 상황에서는 작중인물의 신체성이 전경화되며 일상적 상황에서보다 훨씬 더 집중적으로 묘사된다. 신체적 고통과 치유의 상태는 신체성에 대한 자각과 심리적 반영을 강조하게 된다. 이런 서사 상황은 심신의 상태와 작동 원리를 구체적으로 탐사해볼 적절한 기회를 제공한다. 서사의 신체성 나아가 신체화 양상을 탐사하기 위해서는, '신체화된 특수성(embodied particularities)'을 만들어내는 문학 작품이 매우 중요하다.59) 카라치올로 역시, 서사담화와 리듬, 신체적 경험의 연결 같은 서사와 독자 관계에서의 신체화된 국면은 항상 발생하는

---

59) 캐서린 헤일스, 앞의 책, 56면. 원문을 참조한 용어 병기는 인용자의 것.(N. Katherine Hayles, op. cit., p. 23.)

것이 아니라, 충분히 준비된 독자에게 서사의 특정한 경우들에서 나타날 수 있다고 제한한다.[60] 신체화를 서사 시학과 서사 주제학의 공통적 탐구 대상이자 방법론적 상호 조명의 관심사로 채택하고 있는『몸의 인지 서사학』에서 몸-마음의 질병-치유를 다루는 소설들은 상대적으로 신체성이 적게 나타나는 다른 텍스트들보다 연구의 대상으로 훨씬 적합하다.

둘째, 질병을 다루는 의학의 학문적 성격이 과학과 인문학의 접점에 있듯이, 질병과 치유를 다루는 소설들은 생물학적이고 사회문화적인 맥락의 연결과 동시성을 추구하기에 적절한 문학 텍스트이다. 이러한 서사들은 의학과 신체에 대한 작중인물들의 지식과 사회적으로 통용되는 상식을 다른 서사들에 비해 상당히 풍부하게 포함하고 반영한다.

셋째, 몸과 마음의 비이원론적, 상호영향관계와 연결성을 중시하는 이 연구의 관점에 따라 특히 심신증을 포함해서 몸과 마음의 관계가 선명하게 부각되는 심신의학적인 질병이 나타난 소설들을 주로 분석의 대상으로 삼는다.

이 책은 해방과 한국전쟁 이후 1960년대 이후 70년대에 이르는 산업 현대화 시기의 한국 현대 소설 중 질병-치유 서사적 모티프를 지닌 단편 소설을 연구 대상으로 삼는다. 즉, 이청준, 김승옥, 서정인, 최인호, 박완서 등의 단편소설이다. 이 텍스트들은 기존 연구들에서 주로 '질병 서사(illness narrative)'라는 문학주제학의 용어로 '신체'의 질병 혹은 정신병리를 주된 모티프로 채용하는 서사 텍스트들을 포괄적으로 지칭한

---

60) Marco Caracciolo, "Tell-Tale Rhythms: Embodiment and Narrative Discourse", *StoryWorlds: A Journal of Narrative Studies*, Volume 6, Number 2, Winter 2014, p. 51.

다. 이 책에서 기존에 질병 서사나 병리적·의학적 서사를 '질병-치유 서사(illness-healing narrative)'로 재명명하는 이유는 다음과 같다.

첫째, 질병 서사가 치유의 모티프를 직접적으로 포함하지 않는다 하더라도, 질병 개념은 치유 혹은 건강을 의식한 상태에서 이해하고 규정할 수 있기 때문이다. 건강의 개념이 질병 개념의 관계 속에서만 이해되는 것이나 정상성이 비정상성과 일탈의 개념 쌍으로 함께 이해되는 이치와 같다.

둘째, 최근 의학계에 제기된 '건강 생성 패러다임'의 견해처럼, 질병과 건강은 이분법적으로 구분되기보다 일종의 역동적 변화 과정이자 삶에의 전반적 적응, 혹은 삶의 리듬으로 이해되기 때문이다. 따라서 질병과 치유의 역동적 변화와 운동, 생성을 포함하고자 이 용어를 활용한다.

셋째, 니체와 들뢰즈의 견해처럼 질병을 앓는 작중인물 또는 작가는 역설적으로 '위대한 건강'을 통해 '문화 의사'의 소임을 수행하며 자신과 사회를 진단하고 치유한다. 또한 질병을 앓는 환자 혹은 그 질병을 묘사하는 문학 텍스트는 직접적이지 않을지라도 언제나 치유와 회복을 소망하거나 건강을 의식하기 마련이다. 텍스트 분석과 해석을 수행할 때에는 이 점을 유념해야 할 것이다.

다음으로 텍스트가 산출된 시대를 선정한 근거를 제시해 보기로 하겠다.[61] 한병철의 『피로사회』는 이런 문장으로 시작한다. "시대마다 그 시대에 고유한 주요 질병이 있다."[62] 강신익의 의료 인문학적 논의나

---

61) 1960년대 시기의 질병-치유 서사에 관한 맥락은 노대원, 「1960년대 한국 소설의 심신 의학적 상상력」, 148~149면을 수정·보완했다.
62) 한병철, 김태환 역, 『피로사회』, 문학과지성사, 2012, 11면.

앤 해링턴이 연구한 심신의학의 문화사에서도 공통적으로 강조하는 것 역시 '몸에도 역사가 있고 문화가 있다'는 점이다. 과학과 의학 기술의 발달과 사회문화적 제도 및 환경의 변화는 역사적 시기에 따라 발병하는 질병의 종류, 그리고 사람들의 (문학적) 관심사가 되는 주요한 질병의 변화를 초래한다.

이를테면, 개화기는 근대적 위생의 도입과 단발령을 포함한 일제 식민지 통치 전략의 일환으로 의료 제도와 더불어 질병을 이해할 수 있다. 해방 이후 시기는 개화기 및 근대 초기에 못지않게 한국 전쟁과 근대 산업화 및 도시화 시기는 한국인의 몸에 급격한 변화를 초래하고 새로운 감각적 경험을 가능하도록 한 중요한 시기다. 한국 소설의 병리적 상상력에 대한 문학 주제학적 연구에서 개화기 및 근대 초기(주로 1890~1930년대)를 대상으로 한 논의는 상당히 많은 성과를 축적하고 있다. 대략 1960년대 이전까지의 한국 소설의 병리성 연구는 이재선의 『현대소설의 』63)이 그 체계성과 방대한 규모면에서 가장 주목할 만하다. 식민지 시기 문학의 병리학적 측면에 대해서는 이상(李霜) 시와 소설에 집중되는 경향이 있는데, 이상(李霜) 문학에서 몸과 언어 혹은 몸과 텍스트의 문제를 다룬 연구로는 김승희64), 조해옥65) 안미영66) 이재복67) 등의 연구가 그렇다. 이상(李霜) 문학에서는 작중인물, 서술자, 실제 작가가 모두 환자이며 '문화 의사'로서의 면모를 보이기 때문일 것이다.68)

63) 이재선, 『현대소설의 : 문학 모티프와 테마를 찾아서』, 문학과지성사, 2007.
64) 김승희, 『이상 시 연구』, 보고사, 1998.
65) 조해옥, 『이상 시의 근대성 연구: 육체의식을 중심으로』, 소명출판, 2001.
66) 안미영, 『이상과 그의 시대』, 소명출판, 2003.
67) 이재복, 『한국문학과 몸의 시학』, 태학사, 2004.
68) 노대원은 김승희 등의 기존 연구에 힘입어 이상(李箱) 시 텍스트의 병리성을 역설적으로 니체적 의미의 '위대한 건강'을 지닌 문화 의사로서의 긍정적 면모로 파악한 바 있다.

근대성 혹은 현대성의 시기를 구분하는 방법은 다양하다. 19세기 말~20세기 초, 식민지 시기로 상정하는 견해와 더불어, 권보드래·천정 환처럼 문화적·일상적인 차원에까지 폭넓게 현대성이 스며든 시기가 50~60년대라는 견해가 그것이다. 이 책에서는 '몸'의 사회문화적 측면에서 50~60년대를 '일상화된 현대성'의 시기로 이해하는 견해를 채택한다.[69] 19세기 말 이래 근대적 제도·문물의 도입과 형성 기간을 토대로 1960년대 무렵에 비로소 현대적인 도시의 일상생활이 확산되고 있었고 근대적 의료가 보편화되었으며, 그런 사회문화적 맥락 속에서 몸의 감각이 변모함에 따라 문학적 감수성과 수사학 역시 세련화를 거듭했기 때문이다. 특히, 주목할 것은 1960년대 이래 한국 현대소설에는 심신의 환부를 지닌 주인공이 많이 등장하며 질병을 중요한 소설적 모티프로 다루었다는 점이다.[70] 특히, 우찬제의 『불안의 수사학』[71]은 정신분석 비평의 방법론을 중심으로 최인훈, 김승옥, 서정인, 이청준에서 최인호, 최윤에 이르는 여러 작가의 소설에 나타난 불안의 양상을 면밀히 분석했다.

심신 의학적 증상 즉, '말하는 몸'의 서사화 현상은 단순한 '육체적

노대원, 「식민지 근대성의 '문화 의사(cultural physician)'로서 이상(李箱) 시 - 니체와 들뢰즈의 '문화 의사로서 작가'의 비평적 관점으로」, 『문학치료연구』 제27집, 한국문학치료학회, 2013.

69) "탈식민과 전쟁을 거치며 한국의 현대성은 재구조화된다. 남한에서는 1950~1960년대에 걸친 사회·문화 전반의 미국화와 냉전 체제화, 미디어와 대중의 폭발적 (재)형성, 근대문화제도의 (재)구축 과정으로 그것을 요약해볼 수 있다. 새로운 현대성은 이 책에서 주로 다룬 1960년대에 안착, 1990년대까지 그 힘을 유지·존속시킨다." 권보드래·천정환, 『1960년을 묻다: 박정희 시대의 문화정치와 지성』, 천년의상상, 2012, 553면.

70) 이재선, 「제4장 현대소설의 병리적 상징: 60년대 이후의 문학적 패소그라피」, 『현대 한국소설사 1945~1990』, 민음사, 1992 참고.

71) 우찬제, 『불안의 수사학』, 소명출판, 2012.

질병'만을 다루었던 이전 시기의 소설들과 다르다. 이들 텍스트가 모두 정도의 차이를 있을지 모르지만 사회적·역사적 맥락을 조건으로 현대의 개인이 겪는 몸-마음의 고통과 고뇌를 서사화한다. 심신 의학에서 가장 대중적인 용어인 '스트레스(stress)'[72]가 한국에 소개되기 시작한 시점은 50년대 후반으로, 60년대 초반이 되면 점점 널리 사용되기 시작한다.[73] 60년대 초반에는 스트레스를 '긴박(緊迫)'이라는 역어로 사용하기도 했다.[74] 사회의 일상적 현대화에 발맞추어 심신 의학 용어가 빠르게 도입·확산되어 많은 사람들이 현대인의 병리성을 심신 의학적인 것으로 이해하기 시작했다. 또한 여러 소설에서도 프로이트의 범색론 같은 이른바 대중 심리학(popular psychology) 내지 통속 심리학(folk psychology)[75]에 의거한 심신 상호 관계에 대한 대중들의 이해가 나타나는 것을 발견할 수 있다. 예컨대, 프로이트의 쾌락원칙과 농담

---

72) 1950년에 생리학자이자 생화학자인 한스 셀리는 '금속을 변형시키거나 약하게 만드는 힘'을 의미하는 야금학 용어를 차용하여 '스트레스'라고 명했다. 당시 '스트레스'라는 의학적 아이디어는 질병 이론 중 최고의 속도와 강도로 영향을 주었다. 앤 해링턴, 조윤경 역, 『마음은 몸으로 말을 한다: 과학과 종교를 유혹한 심신 의학의 문화사』, 살림, 2009, 190~195면.
73) "질병은 병균에서만 오는가 하면 그렇지도 않다. 요즘 새로운 용어로서 "스트레스"라는 병인도 현대병으로서 단단히 한몫 보고 있다. [...] 우리의 주위에서는 이런 "스트레스"가 미칠 가능성이 상당히 많다. 특히 교통량의 증가와 소음 그리고 불의의 충격·사회적 고뇌 이런 것도 우리에게는 무시 못 할 병인이다."〈깜찍한 細菌의 耐性〉,『경향신문』2면 사회 기사, 1959.04.20.
74) 유동준,〈緊迫과 疾病 =특히「한스·세리」교수의 일설을 소개코자〉,『경향신문』4면, 1962.01.15.
75) 우리들은 타인의 심리과 행동에 대해 나름대로 이해하고 설명하고자 한다. 이러한 이해와 설명은 타인들과 공유될 수도 있으며 한 사회나 문화에서 일종의 상식이 되기도 있다. 인간의 행동이나 마음에 관한 속담이나 격언이 좋은 예가 되며, 이를 모두 합쳐 상식 혹은 통속 심리학(folk psychology)이라고 부를 수 있다. 김영진,「심리학의 다양한 접근」,〈일상의 심리학〉. (http://navercast.naver.com/contents.nhn?rid=133&contents_id=6867)

이론에 대한 진술은 김승옥의 「차나 한잔」(1964)이나 최인호의 등단작 「견습환자」(1967)에서도 발견되는데76), 소설의 작중인물들이 그렇듯이 당시 프로이트는 상식적으로 널리 이해되고 있었다. 정신분석에 대한 작가들의 상식적 또는 통속적 이해는 심인성 질병 또는 심신증의 서사화에 자연스러운 계기로 작용했을 것이다.77) 근대화 이데올로기와 경제제일주의의 급격한 부상으로 특징지어지는 이 시기는 고도성장과 물질문명의 발전으로 소아사망률, 결핵·나병 환자의 수는 줄고 있었으나 오히려 "자살률 및 심인성 병은 계속 늘고"78) 있었다.

2) 질병-치유 서사의 이론

인간은 몸의 존재이다. 그러므로 인간에게 질병은 숙명이다. 인류 역사상 몸의 고통은 문학적 상상력의 영원한 원천이자 보고였다. 근대 예술가는 '상처 입은 이야기꾼(the wounded storyteller)'이자 '상처 입은 치유자(the wounded healer)'의 형상으로 이해되었다. 질병-치유 서사 연구는 그러한 인간의 근원적인, 그리고 삶에 대한 가장 기본적인 사유로부터 출발한다. 질병의 사건은 심신의 위기이자 갈등 상황으로, 이야기를 출현시킨다. 이 질병의 이야기는 심신을 '통해' 발화되며, 심신에 '관해' 발화된다. 이 이야기는 질병에 의해 촉발된 것인 동시에 치

---

76) 김승옥, 『무진기행』, 문학동네, 2010, 232면; 최인호, 『타인의 방』, 문학동네, 2002, 17면.
77) 박완서의 초창기 단편소설들에서도 범색론적 프로이트 이론이 자주 등장한다.
78) 권순영, 「범죄 예방책의 과학화-범죄와 세상」, 『사상계』 제62호, 1958. 9; 권보드래·천정환, 앞의 책, 403면에서 재인용.

유와 회복을 지향한다.

질병과 건강을 다룬다는 점에서 질병-치유 서사의 연구는 의료 인문학과 서사 의학을 참조할 수 있다. 물론 실제의 질병 체험 서사(illness narrative)와 소설 등 허구 서사의 질병-치유 서사 간에는 분명한 차이점들이 존재한다. 허구 서사는 작가의 미학적 의도와 장르적 관습, 독자에 대한 수사학적 고려 등의 요인들이 개입된다. 또한 소설에서 질병-치유 경험은 작가들에게 직접, 간접적인 영향을 주었을지 몰라도 작가들은 서사를 어느 정도까지 미학적으로 구성할 만큼의 '미미한 건강'(들뢰즈의 표현)은 지니고 있다. 요컨대, 개별 텍스트마다 그 차이는 존재할 지라도 대체로, 소설은 실제 체험 서사보다는 작가와 텍스트 또는 인물의 병리성의 신체화 정도가 약화되어 있으며 대신 문화적 관습과 맥락이 중시되는 편이다.

몸과 마음, 혹은 몸-마음에 대한 서사 문학의 연구, 좁게는 질병-치유 서사 연구는 크게 서사 주제학적 방법론과 서사학적 방법론으로 양분되며, 최근에는 포스트휴머니즘의 이론이 도입되었다. 이 책에서는 이 연구들을 모두 나열하기 보다는 이들이 주로 이론적 자양분을 취하는 방법론을 비판적으로 검토해보기로 하겠다. 기존 방법론과 연구들의 특장점 및 한계점을 근본적으로 파악하여 종합적으로 수용하고 새로운 연구 모델을 창안하기 위한 방법론을 마련하기 위해서다.

● 질병의 은유론

수전 손택의 『은유로서의 질병』은 질병의 문화적 의미와 '신화'적 편견에 대해서 비판적으로 고찰한다. 손택에 의하면, 질병에 대한 과학적 무지는 질병을 사회적 차원에서 부정적인 은유로 광범위하게 사용되게 만든다. 특히, 질병의 의미에 도덕적 심판이라는 함의를 부여하면서 환자의 인권을 가혹하게 유린하는 경우도 발생하게 된다. 손택의 비평적 에세이는 문학 텍스트 또는 작가의 질병과 관련해서 풍부한 예시를 들고 있어서, 질병-치유 서사에 나타난 질병의 의미론으로 참조할 만하다. 또한 낭만주의가 바라본 결핵의 이미지에서처럼, "질병은 어떤 사람을 '흥미롭게' 만들어 주는 방식"79)으로써 작중인물의 개성에 관여한다는 점 역시 문학의 인물 형상화 문제를 고려할 때 주목할 만하다.

한편, 손택은 질병을 거의 '생물의학'의 관점에서 바라보고 있다. 예를 들어, 그녀는 질병을 심리학적으로 설명하려는 현대의 편향적 태도를 비판한다. "심리학이 좀더 고상해진 관념론, 즉 좀더 세속화되고, '정신'이 물질에 우선한다는 주장을 마치 과학적으로 설명해 주는 방식처럼 보이기 때문이다."80) 정신 우월주의에 대한 이러한 비판은 매우 타당한 것이지만, 한편으로는 질병에 대한 단일 요인 분석이라는 생물의학 패러다임의 한계에 종속되어 있는 것이기도 하다.81)

질병에 대한 왜곡된 신화가 발생한 원인에 대한 분석은 타당할지 몰라도, 질병에 한 가지 원인만이 작용한다는 사고 역시 '신학·형이상학적 사고'로 볼 수 있다. 가라타니 고진은 르네 뒤보스의 『건강이라는 환상』을 인용하면서 병원체설, 넓게는 병의 특이 원인론을 비판했다.82)

---

79) 수전 손택, 이재원 역, 『은유로서의 질병』, 이후, 2002, 50면.
80) 같은 책, 85면.
81) "사람들은 아직 그 병인이 이해되지 못하고 있는 질병을 생각할 때에 다양한 병인으로만 어떤 질병을 설명할 수 있다는 관념에 젖곤 한다. 마찬가지로, 사회적으로나 도덕적으로 옳지 못하다고 느껴질 만한 은유로 사용될 가능성이 가장 많은 질병도, 이처럼 다양한 병인이 있다고 (즉 신비스럽다고) 여겨지는 질병이다." 같은 책, 93면. 강조는 원문.
82) "결핵균은 결핵의 〈원인〉이 아니다. 거의 모든 인간이 결핵균이나 그 밖의 미생물 병원체에 감염된다. 우리는 미생물과 함께 살아가고 있으며, 미생물이 없으면 소화도 되지 않고 살아갈 수도 없다. 몸속에 병원체가 있는 것과 발병하는 것은 완전히 다른 일이다. […]

물론 손택이 비판하는 대상이 질병에 관한 왜곡된 문화적 이미지와 신화이기 때문이기도 하고, 자신이 암 환자였다는 자전적 이유도 작용했을 것이라고 추측된다.83) 심신의 전일성을 강조하는 『몸의 인지 서사학』의 관점에서는 육체나 세균의 문제만을 질병의 원인으로 삼는 태도 역시 비과학적인 사고라고 볼 수 있다.

● 정신분석적 서사학과 몸의 서사학

욕망과 충동 등 정신분석학의 핵심 개념은 문학의 심리적 접근에서 중요한 고려 사항이다. 줄리아 크리스테바는 언어학과 손잡은 형식주의나 구조주의적 연구방법이 말하는 주체 혹은 글 쓰는 주체가 위치한 육체성을 배제해버리기 쉽다고 비판한다. 그녀는 기호 분석학(semanalysis)을 제안하면서 텍스트의 주체에 대한 관심을 제고할 것을 주장한다.84) 특히 크리스테바는 라캉이 욕망 이론으로 충동을 괄호로 묶고 프로이트 이론의 육체성을 거세한다고 비판하면서 충동을 다시 강조한다.85) 충동이 가득한 육체를 다시 구조주의 속에 끌어들이기 위해 크리스테바는 두 가지 전략을 활용한다. 첫째, 육체적 충동이 언어 속으로 진입한다고 주장하며 말하는 육체를 의미화에 끌어넣는다. 둘째로, '큰상징계'86)를 움직

원래 하나의 〈원인〉을 확정지으려는 사상이야말로 신학·형이상학적인 것이다." 가라타니 고진, 박유하 역, 「병이라는 의미」, 『일본근대문학의 기원』, 민음사, 1997, 150면.
83) 다음 대목에서 생물의학에 대한 과학에 대한 손택의 낙관과 기대를 엿볼 수 있다. "암을 일으키는 단 하나의 주요 병인이 발견되어 단 하나의 치료 방법으로 암을 억제할 수 있을 것이라는 가능성을 시사해 준다." 수전 손택, 앞의 책, 92면.
84) 김승희, 「시의 혁명과 시적 혁명: 심미적 아방가르드와 '온몸의 시'로서의 아방가르드」, 『코라 기호학과 한국시』, 23면.
85) 같은 책, 61면.
86) 크리스테바는 큰상징계와 상징계를 구분하려고 시도한다. "인간은 큰상징계(Symbolic

이는 역학이 이미 육체의 물질 및 전상징적 상상계 속에서 작용을 개시하고 있다고 주장하면서, 언어를 육체 내에 재각인한다. 다시 말해, 의미화 논리는 이미 물질적 육체에 들어 있다고 주장한다. 그리하여, 크리스테바는 사회문화의 총체인 큰상징계를 설정하고 품어주며 (동시에 그것을 위협하는) 육체는 모성적 육체라고 하면서, 전통적 프로이트 및 라깡의 정신분석이 주체 형성 과정에서의 부성적 기능을 강조했던 것에 도전한다.[87]

형식 언어학의 이성중심주의적 사유을 비판하며 의미화와 사회문화적 체계가 근본적으로 육체와 관련되어 있다는 크리스테바의 견해는 인지 의미론 및 생물문화적 인문학 접근과 상통한다. 인지 의미론은 유아와 아동에 대한 진전된 경험과학적 연구에 근거해서 크리스테바의 의미화/주체화 이론보다 더욱 폭넓게 몸의 중요성을 강조한다.[88] 가령, 주체 형성 이론을 위한 라깡의 발달 연구 논의는 최근의 진전된 경험과학에 의한 점검이 필요하다. 탈구조주의와 포스트모던 이론들은 탈데카르트적 심신론을 옹호하는 담론임에도 불구하고 여전히 언어의 특권을 강

---

order)인 의미화, 즉 사회적 질서 안에 진입하여 말하는 주체가 되는데 큰상징계는 국가 사회적 체제, 질서, 문화의 총체로 이해되는 가부장제 같은 것으로 본다. 그에 비하여 '상징계'는 문법적이고 통사, 기호 체계적인 속박들로 보인다." 같은 책, 62면.

87) 켈리 올리버, 박재열 역, 『크리스테바 읽기』, 시와반시, 1997, 10~11면.

88) 마크 존슨은 유아의 의사소통에 관한 발달 심리학적 연구 성과를 통해 인간의 의사소통 활동의 근간이 되는 신체화된 의미 소통을 다음과 같이 설명한다. "세계의 의미를 배우는 이런 방법은 모두 몸을 수반한다. 즉 몸의 지각적 능력, 운동 기능, 자세, 표정, 정서와 바람을 경험할 수 있는 능력을 포함한다. 이런 능력은 신체적·정서적·사회적이다. 이런 능력은 모든 것이 구비된 언어를 필요로 하진 않지만 의미를 만들 수 있고, 이해되거나 뜻이 통할 수 있는 것이면 무엇이든 만날 수 있는 수단이다. 우리가 자라면서 이런 의미 창조의 방식이 다소 부지불식간에 사라지는 것은 아니다. 오히려 이런 몸 기반적 의미 구조는 가장 추상적인 사고 방식을 포함해 개념화와 추론의 기초가 된다." 마크 존슨, 앞의 책, 76면. 강조는 원문.

조하는 강한 사회구성주의적 입장을 견지한다.89) 이에 비해, 언어가 생물학적 과정인 동시에 문화적 과정으로 본 크리스테바나 신체화된 인지 접근의 인문학 방법론은 언어의 특권적 지위를 상대화하면서 전언어적, 비언어적인 의미화에서 몸의 위상을 강조하며 몸과 문화의 통합을 더욱 가속화시킨다.

　서사학에서 욕망과 충동에 관한 이론은 피터 브룩스의 정신분석 서사학으로 대표된다. 그의 『플롯 찾아 읽기』(1984)와 『육체와 예술』(1993)은 근대 서사의 '욕망(desire)'과 '육체(body)'에 초점을 맞추어 서사 이론을 전개한다. 그는 구조주의 서사학의 한계를 극복하기 위해 정신분석학의 관점에서 플롯과 욕망의 상호작용을 분석해내는 이론과 비평을 제시한다. "내러티브의 동력기가 욕망"90)이며, "현대 소설의 경우, 주인공의 동기 유발의 원동력이자 서사물 전체에 내재하는 역학의 역할을 수행해온 것이 욕망"91)이라는 것이 브룩스가 제시한 욕망의 서사학의 핵심이다. 그는 『육체와 예술』에서 문화에 육체가 편입되는 현상을 육체의 기호화(semioticization of body)라 부른다. "육체의 기호화와 병행하여 이야기의 '육체화somatization'라 부를 수 있는 현상, 즉 육체가 서사물의 중심 기호이자 서술적 의미들을 연결해주는 중심 고리로 작용하는 현상도 존재한다".92) 몸에 의미를 부여하고 몸을 서술

---

89) 포스트모더니즘의 공통된 결과는 "언어적-문화적 상대주의, 보편적 진리 주장에 대한 의심, 인간 본성에 대한 '빈 서판' 관점이다. 즉 우리가 사회화되는 담론에 의해 각인될 때까지는 아무것도 아니어서, 우리가 생각하거나 행동하는 방식에 대한 어떤 중요한 것도 우리의 생물학적 재능의 직접적인 결과가 아닌 것이다." 에드워드 슬링거랜드, 앞의 책, 151면.
90) 피터 브룩스, 박혜란 역, 『플롯 찾아 읽기』, 강, 2011, 192면.
91) 피터 브룩스, 이봉지·한애경 역, 『육체와 예술』, 문학과지성사, 2007, 104면.
92) 같은 책, 67면.

적 원동력의 하나로 삼으려는 몸의 기호화 현상은 서술적 신체화의 미학을 환기시킨다.

> 육체는 기호의 영역으로 들어가 그 자체가 기호가 되었고 또한 여러 기호가 각인되는 장소가 되었다. (여기서 우리는 기호학이 원래는 육체의 병의 증상과 징후를 살피는 의학의 한 분야였으며 그 기원이 히포크라테스 시대까지 거슬러 올라간다는 점을 상기할 필요가 있다.) 역으로 이렇게 기호화된 육체는 서술적 의미의 핵심적 요소가 되었다. 즉 그것은 이야기의 의미라는 짐을 떠맡는다. 이런 의미에서 우리는 다시 한번 육체의 기호화는 이야기의 '육화'를 동반한다고 말할 수 있겠다.[93]

브룩스는 육체에 대한 지식애(epistemophilia)적 충동이 서사물의 플롯을 진행해나가는 동력이라고 본다. 브룩스는 성애적 욕망의 대상으로서 육체, 특히 남성에 의한 관음증적인 대상으로서 여성 육체의 시각성에 주로 관심을 기울인다. 그의 이론은 그 폭넓은 영향력만큼이나 많은 비판을 받아온 것처럼 남성의 '섹슈얼리티' 모델에 근거한 것이다. 남근 중심적 태도가 지배적이라는 사실은 그 스스로 인정하는 바이지만, 몸에 대한 이해에 있어 '시각' 중심의 서술 방법 역시 남성 중심적 사고라고 비판 가능하다. 또한 몸은 욕망의 '대상'일 뿐만 아니라, 욕망의 '근원지'로서 인식의 근본 지평이라는 지위를 갖는다는 점에 대해서는 망각한다는 점에서, 브룩스의 연구는 분명한 한계를 갖는다.

대니얼 푼데이의 『서사적 신체』는 기존 서사학 연구에서 육체 논의가 충분하지 못 하다는 문제 제기에서 출발해서 이른바 '몸의 서사학

---

93) 같은 책, 88면.

(Corporeal Narratology)'의 정립을 시도한다. 푼데이는 서사학이 현대의 육체 개념에 의존해 있음을 밝히고, 서사 개념에 신체성(corporeality)을 도입하여 인물구성, 플롯, 공간과 배경, 서술을 새롭게 조명하고 몸의 해석학(corporeal hermeneutics)을 제안한다. 그는 서사는 신체적이라면서 그 관계를 다음과 같이 설명한다. "서사는 단순하지 않게 신체적이다. 서사가 이야기의 자연적인 일부로 인물의 신체를 사용하는 것이 필요하기 때문만이 아니라, 몸의 역설들—형태를 만들고 저항하는 몸의 능력, 세계 안에서와 그 외부에서 몸의 위치 등등—을 반영하는 서사에 관해 우리가 생각하는 바로 그 방식으로 인해 또한 신체적이기 때문이다."[94] 푼데이와 브룩스의 연구에서 공통적으로 신체성에 대한 서사학적 연결과 접속의 시도는 거의 인문사회학적 문헌에 의존하고 있어 몸의 생물학적 근거에 대해서는 방법론적으로 무관심한 편이다. 이러한 한계를 보완하기 위해서는 최근의 과학연구의 설명으로 융합되고 보완되어야 한다.

● **포스트휴먼 문학 연구의 신체화 이론**

캐서린 헤일스는, 엘리자베스 그로츠의 육체 페미니즘 기획에서 제안한 뫼비우스 띠 모델과 근래의 인지과학 이론을 비판적으로 종합·수용하여, '신체(body)'와 '신체화(embodiment)' 개념을 구분한다. 기존의 신체 개념이 항상 표준적이고 규범적이며 남성적 신체를 지칭하는 데 비해, 신체화는 "맥락과 관련되며 특정한 장소, 시간, 생리, 문화 안에

---

94) Daniel Punday, *Narrative Bodies: Toward a Corporeal Narratology*, Palgrave MacMillan, 2003, p. 15.

존재"하며 "신체와 비교할 때 신체화는 다른 것이고 다른 곳에 존재하며 무한한 변종, 특수성, 이상(異常)[abnormalities]이 지나치게 많은 동시에 충분하지 않다."[95] 헤일스의 신체화 개념은 사회문화적 맥락 안에 존재하는 것으로 언제나 패권적 문화와의 불일치와 긴장이 존재하기 마련이라는 점에서, 권력의 문제나 정치적인 문제와 연관된다. 젠더 정치의 문제를 비롯해서 신체적 장애나 질병, 인종 등 혹은 어떤 식으로든 신체적 변화의 문제를 겪는 주체의 신체화는 지배적 공식 문화에서 규범적이고 표준으로 제시한 신체 개념과의 차이 때문에 긴장과 불화를 체험한다. 이러한 신체화 개념은 기존의 표준적이며 정적인 신체 모델을 대신해서 동적이며 비표준적인 몸의 이론으로 해체적·대안적으로 활용할 수 있을 것이다.

헤일스가 신체/신체화 개념쌍에 대응하면서 제시하는 또 다른 개념쌍은 '기록'과 '체현'(inscription/incorporation)이다. 기록은 신체 개념처럼 특정 현상과 별개로 작용하는 기호 체계로 간주되므로 규범적이고 추상적이다. 반면에 체현은, "신체화가 신체와 끊임없이 상호 작용을 하듯이 체현 행위는 그것을 기호로 추상화하는 기록과 끊임없는 상호 작용을 한다."[96] 신체에서 신체화로 초점을 옮기면 기록의 추상성에서 체현 행위의 특수성이 부각된다. 체현 행위는 신체화된 지식(embodied knowledge)을 만들어내는데, 이 점에서 몸에 대한 문화의 영향력뿐만 아니라 몸에 기반하여 문화가 형성되고 변화되는 다양한 국면(몸동작, 예절, 아비튀스, 제의, 학습 등)을 확인할 수 있다.

---

95) 캐서린 헤일스, 앞의 책, 352면. 원문의 영단어 병기는 인용자의 것. / N. Katherine Hayles, op. cit., pp. 196~197.
96) 캐서린 헤일스, 앞의 책, 355면.

지금까지 검토한 질병의 은유론을 통한 적 연구, 정신분석적 서사학과 몸의 서사학, 포스트휴머니즘 문학 이론을 비판적으로 수용하면, 새로운 서사학적 연구 프로그램을 정립하는 데 유익한 참조점이 될 것이다. 여기에 문학 연구의 신체론 및 심신론에 새롭게 도입하고자 하는 것이 신체화된 인지과학과 인지 서사학의 방법론이다.

3) 질병과 건강의 생물문화적 이해

질병-치유 서사 이론의 올바른 정립과 타당한 해석을 위해서는 우선 질병과 건강에 대한 생물문화적 이해가 필요하다. 의학은 인간의 몸-마음을 대상으로 하는 앎을 추구하기 때문에 그 자체로 과학과 인문학이 만나는 접점이며, 인간학적 탐구라고 할 수 있다.

이 관점에서, 의료인문학자 강신익은 건강에 대한 견해를 세 가지 모델로 정리해서 제시한다. 세계보건기구는 건강을 '육체적-정신적-사회적 안녕 상태'로 정의하는데, 최근에는 영적(靈的) 안녕을 추가하기도 한다. 이러한 생물-심리-사회 모델(bio-psycho-social model)의 건강관에서는 다원적 '안녕(wellbeing)'의 상태를 강조한다. 생물학적 정상 상태로 보는 주류적인 견해를 생물의학적 모델(biomedical model)이라고 하며, 여기서는 일원적 '정상(normality)'의 상태를 중시한다. 세 번째 건강관은, 이스라엘의 사회학자 안토노프스키(Aaron Antonovsky)에 의해 건강 생성 패러다임(salutogenic paradigm)이라는 이름으로 제시되었다. 건강(salute)은 존재하는 것이 아니라 생성(genic)된다는 뜻으로, 건강을 '있음'이 아니라 '되어감'으로 보았다. 이 관점에 의하면, "건강은 고정된 이상적 '상태'가 아니라 역동적 변화의 '과정'이며 따라서 완벽한 건강이란 존재하지도 않는다. 건강과 질병은 이분법적으로 구분할 수 있는 실재가 아니며 명확하게 정의할 수 없는 어떤 움직임이다."97)

세 가지 건강관에 대한 이해는 문학 텍스트의 질병 및 질병-치유 서사의 분석과 해석 방법론의 구축에 있어 상당한 참조점이 된다. 즉, 주류적인 생물의학의 패러다임을 벗어나 생물-심리-사회 모델을 포함하는 심신 의학, 또는 최종적으로는 건강 생성 패러다임의 인간관과 건강관을 수용할 필요가 있다. 아래 제시한 표 1.은 강신익의 '건강의 세 가지 모델' 표를 참고하고 수정하여 『몸의 인지 서사학』의 문학론에 적용해본 모델이다.98)

강신익은 건강하지 못한 상태를 지시하는 한자어로 질(疾), 병(病), 환(患) 등을 설명한다. 질은 우리에게 침투하는 외래적 존재를, 환은 그로 인해 괴로워하는 마음의 상태를 나타낸다. 또한 병은 불건강의 상태를 경험하고 극복해가는 우리 인간의 대응양식이다. 이 단어들은 현재 구별 없이 사용되어 병, 질병, 질환, 병환 등이 모두 같은 뜻으로 해석되고 있는데, 그 이유는 건강과 질병이 주로 생물의학 모델에 의해 설명되기 때문이라고 한다. 문제는 근대의 생물의학적 시각이 일반화되자 의학적 대상인 질병은 환자의 살아본 몸(lived body)나 현상학적 질병 체험과 분리되기 시작했다는 것이다. 그러나 옛 의서와 20세기 초까지만 해도 신문에서는 '병ᄒ다'라는 동사 표현을 사용했다고 한다. 이 말은 병과 몸을 분리시키지 않으며 객관적 실체로서 질병(disease)과 주관적 체험으로서 병환(illness)를 구분하지도 않으며 건강 생성 패러다임과도 상통한다.99) 질병-치유 서사의 해석에서도 이러한 의료 인문학

---

97) 강신익, 『몸의 역사, 몸의 문화』, 휴머니스트, 2007, 135면.
98) 같은 책, 134면의 표1을 일부 인용하고 변형.

의 비판적 견해는 매우 유용한 것으로 보인다. 이들 서사 텍스트에 공감하고 동참하는 독자의 마음은 생물의학적 객관적 태도가 아니라 체험과 현상의 관점이기 때문이다.

표 1. 건강 모델과 질병-치유 서사 이론

건강에 대한 견해	이론적 근거	조직 방식	구성 요소	건강의 정의	질병	치유	문학의 관심 대상
생물의학 모델	기계론	기계적	일원적	정상적 상태 (종 디자인)	질(疾)	다스림	육체/정신
생물–심리–사회 모델	시스템 이론	유기적	다원적	삶의 안녕 (현상)	환(患)	보살핌	심신과 사회·문화적 맥락
건강 생성 패러다임	과정 철학	초월적	생성적	삶의 질적 전환	병(病)	앓음	건강의 생성과 삶의 과정

다음 장부터는 몸의 인지 서사학의 기본적인 이론 체계를 살펴본 뒤, 본격적으로 서사의 세세한 내부 국면의 신체화 양상을 논의하고 구체적인 텍스트 분석에 들어가기로 하겠다.

---

99) 같은 책, 135~136면.

제2장

인지 서사학과 소설의 몸

몸의 인지 서사학 질병과 치유의 한국 소설

2 인지 서사학과 소설의 몸

 1 새로운 서사학의 출현과 인지 서사학

1) 서사적 전환과 포스트-고전서사학의 부상

1990년대 이래로 서사학적 연구는 '서사적 전환(narrative turn)'이란 표제 하에, 모든 역사적 시기의 "모든 종류의 매체에서 발생한 모든 종류의 서사를"[1] 연구 대상으로 삼으며 학문 전반으로 확장되기에 이른다. 이른바 '인지적 전환(cognitive turn)'과 '인지 혁명(cognitive revolution)'으로 불리는 인지과학과의 결합에 의해 더욱 활기를 얻어가고 있다. 이와 동시에 서사학 연구의 진전을 위해 구조주의 서사학의 한계를 넘어서기 위한 문제제기와 비판 작업들도 이미 오래 전에 진행되었다. 김경수는 구조주의 서사학이 객관적 문학 분석 도구로서 소설

---

1) 제임스 펠란, 「서사이론, 1966-2006: 하나의 서사」, 로버트 숄즈·로버트 켈로그·제임스 펠란, 임병권 역, 『서사문학의 본질』(수정증보판), 예림기획, 2007, 434면.
'서사적 전환' 외에도 '서사적 붐(narrative boom)'이나 '서사적 폭발(narrative explosion)'이란 표현도 사용되고 있다. 최용호, 「인문학 기반 스토리 뱅크 구축을 위한 서사 모델 비교 연구」, 『인문콘텐츠』 제11호, 인문콘텐츠학회, 2008, 74면.

연구에 끼친 지대한 공헌을 인정하면서, 한편으로는 작품 자체에만 집중하는 문학 연구로서 건조성, 비역사성 등의 한계를 탈피하기 위한 소설 연구 방법론의 필요성과 전망에 관해 논의한 바 있다. 특히, "구조주의적 분석은 그것이 자족적 완결성이라는 신화로부터 해방되어 텍스트를 둘러싼 의사소통 체계를 보다 열린 체계로"2) 받아들여야 한다고 본다. 황국명도 서사로 지칭되는 다채로운 현상들이 구조주의 서사학의 방법론으로 충분히 해명하기 어렵다고 비판하면서, 최근 서사학이 관심을 기울이는 서사의 인식적 가치, 그리고 우리의 실제 삶과의 관련성이라는 전제 아래 '마이너리티서사'의 가능성을 논의한다.3)

구조주의 서사학 즉, 고전서사학에서 이른바 '포스트-고전서사학 (post-classical narratologies)'으로의 전환으로 표현되는 최근의 서사학 패러다임의 변화는, 다양한 현실 개혁에 공헌한 문화 연구에 영향을 받아 이루어졌다.4) 쉴로미스 리몬-케넌(Shlomith Rimmon-Kenan)은 고전 서사학을 구조주의, 새로운 서사학을 문화적이고 역사적 서사학과 포스트-고전서사학으로 정의하며, 제임스 펠란(James Phelan)은 새로운 서사학이 역사적, 문화적, 윤리적 관점을 중시하고 학제간 연구이며 대상이 넓게 확대된다는 점을 밝힌다. 이 견해들은 공통적으로 닫힌 체계가 아니라 읽기 과정의 역동성을 중시한다.5) 영문학자 권택영은 이와

---

2) 김경수, 「구조주의적 소설연구의 반성과 전망」, 『현대소설연구』 19권, 한국현대소설학회, 2003, 339면.
3) 황국명, 「현단계 서사론의 과제와 전망」, 『인간·환경·미래』 제4호, 인제대학교 인간환경미래연구원, 2010.
4) 서사학의 영역은 소설, 영화, 만화 등 전통적 서사 형식으로부터 극, 시, 오페라, 패션 디자인 등 예술 전반으로 확장되었고, 심지어 미디어, 법, 자서전, 병원 일지 등 사실 추구의 영역으로 확장되기에 이르렀다. 권택영, 「미국과 유럽 서사론: 내포저자와 서술자」, 『아태연구』 16권 1호, 2009, 18면.
5) 같은 글, 24~25면.

같은 포스트-고전서사학 패러다임을 '랑그(langue)'의 분석에서 '빠롤(parole)'의 부상으로 설명한다. 작품의 구조가 아닌 독자의 개별적인 읽기라는 실천적 경험이 중시된다는 것이다. 이러한 경향은 "미학과 윤리를 중시하게 된 오늘날의 일반적인 지적 패러다임과도 상통한다"[6]고 보는데 이러한 통찰은 서사학 연구에 관한 성찰과 전망에서도 중요한 지적이다. 서사학 이론과 방법론 자체가 몸의 서사학, 페미니즘 서사학, 사회 서사학, 게임 서사학 등으로 세분화·다양화되는 경향도 이러한 성찰과 무관하지 않을 것이다.

이렇듯 최근 서사학의 연구는 서사 '텍스트'에서 서사 '현상'으로 관심사를 전환하고 있다. 구조주의적 고전서사학이 서사 텍스트의 언어적 구조에 초점을 맞추었다면, 최근에 가장 급진적인 서사학으로 평가받는 인지 서사학을 위시한 최근 연구들은 인지적 전환을 계기로 서사성의 인지적 체험과 수사학적 효과를 강조한다. 즉, "구조주의 서사학에 따르면 서사 텍스트를 서사 텍스트답게 만들어주는 서사성(narrativity)은 서사 텍스트 속에 내재한다. 반면 인지주의 서사학에서는 이 서사성을 서사 텍스트와 독자의 상호작용에 의해 재구성되는 것으로 간주한다."[7] 이러한 이른바 '포스트-고전서사학'[8] 연구들은 정적인 구조주의(고전)

---

6) 권택영, 「서사학 패러다임의 변모: 구조분석에서 개별 독서 경험으로」, 『OUGHTOPIA: The Journal of Social Paradigm Studies』 Vol.24 No.2, 경희대학교 인류사회재건연구원, 2009, 226면.

7) 최용호, 『서사로 읽는 서사학: 인지주의 시학의 관점에서』, 한국외국어대학교출판부, 2009, 6면. 여기서 참고로, 엄밀히 말해서 인지주의는 2세대 인지과학이 제기되기 전의 정보처리적 관점의 이론이다. 그러나 이러한 설명은 2세대 인지과학 이후의 인지 서사학에도 적용 가능한 진술이다.

8) 독일의 서술이론을 중심으로 고전서사학과 포스트 고전서사학(인지적 서사학)의 비교에 대해서는, 송민정, 「문학 연구의 인지적 전환(1) - 텍스트에서 콘텍스트로 -고전서사학과 인지적 서사학의 비교를 중심으로」, 『독일언어문학』 Vol.61, 한국독일언어문학회, 2013

서사학의 성과를 비판적으로 수용하면서, 역동적이고 생성적인 과정으로서의 서사, 삶에서의 서사 현상으로 탐구 영역을 확장한다.

최근 대략 2000년 이후에는 '서사학'이라는 용어 대신 '스토리텔링(storytelling)'9)이라는 용어가 학계와 일상에서까지 확산되고 있다. 서사학이라는 용어가 학문적이고 정적인 측면이 강하다면, 스토리텔링이란 용어는 이야기의 실제적, 실천적 과정에 대한 독자 대중과 서사 향유자, 그리고 서사 창작자/제작자의 관심을 반영한다. 또한 특정 예술에 국한된 현학적인 구조 분석보다는 우리의 일상적 삶에서 만나는 광범위한 실제 이야기들의 문화적 현상과 그 수사학적 효과, 그리고 서사의 문화산업으로서 경제적 가치까지 포함한 현실적, 실용적 맥락에 더 깊은 관심을 갖게 된 이유가 작용했을 것이다. 이 책은 이러한 서사학의 연구 경향을 성찰하면서 서사 현상에서의 몸-마음에 관심을 기울이고자 한다.

2) 인지적 전환과 인지 서사학의 부상

다음으로, 포스트-고전서사학의 여러 논의 가운데 중요한 연구 경향인 인지 서사학의 요점을 살펴보고자 한다. 수사학적 서사학자 제임스 펠란은 서사 문학 이론의 전개 과정을 검토하는 자리에서, 구조주의 서사학과의 공통점과 차이를 설명하는 방식으로 최근의 인지 서사학의 특

참고.

9) 조희권, 「스토리텔링」, 문학평론가협회, 『문학비평용어사전』, 국학자료원, 2006 참고. 앞으로 이 책에서 인용할 경우 URL 생략. (http://terms.naver.com/list.nhn?cid=41799&categoryId=41800)

징을 개괄한다.

오늘날의 활기 넘치고 여전히 발전중인 인지 서사학cognitive narratology은, 자주 구조주의 서사학과의 차이점을 특별히 언급하기도 하지만, 서사의 속성에 대해 포괄적인 형식적 설명을 발전시키려는 공통의 목적을 공유한다. 고전주의 서사학이 구조주의 언어학을 자신의 모델로 받아들이고 그에 따라 고전주의 서사학이 욕망하는 형식적 체계를 하나의 문법으로 여기는 반면에, 인지 서사학은 좀 더 다학제적인multi-disciplinary 노력이고, 형식적 체계를 서사가 서사를 생산하고 소비하는 과정에서 의존하는 정신적 모델의 구성요소로 여긴다.[10]

인지 서사학은 고전 서사학의 근본적인 질문, 즉 서사체의 텍스트 체계의 근본적 규칙이 무엇인가라는 질문을 취해서, 그 질문을 수정해서 다시 물어본다. 즉 서사를 구성하고 이해하는 우리의 능력을 가능하게 만드는 정신적 도구, 과정, 행위는 무엇인가? 덧붙여서, 인지 서사학은 이해의 도구로서의 서사 자체에, 즉 어떻게 서사가 경험을 구조화하고 납득이 가게 만드는 인간의 노력에 공헌하는가에 초점을 맞춘다. 결국, 구조 언어학을 학문적 모델로 받아들이는 대신에, 인지 서사학은 (인지) 언어학, 인지 심리학, 진화론적 심리학, 사회 심리학, 정신 철학, 그리고 다른 영역을 포함하는 인지과학의 사상에 접근한다.[11]

인지 서사학에서 가장 주도적인 역할을 수행하고 있는 학자 중 한 명인 데이비드 허먼(David Herman)의 직접적인 정의에 의하면, 인지 서사학은 '서사와 마음의 결합(the mind-narrative nexus)'에 관심을 기

---

10) 제임스 펠란, 앞의 글, 435면.
11) 같은 글, 440면.

울인다. "인지 서사학이라고 불리는 서사 연구를 위한 접근법들은 서사적 경험들을 위한 근거를 제공하는(역으로, 그 근거에 속하는) 마음의 상태, 능력, 성질에 중점을 둔다."12) 또 한 명의 중요한 인지 서사학자는 모니카 플루더닉(Monika Fludernik)으로, 그녀의 이론은 '자연적' 서사학('Natural' Narratology)13)으로 명명된다. 이 이론에서 '자연적' 이란 용어는 서사에 대해, 글로 쓰인 텍스트를 구술적 서사의 경험으로부터 해석한다는 의미와 더불어 그 인지적 프레임의 자연적·기본적 성격으로 인해 신체화(embodiment)와 깊이 연관되는 것으로 이해된다.

이상, 살펴본 것처럼, 인지 서사학은 구조주의 서사학의 모델, 즉 고전서사학의 이론적 토대 위에서 인지 혁명의 시대를 이끌어가는 인지과학의 주도적인 영향 아래에 있는 다양한 지식체계들과 열린 대화를 시도하는 '초학제적(transdisciplinary)' 연구 경향이다. 특유의 학문적 개방성과 다학제적 경향, 그리고 비교적 연구가 도입되고 있는 초창기라는 이유 때문에, 인지 서사학은 학자마다 백가쟁명(百家爭鳴)의 이론과 관점을 쏟아내는 매우 활력 있는 연구가 이루어지고 있다. 단지 문학 이론과 인문학 연구뿐만 아니라 인지신경과학을 비롯해서 신현상학, 인공지능, 로봇공학, 의학 등이 계속 발전함에 따라 인지 서사학 역시 그 성과들을 적극 반영할 수 있기 때문에, 인지 서사학의 학문적 역사는 빠

---

12) David Herman, "Cognitive Narratology"(revised version; uploaded 22 September 2013), Peter Hühn et al. (eds.), *the* living *handbook of narratology*, Hamburg University Press, paragraph 1. (http://www.lhn.uni-hamburg.de/article/cognitive-narratology-revised-version-uploaded-22-september-2013#)

13) Monika Fludernik, *Towards a 'Natural' Narratology*, Routledge, 1996. 송민정, 「몸-마음-내러티브의 만남: 체화된 인지의 내러티브적 이해 - '자연적' 서사학을 중심으로」.

른 속도로 계속해서 갱신되며 새롭게 쓰일 가능성이 높다. 더욱이 데이비드 허먼이 바라는 것처럼, 인지 문학 연구는 문학 연구의 하위 분과나 인지과학의 특정한 하위 분과가 아니라 마음의 과학 연구들에도 영향을 줄 수 있는 명실 공히 초학제적 양방통행의 대화적 관계를 지향한다.

 인지 문학론의 대화적 현실과 연구 영역

1) 문학의 다양한 현실 간 대화적 관계

인지 서사학이 논의할 수 있는 대상 영역은 ① 작가의 창작 과정, ② 서사 텍스트의 허구 세계와 작중인물, 서술과 서사담화, ③ 독자의 독서 및 해석 과정이다.14) 신체화된 의미 이론에 따르면 세계와 신체와 분리된 객관적 언어의 의미 발생에 관한 설명을 채택하지 않으므

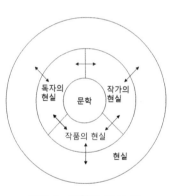

그림 1. 문학의 현실 간
대화 관계

로, 『몸의 인지 서사학』에서 작품이란 다른 좌표와 '분리된' 작품을 지

---

14) 이 세 영역은, 에이브럼즈가 『거울과 램프』에서 문학의 네 가지 좌표로 제시한 우주, 독자, 작가, 작품로 설명될 수 있다. 이 네 가지 좌표는 각각 모방론(mimetic theories), 실용론(pragmatic theories), 표현론(expressive theories), 객관론(objective theories)에 해당한다. 박철희, 『문학개론』, 형설출판사, 2003, 11~17면 참조.

시하지 않으며, 객관론적 관점이나 형식주의 관점의 텍스트와는 다른 입장이다. 혹은 이 연구서는 서사 텍스트란 언제나 개별 독자들과 우주(세계)와의 복합적 관계망 속에서 상호적으로 의미가 생성되고 해석되는 것으로 본다. 그런 이유에서 텍스트, 작가, 독자 사이의 상호활동 과정과 수사학적 현상에 관심을 갖는 수사학적 비평의 방법론을 참조할 수 있다.15) 또한 모방론, 실용론, 표현론은 각각 분리된 영역이 아니라 상호 관련된 논의 영역으로 보아야 하며, 새로 제출된 생물문화적 문학(문화) 연구의 성과를 반영하여 단순히 문화적인 설명이나 이론이 아닌 신체성에 근거한 생물학적 논의가 동반될 수 있다. 한편, 이 연구의 세 영역을 정신분석학적 문학 이론에 비교하자면, 주로 작가, 텍스트(작중인물), 독자의 무의식을 고찰하거나 정신분석을 수행하는 것에 대응한다.

에이브럼즈가 제시한 문학의 좌표를 순환·상생의 원형으로 재구성한 류루어위(劉若愚)의 견해 역시 참조할 만하다. 우찬제는 류루어위의 논의를 검토·재구성하면서, 현실(=우주)은 작가, 독자, 작품의 어느 한 좌표에 편재(偏在)하는 것이 아니라 두루 개재(介在)하는 것으로 본다. 이때 중요한 것은 작가, 독자, 작품 간의 대화 혹은 각 좌표에 있는 현실들 간 대화의 진정성이라고 강조한다(그림 1).16) 바흐찐적 사유에 입각

---

15) 수사학적 문학 분석 방법론에 관해서는 우찬제, 「프롤로그」, 『텍스트의 수사학』, 서강대학교 출판부, 2005 참고. 에드워드 P. J. 코벳은 『문학 작품의 수사학적 분석』 서문에서 수사학적 분석에 대해 다음과 같이 정의한다. "수사학적 비평은 작품, 작가, 독자 사이의 상호 작용을 고찰하는 내적인 비평 양식이다. 따라서 그것은 상상적인 종류든 공리적인 종류든 언어 활동의 '산물', '과정', '효과'에 관심을 갖는다. 수사학적 비평이 상상적 문학에 적용될 때, 그것은 작품을 미학적 관조물로보다는 의사 전달을 위해서 구조화된 도구로 간주한다. 그것은 문학 작품의 현 상태보다는 작품이 하는 일로 인해서 문학 작품에 관심을 갖는다."(Edward P. J. Corbett, *Rhetorical analyses of literary works*, Oxford University Press, 1969, p. xxii.) 윌프레드 L. 게린 외, 최재석 역, 「수사학적 방법」, 『문학 비평 입문』, 한신문화사, 1998, 287면에서 재인용.

해 말한다면, 근본적으로 대화라는 것은 청자(의 세계)와 화자(의 세계)의 위치를 바꿀 수 있는 존재 전이 혹은 존재 이행의 생성적 사건이다.17) 그러므로, 다음 장에서 '이현실성(transreality)'으로 개념화할 예정인, 이러한 '현실 간의 대화 관계'는 현실(우주) 간 변화의 잠재력을 지닌 것이며, 상호 소통 양상에 관심을 기울여야 하는 것이다. 그러므로 작가와 독자는, 서사와 독자는 서로의 현실(우주, 관점)에 스며들 수 있고 대화할 수 있는 가능성이 생기며 그것은 서사 현상의 수사학과 미학·윤리의 근거가 될 수 있다.

2) 인지 문학론의 작가·독자·텍스트

● 작가 차원의 인지 문학 연구

생물문화적 문학 연구는 예술과 문학의 신체적·생물학적 기원의 문제를 바탕으로, 기존의 예술 기원론이나 문학의 표현론이 설명하지 못했던 문학적 창작 활동과 상상력의 문제를 신체성에 근거함으로써, 혹은 과학적 근거들을 활용함으로써 훨씬 상세하고 풍부하게 설명할 수 있게 되었다. 문학과 서사의 기원에 관한 진화 심리학적 혹은 사회생물

---

16) 우찬제, 『텍스트의 수사학』, 200~203면. 그림은 약간 수정.
17) 이를테면, 찰스 I. 슈스터(Charls I. Schuster)가 바흐찐의 수사학적 원형/구형에 대한 이론적 모델을 제시한 것을 수용하여, R. 앨런 해리스(R. Allen Harris)는 구조도(geometry)로 제시했다. 이 모델은 존재 전이의 잠재력이 있는 대화적 수사학의 전모를 알게 한다. Charls I. Schuster, "Mikhail Bakhtin as Rhetorical Theorist," *College English*, Vol. 47, No. 6, 1985. / R. Allen Harris, "Bakhtin, Phaedrus, and the Geometry of Rhetoric," *Rhetoric Review*, Vol. 6, No. 2, 1988.

학 설명이 대표적이다. 진화 심리학의 이야기 기원설과 유사한 효용론적 입장에서, 심리학자이자 소설가 키스 오틀리는 이야기를 인간 사회생활의 모의 비행 장치라고 부르고, 픽션이 인간의 문제를 시뮬레이션하는 데 특화된 아주 오래된 가상현실 기술이라고 본다.18) 이처럼 인지신경과학과 진화 심리학 이론 등 생물문화적 접근에 의해 문학적 바이오시학(biopoetics)이 가능해질 수 있다.

마크 존슨은 의미가 신체적 경험에 기초하며, 특히 "상상력은 우리의 신체적 과정과 연결되어 있으며, 경험을 창조·변화시킬 수도 있다."19)고 하여 문학 창작이 근본적으로 신체성에 근거하고 있음을 주장한다. 물론, 서사와 예술은 신체적 기원뿐 아니라 언제나 문화적·관습적 영향 관계와 맥락 안에서만 가능한 현상이다. 이를 생물문화적 접근으로는 보완해서 본다면, 리처드 도킨스가 『이기적 유전자』에서 제안한 문화적 유전자 혹은 문화적 자기 복제자인 '밈(meme)'의 모델로 설명 가능하다.20) 도킨스에 의하면, 인간은 생물학적 유전자와 문화적 유전자를 전달하는 존재, "유전자를 전하기 위해 만들어진 유전자 기계"21)이다. 서사학 용어로 말하자면, 이 표현은 도킨스(진화생물학)의 '마스터플롯

---

18) 조너선 갓셜, 노승영 역, 『스토리텔링 애니멀』, 민음사, 2014, 84~85면.
19) 마크 존슨, 앞의 책, 47면.
20) "새로이 등장한 수프는 인간의 문화라는 수프이다. 새로이 등장한 자기 복제자에게도 문화 전달의 단위 또는 모방의 단위라는 개념을 함축하고 있는 명사의 이름이 필요하다. 모방에 알맞은 그리스어의 어근은 'mimeme'라는 것인데 내가 바라는 것은 'gene(유전자)'이라는 단어와 발음이 유사한 단음절의 단어이다. 그러기 위해서는 위에서 이야기한 그리스어의 어근을 '밈meme'으로 줄여야 하는데 이에 대해 고전학자들의 관용을 바라는 바이다. 만약 이것이 허락된다면 밈이라는 단어는 '기억memory', 또는 이것에 상당하는 프랑스어 'même'라는 단어와 관련이 있는 것으로 생각해 볼 수가 있을 것이다. 또 이 단어는 '크림cream'과 같은 운으로 발음해야 한다." 리처드 도킨스, 『이기적 유전자』, 홍영남 역, 을유문화사, 2002, 308면.
21) 같은 책, 319면.

(masterplot)'22)이자 그의 사고를 작동시키는 핵심 서사이다. 또는 도킨스의 용어를 그대로 도킨스에게 돌려준다면, 유전자와 밈이야말로 그의 핵심 밈이다. 『쾌락 원칙을 넘어서』에서 프로이트가 인생을 이야기할 수 있는 가능성, 즉 "내러티브 가능성"을 말한 것이 프로이트 고유의 마스터플롯(masterplot)을 구성한다는 피터 브룩스의 견해와 비교해보자.23) 도킨스는 인간을 생물학적 관점에서만 이해하는 환원주의적 학설이 가진 한계를 밈의 존재, 즉 문화적 측면을 강조함으로써 극복하려 한다. 『이기적 유전자』라는 비유적 책 설명이 오해를 불러올 수 있는 것처럼 유전자는 이기적인 어떤 인간적 성격을 지닌 것이 아니라, 유전자 전달이라는 목적("전제")을 강조하는 것이다.24)

　작가의 상상과 허구 창작에 관한 생물문화적 연구뿐만 아니라 그러한 접근 방법으로 서사 텍스트와 대화하는 독자의 해석 과정을 논의함으로써 서사 창작 문제에서의 유효한 지침과 단서를 얻을 수 있을 것이다.

● **독자 차원의 인지 문학 연구**

　인간은 어째서 서사와 예술에 탐닉하는가? 테리 이글턴은 정신분석학을 문학이론으로 소개하는 글의 끝 부분에서 정신분석학과 문학 사이의

---

22) 마스터플롯이란, "다양한 형태로 반복되며 우리의 근저에 위치한 가치, 희망 그리고 공포에 대해서 말하는 스토리들"로 강력한 수사학적 효과와 영향력을 발휘하는 서사적 단위이다. H. 포터 애벗, 앞의 책, 99면.
23) 피터 브룩스, 「4장 프로이트의 마스터플롯: 내러티브를 위한 모델」, 『플롯 찾아 읽기』, 159~160면.
24) "우리는 유전자 기계로서 조립되어 밈 기계로서 교화되어 있다. 그러나 우리에게는 이들의 창조자에게 대항할 힘이 있다. 이 지구에서는 우리 인간만이 유일하게 이기적인 자기 복제자들의 전제에 반항할 수 있다." 같은 책, 322면.

상호관련성을, 즉 쾌락의 문제를 언급한다.25) 문학적 가치와 쾌락이라는 중요하고도 복잡한 문제는 정신분석학을 통해 논의될 수 있으나, 서사 향유의 쾌락을 신체성에 결부해서 생물학적 기제를 제공하기에는 불충분하다. 그러한 질문에 대한 과학적 답변을 위해서는 생물문화적 접근이 필수적이다. 다시 말해 '문학적 질문에 과학적으로 대답하는 방법'26)이 필요하다.

최근의 인지 신경과학적 연구들은 서사적 쾌락과 독서의 동기에 관한 유효한 설명 근거들을 계속 만들어내고 있다. 뛰어난 미술품이나 예술 작품을 보았을 때 순간적으로 느끼는 각종 정신적 충동이나 분열 증상을 일컫는 '스탕달 신드롬(Stendhal syndrome)'은 예술의 신체적 효과를 분명하게 보여준다.27) 허구의 세계를 진실이라 믿고 거짓된 말과 행동을 상습적으로 반복하는 반사회적 인격장애를 뜻하는 '리플리 증후군(Ripley Syndrome)'이라는 심리학 용어도 널리 알려지고 있다.28) 그러나 정도의 차이는 존재하겠으나, 대부분 예술과 서사의 수용자들은 병리적인 증후군에 미치지는 않더라도 신체적 반응을 수반하며 예술의

---

25) "옳든 그르든 프로이트의 이론은 모든 인간행위의 기본적 동기체계를 고통의 회피와 그 쾌락획득으로 간주한다. 이것은 철학적으로 이른바 쾌락주의(hedonism)라고 알려져 있는 것이다. 대다수의 사람들이 시·소설·희곡을 읽는 이유는 무엇보다도 그것들이 재미있기 때문이다. 이 사실은 너무나 분명해서 대학에서는 거의 언급조차 하지 않는다. 하지만 너무나 분명해서 대학에서 문학연구에 몇 년씩 바치고도 문학이 궁극적으로 여전히 즐거운 것이라고 생각하기란 분명 어려운 일이다." 테리 이글턴, 김현수 역, 『문학이론입문』, 인간사랑, 2001, 368-369면. 강조는 원문.
26) 조너선 갓셜, 앞의 책, 92면.
27) "프랑스의 작가 스탕달(Stendhal)이 1817년 이탈리아 피렌체에 있는 산타크로체성당에서 레니(Guido Reni)의 《베아트리체 첸치》작품을 감상하고 나오던 중 무릎에 힘이 빠지면서 황홀경을 경험했다는 사실을 자신의 일기에 적어 놓은 데서 유래한다." 「스탕달 신드롬」, 〈두산백과〉. (www.doopedia.co.kr)
28) 「리플리 증후군」, 〈두산백과〉.

실제적 효과를 체험하고 향유한다. 최근 서사학적 경향은 독자가 서사성을 체험하는 방식에 큰 관심을 두면서 서사 수용자(audience)의 신체성에 근거한 예술의 수용 미학적 측면이 중시된다.

아리스토텔레스 『시학』(Poetica)의 핵심 개념인 '카타르시스(catharsis)'는 그 오래된 관점을 대표한다. 그는 비극이 관객에게 카타르시스 혹은 감정의 청결화나 정화를 가져옴으로써 심리적 영향을 발휘한다고 보았다.[29) 그러나 카타르시스가 심리적 용어이기 전에 그것은 신체에 관한 용어이다. 본래 "이 은유는 의학 용어인 '카타르시스'에서 유래했다."[30) 에이젠슈테인(Sergei Eisenstein)에 의하면, 예술은 "감각적이고 이미지적인 사고과정(sensual and imagist thought process)"에 기초하는 것으로, 즉 예술은 무미건조하게 "논리적으로 지식을 제공하는 효과(logico-informative effect)"가 아닌 "정서적 감각적 효과(emotional sensual effect)"를 극대화하려는 것이다.[31) 예술의 수용 미학적 이론도 인지 신경과학학적 연구 결과로 조명된다면 새롭게 갱신될 수 있을 것이다.

몸에 초점을 둔 기존의 문학 연구들이 작중인물의 직접적인 몸의 묘사와 표상을 분석하는 것만 해왔다면, 몸의 인지 서사학에서는 그러한 허구적 몸들에 연루되는 독자들이 어떻게 해석적인 구성을 하며, 독자들 자신의 신체화된 감정적 참여가 이루어지는 지에 관해서 양자 모두를 고려할 수 있게 된다. 비이원론적인 모델로 몸과 문화의 상호관계를 명실 공히 실제적인 텍스트 분석 방법론으로 채택할 수 있게 되는 것이

---

29) 윌프레드 L. 게린, 앞의 책, 345면.
30) 「카타르시스」, 〈브리태니커 백과사전〉. (www.britannica.co.kr)
31) 김용수, 「인지과학의 관점에서 본 연극대사」, 154면.

다.32) 독자의 서사 독서 과정에서의 '신체화(embodiment)'는 특히 서사담화와 관련되는데, 크게 무의식적 신체적 과정 및 의식적 체험을 포함한다. 이러한 '신체적 인지(somatic cognition)'는, 첫째, 우리의 물리적 자세, 움직임, 지각을 조절하는 무의식적 과정이다. 둘째, 신체로 국지화된 의식적인 체험, 비정서적(non-affective) 느낌들의 차원이다. 이 차원은 특히 자신의 신체적 형세와 운동에 대한 사람들의 인식을 의미하는 고유수용감각(proprioception)과 운동감각(kinesthesia)과 관련된다.33)

---

32) Karin Kukkonen & Marco Caracciolo, "Introduction: What is the "Second Generation?"", *STYLE*, Vol. 48 Issue 3, Fall 2014, p. 268.

33) Marco Caracciolo, "Tell-Tale Rhythms: Embodiment and Narrative Discourse", p. 52.
"proprioception이라는 단어는 one's own을 의미하는 라틴어 proprius와 perception의 합성어이다." 최현석, 「고유감각」, 『인간의 모든 감각』, 서해문집, 2009. (http://terms.naver.com/list.nhn?cid=42062&categoryId=42062&so=st4.asc)
"고유감각이란 자신의 신체 위치, 자세, 평형 및 움직임(운동의 정도, 운동의 방향)에 대한 정보를 파악하여 중추신경계로 전달하는 감각이다. […] 때때로 고유 수용성 감각은 운동감각(kinesthesia)과 동일한 의미로 사용되기도 하지만, 운동감각은 고유 수용성 감각의 특수한 경우로 한정하기도 한다. 예를 들어, 고유 수용성 감각은 주로 우리 몸의 압박감, 움직임, 떨림, 위치감, 근육통증, 평형감 등에 대한 모든 감각정보를 의미하고, 운동감각은 팔과 다리의 운동 범위와 방향에 대한 처리 능력으로 한정하는 경우도 있다. 어떤 자극에 반응을 하기 위해서는 자극을 받아들이는 기관이 필요한데, 신체 밖에서 발생한 자극을 받아들여 처리하는 신경조직을 외수용기(exteroceptor)라 하고, 몸속에서 발생한 자극을 처리하는 신경조직을 내수용기(interoceptor)라 한다." 국립특수교육원, 「고유 수용성 감각」, 『특수교육학 용어사전』, 국립특수교육원, 2009. (http://terms.naver.com/entry.nhn?docId=383302&cid=42128&categoryId=42128)
"운동 감각은 근육 감각·관절 감각·건(腱)의 감각·피부각(覺) 등의 심부감각(深部感覺)에 바탕을 두고 체지(體肢)의 위치·운동, 체지에 가해진 저항 중량 등을 느끼는 감각을 가리킨다." 이태신, 「운동 감각(運動感覺, kinesthesia)」, 『체육학대사전』, 민중서관, 2000.(http://terms.naver.com/entry.nhn?docId=452791&cid=42876&categoryId=42876)

최근의 신경과학 연구는 신체적 운동 관련 문자가 신체운동 신경을 활성화시킨다는 사실을 입증한다. "우리가 인간의 체성운동 지도를 몸과 관련된 문자적 언어 자극과 은유적 언어 자극 모두로부터 도출할 수 있음을 보여준다. fMRI(기능적 자기 공명 영상)에서 올라프 호크와 인그리드 존스루드·프리드만 풀버뮐러(2004)는 smile, punch, kick 같은 단일 낱말 용어가 체성운동 지도 내에서 얼굴, 손과 팔, 다리 부위를 다르게 활성화한다는 것을 보여주었다. 이는 문자적 언어가 **신체 부위 관련** 체성운동 신경 지도를 다르게 활성화할 수 있음을 시사한다."34) 이 연구들에 의하면, 서사 텍스트에서 신체와 운동과 관련된 단어, 그리고 축자적 문장과 은유적 문장 단위에서도 독자의 신체적 감각을 활성화할 수 있음을 시사한다. 거울 뉴런과 관련해서 '뇌의 픽션 반응'을 연구한 다양한 실험들에서 소설이나 영화를 볼 때 이야기는 정신적 영향뿐 아니라 신체적 영향도 미친다는 결과를 보여주었다. 허구의 이야기라는 것을 알더라도 뇌는 허구를 현실처럼 처리한다는 것이 신경의 미시적 수준에서 입증되고 있다.35)

아나톨 피에르 푹사스(Anatole Pierre Fuksas) 역시 거울 뉴런에 관한 신경과학적 연구 결과를 검토함으로써 거울 뉴런의 신체적 공명이 시각과 청각적 자극 이외에 언어적 자극에도 반응한다는 것을 토대로, 소설 독자가 문자적 텍스트로부터 어떻게 신체적으로 반응하는지 살펴보고, 그것을 '신체화된 소설(The Embodied Novel)'로 명명한다.36) 그는 자신의 문학 이론을 신체화된 마음이 주위 환경과 상호작용하는

---

34) 마크 존슨, 앞의 책, 261면. 강조는 원문.
35) 조너선 갓셜, 앞의 책, 87~88면.
36) Anatole Pierre Fuksas, "The Embodied Novel", *Cognitive Philology*, No. 1, 2008.

연결된 국면을 중시한다는 의미에서, 생태학적 소설 이론으로 규정한다. 카라치올로 또한 이러한 '신체화된 시뮬레이션(embodied simulation)'의 현상이 무의식적 기제로 서사적 반응에서 체험되는 신체적 느낌들에 관한 기초를 제공한다고 논의한다.37)

이 연구들은 서사를 해석하는 독자의 자연적 과정이 중요하며 문학적 서사 텍스트의 독서에도 신체화의 과정이 항상 개입한다는 사실을 알려준다. 우리가 문학적 감동을 느끼고 문학을 즐길 수 있는 데에는 문학 텍스트의 문자들 그 자체의 의미 때문이 아니라 언제나 세계 속에 살며 세계와 접촉하는 우리의 신체화된 미학적 체험들에 크게 빚지고 있다.

● 텍스트 차원의 인지 문학 연구

문학 텍스트는 매우 복잡한 인지 과정이 필요한 대상이다.38) 서사 해석 과정과 서사적 의미의 발생은 서사 수용자의 해석에 의해 일어난다. 현실 세계에서 몸으로 체험하고 지각하고 느끼고 이해할 때처럼, 서사 해석자는 서사 안에 창조된 세계를 신체화된 마음의 과정으로 인지하고 느끼고 이해하면서, 하나의 이야기를 읽고 있다는 느낌인 '서사성(narrativity)'39)을 만들어낸다. 따라서 서사성(서사적 특성들)은 텍스

---

37) Marco Caracciolo, "Tell-Tale Rhythms: Embodiment and Narrative Discourse", p. 53.
38) Nancy Easterlin, *A Biocultural Approach to Literary Theory and Interpretation*, JHU Press, 2012, p. 34.
39) 서사성은 정도의 문제이나, 서사에서 사용된 기법, 특질, 단어 등의 개수로 단순하게 측정할 수 있지 않다. 그런 이유에서, 무엇이 서사다운 느낌을 주는가에 관한 질문들, 곧 서사성에 대한 문제는 여러 학자들의 복잡한 논의를 야기했다. 서사 줄거리, 서사적 딜레마, 서스펜스/호기심/놀라움의 유희, 인과관계에 대한 감각, 세계에 실감을 부여하는 능력, 매개된 경험성 등등의 의견이 그렇다. 다만, 수전 킨의 간단한 표현으로는, 서사성은 "서사를 만드는 특성들의 집합"이며, 이는 여러 단계의 수준에 걸쳐 있는 것이다. H.

트 안에만 있지 않고, 서사 텍스트는 그 자체로 독립적이거나 완결된 의미 구조가 아니다. 서사 수용자가 서사 텍스트를 수용하고 해석하는 활동과 과정에 의해 서사적 세계와 그 안에 존재하는 작중인물의 몸-마음 국면이 감지되고 이해될 수 있다. 스토리세계와 작중인물의 몸-마음 양상에 대해서는 본론에서 상세하게 다룰 예정이다. 주로 작중인물을 인지자(cognizer)로 삼아 그 인물의 신체화된 언어, 신체 이미지, 신체화된 세계 체험 등 신체성과 관련한 제반 사항들을 실제 인간의 양상을 대하듯 분석할 수 있다.

'스토리세계(storyworld)'는 인지 서사학자 데이비드 허먼(David Herman)의 서사학 용어로, 스토리가 펼쳐지는 세상을 의미한다. 최근 서사학자들은 '배경'이 실제로 인물 및 사건과 구분하기 어렵기 때문에 이 용어를 선호한다. 한 스토리가 전달될 때 '실제로 발생하는 일'을 강조하는 것으로, 루보미르 돌레첼의 '서사세계(narrative worlds)'라는 용어와 상응한다. 즉, "서사세계라든가 스토리세계는 우리가 서사에 몰입함으로써 점점 더 커지고 더욱더 정교해지는, 그러한 축적의 결과물을 의미한다."40) 이 용어들은 최근 서사학 연구가 스토리에서, 스토리

포터 애벗, 우찬제 외 공역, 『서사학 강의』, 문학과지성사, 2010, 60~61면.
애벗은, 서사성 개념은 일반적으로 두 가지 의미로 이용된다고 본다. 첫째는, 서사 개념에 대한 일반적인 적용으로서 '서사의 서사적임(the "narrativeness" of narrative)'으로 고정된 의미이다. 둘째는, 특정한 서사들을 비교하여 적용하는 것으로 '어떤 서사의 '서사적임(the "narrativeness" of a narrative)'으로 단계적인 정도의(scalar) 의미이다. 한편, 다분히 논쟁적이고 복잡한 서사성 개념의 이해를 위한 작업으로, '서사적임', '서사 여부성(narrativehood)', '서술 가능성(narratibility)', '이야기 가치(tellability)', '사건성(eventfulness)', '플롯화(emplotment)', 그리고 '서사' 그 자체까지 다양한 용어들을 끌어오고 있는 상황이다. H. Porter Abbott, "Narrativity"(Revised: 20. January 2014), Peter Hühn et al. (eds.), op. cit., paragraph 1~5 참고. 밑줄은 원문. (http://www.lhn.uni-hamburg.de/article/narrativity)
40) H. 포터 애벗, 『서사학 강의』, 49면.

를 표현할 때 생성되는 세계로 재설정하려는 경향을 반영한다.41) 스토리세계는 서사의 사건들과 존재들에 의해 점유되는 상상적 영역이다. 인지 서사학의 스토리세계 개념에 의하면, 역으로, 고전서사학의 '스토리'는 텍스트적 단서 또는 담화의 단서에 기초해서 독자가 재구성하는 '스토리세계-내적인 시간성'으로 정의된다.42)

"더욱 일반적으로, 같은 계통의 서사학 용어들인 '스토리(*story*)' 또는 '파불라(*fabula*)'와 비교할 때, '스토리세계'는 서사적 해석의 생태학(the ecology)이라고 불릴 만한 것을 더욱 잘 포착한다."43) 서사 해석자는 일어난 것뿐만 아니라 스토리세계의 존재, 그것들의 속성, 그리고 그것들이 포함된 행위들과 사건들을 새겨 넣으면서, 주변 맥락과 환경도 구성하기 때문이다. 실제로, 스토리세계에서 이야기의 바탕은 서사의 몰입성(immersiveness), 즉 해석자들을 서사적 이해라는 목적을 위해 점유해야만 하는 시간과 장소 들로 '이행시키는(transport)' 이야기의 능력으로 설명될 수 있다. '세상을 읽는다'는 표현에서는 '세계 이해는 독서다'라는 개념적 은유가 사상(mapping)되고 있지만, 우리는 실제로 이 표현과는 역으로 하나의 세계를 인지하듯이 서사적 독서를 수행하는 것이다. 차이가 있다면 스토리세계의 형성 과정 혹은 서사적 독서는 언어를 매개로 한 과정이라는 점이다.

---

41) 같은 책, 314~315면.
42) Marco Caracciolo, "Tell-Tale Rhythms: Embodiment and Narrative Discourse", p. 50.
43) David Herman, "STORYWORLD", David Herman & Manfred Jahn & Marie-Laure Ryan ed., *Routledge Encyclopedia of Narrative Theory*, Routledge, 2010, p. 570.
  비교하자면, 리몬-케넌은 스토리를 "이야기의 작중인물들이 살고 있고 사건이 일어나는 것으로 되어 있는 허구적 〈현실 *reality*〉"이라고 설명한다. S. 리몬 케넌, 최상규 역, 『소설의 현대 시학』, 예림기획, 2003, 19면.

서사학에서 스토리(story)와 서사담화(narrative discourse)의 구분은 근본적인 문제이다. 그러나 구조주의 이후 곧바로 제기된 후기 구조주의와 해체론에 의해서 스토리와 담화 구분은 상당히 비판받거나 약화되고 있는 추세이다. 제임스 펠란도 "그 구별을 서사 요소들 사이의 엄격한 경계로서가 아니라 유용한 발견적 방법으로 이해하는 것이 더 타당하다"고 주장했다. 물론, 서사학에서 그 구분의 유용성은 사라지지 않았으며 특히 형식적 체계로서의 서사를 고려할 때에는 하나의 출발점이 된다.44) 가령, 허먼은 스토리/담화 구분을 받아들이되 스토리세계를 중심으로 수정하여 활용하고 있다. 한편, 플루더닉의 경우, "자연적 서사학은 스토리 대 담화의 구분을 전적으로 배제하지 않지만 스토리세계와 서술적 행위 모두의 사실주의적 인지화(realistic cognization)에 의존하는 매개변수들로 격하시킨다."45) 플루더닉은 스토리/담화 구분에 적절하게 기초를 둔 서사의 관점에서 벗어나서 '체험성'의 중요성과 서사로서 텍스트를 프레임 지우는 청중(독자)의 적극적 역할을 강조하는 서사의 관점으로 이동한다.46)

플루더닉은 서사성과 상호 교환 가능한 용어인 '체험성(experientiality)'47)

---

44) 제임스 펠란, 앞의 글, 438~439면.
　　스토리와 서사담화 혹은 파불라와 수제의 선후 관계 또는 인과적 관계에 대해서 서사학적 논쟁도 있었다. 권택영에 의하면, 현재는 대체로 스토리보다 서사담화의 우위를 주장하는 방향으로, 그리고 원인보다는 결과를 우선시하는 방향으로 서사학적 연구 경향이 전환되고 있다고 한다. 권택영, 「서사학 패러다임의 변모」, 209~213면 참조.
45) Monika Fludernik, *Towards a 'Natural' Narratology*, Routledge, 1996, p. 336.
46) 제임스 펠란, 앞의 글, 441면. (국역본의 해당 면의 '구체화'는 '신체화(embodiedness)'로, '구체화'는 '체화성(embodiness)'으로, '구체화된'은 '신체화된(embodied)' 등으로 수정하면 이해에 도움이 된다. Robert Scholes, James Phelan, and Robert Kellogg, *The Nature of Narrative: Revised and Expanded*, Oxford University Press, 2006, pp. 190~191 참고.)
47) 'experientiality'는 경험성으로도 번역될 수 있다. 두 단어는 서로 거의 유사하게 사용

을 "실제 삶의 체험의 유사-미메시스적 환기"로 정의하면서 자신의 서사학 모델에 도입했다. 체험성은 독자의 '자연적' 인지적 매개변수들의 활성화를 통해서 체험에 대한 독자의 친숙함을 서사가 활용하는 방식이다. 인지적 매개변수는 인지 능력의 '신체화(embodiment)', '지향성(intentionality)'에 의한 행위 이해, '시간성(temporality)'의 지각, 체험의 정서적 '평가(evaluation)'로, 네 가지 범주이다. 이 가운데에서 가장 중요한 인지적 매개변수는, 다른 모든 범주를 포함할 수 있는 '신체화'의 개념이다. 신체화는 특정한 시간과 공간의 프레임에 위치한 실제 삶, 인간 활동의 체험적 국면 등을 환기시키기 때문이다. 플루더닉의 이론적 모델은, 허구 서사의 서사성을 작중인물의 체험의 재현에 기반을 둔다. 그래서 신체로 존재하는 인간 또는 의인화된 주인공에 의한 실존과 사건 체험이 체화성(embodiedness)의 중심을 이룬다. 플루더닉은, 서사성을 플롯 기반의 정의와 연결된 시간적 진행과 인과적 연결성의 척도와 분리시킨다. 플롯 없는 서사는 가능하지만, 어떤 서사적 수준에서 인간 (의인화된) 체험자 없는 서사란 존재하지 않는다는 것이다. 그리하여 전통적으로 서사로 간주되지 않았던 서정시도 서사성을 갖는 것으로 이해될 수 있게 되며, 반면에 요약이나 보고와 같은 순수한 사실적 설명은 이야기로 간주되지

될 수 있지만, 경험(經驗)이 주로 기억과 지식이란 의미를 환기시키는 데 비해, 체험(體驗)은 신체로 직접 겪은 심적 과정을 더욱 환기시키기에 유리하다. 또한 인지 언어학에서 사용하는 체험주의의 어원이 되는 'experience'의 개념을 '경험'으로 번역하면, 전통적인 '경험주의'(empiricism)와 개념적 혼동을 초래할 여지가 있다. "전통적인 경험주의가 경험이라는 말을 '우리의 감각에 직접적으로 주어지는 것'이라는 매우 제한적인 의미로 사용하는 반면, 체험주의는 경험을 물리적이든 추상적이든 '우리를 인간으로 만들어 주는 모든 것'이라는 포괄적인 의미로 사용하고 있다."(노양진·나익주, 「옮긴이의 말」, 조지 레이코프·마크 존슨, 『삶으로서의 은유』, 9면. 이 책의 역자들은 'experience' 개념은 경험이란 역어로 사용하고 있다.) 그러한 여러 이유들을 감안하여, 이 책에서는 체험성이 더 적절한 역어라고 판단하여 채택했다.

않는다.48) 데이비드 허먼에 따르면, 체험성에 관한 논의는 감각질(qualia)이나 서사적 의미의 창발(emergence) 현상과 관련해서 서사성 문제를 재고하도록 촉진한다. 플루더닉의 "이러한 설명은 이야기가 마음의 주관적 상태에 붙들려 있어 환원 불가능함을 시사하면서, 감각질을 서사의 필요조건으로 본다. 이야기는 마음을 전제로 한다. 다른 한편으로, 이 접근은 또한 담화적 실천에 감각질을 근거 짓는데, 특히, 서사적으로 조직된 담화에 관한 설계와 해석에서 그러하다. 마음들은 이야기들의 창발적(emergent) 결과이다."49) 서사 구조의 요약된 파악으로는 우리가 체험하는 서사 현상에 대해 온전히 이해했다고 볼 수 없기 때문에, 인지 서사학 이론은 구조 서사학의 사각 지대에도 큰 관심을 둔다.

플루더닉의 이론에서 보듯이, 서사성 개념은 초장르적 서사학과 초매체적 서사학의 발전을 촉진시켜왔다. 서사성은 논자에 따라 서로 상이한 의견과 복잡한 논쟁을 야기하지만, 서사라는 애매한 개념보다는 그 불명료함에 더욱 면밀하게 대응하는 유용한 개념이다. 그런 이유로 서사성은 서사의 외연과 내포에 대한 총체적인 재검토를 요청하면서, 최근 서사학 연구에서 가장 핵심적인 개념으로 부상했다.50) 물론, 플루더닉의 이론에서처럼 인물과 관련된 체험성의 강조는 새로운 관점을 제공하는 유용함이 있지만, 동시에 플롯이나 사건 등 서사학에서 전통적으

---

48) Marco Caracciolo, "Experientiality"(Revised: 1. July 2014), *the living handbook of narratology*, Paragraph 1~5. (http://www.lhn.uni-hamburg.de/article/experientiality)
플루더닉의 서사성은 미메시스적 사실주의적 성격으로 나타나는데, 이 사실주의란 사회적·심리적 관점으로부터 현실을 미메시스적으로 불러오는 작용이다. 송민정, 「몸-마음-내러티브의 만남: 체화된 인지의 내러티브적 이해」, 300~304면도 참고.
49) David Herman, "Narrative Theory after the Second Cognitive Revolution," op. cit., p. 174.
50) H. Porter Abbott, "Narrativity," op. cit., Paragraph 2~5.

로 중시하던 요소들에 대한 관심의 약화를 야기하는 약점이 있다. 때문에 각 이론의 논쟁 지점에 대한 재고와 정교화가 지속적으로 필요하다.

『몸의 인지 서사학』에서는 서사성의 경험과 과정을 중시하는 포스트-고전서사학이 수정한 관점에서 스토리와 서사담화, 그리고 스토리세계 등의 용어들을 사용하고자 한다. 특히, 스토리세계 개념은 '**텍스트세계(textworld)**'로 수정해서 사용하고자 한다. 이 개념은 허먼의 정의 그대로 서사와 독자 마음 결합에서 구성되는 허구적 서사 세계라는 의미를 받아들이되, 플루더닉이 제기한 체험성과 신체화 국면을 강조하고 서사담화적 지표를 중시하겠다는 이 책의 의도가 반영된 것이다. 직조물로서 텍스트는 그 자체로 물질적 신체를 지닌 것으로 보다 신체화의 의미를 지시할 수도 있다. 또한 텍스트세계는, '작품(ouevre)에서 텍스트(texte)로'의 관점 이동을 제안했던 롤랑 바르트[51]와 '열린 작품(open work)' 개념을 제안했던 움베르토 에코의 의도를 상기시킬 수 있다. 우찬제는, 상대성 원리나 불확정성 원리, 양자역학 등 현대의 자연과학의 성과가 보여주었던 것과 마찬가지로 에코도 현실을 고정적이고 단일한 의미로 귀일될 수 있는 것이 아니라 가변적이고 불확실한 무수한 순간들의 집적으로 본다면서, 열림의 역동성을 강조한 '열린 텍스트(open text)' 개념을 제안한 바 있다.[52] 여기서 텍스트의 개방성(openness)은 바흐찐이 중요하게 사용한 '종결 불가능성

---

51) 롤랑 바르트의 텍스트론의 일부 대목들은 오늘날의 인지 서사학의 주요한 관심사를 표현하고 있다. "그는 텍스트를 연주한다(jouer). 연주자는 일종의 공저자로서, 악보를 〈표현한다기〉보다는 악보를 완성하는 자이다. 텍스트도 이런 새로운 종류의 악보와 아주 유사하다. 그것은 독자에게 실질적인 협동을 요구한다." 롤랑 바르트, 김희영 역, 「작품에서 텍스트로」, 『텍스트의 즐거움』, 동문선, 2002, 46면. 강조는 원문.
52) 우찬제, 「에필로그」, 『텍스트의 수사학』, 387면.

(nezavershennost')'53) 개념을 내포할 수 있다. 바흐찐이 세계가 혼란스러운 장소일 뿐만 아니라 열린 장소로 보았던 것처럼, 텍스트세계 역시 독자와의 대화하는 장소로서 개방성과 잠재성의 미래를 향해 있기 때문이다. 이러한 텍스트성의 개방적 특성에 대해서는 자크 데리다를 위시한 해체구성론 및 탈구조주의 문학 이론에서 이미 강조된 바 있다. 종합하자면, 텍스트세계는 대화적 역동성과 개방성 안에서 서사적 작동 및 의미 생산 양상이 더욱 잘 포착될 수 있는 개념으로 활용될 수 있다.

서사-체의 텍스트성과 생태대화적 관계망

1) 서사-체의 개념과 텍스트적 특성

작가의 창작과 독자의 독서 현상에 대한 연구는 주로 이론적 관심사로서, 이 책에서는 해석자의 서사 해석 활동에 의해 만들어지는 텍스트세계 또는 서사적 세계 제작(narrative worldmaking)과 관련된 크로노토프, 인물, 사건성, 그리고 그 해석과 윤리의 문제를 주요한 논의 항목으로 삼는다. 본론에서는 서사적 구성 요인들을 신체화와 결부시켜 재조명하고 재개념화하려 한다. 먼저, '서사(敍事; narrative)' 역시 하나의 '생체적 우주'라는 인체의 은유를 통해 본다면, '서사-체(敍事-體;

53) 게리 솔 모슨·캐릴 에머슨, 오문석·차승기·이진형 역, 『바흐친의 산문학』, 책세상, 2006, 85면.

narrative-body)'[54]의 개념으로 불릴 수 있을 것이다. 서사-체는 텍스트세계를 포함하는 서사 텍스트에 대한 생명체의 은유로 이해할 수 있다. 먼저, 서사-체의 이론 정립을 위해 텍스트 이론을 검토해 보자. 일찍이 바흐찐은 문학 작품의 특성을 죽은 사물이 아니라 '살아있는' 말하는 기호로 보았다.

> 작품의 이러한 물적 존재는 죽은 것이 아니라, 말을 하는 기호이다. 우리는 작품을 보고 인식할 뿐만 아니라 그 속에서 언제나 목소리들을 들을 수가 있다. (심지어 소리내지 않고 혼자 독서할 때도 그러하다.) 우리는 공간적으로 어떤 특수한 위치를 차지하는 하나의 텍스트를 제공받는다. 다시 말해서 그 텍스트는 위치가 정해진다.) 우리가 그 텍스트를 창조하고 그것과 친숙해지는 과정은 시간을 통해 이루어진다. 그 텍스트는 결코 생명이 없는 물체로 나타나지 않으며, 어느 텍스트에서 출발하건간에 (그리고 때로 기나긴 일련의 매개고리들을 거쳐서) 우리는 항상 결국 인간의 목소리에 도달한다. 즉 인간존재와 마주치게 되는 것이다.[55]

텍스트적 행동가능성을 통해서 텍스트는 단순한 사물이 아니라 독자와 상호작용하는, 즉 바흐찐의 용어로 말해서 '대화'하는 생생한 것이 된다. 바흐찐의 크로노토프론은 문학 텍스트와 독자의 결합을 주로 다루는 것은 아니지만, 위와 같이, 오늘날의 인지 서사학이 서사-마음 결합의 해석적 과정 분석에 관심을 갖는 것처럼 비록 진술은 소략하나마

---

54) 여기서 '서사-체'는, 과거에 narrative의 역어로서 단지 '서사물'과 동의어로 쓰였던 '서사체'의 의미와 다르다는 것을 나타내기 위해서 의도적으로 '서사-체'로 표기한다.
55) 미하일 바흐찐, 전승희·서경희·박유미 공역, 「소설 속의 시간과 크로노토프의 형식」, 『장편소설과 민중언어』, 창작과비평사, 1988, 461면. 밑줄은 인용자.

이론적 잠재태로서 그것을 선취하고 있다.56)

텍스트의 육체성(textual corporeality) 혹은 텍스트와 인간 형상의 관련성에 대한 언급은 롤랑 바르트의 텍스트 이론에서도 공명한다.57) 바흐찐과 다른 점은, 바르트는 '텍스트의 즐거움'이라고 표현된 독서의 욕망, 그리고 텍스트와 독자의 '관능적 관계'를 더욱 중시했다는 것이다. 이러한 텍스트의 관능적 독서는 수전 손택이 해석학 대신 제안하는 이른바 '예술의 성애학'58)에도 강하게 주장되는 것이다. 바르트의 견해처럼 텍스트를 단지 내적인 관계들의 직조물로서 보기보다는 관능적 육체의 관계로 볼 때, 서사-체와 독자의 상호작용과 대화적 독서 현상은 더욱 부각될 수 있을 것이다. 바르트는 즐거움을 준 텍스트를 분석하려 할 때마다 "내 즐김의 육체"59)를 발견한다고 진술한다. 그에 의하면, 텍스트의 즐거움이란, 개인의 특성 및 고유한 성격과 관련되는 '개인적인(personnel)' 것이 아니라 집단적인 것과 대립되어 함께 개별체적인(individuel) 것이라고 한다. 그러나 곧이어 이 즐김의 육체는 '내 역사적 주체'이기도 하다. 그것은 독서하는 주체(sujet)가 사회문화적 요소

---

56) "이 글에서는 청중-독자라는 복잡한 문제 , 즉 그의 크로노토프적 위치와 작품을 새롭게 하는 데 그가 수행하는 역할(작품의 생명이 지속되는 과정에서의 그의 역할)의 문제는 다루지 않는다. 다만 모든 문학작품은 자신의 외부를 (즉 청중-독자를) 향하고 있으며, 그리하여 자신에 대해 일어날 가능성이 있는 반응을 일정한 정도로 예견하고 있다는 점만을 지적하기로 하겠다." 같은 책, 466면. 강조는 원문.

57) "아랍의 석학들은 텍스트에 대해 말하면서 확실한 육체라는 아주 경이로운 표현을 사용한다고 한다. […] 텍스트는 인간적인 형태를 가진 형상, 육체의 아나그람일까? 그렇다. 그러나 그것은 우리의 관능적인 육체의 아나그람이다." 롤랑 바르트, 「텍스트의 즐거움」, 『텍스트의 즐거움』, 63~64면. 강조는 원문. 여기서 '아나그람'이란 철자를 바꾸어 쓰는 수사법을 지칭한다.

58) "해석학 대신 우리에게 필요한 것은 예술의 성애학 erotics이다." 수전 손택, 이민하 역, 『해석에 반대한다』, 이후, 2008, 35면.

59) 롤랑 바르트, 「텍스트의 즐거움」, 110면.

들의 아주 섬세한 배합의 결과이기 때문이다. 신체화된 인지의 또 다른 용법은 '상황 지워진 인지(situated cognition)'로, 사회문화적 환경과 상황 속의 인지 활동을 중시한다.60) 따라서 몸의 인지 서사학은, 언제나 사회문화적 상황 속에 위치해 있는 독자가 신체화된 의미 작용으로서 서사-체와 관능적 관계를 맺는 행위로 독서를 상정한다.

롤랑 바르트는 또한 '형상화(figuration)'와 '재현(représentation)'을 구별해야 한다고 주장했다. "형상화란 텍스트 윤곽 안에서의 관능적인 육체의 출현 방식이다(그것이 어떤 정도로, 어떤 방식으로 나타나든 간에)."61) 양자의 구별은 텍스트의 즐거움과 관련되는 것으로, 재현이 '모방의 관계'라면 형상화는 '욕망과 생산의 관계'라고 부연한다. 바르트는 저자가 텍스트 안에 나타나거나, 소설의 인물에 대해 독자가 욕망을 느끼는 것을 형상화의 예로 들고 있다. 그저 '알리바이의 공간(현실, 도덕, 사실임직한 것, 읽혀지는 것, 진리 등)'인 재현과 다르게, 텍스트와의 관능적 관계 모델은 아닌 '욕망의 의미'로 붐빈다는 것이다.62) 지

---

60) '상황 지어진 인지(situated cognition)'는 문제 해결이나 학습과 같은 인지 활동들이 상황과 맥락에 의존하는 것을 뜻한다. "예컨대, 지능적 행동은 한 개인의 인지적 표상에만 의존하는 것이 아니라 도구나 환경 단서, 또는 다른 사람과의 상호 작용에 의존함을 강조한다." 「상황 지어진 인지」, 곽호완 외, 『실험심리학용어사전』.
한국교육심리학회, 「상황인지」, 『교육심리학 용어사전』, 학지사, 2000도 참고.
(http://terms.naver.com/list.nhn?cid=41989&categoryId=41989)
61) 롤랑 바르트, 「텍스트의 즐거움」, 103면.
62) 「텍스트의 즐거움」의 마지막은 미학적 실천으로서 이른바 '소리로 글쓰기(écriture à haute voix)'를 상상하는 것에 할애된다. 이것은 수사학의 용어로 말하자면, 연설자/배우(rhetor)가 담론을 몸짓으로 연기하거나 낭송하는 방식을 다루는 악시오에 해당한다. "고대 수사학에는 고전 작품의 주석학자들에 의해 금지되고 망각된 한 부분을 포함하고 있었는데, 이것이 바로 담론의 육체적 외재화를 가능케 하는 양식들의 총체인 악시오(actio)였다."(같은 글, 113면. 강조는 원문.) 극동 아시아 연극에서 육체의 중요성이 강조된 것과 같이 '자신의 육체를 지배하는 예술'로서 텍스트의 즐거움에 관한 미학적 실천이 강조된다. 그러나 바르트가 상상만으로 그쳤던 그 이론적 진술들은 인지 신경과학

금까지 검토한 바흐찐과 바르트의 개념을 참조하여, 이 책에서 '형상화'는 독자가 서사-체를 대상으로 신체화된 인지 과정을 거쳐 크로노토프, 인물, 사건 등 텍스트세계 국면들에 관한 생동감 있는 심적 이미지를 형성한다는 의미로 사용하고자 한다.

2) 서사적 인지 범주와 생태대화적 관계망

서사-체의 외부에서 내부로 시선을 돌려 보도록 하자. 캐서린 헤일스에 의하면, 서사는 추상화와 탈신체화(abstraction and disembodiment)에 저항하는 그 자체적인 자원을 확보하고 있다. "시간 순서에 따른 추력, 다형적 일탈, 구체적인 상황에서 일어나는 행동, 의인화된 작인을 가지고 있는 내러티브는 분석적으로 도출한 시스템 이론이라기보다 신체화된 형태의 담론이다."[63] 서사란 특정한 시간과 장소에서 특정한 사람들 사이에 일어나는 협상(negotiation)이며, 신체화된 담론으로 전달된다는 헤일스의 통찰은, 신체성에 결부된 서술과 서사담화 이론에 의미 있게 다가온다. 여기서 서사의 특성을 설명하기 위한 "*embodied*"라는 진술은 '신체화된'과 '구체화된'이라는 중의적 의미 모두로 이해될 수 있다. '서사-체'의 개념

의 경험적 연구 성과들에 힘입어 문학 연구에서 이론적으로도 해명할 수 있는 방법들이 점점 다양화되고 있다.

63) 캐서린 헤일스, 앞의 책, 55면. '신체화된'의 이탤릭 강조 표기는 원문을 참조하여 인용자가 수정. 원문 참고: "With its chronological thrust, polymorphous digression, lacated action, and personified agents, narrative is a more *embodied* form of discourse than is analytically driven systems theory." N. Katherine Hayles, *How we became posthuman: Virtual Bodies in Cybernetics, Literature, and Informatics*, University of Chicago Press, 2008, p. 22.

은 서사가 이렇듯 신체화된/구체화된 형태의 담론이라는 이해를 내포한다.

서사-체의 각 국면들은, 마치 인체의 기관들처럼 (현재 의학의 주류적 패러다임인 생물의학의 견해처럼) 하나의 역할과 기능, 수사적 효과에만 정태적으로 종속되거나 분절되지 않는다. 또한 서사의 각 국면을 보는 관점을 달리 하면 본고의 체계 이외에도 단일한 규범적(normative) 이론이 아닌 다양한 방식의 '기술적(descriptive)' 설명64) 체계를 지속적으로 산출 가능하다. 질 들뢰즈와 펠릭스 과타리 의 텍스트 모델은 텍스트를 정적이라기보다는 동적으로 보면서, 텍스트 안팎의 상호 관계망(network)을 탐구할 수 있도록 한다. 텍스트 내적(intratextual) 대화 현상은 상호텍스트적(intertextual) 대화와 텍스트 외적 대화 현상과 함께 기술될 수 있을 것이다.

질 들뢰즈 Gilles Deleuze와 미셸 세르와 같은 최근의 철학자들은 문학과 과학 사이의 관계에 열중하는 모습을 보여준다. 그들의 이러한 태도는 서사적 연행의 새롭고 흥미 있는 모델들을 생산했다. 질 들뢰즈와 펠릭스 가타리 Félix Guattari(1975, 1980)는 생명력 있는 기계, 또는 기계적 구성 agencement machinique, 에너지 모델이라는 관점에서 텍스트를 본다. 이러한 에너지 모델은 서사를 연행의 역동성이란 측면에서 이해할 수 있도록 해 준다. 텍스트의 상호 작용은 인간 육체의 상호 작용에 비유될 수 있다. 인간의 육체는 부분들의 무한한 결합 다시 말해 자신의 생명력과 에너지를 가진 수많은 부분들의 무한한 결합으로 이루어져 있다. 텍스트 역시 인간의 육체처럼 이러한 부분들의 결합으로 이루어진다.65)

---

64) '규범적 미학'과 '기술적 미학'에 대해서는, 철학사전편찬위원회, 『철학사전』, 중원문화, 2009 참고. (http://terms.naver.com/list.nhn?cid=41978&categoryId=41985)
65) 마리 매클린, 임병권 역, 『텍스트의 역학: 연행으로서 서사』, 한나래, 1997, 56면.

들뢰즈와 가타리가 '배치(agencement)'라고 부른 개념은 신체와 감정의 물리적이고 에너지적인 행위들이 언표 행위, 즉 말하거나 쓰는 주체의 행위를 통해 생산되는 기호들의 결합체로 변형되는 관계망을 의미한다. 또한 여기서 들뢰즈가 에너지적인 것이라는 의미로 쓰는 '생명의 기계(machinique)'와 일반적인 기계의 의미로 쓰는 '기계적인 기계(mécanique)'를, 라이프니츠 철학에서 도출해서 명확하게 구분한다는 점을 유념해야 한다. 생명의 기계가 역동성, 리듬, 그리고 과정 간의 상호 작용을 의미하는 것에 반해서, 기계적 기계는 생명이 없고, 인공적이며, 유기적인 전체의 일부분이 아니기 때문이다.[66] 들뢰즈와 가타리는 텍스트를 단일한 정적 구조에 근거한 것이 아니라 생체적, 에너지적인 것으로 파악하기에, 서사-체의 역동적 생성과 변화를 이해할 때 유용한 참조점이 된다.

서사-체의 각 국면들에서는, 서사를 스토리와 서사담화로 양분하며 대개 정태적인 모델을 채용하는 구조 서사학의 관점과는 다르다. 서사-체의 각 국면들은 위계 구조나 내용/형식의 구분 방식으로 설명되지 않는다. 서사-체 내부의 국면들은, 서사와 마음이 결합된 상황에서 일어나는 자연스러운 인지 과정 속에서 '생태대화적(ecodialogical)'[67]으로 연결-접속되며 교류된다는 관계론적 관점이 강조될 필요가 있다. 실제 서사 현상에서 각 국면들이 단절되지 않고 상호 연결되며, 연속적이고

---

66) 같은 책, 126~127면.
67) 여기서 '생태대화적 맥락(*Ecodialogical* context)'이란 인간의 유기체를 둘러싼 자연적이고 사회적 환경을 의미한다. 이사벨 장 포르틸로가 속한 인지 연구 서클 중에는 바흐찐 이론가도 포함되어 있다. 때문에, 깁슨의 생태 심리학적 접근을 바흐찐의 대화주의와 결합시킨 조어로 추측된다. Isabel Jaén Portillo, "Literary Consciousness: Fictional Minds, *Real* Implications", The 22nd International Literature and Psychology Conference, (Córdoba, Spain), June 29 - July 4, 2005, p. 1. (http://www.clas.ufl.edu/ipsa/2005/proc/portillo.pdf)

영향을 주고받는다. 이러한 내적/외적 관계망은 매우 복잡한 상호작용을 수행할 것이다. 이 연구서에서는 주로 내적 관계망에 초점을 맞추도록 할 것이다. 그리고 내적 관계망 역시 모든 상호작용을 기술하는 것은 불가능한 방식이기 때문에, 서사-체의 이론적 모델을 정립하기 위한 시도라는 점에서 몇몇 서사적 국면들과 그것들의 상호관계에 관심을 제한하고자 한다.

다음으로, 이 책이 다음 장부터 실제로 고찰할 내용과 그 방향에 대해서 개괄해보기로 한다. 다음 뒤의 세 장은 서사 현상과 서사성의 규명하기 위한 핵심 구성 요인이자 텍스트세계를 구성하는 기본적인 서사적 인지 범주인 시공간 – 인물 – 사건을 신체화된 마음의 이론을 통해 이론적으로 고찰한다. 그 전에 먼저 텍스트세계의 구성 과정에 대해 검토해보기로 한다.

데이비드 허먼은, 서사와 독자 마음의 결합 관계에서 일어나는 '서사적 세계 제작(narrative worldmaking)'을 중요한 용어로 제시한다. 여기서 '세계 제작' 개념은 넬슨 굿맨으로부터 유래한다.[68] 허먼은 "사람들이 스토리세계 혹은 서사에서 자세히 진술된 상황과 사건, 존재에 관한 광범위한 심적 모델을 창조하고 업데이트하기 위한 청사진으로서, 구술되거나 기술된 담화, 이미지, 몸짓, 그리고 다른 상징적 자료들을 이용하는 특유의 과정을 설명하기 위해"[69] 이 용어를 도입했다. 특정한

---

68) 굿맨은 『세계 제작의 방법들』에서 세계 제작(worldmaking, 世界製作)을 "우리가 파악하는 세계는 언제나 우리의 개념 틀 내에서, 즉 기호 체계에 의해 파악된 세계"로 본다. 서울대학교 철학사상연구소, 「세계 제작」, 〈네이버 지식백과〉. (http://terms.naver.com/entry.nhn?docId=801029&cid=41978&categoryId=41982)
69) David Herman, *Basic Elements of Narrative*, Wiley-Blackwell, 2009, p. x.

담화적 패턴이 서사적 체험(narrative experiences)을 야기한다는 것이다. 서사 이해 과정에서, 텍스트적 단서를 마음으로 형성한 세계에 관한 '언제, 무엇을, 어디서, 누가, 어떻게, 왜' 국면과 연결된다고 본 것이다. 이 국면들을 거의 세부적으로 상세화하거나 채워 넣기 위해 '텍스트적 행동가능성(textual affordances)'[70]을 이용함으로써, 해석자들은 이 질문들에 대한 임시적 답변의 틀을 만들어낼 수 있다. 그러한 국면들 간의 상호활동(interplay)은 스토리세계의 구조만이 아니라 기능과 전체적 영향을 설명한다. 또한 서사는 스토리세계를 그저 환기시키는 것만이 아니라, 의미 생산(sense making)의 자원으로서 해석의 목표를 이룬다.[71] 이처럼 허먼은, 서사와 마음의 결합에서 스토리세계를 형성/이해하는 인지 과정과 '이야기를 세계화하기(worlding the story)'[72]라고 부른 서사 해석 과정을 함께 다룬다.

허먼이 제시한 서사적 세계 제작에서의 육하(5W1H) 국면을 다시 시공간 – 인물 – 사건으로 분배시킬 수 있다. 이 세 범주들은 서사(소설)의 전통적인 요소로, 독자가 서사에서 아주 직관적으로 인지적 구성 작업을 수행할 수 있기 때문에, 매우 복잡한 분석과 해석을 위한 기본 단위로 활용하기에 적합하다. 또한 이 세 범주들은 서사성을 논의하는 여러 학자들이 서사성의 핵심으로 주장하고 있는 항목들로 그 중요성을 확인해볼 수 있다. 즉 사건과 플롯이 서사의 핵심이라는 오래된 주장에

---

70) 행동가능성(affordance)이란 인지 심리학자 제임스 J. 깁슨(J. J. Gibson)의 생태 심리학 용어이다. "대상의 어떤 속성이 유기체로 하여금 특정한 행동을 하게끔 유도하거나 특정 행동을 쉽게 하게 하는 성질. 예컨대, 사과의 빨간색은 따 먹고자 하는 행동을 유도하며, 적당한 높이의 받침대는 앉는 행동을 잘 지원한다." 「행동 유도성(affordance)」, 곽호완 외, 『실험심리학용어사전』.

71) David Herman, "Cognitive Narratology", op. cit., paragraph 29~36.

72) David Herman, *Storytelling and the Sciences of Mind*, The MIT Press, 2013, p. x.

서부터, 인물과 관련된 체험성에서 서사성을 발견하는 플루더닉과 서사의 '세계' 구성 작업을 중시하는 최근의 포스트-고전서사학자들의 주장들이 그러하다. 서사 독서와 해석 과정은 텍스트 (단어와 문장 등) 자체에서 출발하는 상향식(bottom-up) 읽기와 더불어, 직접적인 체험과 독서 체험 및 상호텍스트성을 비롯한 다양한 사회문화적 기억과 담론의 장에서 출발하는 하향식(top-down) 읽기가 병행되는데, 여기서 이 세 범주들은 이 상호작용적 서사 독해 모델에서 기본적이고 주요한 연결 지점으로 기능할 수 있다. 서사의 세 인지 범주를 특히 신체화 양상에 주목해서 논의할 때 고려할 주요한 이론적/해석상의 문제들은 다음과 같다.

* 텍스트세계의 구성을 위한 인지 범주와 신체화 양상

① 시공간 (언제, 어디서): 시공간 인지
- 신체화된 시공간은 어떻게 형상화되며 독자에게 인지되는가?
- 인물은 어떻게 텍스트세계의 감각질 또는 분위기를 체감하는가?
- 시공간 변화 양상은 어떠하며 인물과 독자는 어떻게 인지하는가?
- 텍스트세계와 독자의 현실은 어떻게 상호 관련되는가?
- 시공간 모티프는 무엇이며 어떤 주제적 의미를 갖는가?

② 인물 (누가, 왜): 사회적 인지
- 인물의 신체는 어떻게 형상화되며 독자에게 인지되는가?
- 독자와 인물은 어떻게 (다른) 인물의 마음을 인지하는가?
- 인물들 간의 신체 접촉은 어떻게 나타나고 인지되는가?
- 독자는 인물 및 작가와 어떻게 공감할 수 있는가?
- 인물의 유형은 무엇이며 어떤 주제적 의미를 갖는가?

③ 사건 (무엇을, 어떻게): 행위와 사건 인지
- 인물의 행위와 사건은 어떻게 형상화되며 독자에게 인지되는가?
- 하나의 사건은 어떻게 다양한 사건적 가능성을 내포하는가?
- 독자의 신체화된 실존적 조건에서 사건성은 어떻게 해석되는가?
- 독자는 서사적 연행에 대해 어떤 신체적 반응을 야기하는가?
- 주요한 사건 모티프는 무엇이며 어떤 주제적 의미를 갖는가?

④ 텍스트세계의 생태대화적 관계: 서사적 인지의 상호작용
- 시공간은 인물과 사건의 토대로 어떻게 관련되는가?
- 인물은 시공간과 타인, 사건을 어떻게 인지하고 그것과 상호작용하는가?
- 사건은 어떻게 인물과 시공간의 변화와 관련되는가?
- 시공간·인물·사건 모티프들의 결합은 어떤 주제적 의미를 생성하는가?
- 독자는 텍스트에 나타난 작가의 의도를 무엇으로 귀속시키는가?

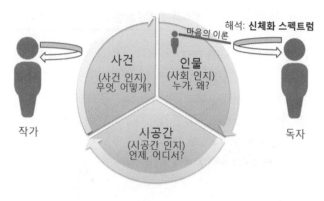

그림 2. 텍스트세계의 인지 구성

독자 또는 비평가는 텍스트 또는 담화적 패턴을 인지하고 세 범주들을 구성함으로써 서사적 세계 제작 과정을 진행한다. 시공간 항에서는 주로 언제, 어디서(WHEN, WHERE)에 관한 인지적 질문과 정보를 얻으며, 인물 항에서는 주로 누가, 왜(WHO, WHY), 그리고 사건성 항에서는 주로 무엇을, 어떻게(WHAT, HOW)에 관련된 질문과 정보를 인지한다. 그러한 서사적 인지 범주에 포함되는 인지적 패턴들을 '서사적 인지소(narrative cog)' 개념으로 이해할 수 있다.[73] 물론 이 서사적 인지소 및 인지 범주들은 텍스트상에서는, 그리고 실제 독서와 해석 활동에서는 긴밀하게 연결되어 분리 불가능하다. 이 인지적 범주들은 엄격하게 구분되기보다는 긴밀하게 상호활동하면서 텍스트세계에 대한 독자의 의미 생산을 촉진시키고 해석을 만들어내는 것이다. 텍스트세계

---

73) 장일구는 레이코프가 제안한 인지소 가설을 서사학 개념으로 변환하여 사용한다. "소설을 읽는 과정에서 직접 확인되는 일차적이고 지엽적인 형상과 행위의 편린들을 연결하고 조합하여, 디테일에 형태(form)를 부여함으로써 총체적인 이해를 돕는 일반적인 패턴 구조를 서사적 인지소(narrative cog)라 칭할 수 있다." 장일구, 「『천변풍경』의 서사공간과 인지소」, 106면.

의 주요한 세 국면들은 서사 텍스트와 마음의 결합 즉, 독자의 신체화된 마음의 인지 과정에서, 이현실성 – 인격적 공감 – 연행적 공명이라는 서사적 특성들을 창출한다. 세 인지 범주들은 모두 서사 형식으로, 서사학 용어이지만 서사 주제학의 모티프 영역과 관련될 수 있다. 각 범주에 해당하는 모티프, 인물 유형, 사건 등은 독자의 신체화된 인지 과정과 이것과 연속되는 사회문화적 담론 및 서사적 보편소74) 발견을 통해 해석 및 주제화에도 기여할 수 있다. ('모티프는 무엇이며 어떤 주제적 의미를 갖는가?')

또한 서사-체 국면들 간의 관계75)는 생태대화적이며, 그 현상은 생체 모델에 비유됨으로써 다원적이고 입체적인 관점들에 의해 더욱 생동감 있고 역동적으로 설명될 수 있다.76) 생체적 비유 모델을 서사-체의

---

74) 호건은 『마음과 마음의 스토리, 서사적 보편소와 인간의 감정』에서, 시대와 장소를 초월하여 등장하는 문학적 요소를 "문학적 보편소"라고 부른다. 최용호, 앞의 책, 108면.

75) 참고로, 빅토리아 제네비브 리브는 소설에서 주체, 객체, 공간, 시간의 구성은 목소리, 시각, 배경, 사건(voice, view, setting and event)이라는 네 가지 핵심 은유들의 다른 표현을 통해서 이루어진다고 논의한다. 이 논의에 의하면, 이 은유들은 신체화(embodiment)의 공통적인 체험에 의존하는 의미들을 제공한다. 신체화는, 은유의 기호론적, 통사론적, 의미론적 사용에 해당하는 관점으로 주체들과 객체들을 분간하는, 상호주체적으로 인정된 합의들에 관한 기초를 제공한다는 것이다. 리브의 이러한 관점은 소설의 구성 이론에서 추상적 개념들을 우선시하여 그것들을 '신체화'를 통해 분해하는 작업에 가깝다고 볼 수 있다. 그 역의 방법론도 가능할 것이다. Victoria Genevieve Reeve, "Genre and metaphors of embodiment: voice, view, setting and event"(abstract), Ph.D thesis, Faculty of Arts, School of Culture and Communication, The University of Melbourne, 2011.

76) 예컨대, 심장은 혈액을 전신으로 이동시키는 순환기에 속하는 동시에 그 자체로서 근육으로 볼 수 있다. 눈은 시각 기관으로 이해되지만, 눈에 빛이 닿아야만 시각 정보를 처리할 수 있기 때문에 피부이자 촉각 기관으로도 볼 수 있다. 소화기 신경계에 관한 최근 연구에 의하면, 신경계는 우리의 두뇌에만 존재하는 것이 아니라 위장과 같은 소화기관에도 존재한다. 들뢰즈와 과타리의 연결-접속의 용어를 빌려 말하자면, 입은, 음식을 먹을 때는 섭식-기계가 되고, 누군가와 말을 할 때에는 대화-기계이자, 연인과 키스를 할 때는 섹스-기계이며, 구족 화가에게는 세상의 아름다움을 담는 예술-기계이다.

내부의 생태대화적 관계망에 적용해 보자. 시공간은 인물과 사건의 근본 토대가 되며, 인물은 시공간을 통한 텍스트세계의 인지자(cognizer)로서 사건(행위)과 분리될 수 없고 특정한 담화 스타일을 도입한다. 또한 사건성은 역으로 시공간과 인물을 변화시킬 수 있으며, 인물 간의 담화는 사건을 유발하며 상호주체성의 현실화(대화)이다. 상호주체성은 담화적 소통의 근간이 되고 인물과 인물을 묶어 새로운 담화, 그리고 새로운 사회·역사적 크로노토프를 산출한다. 그러한 서사적 국면들의 상호 역동적 관계망 속에서 서사성은 더욱 풍부해진다. 전통적인 소설 이론이나 서사학의 견해로는 인물, 사건, 배경 등은 텍스트세계의 주요한 구성 요인들이지만 그것들 간의 분리 불가능한 상호 관련성은 인지 서사학에 비해서는 크게 강조되지 않았다. 그러나 신체화된 인지 접근에서 서사적 인지와 해석 과정을 본다면, 이러한 서사 요인들은 서로 상호관계를 맺으며, 심지어 텍스트의 물질성이나 곁텍스트(paratext) 등은 그 자체로서 인지 표지로 작동하면서 서사 현상에 크게 영향을 줄 수 있다.77) 모든 개별 서사 현상은 단일한 규범적 원리만으로 작동하지 않는다. 따라서 개별 서사-체마다, 특정 매체와 장르적 경향에 따라, 수사학적 관습과 사회문화적 맥락의 강조점 변화에 따라, 각 국면들은 부각되고 위축되기도 하며 상호 매개된 변수가 되어 연결된 다른 국면들과의 관계 역시 변화한다.78)

---

77) 제라르 쥬네트에 의하면 곁텍스트는 주어진 텍스트에 동반되어 그것을 설명하는 모든 메시지들로 구성된다. 광고, 책표지, 제목, 부제, 머리말, 논평 등과 같은 메시지들이 그 예이다. 움베르토 에코, 손유택 역, 『소설의 숲으로 여섯 발자국』, 열린책들, 1998, 40면.
   곁텍스트의 영향은 생각 이상으로 심대할 뿐만 아니라 때로 서사의 수용 과정에 지속적으로 영향을 미칠 수도 있다. 서사 밖에 있는 곁텍스트의 작은 정보 하나가 서사를 완전히 다른 것으로 바꿔버릴 수도 있다. H. 포터 애벗, 『서사학 강의』, 71면.

그렇다면, 더 구체적으로, 텍스트에서 서사적 인지 범주들을 근거로 어떻게 몸과 문화의 통합을 지향하는 신체화된 해석이 가능할 수 있을 것인가? 우선, 각 인지 범주들은 모두 인간 본성의 생물학적인 인지 기제와 사회문화적인 차원의 인지 기제의 공동 연계를 통해 포착된다. 시공간과 인물, 사건에 대한 인간의 인지는 단지 문화적 차원의 재현과 해석이 아니라, 진화 이론과 인지신경과학적 차원에서도 논의될 수 있다. 다음 장 이후의 각론에서는 이러한 몸과 문화의 통합적 인지 기제를 이론적으로 살펴볼 것이며, 그러한 이해를 바탕으로 텍스트 분석에 관한 이론과 실제 비평이 진행될 것이다.

한편 마르코 카라치올로는 인지 문학 연구의 2세대 인지과학 접근에서 생물학적 몸과 사회문화적 차원의 틈을 채우고 상호작용하는 피드백 고리(feedback loop)를 설정하는 문학 해석 모델을 제시했다. 이 순환 고리는 다섯 탐구 영역으로 구획되며 '신체화 스펙트럼(The embodiment spectrum)'으로 명명된다.79) 이 스펙트럼의 한쪽 끝에는 생물진화론적 제약이 위치하며, 다른 한쪽 끝에는 인간의 사회문화적 의미 생산이 위치한다. 그 사이의 다섯 영역은 연속체로서 복잡한 방법으로 각각 상호 연결된다. 특히 인지적 과정에서 언어의 신체화에 이르는 가운데 세 부분은 선명하게

---

78) 가령, 사실적이거나 독창적인 크로노토프의 창조를 강조한 역사소설과 SF 영화가 있으며, 작중인물 또는 실제인물의 서사화에 더욱 밀접하게 관련된 자서전과 심리극, TV 드라마가 있을 수 있다. 사건과 서사적 인과관계에 주목하는 액션영화나 추리소설이 있으며, 서사담화의 놀이에 열중하는 전위소설이 가능하다. 또한 서사 윤리와 상호주체성이 다른 무엇보다 두드러지는 성찰적 소설과 사회적 소설도 있다. 그러나 이 연구서는 장르성이나 역사 시학적 연구가 아니다. 또한 서사학의 전체 체계를 생태대화적으로 재편하거나 재구성하는 작업이 주요 목적은 아니므로, 이에 대한 자세한 논의는 생략하고 다음 장부터는 신체화된 마음의 이론을 통한 서사-체의 분석에 더 집중하기로 한다.

79) Marco Caracciolo, "Interpretation for the Bodies: Bridging the Gap," *Style*, Vol. 48 Issue 3, Fall 2014, p. 391.

구분하기가 상당히 어렵다. 카라치올로는 주로 세 번째, 네 번째 영역을 설명하는 데 초점을 맞추고 있다. 『몸의 인지 서사학』은 텍스트 분석을 할 때에는 다섯 영역 모두를 고려하되, 그 가운데 주로 네 번째와 다섯 번째 영역에 주력할 것이다.

그림 3. 문학 해석을 위한 '신체화 스펙트럼'

(1) **진화된 성향**(Evolved Predispositions) : 해석은 특정한 종류의 환경에 대처하기 위해 진화된 우리 몸의 생화학적 구조와 생리 기능에 어떻게 영향을 받는가? (진화 생물학과 심리학 : 문화는 우리가 죽는다는 사실을 결정하지 않는다. 죽음은 진화에 의해 형성된다.)

(2) **인지적 차원의 신체화 과정**(Cognitive-Level Embodied Processes) : 인지적 차원에서 신체화된 과정 해석에 어떤 영향을 주는가? (인지 심리학과 신경과학 : 제한된 기억력과 주의력 등)

(3) **신체화된 체험**(Embodied Experience) : 신체적 체험(감각 인식, 고유 감각, 정신적 이미지, 감정, 다양한 기분)에 의해 해석이 어떻게 영향을 받는가? (현상학 : 정신적 이미지, 다양한 유형의 감정, 고유 감각 및 운동 감각과 같은 신체적 반응을 포함한 스토리에 대한 체험적 참여)

(4) 언어에서의 신체화(Embodiment in Language) : 해석은 인간의 신체화가 언어 구조와 역량에 반영되는 방식에 어떤 영향을 미치는가? (심리 언어학, 인지 언어학 : 언어의 신체화 된 토대가 문학적 텍스트에 대한 독자의 해석에 영향을 줄 수 있다.)

(5) 실존적 조건으로서 신체화(Embodiment as an Existential Condition) : 실존적 조건으로서 신체화에 의해 해석이 어떻게 영향을 받는가? (해석학 : 인간의 생물학적인 유한성의 실존적 조건은 해석을 요청하며, 몸은 인간의 욕망의 기초이다.)

이 책 3장부터 5장은 각 세 절로 구성된다. 이들 각 장에서 1, 2절은 모두 신체화와 결부된 서사학의 특정 개념의 정립 및 재개념화를 위한 이론적 고찰이다. 더 구체적으로, 각 장의 1절은 시공간(크로노토프), 인물, 사건(사건성) 개념을 신체화 국면과 결부시켜 재조명·재개념화하며 그에 따라 텍스트세계의 형상화가 어떻게 이루어지는지를 논의한다. 이어서 2절에서는 텍스트세계의 크로노토프, 인물, 사건과 관련한 신체화 양상을 살펴보고 그에 따른 하위 서사성의 효과를 다룬다. 3절은 모두 실제의 질병-치유 서사를 대상으로 한 비평적 실천이다. 특히 이청준의 「퇴원」은 모든 장에서 분석 대상으로 삼아 논의함으로써 한 편의 텍스트를 총체적으로 분석하기로 한다.

다음 각 세 장에서 이론과 비평을 차례대로 기술한 뒤에, 6장에서는 역순으로 질병-치유 서사 분석의 종합과 그 해석적 지평을 살펴보고, 몸의 인지 서사학이 지닌 대화주의적 윤리 비평의 특징을 검토하겠다. 최종적으로 텍스트세계의 각 국면과 관련된 하위 서사성과 그들 간의 상호관계를 고찰하고 그에 따라 서사성의 특질을 몸의 인지 서사학과 생명 철학의 관점에서 새롭게 논해볼 것이다. 마지막으로, 7장에서 몸의 인지 서사학 연구의 의의를 살펴보고 향후 인지적 문학과 문화 연구의 전망을 제시하여 후속 연구들을 위한 디딤돌이 되고자 한다.

제3장

몸으로 읽는 소설의 시공간

몸의 인지 서사학 질병과 치유의 한국 소설

3 몸으로 읽는 소설의 시공간

 1 신체화된 크로노토프의 텍스트세계 형상화[1]

1) 문학적 크로노토프 이론과 신체화

'크로노토프(chronotope; time-space)' 개념은, 바흐찐의 소설 이론을 넘어서, 최근 서사학 연구의 중심이 되고 있는 허구적 세계의 구성 문제를 반영하기에 적합하기 때문에 포스트-고전서사학과 연결된다.[2] 크로노토프는 자주 오용되어 온 것처럼 단지 주제학적 연구를 위

---

[1] 이 부분의 논의는 노대원, 「문학적 크로노토프와 신체화 — 바흐찐 소설 이론과 2세대 인지과학의 만남」(『한국문학이론과 비평』, 제67집, 2015)을 수정·보완한 것이다.

[2] 크로노토프 개념은 이외에도 문학 연구의 '윤리적 전환(ethical turn)'과 같은 최근 문학 비평의 혁신적 이슈와 쉽게 연결될 수 있다. Nele Bemong, et al., *Bakhtin's Theory of the Literary Chronotope: Reflections, Applications, Perspectives*, Academia Press, 2010, p. III~IV.

여기서 Nele Bemong 등은, 크로노토프 개념이 포스트-고전서사학의 프레임에 채택된 것을 『루틀리지 서사 이론 백과사전』(2007)에 수록된 사례로 예시한다: "체험을 이해하고 세계를 형성해내는 방식인, 크로노토프들은 재현을 위한 '토대'를 제공한다. 이 재현이란, 결합하는 사건들이 일어나는 시간적 지표들의 연속과, 이와 더불어 특정한 역사적, 전기적, 사회적 관계들로 규정되는 공간적 특성들에 관한 것이다." John Pier, "CHRONOTOPE", *Routledge Encyclopedia of Narrative Theory*, 2010, p. 64.

한 모티프적 측면뿐 아니라 형식적, 서사 시학적 측면과 긴밀히 결합되어야 한다. 주제학과 서사 시학적 관점의 상호조명을 통해 더욱 풍부해진 서사 해석을 기대할 수 있기 때문이다. 여기서는 미하일 미하일로비치 바흐찐의 소설 이론에서 핵심적 용어 가운데 하나인 크로노토프를 인지과학 및 인지 문학 이론의 신체화 개념과 결부시켜 재조명하고 변용하고자 한다.

통상 시간과 공간은 추상적인 물리학 혹은 수학 개념으로 이해된다. 실제로 바흐찐은 아인슈타인의 상대성 이론의 일부인 크로노토프 개념을 적용한 것이라고 밝히고 있으며, 생물학자 우흐똠스끼(A. A. Ukjtomsky) 교수의 강의를 듣기도 했다. 바흐찐은 이를 수용한 뒤 소설을 대상으로 '문학적 크로노토프'로 적용한 것이다. 그러나 크로노토프적 존재론은 그가 받아들인 칸트의 시공간 개념처럼 '선험적'인 형식, 또는 추상적이고 관념적인 사유가 아니라 '직접적인 현실의 형식'이라고 주장한다. 시간과 공간은 단순히 중립적인 수학적 개념이 아니라 시간과 공간이 질적으로 다양하다는 측면이 바흐찐에게는 중요했다. 즉, 크로노토프는 상대성 이론의 시공간3) 내지는 현상학적 시공간 체험에서 나타나는 시공성을 함의한다. 최근의 바흐찐학(學)이 물리학뿐만 아니라 생물학과의 관련 속에서 바흐찐 사상을 이해하려는 경향에서도 드

(이 대목은 게리 솔 모슨과 캐릴 에머슨의 『바흐친의 산문학』(오문석·차승기·이진형 역, 책세상, 2006, 630면.)에서 문화의 크로노토프에 대한 정의를 차용한 것으로 보인다.)
3) 뉴턴에서 아인슈타인 모델로의 '패러다임 전환'이라는 측면에서 시공간 이론을 살펴볼 수 있다. "뉴턴적 모델은 시간과 공간은 그것을 포함하거나 관찰하는 자 모두에 관해 질적으로 구분되고, 균일하며, 무한하고, 독립적이라는 것을 가정한다. 그러나 아인슈타인적(혹은 "상대적인") 모델은 시간과 공간이 그 특성들에 의해 그것을 포함하거나 관찰하는 자 모두에 관해 불규칙하고, 유한하며, 영향 받는 상호 연결된 국면들이라고 가정한다." Jay Ladin, "Fleshing Out the Chronotope", Caryl Emerson ed., *Critical Essays on Mikhail Bakhtin*, Twayne Publishers, 1999, p. 231, note 1.

러난 것처럼, 그는 「현대의 생기론」이란 논문을 집필하기도 하는 등 당대의 과학철학 및 생물학 담론에도 밝았다. 그러한 지성사적 이해[4]를 통해, 크로노토프 이론의 과학적 맥락과 신체화의 함의를 확인해볼 수 있을 것이다.

바흐찐은 우선 "문학작품 속에 예술적으로 표현된 시간과 공간 사이의 내적 연관을 '크로노토프'(chronotope) (문자 그대로 '시공간(時空間)'이라는 의미를 지닌다)라고 부르겠다."[5]고 한다. 사실, 바흐찐은 문학적 크로노토프의 정의를 명확하고 체계적으로 한정짓지 않았기 때문에, 그리고 크로노토프의 개념을 매우 다양한 층위에서 다양한 방식으로 사용했기 때문에, 그 의미와 용법을 분명하게 이해하는 것은 상당히 어려운 일로 평가되어 왔다. 바흐찐의 문학적 크로노토프는 직접적인 정의보다는 신체화의 비유로 설명된다.

> 문학예술 속의 크로노토프에서는 공간적 지표와 시간적 지표가 용의주도하게 짜여진 구체적 전체로서 융합된다. 말하자면 시간은 부피가 생기고 살이 붙어 예술적으로 가시화되고, 공간 또한 시간과 플롯과 역사의 움직임들로 채워지

---

4) 바흐찐 서클에는 실험 생물학자 이반 까나예프가 속해 있었으며, 둘은 매우 절친한 사이로 까나예프가 바흐찐이 우흐똠스끼의 강의를 들을 수 있도록 도왔다. 우흐똠스끼는 협소한 의미에서의 생리학자가 아니라 생명철학과 인간 철학 전반에 걸쳐 폭넓고 깊게 사유한 학자였다. 우흐똠스끼와 바흐찐 사상 간의 영향 관계는 크로노토프 이외에도 매우 광범위할 것으로 추측된다. 또한 바흐찐은 까나예프 대신 논문 「현대의 생기론」을 집필하여 기계론 대 생기론 간 논쟁에 참여하기도 했다. 이러한 사상사적 배경을 염두에 두면, 바흐찐의 생태대화적 소설론 혹은 바흐찐의 '몸 사유(body thinking)'가 더욱 잘 해명된다. 조준래, 「20세기 초 러시아 과학철학과 바흐찐」, 『노어노문학』 제17권 제2호, 한국노어노문학회, 2005(특히, 314~316면). 이득재, 「바흐찐 사상체계 안의 생기론」, 『러시아어문학연구논집』 17권, 한국러시아문학회, 2004 및 이득재, 「바흐찐의 생태문화론」, 『러시아어문학연구논집』 제40집, 한국러시아문학회, 2012도 참고.
5) 미하일 바흐찐, 「소설 속의 시간과 크로노토프의 형식」, 앞의 책, 260면.

고 그러한 움직임들에 대해 반응하게 된다. 이러한 두 지표들 간의 융합과 축의 교차가 예술적 크로노토프를 특징짓는다.[6]

"살이 붙어"(takes on flesh[7])라는 표현은 일차적으로는 시간의 공간화 또는 공간의 시간화 현상을 통한 시공간의 긴밀한 연관성을 의미한다. 여기서 신체화(embodying)는 문학 텍스트의 시공간성의 풍부한 구체화(embodying) 과정을 단지 비유적으로만 표현한 것은 아니다. 이 표현은, 서사에서 공간과 시간을 상상하는 방식이 본질적으로 공간 안에 있는 몸이 위치하는 방식과 연결된다는 인식을 내포한다. 인물이 행위하기 이전에 육체는 의미 있게 만들어진 시공간을 요구한다.[8] 모든 인식의 필수불가결한 조건인 시공간의 매트릭스는 추상적 형식으로서가 아니라 몸에 기반한 체험에서 비롯된 분리 불가한 실체인 것이다. 게리 솔 모슨과 캐릴 에머슨은 크로노토프를 상대성 이론과의 부합 측면에서 살펴보면서, 육체는 외적 행위와 내적 과정을 시간과 공간 안에서 조직해야만 한다는 점을 언급한다. 유기체는 다양한 리듬들에 의해 작동하고 그 리듬들을 조절해야만 한다. 그리고 상이한 사회적 행위는 또한 여러 종류의 융합된 시간과 공간에 의해서 규정되는 것이다.[9]

바흐찐은 크로노토프와 문학적 인물 간에 밀접한 상관관계를 갖는다고 본다. "크로노토프는 형식적 구성범주로서 문학작품 내의 인간 형상

---

6) 같은 책, 261면. 밑줄은 인용자.
7) Mikhail Mikhaïlovich Bakhtin, ed., M. Holquist, trans., C. Emerson, "Forms of Time and of the Chronotope in the Novel", *The Dialogic Imagination: Four Essays*, University of Texas Press, 1981, p. 84.
8) Daniel Punday, op. cit., p. 94.
9) 게리 솔 모슨·캐릴 에머슨, 『바흐친의 산문학』, 625~626면.

(image)도 크게 좌우한다. 인간형상은 언제나 본질적으로 크로노토프적이다."10) 크로노토프는 인물이 맥락 속에 존재하는 방식을 규정하고 제한한다. 실제로 정체성, 성격, 그리고 넓은 의미의 인간성이 이루는 구조가 서로 다르려면 그 표현을 위한 시공간 역시 달라야 한다는 것이다.11) 바흐찐은 크로노토프들 상호 간의 관계가 대화적이라고 했다. 실제로 사회와 개인의 삶에서 크로노토프들은 '세계에 대한 감각'으로서 서로 경쟁하고 논박하거나 동의한다.12) 이러한 견해는, 하나의 특정한 서사-체 안에서도 크로노토프들 간의 매우 복합적이고 역동적인 대화적 관계13)가 나타날 수가 있다는 점을 시사한다. 이는 실제 서사 텍스트의 분석과 해석에 있어 중요한 고려사항이 될 수 있다. 또한 넓게 보아 폐쇄적이며 완결적인 구조와 체계를 상정했던 구조 서사학을 넘어서, 서사 읽기 과정의 역동성과 텍스트 내부의 복합적인 상호작용을 중시하는 인지 서사학 및 포스트-고전서사학의 지향과 상통한다.

바흐찐은 「미적 활동을 하는 저자와 주인공」에서도 칸트 식의 초월적이고 선험적인 범주로서의 시간/공간을 구체화함으로써 칸트를 탈초월화(detranscendentation)하면서, 나와 타자의 관계를 통해 시간/공간을 육신화시킨다고 본다. 이런 의미에서, 바흐찐의 주인공은 소설 속의 주인공이 아니라 크로노토프가 육신을 입고 나타난 것이다.14) "바흐찐

---

10) 미하일 바흐찐, 「소설 속의 시간과 크로노토프의 형식」, 앞의 책, 261면.
11) Jay Ladin, "Fleshing Out the Chronotope", op. cit., p. 223.
12) 게리 솔 모슨·캐릴 에머슨, 앞의 책, 626면.
13) 가령, 제이 래딘은 '단순한 시퀀스, 시퀀스적 패턴, 변증법적, 역설적, 단순 대화적, 합성된, 중첩하는, 내포된, 위계적' 크로노토프 관계로 아홉 가지 항목을 제시했다. Jay Ladin, "Fleshing Out the Chronotope", op. cit., pp. 225~227.
14) 이득재, 「바흐찐과 칸트 - 「행동철학에 대하여」에 대한 小考」, 『러시아어문학연구논집』 11권, 한국러시아문학회, 2002, 191면.

에게 인간은 그저 막연한 인간 혹은 인간 일반이 아니라 피와 살을 가지고 있고 크로노토프적이며 생생하게 살아있는 인간이며 바흐찐은 이러한 인간에 대한 '크로노토프적인 존재론'을 사유하고 있는 것이다."15) 앨러스터 렌프류(Alastair Renfrew)는, 크로노토프의 정의에 있어 신체화와 육체성의 국면을 강조하면서 크로노토프적 형상화는 추상적, 고정적, 독백적인(monological) 특성들과는 여러모로 대조를 이루는 생생한 이미지(living image)의 재현을 가능하게 한다고 진술한다.16) 서사-체의 생동하는 감각을 창조하고 수용하기 위해서는 크로노토프의 역할이 지대하다고 평가할 수 있다. 따라서, 문학 작품에 대한 해석과 평가의 척도에 있어서도 크로노토프의 이러한 측면은 더욱 중요하게 상향 설정되어야 한다.17)

바흐찐의 사상이 언제나 그렇듯이, 크로노토프는 단지 소설과 문학 현상의 분석을 위한 비평적 도구로 그치지 않으며, 현실 세계의 인간 삶에도 광범위하게 적용되는 철학적 인간학의 개념으로 이해되어야 한다. 따라서 문학적 크로노토프가 서사 분석에서 단순히 시간과 공간의 물리적이고 객관화된 조건을 지칭하는 용어로 오해되고 오용되어서는 안 된다. 가령, 바흐찐은, 소설에서 인물의 공간적 이동은 "문자 그대로

---

15) 같은 글, 196면.

16) Nele Bemong & Pieter Borghart, "Bakhtin's Theory of the Literary Chronotope: Reflections, Applications, Perspectives", Nele Bemong, et al., op. cit., p. 14, Endnotes 2.

17) "문학과 예술에서 시간적·공간적 규정들은 서로 불가분의 관계에 있으며, 늘 정서와 가치로 채색된다. 물론 추상적인 사고는 시간과 공간을 분리된 실체로 생각하며, 또 시간과 공간을 그들에게 부가되어 있는 감정과 가치로부터 분리시킬 수 있는 것으로 여긴다. 그러나 살아있는 예술적 인식은(이러한 인식도 물론 사고를 포함하나 이는 추상적 사고와는 다르다) 그러한 구분을 하지 않으며 그러한 분리를 허용하지도 않는다." 미하일 바흐찐, 「소설 속의 시간과 크로노토프의 형식」, 450면. 강조는 원문.

의 의미에서의 물리적 육체만은 아닌 **살아있는 인간**"18)이라고 강조한다. 이 책에서는, 체험에 의해 이해되고 신체화에 근거한 문학적 크로노토프, 그리고 텍스트세계의 특수하고 고유한 질감과 특성을 지닌 시공간성을 '**신체화된 크로노토프**(embodied chronotope)'로 재개념화 하고자 한다. 바흐찐은 크로노토프를 매우 다양한 층위에서 활용하고 있으나, 논문의 전체적 체계나 분량 면에서는 역사적 시학의 관점에서 본 '장르적 크로노토프'19)에 가장 많이 할애하고 있다. 신체화된 크로노토프는 장르적 크로노토프를 포함할 수 있지만, 시공간 지각(인지)에서의 신체의 근본성을 핵심으로 하여 텍스트세계의 크로노토프 구성을 주로 다루기로 한다.

텍스트세계(또는 서사세계)라는 용어가 서사에서 인물과 사건, 배경의 근본적인 분리 불가능한 연결성을 가리키는 것과 마찬가지로, 바흐찐의 크로노토프 이론 역시 소설의 생성 과정을 신체화의 비유를 통해 묘사하면서 사건의 '형상화'와 그 서사성의 실현을 시공간과 긴밀히 결부시킨다. 크로노토프는 사건의 묘사와 재현을 위한 본질적인 토대를 제공하기 때문이다.

크로노토프는 소설의 이야기를 구성하는 기본적인 사건들을 조직하는 중심이다. 크로노토프는 이야기의 마디가 맺어지고 풀어지는 곳이다. 이야기의 의미

---

18) 같은 책, 285면. 강조는 원문.
19) 제이 래딘은 SF 장르의 독자는 익숙한 시공간과 다른 크로노토프 유형을 빠르게 확인하는 전문가가 된다고 한다. 이에 비해 사실주의 독자는 크로노토프의 정체를 찾기가 더 어려울 것이라고 보는데, 사실주의의 주요 관심 중 하나가 시간과 공간의 균일성이기 때문이라고 지적한다. 또한 장르적 크로노토프들 사이의 차이점이 있을지라도 SF 소설보다 사실주의 소설 안에서 덜 중요한 것은 아니라고 본다. Jay Ladin, "Fleshing Out the Chronotope", op. cit., p. 213.

가 크로노토프에 속한다고 말해도 무리가 없을 것이다. […] 요컨대 시간은 크로노토프를 통해 손으로 만질 수 있고 눈으로 볼 수 있게 되는 것이다. 크로노토프는 이야기를 구성하는 사건들을 구체화하여 그것들에 살을 붙이고 그 혈관에 피가 흐르도록 한다.[20]

서사를 동적인 현상으로 이해할 때 크로노토프 개념의 풍부한 의미들과 잠재력이 비로소 충분히 포착된다. 바흐찐이 크로노토프 개념을 간명하게 정의하지 않은 이유는 바로 그런 이유 때문일 것이다. 크로노토프는 이와 같이 서사의 인물 및 사건 등 여러 요인들과도 긴밀하게 대화적으로 관련되어 있으나, 이에 대해서는 본론의 다음 장 이후에서 구체적으로 다루기로 하고, 여기서는 크로노토프의 시공성 그 자체에 대한 논의 먼저 집중하고자 한다.

바흐찐은 다양하고 특정한 문학적 크로노토프들을 기술한 뒤 그 이론적 원리를 모든 문학적 형상과 언어의 근본적 성격으로까지 밀고 나가 논의한다. "모든 문학적 형상은 크로노토프적이다. 형상들의 보고(寶庫)로서의 언어도 근본적으로 크로노토프적이다. 또한 단어의 내적 형식, 즉 공간적 범주의 어원적 의미가 (가장 넓은 의미에서의) 시간적 관계로 이월되도록 돕는 매개적 지표들도 크로노토프적이다."[21] 이에 대한 부연 상술을 생략하고 있기 때문에 다소 불분명한 논리적 비약처럼 보인다. 그러나 이 연구서의 관점에서는 이러한 진술의 공백을 체험주의 인지 언어학으로 이해된 시간 및 공간 개념을 살펴보면서 채워나갈 수 있다고 본다.

---

20) 미하일 바흐찐, 「소설 속의 시간과 크로노토프의 형식」, 앞의 책, 458면. 밑줄은 인용자.
21) 같은 책, 459면.

2) 개념적 은유 분석을 통한 크로노토프의 재조명

메를로-퐁티의 신체의 현상학과 신체화된 인지과학에 의하면, 인간은 몸에 근거해서 시간과 공간을 지각한다. 현상학적 체험 안에서 시간과 공간은 단지 객관적인 물리학적, 수학적 관념이 아닌 것이다. 더욱이 인간이 체험하고 지각하는 실제의 시간과 공간은 사실 상호 분리된 개념이 아니다. 시간은 공간을 경유해 인지될 수 있으며, 공간은 시간에 종속된 과정을 통해 지각될 수 있다. 이는 특히 인지 언어학의 '개념적 은유(conceptual metaphor)'와 '영상 도식(image schema)'에 관한 이론으로써 상세한 설명이 가능하다. 조지 레이코프와 마크 존슨에 의하면, 은유는 단순한 언어의 문제, 즉 낱말들의 문제가 아니라, 오히려 인간의 사고 과정의 대부분이 은유적이라고 주장한다. 즉 인간의 개념체계는 은유적으로 구성되고 규정된다는 것이다.[22] 또한 레이코프와 존슨이 말하는 영상 도식은 감각운동 체험의 기본 구조로, 우리는 영상 도식에 의해 세계를 이해하고 추론하고 행동할 수 있게 된다. 영상 도식은 유기체-환경 상호작용의 동적·반복적 패턴으로, 기본적 감각운동 경험의 형세에서 표출된다.[23] 서사학의 개념들 역시 신체화된 은유로서, 독자의 독서 과정에서 신체성에 기반한 인지 과정을 거쳐 의미를 생성해낸다.

공간 관계 개념들은 우리 개념 체계의 핵심으로 다양한 방식으로 신체화 되어 있다.[24] 성인은 공간 이동(spatial-movement) 은유를 통해

---

22) 조지 레이코프·마크 존슨, 노양진·나익주 역, 『삶으로서의 은유』(수정판), 박이정, 2006, 25면.
23) 마크 존슨, 앞의 책, 218면.
24) 마크 존슨·조지 레이코프, 『몸의 철학』, 65, 73면 등.

시간을 개념화한다. 이 은유를 사용해서 공간 이동의 관점에서 시간 경과를 이해하는 것이다. 시간의 운동에 대한 개념적 은유에는 '이동하는 시간' 은유와 '이동하는 관찰자' 은유가 있다. '이동하는 시간' 은유의 공간화는 "시간이 더디게 지나간다"거나 "이번 학기가 순식간에 지나간다"는 식의 일상적인 표현에서 발견된다. 여기서 시간은 정적인 관찰자의 공간적 신체 위치를 지나 앞에서 뒤로 이동해 가며 특정한 속도를 지닌다. 또한 '이동하는 관찰자' 은유에서는 반대로 시간은 공간적 위치이며 이동하는 관찰자의 이동과 속도가 시간 변화의 특징을 결정짓는다. 예를 들어 "기념일이 점점 다가온다"라는 식으로, 관찰자가 경로를 따라 이동함으로써 해당 장소에 대한 거리가 조정된다. 이러한 통찰에서 중요한 요점은 은유가 단지 언어적인 실체만이 아니라는 것, 그리고 공간 이동과 시간 경과 간의 체험적 상관성에 기초한다는 것이다.25) 바흐찐은 인지 행위에 있어 크로노토프의 근본성을 다음과 같이 표현한 적 있다. "시·공간적 표현이 없이는 추상적인 사고조차 불가능하다. 따라서 의미의 영역으로 들어가려면 오로지 크로노토프라는 문을 통과해야만 하는 것이다."26)

바흐찐이 논의한 것처럼, 단테의 『신곡』과 같은 '비전'의 문학 장르는 신학·형이상학적 크로노토프를 제시한다. 그러나 이와 같은 문학적 공간의 상상마저도 순전히 추상적인 결과물로만 볼 수 없으며, 신체화된 공간 도식(spatial schemata)에 빚진 것이다. 플라톤의 '코라(Khora)'27)나 노자 사상의 '무(無)'28) 개념은 난해한 철학적 개념으로

---

25) 마크 존슨, 앞의 책, 66~70면 참고.
26) 미하일 바흐찐, 「소설 속의 시간과 크로노토프의 형식」, 앞의 책, 467면.
27) 코라 개념에 대해서는 김승희, 『코라 기호학과 한국시』, 18~21면 참고.
28) 노자는 "무는 이 세계의 시작을 가리키고, 유는 모든 만물을 통칭하여 가리킨다"라고 한

세계를 다분히 여성적이고 육체적인 공간으로 은유화한다. 하지만, 인지 언어학의 개념적 은유 분석으로는 실제로 그 개념들을 가능하게 하는 것이 공간 도식이라는 것을 짐작하게 한다. 지옥과 천국 등의 신학적 공간 개념은 신체화된 개념적 은유로, 지하와 천상에 대한 부정적·긍정적 신체 감각에서 비롯한다. 일찍이 유리 로트만(Iurii Lotman)은 1970년에 공간 관계들의 언어는 현실을 이해하기 위한 근본적인 의미라고 주장한 바 있다. 그는 시 텍스트에서 '높은-낮은, 오른쪽-왼쪽, 가까운-먼, 열린-닫힌'이라는 공간적 관계들이 '가치 있는-가치 없는, 좋은-나쁜, 쉬운-어려운, 도덕적-비도덕적'이라는 비공간적 의미로 쓰인다면서, 공간 관계의 가치 침윤 현상에 관해 설명했다.29) 오늘날의 현상학자들과 인지과학자들에 의하면, 중력의 작용을 받는 지구의 환경, 직립 시에 머리가 몸의 꼭대기에 오는 인체 구조는 바로 그러한 공간 도식의 기초이다. 또한 단지 시와 같은 예술적 텍스트에서만 작동하는 것이 아니라 일상의 평범한 언어생활에서 광범위하게 발견되는 일반적 원리이다.

공간 도식은 너무도 자연적이며 상식적 체험에 바탕을 두고 있기에 그 중요성이 간과되기 쉽다. 그러나 인체 구조는 동일하다 해도 지구환경과는 다른 우주 공간에서는 상하좌우의 경험과 그 방향에 대한 긍

다. 여기서 '무'는 출발점, 기원의 의미가 아니고, 자식을 품고 있는 어머니처럼, 자신의 존재성은 없으면서도 구체적인 모든 것을 존재하게 하는 역할을 하는 묘(妙)한 상태이다. 노자 해석에 대해서는 최진석, 『노자의 목소리로 듣는 도덕경』, 소나무, 2001 및 김형효, 『사유하는 도덕경』, 소나무, 2004 참고.

29) Marie-Laure Ryan, "Space"(Revised: 22. April 2014), Peter Hühn et al. (eds.), paragraph 19. (http://www.lhn.uni-hamburg.de/article/space) 그리고 David Herman, "Configuring Narrative Worlds: The WHAT, WHERE, and WHEN Dimensions of Storyworlds", *Basic Elements of Narrative*, Wiley-Blackwell, 2009, p. 131.

정성 여부가 전혀 다르게 표현될 것이다.30) 가령, 실제로 〈그래비티〉(*Gravity*, 2013)와 같이 낯선 크로노토프를 형상화하는 SF 영화를 예로 들어 보자. 이 영화에서는 하늘과 땅(위와 아래)으로 구분된 영상 도식이 아니라 상하좌우를 구분하기 어려운 광활한 우주의 크로노토프가 펼쳐진다. 여기서는 인물이 신체적 균형을 잡을 수 있을 때에 아름다운 우주가 천국의 황홀경처럼 경험되며, 균형 감각이 붕괴되는 순간 지옥과 같은 생사고투를 겪게 된다. 물론 그럼에도 불구하고 이 영화는 과학적 사실주의의 관점을 지향하고, 지상에서 직립 보행하는 인체 구조상 중요할 수밖에 없는 신체의 균형 잡기에 대한 우호적 태도31)는 우주에서도 여전히 강조된다.

바흐찐이 문학 용어로 제안한 크로노토프는 정적이라기보다 역동적이고 관계적이다. 그러한 역동적 관계를 섬세하게 포착하기 위해서는 현재적 상황 속에서 해당 크로노토프를 인지하고 체험해야만 한다. 그러므로 서사적 크로노토프를 파악하는 일은 형식적인 작업이면서 동시에 상당히 어려운 현상학적인 작업이라고 할 수 있다.32) 가령, 크로노토프 개념을 인지 서사학적 작업과 결합하는 차원을 고려해 보자. 직접적·감각적 현실에 대응한다는 의미에서 작중인물의 인지 활동은 현재형이다. 지리학자의 연구에 의하면, 지역에 대한 심적 지도 혹은 공간지식 역시 과거형이 아니라 현재형이다. 심적 지도는 우리의 행동과 결

---

30) "마크 터너(1991)가 말하듯이 우리가 상하·좌우·앞뒤가 없는 액체 환경에서 떠다니는 비대칭적 창조물이라면, 신체적 경험의 의미는 우리가 실제로 사물을 이해하는 방식과 전혀 다를 것이다. 예컨대 우리의 경험과 (우리가 가지고 있다고 한다면) 개념적 체계에는 '오른쪽' '왼쪽'이 없을 것이다." 마크 존슨, 앞의 책, 219면.
31) 균형에 대한 우호적 태도나 균형 붕괴에 대한 비우호적 태도는 일상적 언어 표현에서도 쉽게 찾아진다. 예컨대, 흔들리는 거나 쓰러지는 것은 부정적인 마이너스 가치를 지닌다.
32) Jay Ladin, "Fleshing Out the Chronotope", op. cit., pp. 230~231.

정을 인도하고 생명력을 불어넣기 때문이다.33) 논의를 종합하면, 문학 서사-체에 나타난 공간과 특정 지역에 대한 크로노토프를 분석하기 위해서는 텍스트세계의 전반적 상황의 흐름은 물론 현재 작중인물의 심리와 행동에 관한 관련 속에서 파악할 필요가 있다.

 2 인물의 세계 감각과 이현실성의 실현

1) 텍스트세계-내-존재의 감각질과 의미 생산

바흐찐은 추상적, 이론적인 의미의 '세계관'이라는 용어보다 '세계 감각(世界 感覺, the sense of the world)'이라는 용어를 전면적으로 내세운다. 그는 러시아어로 세계관(mirovpzrenie)과 세계 감각(mirooshchushchenie)은 해석에 따라 비슷할 수도 있지만 완전히 동일한 의미는 아니라고 지적한다.34) 그가 박사학위 청구논문으로 제출

---

33) 황국명, 「여행서사의 인지서사학적 접근(1): 개념과 방법을 중심으로」, 10면.

34) 미하일 바흐찐의 『도스또예프스끼 시학: 도스또예프스끼의 창작의 제문제』(김근식 역, 정음사 간) 1988년 국역본은 '세계관'과 '세계감각'으로 두 용어를 구분 없이 번역하고 있으나 이 책은 이후에 출간된 동일 역자의 개정 번역본 『도스또예프스끼 창작론』(중앙대학교 출판부, 2003)에서 수정한 것처럼 바로잡아 '세계 감각(мироощщение)'으로 표기하고자 한다. '세계 감각'이란 용어에 대해 알려주신 노문학자 최진석 선생님께 감사드린다. 더불어, 이 자리를 빌려, 『도스또예프스끼 시학』의 1988년 번역본을 주로 참고하고 인용했던 저자의 「최인호 초기 단편소설의 카니발적 특성 연구」(서강대 석사논문, 2009)에서 자주 사용되었던 바흐찐의 용어 '세계관' 역시 (많은 경우) '세계 감각'으로 바로 잡아야 함을 밝힌다.

했던 라블레론에서, 세계 감각이란 용어는 주로 '카니발적'35) 세계 감각을 설명하기 위해 사용되며, 그 정의는 미래주의 진영에서 활동했던 극작가이자 문학 이론가 뜨레찌야꼬프의 「어디에서 와 어디로 가는가」라는 글을 다음과 같이 직접 인용함으로써 설명된다.

〈세계 감각이란 용어는, 지식과 논리적인 체계를 바탕으로 하는 세계관이나 Weltanschauung과 같은 용어와는 달리, 인간의 내부에서 일어나는 감정(감각)적인 판단의 총합을 일컫는다. 이러한 감정적 판단은 공감과 거부, 우정과 적개심, 기쁨과 슬픔, 공포와 용기를 따라 움직이기 때문에, 그 인과관계의 복잡한 조직 전체를 논리적으로 정의하기 힘들 때가 많다.

Weltanschauung은 세계 감각과 결합하지 않고서는, 인간의 모든 행동과 그 일상을 결정하는 살아 있는 원동력이 되지 않고서는, 결코 역동적이 될 수 없다.

개인의 에너지, 참여의 기쁨, 집단 생산에 헌신하는 강인한 뚝심들이 어느 정도인지, 노동의 열정을 얼마나 주변에 전파할 수 있는지가 바로, 세계 감각이 실제로 드러나는 모습이다〉("Otkuda i kuda?," *Lef*, no.1, 1923).36)

이 연구서에서 사용할 세계 감각 개념은 현상학적으로 말해서 '세계-내-존재(In-der-Welt-sein)'37)의 생태적 실존 체험에 근거하고 있으

---

35) 카니발과 카니발적 문학에 대해서는 같은 글, 9~16면 참고.
36) 미하일 바흐찐, 이덕형·최건영 역, 『프랑수아 라블레의 작품과 중세 및 르네상스의 민중 문화』, 아카넷, 2004, 392면, 원주 90.
37) '세계-내-존재(世界-內-存在)'는 하이데거의 『존재와 시간』 시기의 중심 개념이다. "고립된 인간이 그 자체로 완결된 외적 세계에 대해 인식 주체로서 서로 향하여 접근해 간다고 하는 근대 철학의 기본적인 구도를 배제하고, 자신이 언제나 이미 일정한 세계 내

며, 인지과학적으로 말해서 환경적 맥락에서 신체화된 마음으로 세계를 인지하고 지각하며 정서를 갖는 인간의 감각질을 강조하려고 한다. 여기서 심리 철학과 인지과학의 용어, '감각질(qualia)'이란 무엇인가? 어떤 대상에 의해 의식에 야기된 감각에는 식별 가능한 질적 특징들이 있는데, 이것은 보편적이지만 서로 다른 주관적이며 현상학적인 체험으로 인식된다. 즉, 어떤 음악, 미술, 음식의 맛 등이 주관적으로 치환된 마음의 감각적 자극에 대해서 우리가 주관적으로 느끼는 마음의 내용이다.38) 토마스 네이글(Thomas Nagel)의 논문 「박쥐가 된다는 것은 무엇과 같은 것일까?」("What is it like to be a bat?")에 나오는 사고실

에 존재한다는 것을 기성의 사실로서 발견할 수밖에 없는 인간의 존재방식을 강조하는 것이다." 다카다 다마키(高田珠樹), 「세계-내-존재」, 기다 겐 외, 이신철 역, 『현상학사전』, 도서출판 b, 2011. 앞으로 이 책에서 인용할 경우 URL 생략. (http://terms.naver.com/list.nhn?cid=41908&categoryId=41972) 한편, 메를로-퐁티는 '세계-내-존재'의 번역어로 '세계-에로-존재(être-au-monde)'를 사용하여 어떤 측면에서는 세계-내-존재의 의미를 더욱 잘 설명해내고 있다. "세계-에로-존재는 세계에 속해 있으면서 그러나 세계에 매몰되지 않고 세계를 소유하고자 세계로 향해 나아가는 인간의 실존적 초월 운동을 가리키는 메를로-퐁티 특유의 전문 용어이다." 류의근, 「용어 해설」, 모리스 메를로-퐁티, 『지각의 현상학』, 691면.
다음 설명도 참고하라. "'세계-내-존재'에서 '안에 있다'는 것은 단순히 공간적 '안-존재'의 상태가 아니라, 인간의 경우 '관계로서의 있음'을 말한다." 신성환, 「세계-내-존재(Being-in-the-world)」, 한국문학평론가협회, 『문학비평용어사전』, 국학자료원, 2006. 앞으로 이 책에서 인용할 경우 URL 생략. (http://terms.naver.com/list.nhn?cid=41799&categoryId=41800)

38) "최근 인지과학의 많은 철학적 논의는 감각질qualia의 문제를 언급하고 있다. 감각질은 파란 하늘의 파랑이나 비단옷의 비단성, 여름 라일락의 향기 같은 체질성이다." 마크 존슨, 앞의 책, 125~126면. 강조는 원문.
"감각질은 유명한 반 고흐의 그림에서 보는 짙은 청록색이라든지 바흐의 무반주 첼로의 음색이라든지 어떤 음악, 미술, 음식의 맛 등이 주관적으로 치환된 그런 마음의 감각적 자극에 대해서 우리가 주관적으로 느끼는 마음의 내용이다. 같은 붉은 사과를 보는데, 한 사람은 그대로 붉게 체험하고 다른 사람은 파랗게 체험한다면 이것은 감각질이 달라지는 것이다." 이정모, 『인지과학: 학문 간 융합의 원리와 응용』, 성균관대학교 출판부, 2009, 239~240면.

험에서처럼, 우리는 눈이 퇴화되어 인간과 같은 시각적 체험을 할 수 없는 박쥐와 우리의 체험은 매우 다르다. 우리는 박쥐가 되어보지 않고서는 박쥐의 감각질을 알 수 없듯이, 타인의 마음이나 동물의 인지 과정에 관해서 알기 어렵다는 것이다.[39] 그러한 감각질의 특권화된 접근(privileged access)은 때로 불가지론을 초래하기도 하지만, 타인의 세계 감각은 다양한 존재 방식과 그 풍부한 미학적 의미를 사유하고 접근하도록 한다. 또한 감각질은 기본적으로 인간이 체험하는 의미와 그 미학적 원리에 관련된다.[40] 그렇기 때문에, 감각질은 서사학과 문학 연구에 유용한 개념으로 활용될 수 있다. 이를테면, 데이비드 허먼은 서사가 삶의 체험을 전달하며, 체험에서 감각질의 중요성을 강조한다.[41]

또한 바흐찐의 인용에서도 확인되듯이, 세계 감각은 단순히 세계에 관한 주체의 생리적 감각과 정서적 감응을 넘어서 사회적 관계와 정치적 이데올로기와 관련된 함의 역시 포함한다. 특히 세계 감각은 주로

---

39) "감각질", 〈위키백과〉. (http://ko.wikipedia.org/wiki/감각질)
40) "의미는 질성[감각질-인용자]에 대한 우리의 느낌, 감각 패턴, 운동, 변화, 정서적 형세로부터 발생한다. 의미는 이런 신체적 참여에만 국한되지 않는다. 의미는 신체적 참여로 시작해서 다시 그것으로 이어진다. 의미는 우리가 상황의 질성을 경험하고 평가하는 것에 달려 있다." 마크 존슨, 앞의 책, 126면.
41) 그리하여 그는 플루더닉의 체험성 개념을 재맥락화하기 위해 원형적인 서사의 기본 요소 중 하나(iv)로 네이글의 논의로부터 '무엇과 같음(what it is like)'의 감각을 도입한 바 있다. 허먼이 제안한 서사의 다른 기본 요소는 (i) 상황성(situatedness), (ii) 사건 연쇄(event sequencing), (iii) 세계제작/세계 혼란(worldmaking/world disruption)이다. David Herman, *Basic Elements of Narrative*, p. xvi, 137, 143 참고.
한편, 심지어 2세대 인지 서사학은 감각질 논의 자체에서 '서사'의 중요성을 질문하도록 한다. "이야기들은 요약할 수 있을 뿐만 아니라 감각질에 접근하도록 할 수 있는가? 즉, 이야기들은 사실 다른 누군가 그리고 아마도 우리들 자신들이 되는 "무엇과 같음"을 알도록 하는가? 더 급진적으로, 우리는 심지어 서사 없이는 체험의 체감된 감각질의 개념을 갖지 못하는가?" David Herman, "Narrative Theory after the Second Cognitive Revolution," op. cit., 174.

카니발적인 것과의 연관 속에서 설명되기 때문이다. 세계관이 추상적 이념에 가깝다면 세계 감각은 화용론적인 구체적 정황 속에서 신체화된 행위와 더불어 세계를 향해 역동적으로 출현하고 실천될 수 있는 것으로 이해될 수 있다.

바흐찐은 크로노토프론에서 프랑수아 라블레의 작품들을 소설 문학사의 정점으로 평가한다. 라블레의 작품들은 인체, 음식과 음주, 배설, 성(性)의 (모티프) 시리즈 등을 통해서 "세계를 '신체화'하고 물질화하며 모든 것을 시간적, 공간적 시리즈에 연결시키고 모든 것을 인체라는 저울에 맞추어 달아봄으로써"[42], '육체'로서의 인간을 핵심적으로 나타내며 세계를 물질화한다고 본다. (라블레적 웃음으로 가장 잘 표현된) '죽음에 대한 삶의 끊임없는 승리' 또는 '삶의 예찬'이야말로 라블레를 읽어내는 바흐찐의 핵심 명제이다. 이처럼 크로노토프 이론 또한 바흐찐의 이른바 '몸 사유'의 영향 아래 몸에 의한, 몸에 관한 세계 감각으로 기획된 것이라 할 수 있다.

'스토리세계'나 '서사세계'는 공간적 은유에 근거한 포스트-고전서사학의 핵심 용어라는 점은 두 말할 나위 없다. 이처럼 포스트-고전서사학에서는 "세계로서의 서사" 은유가 중요한 관심사로 떠오르면서 공간적 국면은 훨씬 더 중요하게 다루어진다. 그러나 시간성에 관한 큰 관심에 비해 공간에 관한 서사학 이론의 관심은 최근에야 확대되고 있다고 할 수 있다.[43] 구조주의와 탈구조주의 서사학은 시간적 역학에 근거

---

42) 미하일 바흐찐, 「소설 속의 시간과 크로노토프의 형식」, 373면. "세계를 '구체화'하고"라는 국역본의 번역은 ""embody" the world"에 대한 영역(M. Bakhtin, "Forms of Time and of the Chronotope in the Novel", op. cit., p. 177.)에 의거한 것이다. 이 대목에서는 문맥상 구체화보다는 '신체화'라는 번역이 더욱 적절하다고 판단해서, 인용자가 수정했다.

해 사건과 존재 즉, 스토리와 인물을 주요한 관심사로 삼았기 때문에, 공간에 초점을 맞춘 서사 연구가 아니라면 공간은 대체로 서사의 배경 막으로 다루어졌다.44) SF(Science Fiction) 연구자 다르코 수빈 (Darko Suvin)은 크로노토프를 서사성의 본질로 본다.45). 텍스트의 상세화(articulation)와 관련된 크로노토프 개념이야말로 은유적 텍스트와 서사적 텍스트를 가르는 결정적인 구분점이 된다는 설명이다. 이어서, 인지 심리학의 성과들을 장르적 크로노토프 연구에 도입하기도 했던 바트 크넨(Bart Keunen)은, 서사성의 핵심을 체험성으로 보는 플루더닉의 견해를 거절하거나 적어도 미묘한 차이를 만들어낸다. 그는 인간 체험의 우발적 사건들과는 오히려 떨어져 있다고 할 수 있는 신과 세계 창조에 관한 신화가 몇몇의 무시간적 구조들에 '서사적' 형태를 부여하는 방법을 입증한다. 결국 그런 신화적 '이야기들'이 아주 명확한 (specific) 세계 구성 또는 크로노토프를 표현한다는 결론에 도달하며, 수빈의 견해를 보완한다.46)

---

43) 제임스 펠란, 「서사이론, 1966-2006: 하나의 서사」, 499면.
44) Marco Caracciolo, "Narrative Space and Readers' Responses to Stories: A Phenomenological Account", *Style* 47, no. 4, 2013, p. 425 및 David Herman, *Basic Elements of Narrative*, p. 131 참고.
　　물론, 기존 서사 연구들에서도 공간에 대해 주목한 값진 이론들과 논의들이 상당하다. 이어령은 20세기 후반 들어 공간 연구가 활발해진 이유를 구조주의와 신체성을 강조해 온 현상학의 영향을 든다. 우찬제는 최인훈의 『광장』의 공간 구조를 서사 구조와 더불어 논의하고, 공간성을 수사성에 결부시켜 세밀한 미시 분석을 보여준다. 특히, 지각적 묘사 장면 분석은 이 연구서의 관점에서 유용하게 참조할 수 있을 것이다. 우찬제, 「『광장』의 공간 수사학」, 『텍스트의 수사학』 참고.
45) "은유적 텍스트와 서사적 텍스트 사이의, 내가 필요충분 조건적이라고 생각하는, '종의 본질적 차이점(*differentia generica*)'은 바흐찐의 크로노토프라는 용어로 표현함으로써 가장 잘 파악될 수 있다" Darko Suvin, "On Metaphoricity and Narrativity in Fiction: The Chronotope as the "Differentia Generica"", *Substance* 14 (3), 1986, p. 58. 여기서는 Nele Bemong & Pieter Borghart, op. cit., p. 10에서 재인용.

그러나 이 연구서의 관점에서는, 체험성과 크로노토프 간의 차이 이상으로 양자 간의 상관성 역시 더욱 충분히 검토되고 강조될 필요가 있다고 본다. 신화적 공간 창조와 그 이해마저도, 앞서도 살펴본 것처럼, 근본적으로는 인간의 크로노토프적 체험성에 근거하고 있기 때문이다. 제이 래딘은 "비록 우리가 시간과 공간을 객관적이고 존재론적인 사실이라고 생각하더라도, 우리가 그것을 경험할 때는 우리가 놓인 물리적, 정신적 상황의 친숙한 표현처럼 현상학적이고 개인적으로 받아들인다는 사실 때문에, 크로노토프와 인물의 상호의존은 더욱 커진다."[47]고 지적한다. 칸트 철학의 '알려진 시간/공간'과 주지주의적 시간과 공간 이해를 비판하면서 메를로-퐁티의 현상학에서는 '체험된 시간(體驗-時間, temps vécu)'과 '체험된 공간(體驗-空間, espace vécu)' 양자의 교차배열(chiasme)을 주장한다.[48]

신체화된 인지의 관점에서, 서사적 공간을 구성하는 더욱 역동적인 방법은 대상이나 작중인물의 움직임, 작중인물의 지각 등에 의거한 것이다.[49] 인지과학자 프란시스코 바렐라는 시인 안토니오 마카도의 말을 빌려서 '발제(enaction)' 개념을 설명한다. "길을 걷는 것은 너의 발길이다; 너는 걸어가며 길을 놓는다."[50] 여기서 발제는 '신체화된 마음'의 개념에 상응하면서 여러 논자들에 의해 함께 사용되지만, 행위의 수

---

46) Ibid, pp. 10~11.
47) Jay Ladin, "Fleshing Out the Chronotope", op. cit., p. 223.
48) "그것은 프루스트가 말한 신체성과 같이 nunc stans(멈추어 서 있는 지금)인 것이다." 시미즈 마코토(清水 誠), "체험된 시간/체험된 공간", 『현상학사전』.
49) Marie-Laure Ryan, "Space", op. cit., paragraph 19.
50) F. J. Varela, "Laying down a path in walking," in W. I. Thompson, ed., *Gaia: A Way of Knowing. Political Implications of the New Biology*, Lindisfarne Press, 1987, p. 63. 여기서는 심광현, 「제3세대 인지과학과 '신체화된 마음의 정치학'」, 『문화과학』 제64호(2010년 겨울), 문화과학사, 221면에서 재인용.

행(performance) 혹은 실행을 포함하면서 인지 행위자의 적극성을 보다 강조한 개념이다. 크로노토프의 인지와 형성은 선험적인 것이 아니라 적극적인 지각과 수행을 통해 환경세계(環境世界, Umwelt)[51]와의 상호작용으로 구성된다고 이해할 수 있겠다. '세계-내-존재'로서 인간은 환경세계 속에서 세계를 향해 열어나가는 존재이다. 그러므로 세계에 대한 지각과 인지는 인간 신체와 분리되지 않으며, 세계와 인간은 서로에게 스며들고 서로를 구성하는 순환과 연속적인 흐름 속에 있다. 철학자들이 말하는 '주체(subject)'와 '객체(object)' 또는 사람과 사물은 유의미한 세계 내 자아에 대한 우리 체험의 상호작용적 과정에서 추상한 것일 뿐이다.[52] 그러므로 가령, 바흐찐이 말한 길의 크로노토프, 대로(大路)의 크로노토프도 그 길을 걸어가는 인물의 지각과 행위 속에서 가능해지는 것이다.

이 점은 뇌-몸-환경이 만들어내는 마음의 확장성과 연속성, 그리고 세계에 대한 현상학적이고 인지신경과학적인 설명은 사실 우리의 살아본 체험(lived experience) 속에서도 쉽게 이해 가능한 것이다. 몸 상태가 좋지 않을 때 세계는 어두워 보인다. 몸에 다시 힘이 나고 가벼워졌을 때나 운동을 한 뒤에 세계는 희망차고 밝은 곳으로 보인다. 역으로 환경의 상태에 따라 우리는 상황 속에서 우리 자신에 대한 느낌과 인식을 다르게 갖기도 한다. 그리고 시인들이 비유적으로 말하듯 세계가 아프면 우리도 아프다. 이러한 이해를 바탕으로 해서, 텍스트세계에

---

51) 야콥 폰 윅스퀼은 환경에 '주체'와 '의미'라는 범주를 도입하여 생태학이나 현상학 등에 영향을 주었다. 예컨대, 하이데거의 '세계-내-존재'에 '환경-내-존재'라는 사고방식이 강하게 영향을 주었으며 메를로-퐁티는 인간의 '세계-내-존재'가 형성되는 과정을 세밀히 기술한다. 기다 겐(木田 元), "환경세계", 『현상학사전』.
52) 마크 존슨, 앞의 책, 55면.

서 인물이 겪는 세계 체험과 세계의 체감된 감각질에 관한 분석이 더욱 중요하게 다루어질 수 있다.

크로노토프는 서사-체의 중요한 형식적 범주일 뿐만 아니라 의미 생산(meaning-making)이나 주제화(thematization)와 같은 해석 작업과도 긴밀히 연관된다. 기존 연구들에서 공간이 서사학보다는 주로 서사 주제학의 모티프들의 유형학으로 설명된 이유가 아마도 이 점에 있을 것이다. 공간적 모티프들을 기준으로 삼아 서사 유형을 분류하고 유형화하는 작업은 서사 주제학에서는 이미 익숙한 방법론이다. 바흐찐이 크로노토프론에서 제시한 모티프적(motivic) 크로노토프의 다양한 사례들은 많은 경우 공간의 범주와 유형에 따른 것이다.

마리-로르 라이언은, 상징적으로 채워진 공간들 사이의 공간을 인물이 가로지를 때 서사가 태어난다는 로트만의 견해를 인용한다. 텍스트세계의 '상징적 지도(symbolic map)'는 컴퓨터 게임에 국한되지 않는다. 이보다 더 미시적으로 '하위공간(subspace)' 역시 인간의 실제 체험 공간과 구체적으로 관련되는 것으로 독자의 문학적 의미화 작업과 해석을 위한 귀중한 단서이다. 가령, 벽, 복도, 정치적 경계, 산과 강과 같은 자연적이고 문화적인 하위공간, 그리고 문, 창, 다리, 오솔길과 같이 열림과 통행로로 쓰이는, 의사소통을 위한 하위공간이 있을 수 있다.53) 그러나 이 연구서에서 가장 주목할 점은, 현실 세계의 인물의 몸이 그러하듯이, 작중인물의 몸 그 자체가 텍스트세계 내에서 특정 영역을 점유하는 하나의 공간이라는 것이다. 말하자면, 실제 현실에서 그런 것처럼 인물의 몸 역시 공간을 지각하고 그곳에 나름의 의미를 부여할

---

53) Marie-Laure Ryan, "Space", op. cit., Paragraph 22~23.

수 있게 하는 신체 지각의 출발점이자 그 자체로서 의미를 지니는 현상학적인 공간인 것이다.

또한 라이언의 지적처럼, 서사는 지리학적 의미의 추상화된 공간 (space)이 아니라 그에 대응되는 '장소(place)' 개념에 초점을 둔다. 독자는 텍스트세계의 특정한 풍경과 도시 조망에 열중하기 때문이다. 결국 서사는 공간 체험을 위한 신체화 감각(sense of embodiment)의 중요성을 강조한다는 것이다.54) 현상학으로부터 영감을 얻은 인문 지리학의 장소 개념은 다소 막연하고 다의미적인 용어이다. 이푸 투안 (Yi-Fu Tuan)이 제안한 장소는 항상 이미 그곳에 살아가는 자들과의 의미 있는 관계를 맺는다. 그러한 관계는 문화적이며 이와 더불어 생리학적이며 지각과, 행위, 기본 정서와 같은 신체화된 형식의 상호작용에 근거해 있다. 그렇기 때문에 장소의 특성은, 장소를 고유하고 특별하고 독특하게 만드는 특유의 느낌인 체험적 특질(experiential quality)이 있다는 '장소감(sense of place)'으로 이해될 수 있다. 장소감은 객관적인 것도 주관적인 것도 아니라, 물리적 현시와 감각적 지각의 양자 결합으로 일어난다.55) 인지 서사학에서도 공간은 단순히 객관적 지역을 의미하는 것이 아니라 열망·감정·행위·기억과 같은 인생의 체험과 관계있는 지역으로 이해된다.56)

이처럼 체험적 특성과 문화적 의미 부여라는 측면에서 볼 때, 그리고 서사의 해석과 주제화를 가능하게 하는 중요한 단서라는 점에서, 장소와 장소감 개념은 추상적 공간 개념보다는 바흐찐의 크로노토프, 나아

---

54) Ibid., Paragraph 24.
55) Marco Caracciolo, "Narrative Space and Readers' Responses to Stories", pp. 429~430.
56) 김정희, 『스토리텔링이란 무엇인가』, 커뮤니케이션북스, 2014, 68면.

가 이 연구서에서 제안하고 있는 신체화된 크로노토프 개념에 더욱 친연성을 갖고 더욱 용이하게 이해 가능하다. 신체화에 근거한 우리의 현상학적 일상 체험은 시간과 공간을 추상적으로 분리하는 범주가 아니라는 점에서, 신체화된 크로노토프는 더욱 섬세하고 풍부한 서사적 의미 생산을 위한 비평 용어로서 잠재력을 지닌다.

특히, 마르코 카라치올로가 강조하듯이 "감각적 상상과 정서는 '그 자체로', 의미 생산의 형식들이다."57) 예를 들어, 우찬제는, 최인훈의 소설 『광장』의 공간 구조가 주제적인 함축을 보이는데, 역동적인 지각적 묘사들이 그 구조적 정형성을 보완하면서 문학적 숨결을 살리고 공간적 주제론을 심화하는 데 기여한다고 분석한다.58) 텍스트 독서 체험에서 비롯되는 독자의 생생한 심적 이미지, 물리적 현존의 감각, 정서적 반응 등은 서사-체의 의미 생산과 주제적 평가와 분리 불가능한 것이다. 특정한 크로노토프가 매우 공들여 생생하게 형상화되면, 전문 비평가가 아니더라도 독자는 그것이 중요한 의미를 갖는다는 것을 직관적으로 파악할 수 있기 때문이다.59) 바로 그 점에서, 신체화된 크로노토프 개념과 그 분석은 몸에 '의한' (신체화된embodied) 인지 서사학과 몸에 '관한' 서사 주제학의 융합된 방법론으로 활용될 수 있다.

---

57) Marco Caracciolo, "Narrative Space and Readers' Responses to Stories", p. 438.
58) 우찬제, 「『광장』의 공간 수사학」, 『텍스트의 수사학』, 318~325면.
59) 그 점에서 마르코 카라치올로는, 사회과학과 인지과학에서의 현상학적 부활은 문학 연구를 독자 반응 비평으로 관심을 기울이게 하며, 문학에 의미 부여보다는 즉자적 독서를 행하는 대중 독자와 전문 비평가를 동등하게 볼 수 있도록 한다고 지적한다. 여기에 더해 이 연구서는 이러한 관점이 문학적 의미부여 활동만큼 독서의 감각적 체험을 중시하는 문학 교육을 강화시킬 수 있을 것이라고 전망한다. 다시 말해, 문학적 민주주의에 기여할 수 있다는 견해이다.

2) 텍스트세계와 현실 세계의 이현실적 대화

가상현실 체험이 점차 증가하고 있는 상황에서, 그리고 현실 세계와는 다른 **가능 세계(possible world)** 또는 대안 세계(alternate worlds)의 구축과 그에 따른 문제들이 당면한 기술적·사회문화적 현안으로 되고 있는 맥락에서, 허구 서사의 텍스트세계 체험에 대한 서사학 연구의 전환이 요청된다. 허구적 서사를 포함한 가상현실의 텍스트세계는 탈신체화(disembodiment)의 담론을 확산시키지만, 오히려 신체화는 독자가 서사성을 체험하는 데 있어 핵심적 필요조건이다. 지금까지 거의 주목되지 않았으나, 흥미롭게도 바흐찐의 크로노토프 이론과 최근 서사학자들이 제안한 이른바 가능 세계 의미론(Possible World-semantics)은 스탈린주의 러시아와 포스트모던 북아메리카라는 서로 다른 크로노토프적(역사적·지리적 맥락) 맥락에서 제기된 것이지만, 인식론적이고 개념적인 측면에서 유사성과 친연성을 공유한다. 첫째, 바흐찐과 가능 세계 의미론은, 형식주의와 구조주의 비평이 문학적 보편성을 찾고 고유한 의미론적 평면(plane)을 비판한다. 둘째, 텍스트와 맥락 사이의 관계를 이론화함으로써, 두 패러다임은, 형식주의와 구조주의의 텍스트 내재적 접근법에도 반발한다. 셋째, 양자 모두 허구 세계와 그 구성요인들을 서사적 의미에 대한 일반 이론에 도달하는 수단처럼 연구하기 시작했다는 점이다.60)

사이버펑크 작가이자 수학자인 루디 러커(Rudy Rucker)는 이른바 '트랜스리얼리즘(transrealism)'을 선언했다. 그는 시간 여행, 반중력, 대안 세계, 텔레파시 등 SF의 친숙한 환상적 기법들은 사실은 지각의

---

60) Nele Bemong & Pieter Borghart, op. cit., p. 13.

원형적 양식의 상징적 측면이라고 지적한다. 시간 여행은 기억, 비행은 깨달음, 대안 세계는 개인적 세계관들의 엄청난 다양성을 상징한다. 이 것이 '트랜스' 국면이며, 트랜스리얼리즘은 그런 의미에서 SF의 한 유형이 아니라 오늘날 역사적 시점에서 유효한 유일한 문학적 접근법이라는 것이다.61) 그런 이유로 그는, SF 작가임에도 불구하고 역설적으로, 살아 있는 현실과 인간에 대한 치열한 숙고와 시뮬레이션을 통해 실감나고 예측 불가능한 작중인물과 행동, 대화를 만들기를 권유한다. 트랜스리얼리즘은 단지 특정 장르 문학을 위한 옹호 차원에서만이 아니라 다양한 미디어 생태계와 가상현실 환경 속에서 살아가는 오늘날의 관점에서도 유효하다. 여기서 주목할 지점은, 허구적 상상력에서 현실의 지각 양식이 차지하는 힘과 위상이다. 우리는 전혀 다른 세계를 허구적으로 상상하고 체험할 때조차도 신체화된 인지와 신체화된 마음에 근거하기 때문이다.

지금까지 논의를 바탕으로, 트랜스리얼리즘이 현실과 가상 현실, 그리고 현실성(reality)과 가상 현실성(virtual reality)62)을 중재하고 매개한다는 점에서 '**이현실성(移現實性; transreality)**' 개념을 제안하고자 한다. 이현실성은 현실 세계와 허구적 서사 세계(텍스트세계) 간의 이행 및 상호 연결 관계와 연속성을 의미한다. 독자가 대면하는 현실(지금-여기)과 텍스트세계의 다른 현실 간의 분리보다는 상호관계가 부각된

---

61) Rudy Rucker, "A Transrealist Manifesto", *The Bulletin of the Science Fiction Writers of America* #82, Winter, 1983, p. 1. (http://www.rudyrucker.com/pdf /transrealistmanifesto.pdf) 저자 소개는 http://www.critical-theory.com/transre alism-vs-hyperrealism 참고.)

62) 버추얼 리얼리티에 대해서는 우찬제, 「버추얼 리얼리티, 가능 세계, 문학 이론」, 『한국 문학이론과 비평』 제15집, 한국문학이론과 비평학회, 2002 참고. (『텍스트의 수사학』 3부 1장)

다. 그리고 서사 수용자가 그것을 인지적·해석적으로 체험하는 효과를 의미하기도 한다. 이현실성의 원리와 과정은 신체화된 마음의 이론에 입각해서 설명될 수 있다. 가상 현실에 몰입할 때 오직 정신만이 남고 탈신체화된다는 데카르트주의적 통념/오해에 반하여, 우리는 현실의 몸에 의해서만 다른 현실을 체험하고 향유할 수 있다. 마리-로르 라이언 (Marie-Laure Ryan)이 가능 세계 이론으로 제안한 '최소 이탈의 원칙 (the principle of minimal departure)'은 텍스트세계 제작에 대한 독자의 인지적 과정을 설명해준다. 즉 "이 용어는 "허구적 서사가 만들어내는 세계는 텍스트 그 자체에 위배되지 않는 한, 자신들이 살고 있는 경험적 현실의 세계와 일치한다"고 여기는 독자들의 무의식적인 가정을 표현한다."[63]

이현실성을 개념화할 때, 앞서 논의한 문학적 현실의 좌표에서의 대화 양상을 참고할 수 있다. 특히, 여기서 논의한 문학적 크로노토프는 하나의 새로운 세계, 즉 텍스트세계를 상상적으로 창조하는 근본 형식이기에[64], 가장 구체적이고 분명한 이현실성을 산출하게 된다. 바흐찐은 텍스트를 창조하는 일에 텍스트에 반영된 현실, 텍스트를 창조하는 작가, 텍스트를 연기해 내는 사람들, 텍스트를 재창조하고 그렇게 하여 텍스트를 새롭게 만드는 청중과 독자들 모두가 동등하게 참여한다고 보며, 이 모든 측면들을 텍스트를 "**창조하는** 세계"라 부른다. 재현의 원천이 되는 우리 세계의 실제 크로노토프들로부터 작품(텍스트)에 재현되는 세계의, 반영되고 "**창조된 크로노토프**"가 생겨난다고 보는 것이

---

63) H. 포터 애벗, 앞의 책, 288면.
64) "크로노토프는 문학적 텍스트에 독자가 상상적으로 거주할 수 있는 세계로서의 특성을 부여한다." Jay Ladin, "Fleshing Out the Chronotope", op. cit., p. 212.

다.65) 이러한 텍스트의 생성과 해석 과정은 인지 서사학에서 논의하는 텍스트세계의 세계 제작(worldmaking)에 상응한다. 바흐찐은 실재하는 세계와 형상화된 세계(텍스트세계) 간의 끊임없는 상호작용 관계를 생물학적 비유를 통해 이렇게 설명한다.

> 그들 사이에는 쉴새없이 교환이 진행되는데, 그것은 살아 있는 유기체와 그것을 둘러싸고 있는 환경 사이에 끊임없는 물질대사가 이루어지는 것과 유사하다. 유기체가 살아 있는 한 그것은 환경과 융합되기를 거부한다. 그러나 그 환경에서 떨어져 나오면 그것은 죽고 만다. 작품 및 그 작품 안에 재현된 세계는 실제 세계의 일부가 되어 그 세계를 풍요롭게 만들며, 한편 실제 세계는 작품이 창조되는 과정의 일부로서, 그리고 그 결과 작품이 지니게 된 생명의 일부로서 청중과 독자의 창조적 인식을 통해 작품을 끊임없이 쇄신하면서 작품과 그 작품 속의 세계로 침투한다. 두말할 나위 없이 이러한 교환 과정은 크로노토프적이다.66)

포스트-고전서사학에서는 허구 세계의 경험과 현실 세계의 경험 간의 유사점에 관심을 갖지만, 물론 몇 가지 점에서 현실의 시공간 경험과 서사적 시공간 경험은 차이점이 존재한다. 서사적 시공간은 매체적 한계로 현실의 시공간보다 협소하게 한정지어질 수도 있으나 반대로 현실의 시공간 체험을 초과하는 무한하고 이채로운 가능 세계(possible world) 또는 불가능한 스토리세계(Impossible Storyworlds)를 만들어 낼 수도 있기 때문이다.67) 그러나 그러한 자연스럽지 않은 서사

---

65) 미하일 바흐찐, 「소설 속의 시간과 크로노토프의 형식」, 앞의 책, 462면. 강조는 원문.
66) 같은 책, 463면.
67) 캐스린 흄은 판타지와 미메시스 충동이 특정 장르뿐만 아니라 모든 문학을 이루는 기본

(unnatural narrative)의 크로노토프 역시 현실에서 인식된 신체화된 크로노토프에 근거해서 창조되며, 두 크로노토프 사이는 대화적 관계에 있다. 어떤 문학적 크로노토프를 생소하게 인지하는 것 역시 관념화된 추론이 아니라, 자연적 세계의 신체화된 감각 체험 방식과는 다른 낯선 (초)자연 (비)법칙이 작동하고 있다는 것을 느낌으로 먼저 파악하게 되는 것이다.

인지 의미론의 주장과 같이, 'X but Y'라는 순수한 형식 논리조차도 그것을 간파해내기 위해서는, 'but'을 인식하기 위한 신체화된 느낌이 필요하다. 즉, X와 Y 사이의 어떤 불일치와 부조화는 그것을 인지하는 해석자의 망설임, 주저함으로부터 출현한다.68) 객관적 의미론은 이 점을 설명해내지 못한다. 느낌, 감정과 같은 하등 사고와 추론, 개념 같은 고등 사고 사이에는 단절이 있는 것이 아니라 그 둘은 연속된 과정으로 이해되어야 한다. 요컨대, 텍스트세계에 대한 우리의 이해와 해석 역시 반드시 신체화에 근거한다고 할 수 있다.

적인 두 원리라고 본다. 특히, 흄은 판타지를 '합의된 리얼리티(consensus reality)'에 대한 의도된 일탈이라고 본다. 캐스린 흄, 한창엽 역, 『환상과 미메시스』, 푸른나무, 2000, 19면.
68) '느낌에 기반한 논리학'에 대해서는 마크 존슨, 앞의 책, 160~166면 참고.

3 질병-치유 서사의 신체화된 크로노토프 분석

1) 병원의 시공간 인지와 신체적 세계 감각 형상화

이 절에서는 신체화된 문학적 크로노토프 가운데 특히 '병원'의 크로노토프에 주목하고자 한다. 심신의 고통과 질병을 체험하는 많은 환자 주인공들은 회복을 위한 시간 동안 병원 공간에 입원해 있다. 병원의 크로노토프는 작가와 독자가 서사 주인공의 특정한 심신의 상태에 주목하도록 하므로 질병-치유 서사에서 중요하게 다루어질 수 있다. 질병과 치유의 체험은 건강한 심신 상황과는 다른 특유의 크로노토프 감각을 형성한다. 입원 중의 시간이란, 근대의 시계적 시간 논리에 근거한 절대적 시간이 아니라 몸의 고통과 치유 체험에 근거한 현상학적이고 상대적인 시간 감각이라 할 수 있다. 다른 무엇보다도 병원의 신체화된 크로노토프는 작중인물이 체험하는 몸의 감각을 더욱 섬세하게 활성화시키기 때문이다. 그리하여 신체 감각으로 느끼는 크로노토프와 세계 감각 역시 건강한 일상적 상황에서보다 훨씬 더 민감해진다. 병원의 크로노토프는 신체적 지각의 질적 변화에 관여하는 신체화된 인지의 근본 토대인 동시에 변화된 인물의 몸-마음은 크로노토프의 질적 변화에 관여하는 바, 양자는 상호 순환적 관계(상호 얽힘) 속에 있다. 우리의 일상적 체험에서도 그렇지만, 서사-체 내부의 크로노토프들 간의 관계에서도 이러한 사실은 적용된다. 래딘의 지적처럼, 많은 경우 국지적(local) 크로노토프는 규범적 시공간처럼 작품 안에 다른 크로노토프와 비교를 통해 가시화되기 때문이다.[69] 병원 안과 밖의 크로노토프 간의 차이로 인한 관계는 서사-체의 의미화 과정에 중요하게 포착될 수 있다.

병실에 머물러 있는 시기는 치유와 회복의 시간이면서 자아의 재형성, 혹은 정체성의 변화를 위한 중요한 계기를 제공한다. 환자는 타자들과의 사회적 관계에서도 일상적 상황과는 다른 특유의 행동 역할을 취하거나 권력관계에 편입될 가능성이 높다. 가령, 탈콧 파슨스(Talcott Parsons)의 의료사회학 연구에서 제안된 용어인 '환자 역할(sick role)'이 그렇다. 환자 역할은 "첫째, 병은 사람을 정상적인 사회적 책임감으로부터 제외시킨다. 둘째, 병은 사람으로 하여금 스스로 자신을 돌볼 수 없는 존재로 보게 한다. 셋째, 병은 사람에게 정상상태로 돌아가고자 하는 바람을 가지게 한다. 넷째, 병은 사람으로 하여금 유능한 전문가의 도움을 받고자 하도록 만든다."70) 환자 역할은 병원의 크로노토프에 그대로 적용되기도 하지만 그것의 변주, 나아가 위반과 전복으로서 서사적 활력과 독창적 주제를 전개시키기도 한다.

병원(hospital)의 문학적 크로노토프의 해석에서는 인물들 간(의사-환자 간, 환자 상호 간, 의사들 간 등등) 상호주체성과 환대(hospitality)의 대화적 윤리가 무엇보다 중시되지만, 때로 역으로 적대감(hostility)으로 충만한 부정적 공간이 되기도 한다. 이청준의 대표작인 장편소설 『당신들의 천국』71)에서 분명한 형태로 제시된 것처럼, 특히 병원에서는 의사-환자 관계에 따라 대화적이며 수평적인 인물 관계나 일방적인 독백적 권력 행사가 문제시될 수 있기 때문이다.

메디컬 드라마72)에서 병원 공간은 의사와 환자, 질병과 고통, 희망과

69) Jay Ladin, "Fleshing Out the Chronotope", op. cit., p. 220.
70) 고영복, 「환자역할」, 『사회학사전』, 사회문화연구소, 2000. (http://terms.naver.com/entry.nhn?docId=1521621&cid=42121&categoryId=42121)
71) 이청준, 『당신들의 천국』, 문학과지성사, 1995.
72) 김정희, 『스토리텔링이란 무엇인가』, 커뮤니케이션북스, 2014, 41면 참고.

좌절, 회복과 죽음 등 특정한 인물과 사건, 감정에 관한 기대와 규약으로 이루어지는 장르 체계를 가능하게 하는 토대(장르적 크로노토프)이다. 그와 같이, 질병-치유 서사에서 병원의 크로노토프 역시 몸-마음이 전경화된 문학적 모티프와 주제와 더불어 신체 감각적 표현이 활성화된 서사-체를 가능하게 함으로써, 서사-체를 읽고 해석하는 독자의 신체화된 마음을 논의하기에 적합한 서사들이다.

● 신체적 지각의 시공간 창조와 내면 의식 형상화:
이청준 「퇴원」, 박상륭 「2月 30日」

이청준의 등단작 「퇴원」(『사상계』, 1965.12)은 위궤양을 앓는 주인공이 입원하여 병원에서 스토리가 진행된다. 이재선은 이미 이청준 소설을 정신병리학적 측면에 주목하여 '이상성의 시학'이라고 명명한 바 있다. 이청준 초기 단편소설에서는 심신 의학적 면모 즉, '심인성(心因性) 질병 또는 심신 의학적 질병(psychosomatic illness)'은 핵심 모티프로서 주목을 요하기 때문이다. 또한 특히 「퇴원」 이래로 '병동' 공간은 이청준 문학의 주요 생성 기반으로 이해된다.

> 이 시대의 한국 소설 가운데서 광기나 정신분열 현상 및 의식의 심층적인 증후군에 대해서 가장 각별한 문학적 관심을 보이고 있는 모형은 이청준의 소설 공간이다. 그의 소설에 나타나는 인물들은 거개가 정신의학의 증후학적인 성격과 증상을 지니고 있다. 이 점에서 시대정신의 심신의학psychosomatics적 면모를 강하게 드러낸다. 정신적 이상성이 그의 문학의 주요 테마이며 모티프인 것이다.[73]

---

73) 이재선, 「광기의 현대성과 문학적 정신병리학」, 『현대소설의 서사주제학』, 279~280면.

작품들 속의 정상적인 인물들마저도 유년에 겪은 어떤 충격적인 체험으로 인해 불안이 지속되고 있는 사람들이다. 따라서 <u>병동이라는 병리적 공간을 생성기반으로 하여 비롯된 이청준의 문학 세계는</u>, 인간과 사회의 정상성과 이상성의 상호 원리 내지는 인간 의식의 실존적인 불안의 환부나 그 심층에 대한 해명에 특별한 연관 관계를 가지고 있는 이상성의 시학이다.[74]

우찬제 역시 「퇴원」이나 「병신과 머저리」 등 이청준의 초기작에서 보인 "환부다운 환부가 없는" 환자들의 불안한 내면 풍경을 비롯하여, 이후 대부분의 소설들은 그 환자들의 병인(病因)을 탐색하거나, 그들의 불안과 상처를 어루만지는 쪽으로 진행된다고 파악한다.[75] 병원의 크로노토프는 이청준 문학 전반에 걸쳐 그 주제화와 수사학, 그리고 작가 의식에 있어 중대한 의미를 갖는다. 나아가 이 연구서가 관심을 갖는 것처럼 병원의 크로노토프는 독자와의 만남을 통해 주제화와 해석 이전에, 그리고 해석을 실제적으로 추동하기 위해, 신체적 감각과 이미지를 활성화시키기도 한다.

「퇴원」의 표제는 우선 그 자체로서 병원의 크로노토프를 지시하는 공간적 인지소가 주가 된다. 독자는 곁텍스트(paratext)로 제시된 표제로 적어도 이 서사-체가 특정한 크로노토프를 배경 삼아 진행될 것을 인식할 수 있다. 소설에서 실제로 주인공은 위궤양 때문에 의사인 친구 준의 병원에 입원해 있다. 소설의 첫 부분은 다음과 같이 시작한다. "나는 다시 침대에서 몸을 일으켰다. 창문이 바로 눈앞에 와닿았다. 막연한 상념이 누워 있을 때나 한가지로 유리창을 흐르고 있었다."[76] 1인칭 서술

밑줄은 인용자.
74) 같은 책, 282면. 밑줄은 인용자.
75) 우찬제, 「원초적 장면과 대타자의 향락」, 『텍스트의 수사학』, 50면.

자이자 초점자(focalizer)인 주인공의 시각과 청각에 들어온 감각 정보들로 인해 비로소 크로노토프가 생성된다. 서술 특성상 독자들은 그러한 텍스트적 단서들(textual ques)에 근거해서 인지적 수용(cognitive reception) 과정을 거쳐 소설의 시공간을 창조할 수 있게 된다. 주인공은 자신의 몸의 감각으로 병원의 분위기를 감지하는 동시에, 병원의 크로노토프는 주인공의 심신 상태에 영향을 준다. 심신과 환경의 동시적인 상호작용 속에서 크로노토프는, 바흐찐의 표현으로 말하자면, 두텁게 '살쪄 간다'.

다음 문장이 이렇게 계속된다. "명색이 2층이었으나 무질서하게 솟아오른 건물들로 안계(眼界)는 좁게 차단되고 있었다."(7면) 「퇴원」의 초점자인 주인공이 소설적 공간을 서술해가는 과정은 결코 객관적 관찰만으로 이루어지지 않는다. 리몬-케넌은 초점화의 심리적 국면을 지식·추측·신념·기억 등의 인지적 요소(cognitive component)와 감정적 요소(emotive component)로 이루어진다고 보았다.[77] 신체에 의한 공간 지각은 감정과 더불어 이루어지며 또한 이 지각은 또 다시 감정과 사색으로 회귀하도록 하는 상호영향과 순환의 과정을 거친다. 창문 밖으로 시원하게 잘 보이지 않는 전망(展望)에 대한 주인공 초점자의 서술은 공간적 상황을 진술한 것이나, 독자는 그러한 간략한 진술만으로도 주인공이 마음이 답답하고 어떤 암중모색의 상황 속에 놓여 있다는 것을 인식하게 된다. 여기서 미래와 인생의 '전망'이란 표현은 물론 신체화된 은유, 즉 시각적으로 가시화된 전망에 시간이나 인생이 빗대어진

---

76) 이청준, 「퇴원」, 이청준 전집 1 『병신과 머저리』, 문학과지성사, 2010, 7면. 앞으로 본문에 면수만 표기.
77) S. 리몬 케넌, 『소설의 현대 시학』, 142~145면.

은유로부터 유래한 것이다.

또한, 좋은 전망에 대한 인간의 선호는 생물문화적인 이유로 설명될 수 있다. 즉 진화 심리학의 미학 이론 중 '조망-피신 가설(prospect-refuge theory)'에 의하면, 인간은 생존과 번식에 유리한 이유에서 여러 곳을 두루 살피는 조망과 안전하게 숨을 피신처를 동시에 제공하는 곳을 선호한다.[78] 동양의 전통적인 풍수지리학이나 생태학 역시 자연 풍경의 감각과 인간 심신 간의 상호관계의 중요성과 영향력을 설명한다. 신체화된 공간 인지 경험과 미학적 이유에 근거해서 독자는 주인공의 마음을 헤아릴 수가 있게 된다. 이처럼 창문과 전망의 비유는 단지 비유와 상징이 문화적 영역에 한정되는 사안이 아니라 신체의 근본성에 결부된다는 것을 알도록 한다.

창문 밖의 정적과 고요, 그리고 "날카롭게 귀를 쑤셔"(7면) 오는 전차의 정적 소리는 좁은 안계와 더불어 주인공의 고독하고 답답한 감정과 교류한다. 의사소통을 위한 하위공간으로서 창문은 병원 밖을 투시할 수 있도록 하면서 건강하지 못한 주인공의 실존적 상황과 유폐된 처지를 전경화한다. 주인공의 통제할 수 없이 끊임없이 흐르는 상념은, "상념이 […] 유리창을 흐르고 있었다."는 진술에서 표현되듯, 초점화의 인지적 요소(기억)는 창밖을 향한 전망과 투시라는 신체적 지각 행위에 근거한다. 어떤 기억의 상실과 그 추적처럼 상념에 사로잡힌 주인공은 그 그런 상실과 추적조차 착각이라고, "착각보다 더 막연했다"(8면)고 추측하기도 한다. 또한 주인공이 끊임없이 유리창 밖을 내다보는 몸짓은 "막연한 상념"에 사로잡힌 답답한 상황을 강화시켜주는 신체화된 의미

---

78) 전중환, 「자연의 미(美)와 진화심리학」, 『인문학연구』 19권, 경희대학교 인문학연구원, 2011, 17~19면 참고.

로 이해될 수 있다. 그러므로 가라타니 고진이, 풍경이란 단순히 외부에 존재하는 것이 아니라는 지적은 이 소설의 첫 부분에도 타당하다. 풍경이 출현하기 위해서는 '지각 방식'이 변하지 않으면 안 되며, 그 변화를 위해서는 어떤 역전이 필요하다는 것이다. 풍경은 고독하고 내면적인 상태와 긴밀하게 연결되어 있다. 주위의 외적인 것에 무관심한 '내적 인간(inner man)', 즉 '바깥'을 보지 않는 자에게 발견된다는 것이다.[79]

이 조그만 창문으로 들어오는 풍경의 이미지는 그만큼도 구체성이 없었다. 한 가지만 더 이야기한다면, 그 건물들 사이로 U병원의 탑시계가 건너다보이는 것이었다. 그것도 오래 전에 고장이 나서, 항상 같은 점에만 서 있는 두 바늘을 아주 떼어 버렸기 때문에 시간을 알아볼 수 없는 것이었다. 그러니까 D국민학교의 블록 담벼락을 끼고 흐르는 그 영사막 같은 한 조각의 보도와 두 바늘을 잃어버린 시계, 그리고 가끔 고막을 울려오는 전차의 경적 외에 이 창문으로는 보이는 것도 들리는 것도 없었다. 그러면서도 이 단조로운 풍경이 자아내는 어떤 기묘한 분위기는 집요하게 나를 간섭해 오곤 했다. (8면)

풍경은 객관적으로 재현된 외부의 대상 사물이 아니며, 주인공은 단지 풍경을 바라보는 주체가 아니라 풍경 속에서 자신의 내면 풍경을 조망하고 발견한다. "비전의 대상과 비전의 주체로서의 풍경은 '함께' '일어난다.'"[80] 창밖 풍경 속, 고장이 나서 바늘조차 떼어진 저 탑시계는, 그 자체로서 시공성의 돌올한 표지가 되며, 심신의 병을 앓고 있는 주인공과 유비적으로 상응한다. 주인공이 그저 우연히 창문 밖에 서 있는

---

79) 가라타니 고진, 박유하 역, 「풍경의 발견」, 『일본근대문학의 기원』, b, 2010, 36~37면.
80) 박상진, 「풍경은 어떻게 내면화되는가: 단테와 보카치오, 레오파르디의 내면과 상상의 지리학」, 『이탈리아어문학』 43호, 한국이탈리아어문학회, 2014, 137면.

고장 난 탑시계를 발견한 것은 아니다. 탑시계의 유비에 따르면 주인공의 심신도, 그리고 삶의 시계도 고장이 나 작동이 정지된 시계처럼 정지된 상태이다.

신체화된 인지 의미론은, 갈증이 나는 사람은 앞에 있는 물 컵이 더 가깝게 보인다는 실험 결과를 알려준다. 혹은 더 오래 전에 윌리엄 제임스가 말한 것처럼 배고픈 자에게 사과는 더 커보이게 마련이다. 성당과 조각을 살피려고 다가가 만져볼 때를 현상학적 설명의 한 사례로 들어보자. "이미 성당과 조각은 나로 하여금 일정한 방식으로 보고 만지기를 '부추기고', 그 성당과 조각은 이미 내가 일정한 방식으로 보려는 성당이고 만지려는 조각이다."[81] 고립된 사물에는 그 자체로 객관적인 의미가 있는 것이 아니다. "사물·감각질·사건·상징은 우리의 실제적이거나 가능한 경험의 다른 양상들과 연결되어 있는 방식 때문에 우리에게 의미를 가지는 것이다. 의미는 관계적이며 도구적이다."[82] 병원에서 권태롭고 무기력한 크로노토프를 체험하는 주인공의 심신 상태는 고장 난 탑시계를 발견하도록 한 것이다.

이러한 현상학적·인지과학적 사고는 니체의 '관점주의(Perspektivismus)'로도 이해된다. 니체의 관점주의는 단지 관점에 따라 대상이 다르게 인식된다는 수준에 그치는 것이 아니다. "인간은 자기의 욕구에 따라, 이 욕구의 특수한 관점 속에서 주변 세계를 이해한다. 어떤 인식도 특수한

---

81) 주성호, 「심신문제를 통해 본 메를로-퐁티의 몸 이론」, 『철학사상』 제39권, 서울대학교 철학사상연구소, 2011, 141~142면. 현상학적으로 표현하자면, 대상 그 자체가 지각과 무관하게 어떤 고유한 속성을 지닌 것은 아니다. 하나의 예를 들자면, 부드럽게 어루만지는 손길만이 사랑하는 사람의 부드러운 손에 대한 촉감을 탄생시킬 수 있다. 이를테면 빠르게 지나치는 접촉은 대상의 질감을 다른 방식으로 느끼게 할 것이다.

82) 마크 존슨, 앞의 책, 406면. 강조는 원문. 이 책에서 quaila의 역어로 사용된 질성은 '감각질'로 수정해서 인용하기로 한다.

관점을 떠날 수 없고 어떤 관점도 그 자체로 전체를 다 아우르는 초월적 관점일 수 없다는 것이 관점주의의 기본 가정이다."[83] 니체의 관점주의는 매우 현대적인 의미론을 예견하고 있는 바, 우리는 사물의 의미를 신체성에 근거한 각자의 주관적 차원에서 이해한다. 텍스트, 나아가 삶의 해석 역시 관점주의적일 수밖에 없다.[84] 관점주의는 해석 이전에 그리고 해석과 독립해서 세계가 어떤 속성을 가지고 있다는 생각 자체를 거부하기 때문이다.[85]

주인공은 고통을 겪는 병적인 신체 상황을 계기로 입원해 있는 동안 자신의 지난 삶을 회고한다. 그는 비록 질병 때문에 입원해 있지만 시각, 청각, 촉각, 그리고 그런 감각들에 의거한 상상을 포함하여 그의 신체적 감각은 역으로 아주 섬세하고 더 예민하게 활동한다. 이 점에 대해 주목하지 않으면 「퇴원」이 병원의 문학적 크로노토프를 채용하는 질병-치유 서사임에도, 그동안 평론가들에게 대체로 '관념적'이라고 평가되어온 이청준의 다른 소설들보다도 오히려 더욱 감각적이고 에로스적인 생명력을 독자가 느낄 수 있는 이유를 간과하게 된다.

또한 「퇴원」의 주인공은 규칙적인 세 끼의 식사를 지키고 안정을 취하자 며칠 만에 통증이 깨끗이 사라져버리고 안도한다. 이 병원은 무기력을 체험하는 권태로운 곳이자, 동시에 건강 회복을 위한 돌봄이 제공되며, 생활을 위한 노동과 의무를 면제해주는 안락한 공간으로 체험된다. 그곳에 입원해 있는 시간 동안 주인공은 온전한 휴식을 즐길 수 있

---

83) 니체는 관점주의(perspectivism)에 따라 관점을 초월한 절대적 지식이 없다면서 진리와 형이상학의 해체를 주장한다. 고명섭, 「니체의 관점주의에 대한 이해들」, 『니체 극장』, 639~641면.
84) 김정현은 관점주의를 '삶의 해석학'이라고 이해한다. 같은 책, 648면.
85) 알렉산더 네하마스, 앞의 책, 90면.

었기 때문이다. 그리하여 병원에서 그는 모체와 분리되지 않아 안온했던 자궁으로의 회귀 욕망을 느낀다. 그러한 크로노토프 체험은 또 다른 크로노토프를 회상하도록 한다. 주인공에게 안온한 모성적 공간에 대한 기억은 어린 시절에도 있었다. 그는 소학교 3학년 때 가을 즈음, 광 안 볏섬 사이 틈에 들어가 어머니와 누이들의 부드럽고 기분 좋은 향수 냄새가 나는 속옷을 깔아놓고 낮잠을 즐기곤 했던 것이다. 그러던 어느 날, 전짓불을 비추는 아버지에게 발각되어 갇히게 된다. 문이 열렸을 때, 거기 있던 옷가지는 성한 것 없이 찢기어 있었다. 광 속 굴은 "일종의 원형적 욕망의 공간이요 내밀한 향유의 공간"[86]이었던 것이다. 소설의 광 속 굴 삽화는 오이디푸스 콤플렉스를 강력하게 상기시키며, 모성적인 쾌락원칙에 대립하는 부성적인 현실원칙을 주인공에게 강제하는 대목이다. 이 장면은 「퇴원」의 주인공은 물론 다른 이청준 소설 인물들이 경험하는 불안을 설명해주는 중요한 단서이다. 그런 까닭에 전짓불의 상징성을 강조해서 이청준 소설을 해석하는 기존의 여러 (정신분석적) 연구들은 「퇴원」의 원초적 장면으로, 주인공이 광에 갇힌 체험을 중시했다.[87]

「퇴원」에 삽입된 또 다른 크로노토프는 주인공의 "군영 3년간"(11면)이다. 군대 시절에 대한 회상은 주인공의 남성적 무기력을 보상해주며 남성성이 지닌 활력을 회복하도록 하는 단초와 계기가 된다. 그가 시시하다고 여겼던 군영 시절 체험은 미스 윤의 호의로 진지하게 회상되기 시작하며, 그가 군영 시절을 회상하는 표제어는 다름 아닌 자신의 별명

---

86) 우찬제, 「원초적 장면과 대타자의 향락」, 『텍스트의 수사학』, 64면.
87) 우찬제는 이청준 소설에서 '전짓불'이라는 위험 신호는 불안의 대상이자 원인이 된다고 본다. 이 전짓불 신호를 매개로 한 '응시와 시선의 역학(충돌과 교환)'을 중층적으로 극화한 결과가 바로 이청준 소설이라는 것이다. 같은 책, 69면.

이었던 '뱀잡이'다. 고전적인 프로이트 비평을 유인하듯, 명백히 남성적 섹슈얼리티를 환기시키는 뱀잡이로서 그의 역할과 성취는, 환자로서 미스 윤에게 오줌병을 내밀어야 하는 현재의 수치스러운 병원의 크로노토프와 극명하게 대조된다. 주인공이 뱀잡이를 떠올린 것은 그 이야기가 희귀하고 특이한 것이어서 미스 윤의 관심을 끌 수 있으리라 생각한 것이기도 했지만, 군대와 뱀은 그 자체로 남성성의 강한 상징이며, 뱀잡이 활동은 그가 다수의 열렬한 인정을 받은 성공적인 인생 체험의 기억이기 때문이다. 그런 까닭에 그가 '한국군 월남 파병' 행진88)을 목격하고 "이상한 흥분기"(34면)를 느끼면서 퇴원을 결심하게 되는 것은 남성성의 회복이라는 차원에서 해석된다.

병원의 '문' 밖으로 향하는 주인공의 크로토노프적 이동은 건강의 회복이며 새로운 정체성의 확립을 의미한다.89) 물론 이것은 병원의 크로노토프와 병원 밖의 일상적 크로노토프 사이의 대화적 관계에서 그 의미가 발생하는 것이다. 한 마디로 '퇴원'이라고 요약될 주인공의 신체적 이동은 그 자체로서 건강의 회복이라는 신체적 변화를 의미하면서, 동시에 문밖을 나가는 상징적 행위로 인생의 행로에서 새로운 입문(入門)을 겪는다는 것을 중의적으로 의미한다. 「퇴원」을 '이니시에이션 소설'90)의 측면에서 본다면 입원 기간은 주인공에게 하나의 시련/시험 기

---

88) 1960년대에는, 특히 지식인들은, 군인에 대한 기대와 의심이라는 양가감정이 일반적이었다고 한다. 『사상계』 게재 기사들을 포함해서, 당시 베트남 파병에 대한 반응은 대체로 우호적이었다고 한다. 권보드래, 「4월의 문학, 근대화론에 저항하다」, 권보드래·천정환, 『1960년을 묻다』, 87면.
89) 도랑, 길, 여행, 용기(container) 같은 공간 도식은 중요한 은유의 원천이기도 하다. 서사적 장면에서 문과 용기의 공간 도식은 정체성의 인식을 포함한다. Ryan, "Space", op. cit., Paragraph 18.
90) "〈이니시에이션〉 소설이란 어린 주인공에게 주변 세계나 자기 자신에 대한 인식이나, 성격, 또는 그 두 가지에 다 중대한 변화가 일어났다는 것을 깨닫게 해준다고 말할 수 있

간이며 병원의 크로노토프는 통과제의의 크로노토프가 되는 것이다.

박상륭의 「2月 30日」(1965)은 희귀병인 길랭-바레 마비에 걸린 환자 'Z'의 입원 수기의 형식으로 쓰인 단편소설이다.[91] 여기서 마비 상태의 인물들은 신체화의 다양한 양상을 재고하도록 촉구한다. 즉 신체화는 항시적으로 완전한 것으로, 표준적인 심신의 상태를 상정하여 설명해서는 안 된다. 신체화의 감각(the sense of embodiment)은, 반신불수에 관한 질병 인식 불능증(anosognosia) 또는 환상 사지(phantom limb) 현상을 근거로 해서 '온라인'과 '오프라인'의 두 가지 현존 유형으로 구분될 수 있기 때문이다.[92] 유체 이탈(out-of-body)이나 체외에서 자기 자신을 보는 자기상 환기(autoscopy) 현상도 일상적인 신체화 감각을 이탈한다. 마비 환자인 주인공 Z와 'A씨'는 눈과 입, 발가락 등 신체의 극히 일부분을 제외한 거의 대부분의 전신이 오프라인의 신체화 상태에 있다.

이청준의 「퇴원」의 표제는 병원이라는 공간으로부터 나온다는 의미와 투병 기간이 끝난다는 시간적 의미가 동시에 사용되고 있으나, 공간적 인지 표지가 시간적 인지 표지보다 명시적으로 나타나 있다. 이와 달리 「2月 30日」의 표제는 독자의 독서 및 해석 위한 최초의 인지 표지가 되는 곁텍스트로, 「퇴원」의 표제에서보다 더욱 분명하게 시간적

다. 그런데 이 변화가 그들에게 성인의 세계를 지시해 주거나 거기까지 이끌어가야만 한다." 모르데카이 마르쿠스, 「〈이니시에이션〉 소설이란 무엇인가?」, 김병욱 편, 최상규 역, 『현대 소설의 이론』(수정증보판), 예림기획, 2007, 663면.

91) 부제는 '乙氏의 手記에서 발췌'이지만, 소설 본문에서 같은 병실에 입원해 있는 환자 A씨는 주인공-서술자를 'Z'로 부르고 있다. A와 Z의 인물 관계 등을 고려해볼 때도, '을(乙)씨'라는 부제는 'Z씨'의 오기(誤記)로 보인다.

92) Glenn Carruthers, "Types of body representation and the sense of embodiment", Consciousness and Cognition, Volume 17, Issue 4, December 2008.

인지 표지가 나타나 있다.93) 더욱이 "2月 30日"이라는 시간적 지표는 통상적인 시각 표기에서 이탈해 있어서 상징성을 보인다. 그레고리력으로 2월 30일은 존재할 수 없는 날이기 때문이다. 따라서 이 소설에 대한 독자의 독서 행위와 의미 해석은 이 날짜의 수수께끼와 시간성에 집중될 수 있을 것이다. 실제로 한 박상륭 연구자는 나아가 박상륭 소설 세계 전체에서 차지하는 시간 개념의 중요성을 강조하기도 했다.

> 이를 테면, 〈시간〉의 문제는 박상륭 사유의 핵이자 박상륭 소설에서 핵심적 추동력을 지닌 개념이다. 그의 소설 세계에 펼쳐 있는 숱한 사상적 조류들은 〈시간〉의 문제 안으로 수렴 되고 있다. 〈시간〉을 구조화시켜내는 방식은 주제 의식의 구현과 동일하다. 그의 소설의 본령을 이루고 있는 〈죽음〉이나 〈재생〉과 같은 중요한 모티프들도 박상륭적 〈시간〉의 개념 안에서만이 온전한 의미 파악이 가능하다.94)

박상륭 소설 전반의 종교적 형이상학적 측면을 고려한다 해도, 「2月 30日」의 소설적 시간성은 병원이란 제한된 '공간성' 속에서 연계되어서만 이해될 수 있다. 더욱이 이 소설의 독특한 시간 관념은 길랭-바레 증후군으로 입원한 주인공-서술자의 특수한 신체화 감각과 관련 없이는 이해될 수 없다. 주지하듯이, 시간은 누구에게나 동일한 물리적 현실로 체험되지 않는다. 더욱이, 병든 육체의 시간은 건강한 육체의 시간과는 다르다.95) 심지어 이 소설의 주인공은 온몸이 마비된 상태로 지루하

---

93) 장일구는 소설의 표제를 인지의 최초 표지로 본다. 장일구, 「『천변풍경』의 서사공간과 인지소」, 107면.
94) 김명신, 「전복과 변형의 미학 – 박상륭 소설 「뙤약볕」 연작을 중심으로」, 『애산학보』 22권, 애산학회, 1999, 119면.

게 시간을 견디며 지낸다.

그리고 한 달인가 석 달인가 반 달인가 얼마가 흘렀다. 그 전엔 나는 시간이 시간마다 흐르는 것을 거의 눈으로 보고 있었으나, 나의 방법을 생각해낸 뒤부터는 전혀 날짜 계산이나 시간 계산을 할 수가 없게 되었다. 대략 적당한 시간 간격으로 육십까지를 세면 그것이 일 분이 되었고 삼천 육백 번을 세면 한 시간이 되었고, 삼천 육백 번을 열일곱 번 세면 잠자는 시간을 건너뛴 하루가 가곤 했었던 것인데, 마비를 상대로 투쟁을 해 온 이후 대체 얼마의 세월이 흘러간 것인지 그것을 모르겠다. 나는 때때로 눈을 두리번거리며 어떤 잠들었던 나무꾼처럼 내 몸에도 낙엽이나 덮이지 않았나 찾아봐도 언제나 깨끗이 세탁된 환자용 홑이불이 덮여 있을 뿐이었다.[96]

마비 상태의 주인공에게 입원중의 시간은 일상적인 체험을 벗어나 인지된다. 그는 시간을 권태와 왜곡, 착란과 메시아주의적인 기대가 혼재된 시간으로써 매우 독특하게 체험한다. 그가 체험하는 현상적 시간은 근대적 합리성으로 이해된 물리적/관념적 단위가 아니다. 그러한 시간의 질적 변모의 근본적인 원인에는 병적인 신체 상태가 있다. 실제로 소설 속에도 명시된 '길랭-바레 증후군(Guillain-Barre syndrome)'은 운동신경 및 감각신경을 모두 마비시키는 말초성 신경병으로, 지각 이상을 동반하기도 한다고 알려져 있다.[97] "손이라도 움직일 수 있으면 책이라도 읽을 텐데. 그 문자도 본 적 없는 폼페이판(版) 예언서라도 독

---

95) 미쉘 피까르, 조종권 역, 『문학 속의 시간』, 부산대학교출판부, 1998, 182면.
96) 박상륭, 「2月 30日」, 박상륭 작품집 I 『열명길』, 문학과지성사, 1986, 20면. 앞으로 본문에 면수만 표기.
97) 「길랭-바레증후군」, 〈두산백과〉.

파해 낼 텐데."(11면)라는 표현에서 나타나듯이, 운동을 불가능하게 만드는 극단적인 신체적 제약 상황은 권태와 무력감, 종교적 심리 상태를 낳는다. 게다가 그 병이 희귀한 질병으로 원인과 치료법이 불투명하다는 의학적 사실은 통상적인 시간관념을 무력화시키는 데 일조한다.[98]

> "의사들은 뭐 길란-바레(Guillain-Barre)라고 하는 마비(痲痹)라고 합디다만. 마비라니오? 엉터리없는 얘끼지요. 그럼 도대체 이 마비는 무슨 원인으로 오는 것이며, 병균의 정체는 무엇이냐고 나는 대들었지요. 그랬더니 의사는 웃으면서 항복했습니다." […]

> "의사의 대답이 말입니다. 〈그건 주술 탓입니다〉 그랬다니까요. 물론 직접적으로 그렇게 대답한 건 아니지만 말입니다. 글쎄 생각 좀 해 보시오. 아직까진 이 병의 원인도 균도 알 수 없다는 거예요. 뭐, 무슨 균이라더라? 하아 이것 참, 하옇든 무슨 균이 우리 같은 환자에게서 발견되긴 한다는 겁니다. 헌데 말입니다. 그게 반드시 우리 같은 환자에게서만 발견되는 것이 아니고, 다른 종류의 환자에게서도 볼 수 있다는 겁니다. 자, 그러니 그것이 주술에 옳힌 것이라는 말하고 같이 뭡니까? 그래 난 또 다부쳐 물었지요. 여, 여보쇼, 의사 선생!" (11면)

A씨는 병인을 모르는데다 치료법도 모르는 상황에서, 몇 천년 전 사람들이 그랬던 것처럼 자신의 병을 마녀의 주술과 관련해서 이야기한다. 그의 이야기는 현대 의학의 한계에 대한 냉소적 조롱인 동시에 자조적 한탄이기도 하다. 그는 결국 종말론적이거나 메시아주의적 사고에

---

98) 현 시점에도 길랭-바레증후군은 희귀병으로, 확실한 병인과 치료법이 알려지지 않았다.

젖어들다가 미쳐버리고 만다. A와 Z의 대조적인 지칭에서 확인되는 의도적 명명법은 '처음과 끝'이라는 시간 의식을 상징한다. 두 인물의 마비 증후군이 만들어내는 미래에 대한 특별한 기대 심리 역시, 그것이 죽음이 되었든 메시아주의적 구원이 되었든 간에 신체 상태의 특수성이 야기한 특이한 시공간 감각과 인지에서 비롯된다고 할 수 있다. 뿐만 아니라 인물들의 신체 마비는 소설적 시공간의 구성을 추동하는 동시에 담화적 구성상의 특성에도 작용한다. 주인공-서술자 Z와 상대 인물 A는 신체 행위의 제약 때문에 장황한 대화를 나누고, 온갖 상상과 공상적인 의식을 펼쳐내기 때문이다.

일반적으로 박상륭 소설은 신화·종교적, 형이상학적인 특징으로 논의되어 왔으나, 그의 문학에서 몸이 차지하는 비중은 적지 않다. 가령, 박상륭의 조어(造語)인 '몱'은 '몸'과 '말'과 '맘'을 하나의 음절로 합성한 것으로, 작가의 일원론적인 우주관을 압축해놓은 것이다.[99] 「2月 30日」에서도, 텍스트의 신체화된 인지 표지는 독자의 주제적 해석 전반에 걸쳐 핵심적인 항목이다. 신체적 마비로 인한 이동과 운동의 제약 및 부자유는 신체의 유한한 한계 조건과 인간의 필멸성과 관련된다. 「2月 30日」은 주인공-서술자 Z씨의 "옴 도비가야 도비바라 바라니 사바하"(22면)라는 주문, 즉 "失明된 者가, 光名을 얻고자 할 때 외는 呪文"(22면 각주)으로 끝난다. 인간은 몸에 속박되어 있으며, 반드시 죽는다는 생물학적 사실과 진화론적 조건은 문학의 신체화된 인지적 해석의

---

99) 채기병, 『소통의 잡설: 박상륭 꼼꼼히 읽기』, 문학과지성사, 2010, 62~64, 176~177면 참고
박상륭은 '몱'이라는 합성어를 통해서 삼자의 통일성을 주장했고, 사상가 다석 류영모의 철학에는 '목숨, 말숨, 얼숨'처럼 심신과 언어를 지시하는 언어들이 서로 관계를 맺으며 나란히 위치해 있다.

기본 전제이다. 죽음은, 죽음에 대한 인간 존재의 반응(그리고 태도)를 폭넓게 결정하는 문화적 의미와 해석과 아주 밀접한 관계에 있기 때문이다.100) 굳이 진화 이론이 아니더라도 종교와 초월적 사유의 출발은 근본적으로, 과학과 이성마저도 극복하지 못하는 죽음과 인간 신체의 한계성에 있다는 점은 이론(異論)의 여지가 없다.

● 시공간 분위기의 신체 미학과 세계 감각의 전환: 최인호 「견습환자」

최인호의 등단작 「견습환자」(1967년 『조선일보』 신춘문예 당선작) 역시 병원의 크로노토프가 주요한 서사적 수사학의 기제로 작동한다.101) 두 단편소설 모두 병원 공간에서, 입원에서 퇴원에 이르는 과정의 이야기를 그리고 있으나, 최인호의 등단작은 이청준의 등단작이 지닌 전반적으로 진지하고 무거운 분위기(atmosphere)와는 사뭇 다르다. 「퇴원」의 공간적 프레임(spatial frame)102)이 주로 개인 병원의 입원 병실로 한정된다면 「견습환자」는 그보다 더 넓은 종합병원이라는 점은 두 소설의 공간 요소의 명시적인 차이로 볼 수 있다. 하지만 그보다는 「견습환자」가 최인호 소설 특유의 경쾌하고 재기발랄한 도회적 감수성의 문체와 스타일로 직조된 까닭이다. 한용환의 지적처럼, 소설의

---

100) Marco Caracciolo, "Interpretation for the Bodies: Bridging the Gap," p. 392.
101) 참고로, 「견습환자」 이전에 서울고 2학년 재학시절 당시 최인호가 신춘문예 가작에 입선된 작품인 「벽구멍으로」(『한국일보』, 1963. 1. 4)도 심사평에 의하면, 병적인 정신 상태(정신분열증)을 그린 소설이라고 한다.
102) 공간적 프레임이란 실제 사건의 직접적인 환경, 서사담화나 이미지에 의해 보이는 다양한 위치들을 의미한다. 공간적 프레임은 행위의 장면을 옮기고, 다른 것들로 흘러들 수 있다. Marie-Laure Ryan, "Space", op. cit., Paragraph 6.

특징적 인상 내지 지배적 정서로 이해되는 분위기를 조성하는 결정적 주요인은 배경적 공간 자질이지만 그것이 유일한 요인은 아니다. 분위기는 작가의 수사적 노력에 의해 더욱 직접적으로 환기되기 때문이다.103) 발표 당시에도 최인호의 문체적 스타일은 비평가들의 주목을 끌었다.104) 최인호 소설에서 병원의 크로노토프 역시 그러한 직유법과 은유의 수사학에 근거하여 이해되며 서술된다.

> 입원생활은 금붕어 같은 생활이었다. 모든 환자들은 양순한 민물고기처럼 조용히 지느러미로 미동을 하면서 병원을 부유하고 있었다. 나는 이 붕어 같은 병원생활이 무척 마음에 들었다. 오랜 방황 끝에 고향에 닻을 내린 범선처럼 나는 한가로웠고, 그리고 즐거웠다.105)

주인공 서술자의 독특한 시선에 따라 병원 전체는 "어항 속처럼 권태로"(14면)운 곳으로 비유된다. 그러한 직유 묘사는 서술자-초점자가 느

---

103) 한용환, 「분위기(Atmosphere)」, 『소설학 사전』, 문예출판사, 1999. (http://terms.naver.com/entry.nhn?docId=740248&cid=41799&categoryId=41801) 여태천, 「분위기(雰圍氣)」, 한국문학평론가협회, 『문학비평용어사전』도 참고.
104) 김현은 최인호 소설이 "도시인의 문체"로, 즉 도시인 특유의 요설과 직유에 의한 감각적 표현으로 장식 효과를 획득하고 있다고 분석했다. 하지만 그는 최인호 소설에 나타나는 직유의 남용, 되풀이와 과장은 부정적인 것으로 비판했다. 김현, 「재능과 성실성 - 최인호에 대하여」, 『문학과 유토피아: 공감의 비평』, 문학과지성사, 1991, 196~197면.
김병익은 최인호 소설에서 자주 사용되는 직유적 묘사는 문명·도시의 인공적 사물들에서 끌어온 비유로서, 도회적 감수성이 문체를 통해 표출되고 있다고 김현보다 더 구체적으로 분석했다. 더불어, 그 역시 최인호 소설의 고도의 세련된 감수성을 표현해내는 문장에 호평하면서 한편, 직유법 남용을 취약점으로 지적했다. 김병익, 「중산층의 삶과 의식」, 『지성과 문학: 70년대의 문화사적 접근』, 문학과지성사, 1982, 165~167면.
105) 최인호, 「견습환자」, 최인호 중단편 소설전집 1 『타인의 방』, 문학동네, 2002, 13면. 앞으로 본문에 면수만 표기.

끼는 권태의 정서적 분위기를 생동감 있게 형상화한다. 현상학에서 분위기(atmosphäre)는 외부적이고 객관적인 차원에만 결부된 것으로 이해되지 않는다. 우리를 둘러싼 분위기는 우리의 기분(stimmung)과 상호 교착된 관계로, 그 둘은 주-객을 넘어선 '초주관적, 초객관적' 차원을 만들어낸다. 빈스방거는 그러한 안팎의 불가분적 통일성을 '기분지어진 공간(der gestimmte Raum)' 개념으로 표현했다. 이러한 논의들은 하이데거의 『존재와 시간』에 기술된 '세계-내-존재' 개념에 근거하는데, 그에 의하면, 기분이란 안에서 오는 것도 밖에서도 오는 것도 아니라 세계-내-존재 그 자체로부터 떠오르는 것이다. 특히 슈미츠는 하이데거를 계승해서 감정이란 신체의 동요(leibliche Regungen)에 의해 감지되는 분위기 그 자체와 다름 아니라고 주장했다.106) 미학(aisthēsis)을 본래 의미 그대로 '감각학'으로 재구축한 게르노트 뵈메(Gernot Böhme)는 적극적으로 지각을 신체적 현존성으로 전개하는 '분위기의 미학'을 강조하기도 했다.107) 분위기와 기분에 관한 이 철학적·미학적 논의들은 신경과학자 다마지오가 오랜 임상 경험 연구를 바탕으로 우리의 감정(emotion)과 느낌(feeling)은 몸에 근거한 인지를 통해 포착된다고 한 신체 표지 가설과도 상통하는 것이다.

「견습환자」에서 병원 환자들의 전체적으로 조용하고 느린 신체 이동과 한가로운 신체적 리듬을 통해, 주인공에게 병원은 즐겁고 썩 긍정적인 분위기로 평가된다. 우리가 느끼는 여유롭고 한가로운 신체적 리듬

---

106) 우오즈미 요이치(魚住洋一), 「분위기(atmosphäre)」, 기다 겐 외, 『현상학사전』.
107) Erika Fischer-Lichte, Saskya Iris Jain trans., *The Transformative Power of Performance: A new aesthetics*, Routledge, 2008, pp. 115~116; 김산춘, 「뵈메의 새로운 미학: 분위기와 감각학」, 『미학·예술학 연구』 30집, 한국미학예술학회, 2009, 221~224면 참고.

은 긍정적인 동시에 지나치면 활력과 생명력의 리듬과 거리가 있는 부정적인 것이 되기도 한다. 병원은 양면가치를 지닌 분위기 속에 젖어 있는 것이다. 유희적이고 자유로운 성향의 주인공에게 병동의 권태롭고 무기력한 분위기 또는 기분은 곧장 견딜 수 없는 것으로 받아들여진다.108) '견습환자'라는 표제는 다름 아닌 그러한 규범적이고 활력 없는 병원의 크로노토프에 적응하지 못하고 저항적 유희를 벌이는 주인공을 지칭한다.

느리게 움직이며 무력감에 빠져 있는 병원 환자들 역시 주인공의 초점화와 감각적인 직유 묘사에 의해, 하나의 '신체적 공간' 내지는 크로노토프적 요소로서 몸으로 풍경을 이룬다는 점은, 각별히 주목할 만하다. 그들의 몸은 "양순한 민물고기"들로서 '권태로운 어항'을 채우기 때문이다. 그런 식으로 병원 환자들의 존재감 역시 주인공의 "불균형적인 우울한 희열"(15면)의 기분을 만들어내는 데 크게 기여한다. 같은 방식으로 부산스럽게 오가는 의사들의 움직임 역시 "어색하고 시취(屍臭)가 나는 병원 분위기"(14면)를 융해시키기도 한다. 정중동(靜中動)과 동중정(動中靜)이 쉴 새 없이 오가는 종합병원의 크로노토프적 감각은 그 시

---

108) "하이데거의 영향 하에 독자적인 철학적 인간학을 전개한 볼노우는 『기분의 본질』에서 하이데거가 불안만을 특권화시켜 불안으로부터 현존재의 근원적이고 본래적인 시간성의 구조를 도출하는 것을 비판한다. 그리고 슬픔이나 무료함, 불안이나 절망과 같은 소극적인 기분에 대립하여 기쁨이나 행복감, 고양감과 같은 적극적인 기분이 있다는 것을 강조하고, 각각의 기분에는 독자적인 시간성이 갖춰져 있다고 지적한다." 다카다 다마키(高田珠樹), 「기분(Stimmung)」 및 아소 겐(麻生 建), 「『기분의 본질』」, 기다 겐 외, 앞의 책.

한편, 바흐찐은 라블레론에서, 인류의 축제적인 감각을 다룬 볼노우의 저작 『새로운 보호상황. 실존주의 극복의 문제』를 언급하면서 자신의 견해와 비교하고 있다. (미하일 바흐찐, 『프랑수아 라블레의 작품과 중세 및 르네상스의 민중문화』, 428면.) 더 면밀한 조사가 필요하겠지만, 바흐찐이 볼노우의 저작을 통해 현상학과 실존 철학에게도 간접적으로나마 영향을 받았으리라 추측해볼 수 있다.

공간 안에 있는 인간들의 몸짓에 기인한다. 또한 한편으로 그 크로노토프를 충분히 섬세하게 감각할 수 있는 지각(知覺) 행위자의 존재로 인해, 감각의 순환 고리 안에서 크로노토프의 현상학은 가능해진다. 병원의 크로노토프적 리듬을 민감하게 읽어낼 수 있고 그것을 곧장 은유화하고 캐리커쳐(caricature)로 표현할 줄 아는 주인공에게, "종합병원은 하나의 살아 있는 동물이었다."(15면)

> 그러다가 반대편에 서서 어둠에 웅크리고 있는 병동을 바라보면 참으로 기괴한 감격에 싸여버리는 것이었다. 병동은 파도가 밀려오는 철 지난 해변에 서 있는 방갈로처럼 우울하게 해감 냄새를 피우고 있었다. 모든 병실엔 형광등 불빛이 차갑게 빛나고 있었으며 그 유리창 너머로 환자들의 움직이는 모습이 내다뵈는 것이었다. 마치 우리가 투명한 바닷물 속을 들여다볼 때, 그 속에 수많은 해초와 생물이 수런거리고 있는 것처럼 모든 병실이 제각기 움직이고 있는 것이었다. 그들은 보육기 속에서 생명을 키워가는 유아와 같은 행동을 하고 있었다. 그것은 정말 생생한 경이였다. (15~16면)

이 진술에서, 병동이 어항으로 은유된 것이 다시 어항으로부터 바다와 해변으로 환유화되며, 곧 이어 보육기의 은유를 얻는다. 서술자의 기분과 크로노토프의 분위기는 별개의 것이 아니라 매우 활발하고 의미 있게 상호 교류한다. 가령, 병동은 "기괴한 감격" 속에서 환유적 표현을 얻는 것이며, 그 환유적 시선 안에서 그것은 다시금 "우울하게" 보인다. 물론, 주인공이 병원을 우울한 분위기로 인식한 것에는 그의 병적인 신체 상태가 크게 관여한다.

「타인의 방」처럼 현저하게 공간의 환상성이 전경화 되는 소설이 아니더라도, 최인호 단편소설들에서 작중인물과 서술자의 공간에 대한 심리적 반응은 상당히 빈번하고 독특하게 표현된다. 그의 소설에서 공간은 위와 같이 서술자의 특정한 심리와 인식에 의해서 이색적인 비유를 얻으며, 서술자 및 작중인물과 우호적이거나 적대적인 시선과 응시를 교환하기도 한다. 공간에 관한 환유의 수사학은 최인호 소설의 환상적 공간 수사학의 작동 기제를 해명해주는 귀중한 단서이다. 환상적인 서사는 은유적 과정보다는 환유적 과정으로 작동하기 때문이다.109)

「견습환자」의 주인공은 시간의 흐름에 따라 시시각각 새롭게 병동의 공간적 인식을, 즉 크로노토프적 감각을 갱신해간다. 그는 어두워져가는 병동을 바라보며 다시금 병동을 강의 시간을 떠올린다. 먹이를 찾기 위해 헤매는 실험용 쥐가 미로에 빠져버렸다고 교수는 지적했으나, 그는 오히려 "새로운 방황이 쥐에게 열린 것"(26면)이라고 긍정적으로 생각한다. 반복과 안이로 점철된 생활이 아니라 차라리 '즐거운 방황'을 그가 선호하는 까닭이다. 주인공은, 바흐찐의 용어로 말해서, 규율로 공식화된 일상적 삶이 아니라 유쾌한 상대성의 원리가 살아있는 '카니발적 세계 감각'을 지향한다. 카니발이란 공식 문화 대 비공식 문화의 상반되는 관계에서 보자면 "마치 지배적인 진리들과 공식적 제도로부터 일시적으로 해방된 것처럼, 모든 계층 질서적 관계, 특권, 규범, 금지의 일시적 파기를 축하"110)하며 카니발적 웃음을 추구하는 것이다. 또한 카니발적 세계 감각에는 다른 무엇보다도 육체적, 물질적 세계 감각을 복권하려는 생명 예찬의 정신이 담겨 있다. 그리하여 퇴원 직전에 주인공은 흡사 느리고 활력 없는 리듬의 어항이나 바닷물 속 같았던 병동을 카니발적 크로노토프로 변모시키고자 시도한다.

---

109) 노대원, 「최인호 초기 단편소설의 카니발적 특성 연구」, 82~83면 참고.
110) 미하일 바흐찐, 『프랑수아 라블레의 작품과 중세 및 르네상스의 민중문화』, 32면.

나는 이 철근 콘크리트로 격리한 견고한 미로 속에 쥐 대신 그 젊은 인턴을 삽입해보고자 생각했다. 그리하여 그날 밤, 나는 병동이 잠들기를 기다려 간호원의 눈을 피해 1병동에 있는 문패와 2병동에 있는 문패를 모조리 바꿔버렸다. (26면)

병동의 반복적이고 자동화된 규범적 틀을 공식적 공간 표지의 혼란을 통해 낯설게 만들려는 주인공의 카니발적 행위였다. 그러나 주인공의 일상에 대한 유희적 전복 시도는 씁쓸하게도 실패로 돌아간다. 그리고 퇴원과 함께 자신의 소시민적인 정체성을 확인하고 일상성의 세계로 복귀하게 된다. 소설의 마지막은 병원의 크로노토프 바깥에 위치한 또 다른 스토리 공간(story space)111)들을 암시하며 끝난다. "동생은 내게 유혹하는 목소리로 자기가 최근에 발견한, 술값이 싼 술집과 재미있는 영화를 하는 극장이 어디인가를 알려주었다."(29면) 여기서 물론 '술집'과 '극장'으로 지칭된 대중문화(혹은 청년문화)의 향락과 유희가 당시의 지배적 공식문화에 대한 반발감의 표현112)이라는 것은 자명하다. 살펴본 것처럼, 병원의 크로노토프가 역설적으로 웃음과 생명력 상실에 대한 치유가 필요한 곳이라는 작가의 진단, 혹은 독자/비평가의 그러한 주제학적 해석은 신체화된 크로노토프의 감각적 형상화를 근거해서 이루어진다.

앞서 「퇴원」과 「견습환자」의 분석을 통해서, 몸과 크로노토프의 긴밀한 상호 관계를 살펴보았다. 병원의 문학적 공간이 단지 서사 주제학적 소설 분류를 위한 모티프로 취급되는 것을 넘어서 서술자 및 인물의 몸

---

111) Marie-Laure Ryan, "Space", op. cit., Paragraph 8.
112) 노대원, 「최인호 초기 단편소설의 카니발적 특성 연구」, 48면 참고.

과 크로노토프의 양방향적 상관관계를 추적할 수 있다. 또한 살아본 몸 (lived body) 혹은 실제 현상학적 몸은 표준적인 규범에 속한 박제화된 관념적인 몸과는 다른 것으로, 이 몸들은 제각각 크로노토프에 다르게 반응하며 다른 크로노토프를 만들어내는 순환적 과정에 놓인다. 가령 건강한 몸과 아픈 몸은 다르며, 청년의 몸과 노년의 몸은 세계를 다르게 감각할 것이다. 더욱 문제시되는 것은 지배적 이데올로기의 표준적인 몸을 벗어난 경우들이다. 바로 이 점에서 병원의 크로노토프에서, 여성 인물의 몸은 이중의 소외를 겪는다.[113] 건강한 몸이 아니며 남성의 몸이 아니라는 점에서, 표준적 몸과 불화하기 때문이다. 그리하여 몸들의 정치학이 제기된다. 육체 페미니즘과 몸의 인지신경과학의 관점으로 여성 인물의 몸과 크로노토프가 상호 관여하는 관계 분석은 더욱 예각화될 수 있다.[114]

2) 아파트의 시공간 인지와 현대적 병리성

바흐찐은 소설의 크로노토프를 역사적 시학의 관점에서 파악하면서 크로노토프의 사회문화적 맥락과 역사적 사유 자체를 하나의 정교한 크

---

113) 김소륜은 박완서와 오정희 소설을 대상으로 산부인과와 정신병원의 공간 문제를 다룬다. 병원의 공간이 여성 소설의 여성 인물에게 어떻게 받아들여지고 있는지 참고하기 위한 유용한 연구이다. 그러나 이 연구에서 더 나아가기 위해서는 여성 인물의 몸-마음과 병원의 크로노토프가 어떻게 상호작용하며 서로를 구성하는지 분석해야 할 것이다. 김소륜, 「여성 소설에 나타난 '병원' 공간 연구: '산부인과'와 '정신병원'을 중심으로」, 『한국문화연구』 제18호, 이화여자대학교 한국문화연구원, 2010.
114) 환원주의를 경계한다는 이유로 여성주의는 대체로 신경과학 등 생물학을 거부해왔지만, 최근에는 적극적인 활용과 전유가 강조되고 있는 경향이다.

로노토프로 만들어낸 바 있다. 여기서 주목할 것은 산업 도시화 시기를 다룬 많은 소설들이 주인공의 신체를 그로테스크하게 불구화하거나 환상적인 방식으로 소외되는 육체를 병리적으로 형상화하며, 역사적 맥락을 지시한다는 것이다. 아파트의 문학적 크로노토프는 병원의 크로노토프와 달리 일상적 주거 생활을 보여준다. 그럼에도 불구하고, 이곳에서 주인공들의 병리성이 발현된다는 점은 현대성의 전체적인 사회적 맥락을 비판하는 것이다. 아파트는 최인호와 박완서 등의 소설 이래로 중요한 서사 주제학적 모티프가 되었다. 따라서 신체화된 의미를 강조하는 현대의 문학적 크로노토프 가운데 아파트의 병리적 크로노토프 역시 중요하게 다루어질 수 있다.

● 신체 이동의 시공간 체험과 윤리적 혼란 형상화:
  박완서 「닮은 방들」 「포말의 집」

박완서의 소설에서는 아파트와 같은 일상적 주거 공간이 자주 다루어진다. 단편소설 「닮은 방들」(『월간중앙』, 1974.6)은 표제 그대로 '닮은 방'으로 비유된 아파트에서 체험하는 주인공의 '노이로제'를 묘사한다. 친정집에 얹혀살던 주인공은 편리하고 독립성이 보장된 아파트로 집을 옮길 생각을 한다. 그러자, 그녀의 어머니는 아파트에서 일어나는 살인 사건 같은 것이야말로 아파트의 철저한 독립성 때문이라고 부정적으로 본다. 실제로 아파트로 이사를 간 주인공은 렌즈를 통해 남편이 돌아오는 것을 확인하는데 그 렌즈 속의 남편이 "무섭도록 창백하고 냉혹"115)

---

115) 박완서, 「닮은 방들」, 박완서 단편소설 전집1 『부끄러움을 가르칩니다』, 문학동네, 2006, 282면. 앞으로 본문에 면수만 표기.

해 보여 무서움증과 혐오감을 느낀다. 그뿐만이 아니다. 남편의 따뜻한 눈길이 있었던 때에는 부부 사이에 '말주변'이 필요 없었지만 아파트로 이사 온 후에는 그렇지 않게 된다. 살인범의 상상에 낯선 남편의 얼굴이 오버랩 되고 언어 없는 온전한 소통이 불가능해지자 대화의 필요성이 더욱 절실해진다.

> 그이와 나 사이에 말주변의 필요성을 다급하게 의식하게 되면서부터 내 불안과 초조는 비롯됐다. 나는 어쩌다 남편에게 "여보, 요새 나 좀 이상해요. 괜히 불안하고 초조하고……" 그러면 남편은 자못 냉정하게 "흥 노이로제군, 누가 현대인 아니랄까봐" 했다. 남편은 척하면 척하고 빠르게 어떤 등식(等式)을 찾아내는 데 능했다. 그러나 이런 등식으로 도대체 무엇을 해결할 수 있단 말인가.

> 나는 철이 엄마에게 노이로제라는 것에 대해 물었다. 그러면 그녀는 내 증세 같은 건 물어보지도 않고 자기도 노이로제고 누구도 그렇고 또 누구도 그렇고 하면 그녀가 아는 여편네들을 모조리 꼽았다. 그녀는 아파트에 사는 많은 여편네들을 알고 있었고, 그만큼 여러 노이로제의 유형을 알고 있었다. 나는 그녀를 따라 몇 군데 마실도 가봤다. 비슷한 여편네들이 비슷한 형편의 살림을 하고 있었다. 우리 방과 철이네 방이 닮은 것만큼 우리의 상하좌우의 방들은 닮아 있었다. (283면)

가장 친밀한 가족인 남편이 낯설고 기괴한(uncanny) 타인의 얼굴로 보이는 노이로제는 주인공의 분명한 병리이다. 김윤정은, 여성의 히스테리는 끊임없이 로고스의 법칙을 거부하고 정신을 육체화 하려는 몸의 언어라고 본 크리스티나 폰 브라운(Christina von Braun)을 참조하여 「닮은 방들」에서 신경증과 노이로제라는 여성적 병리를 읽어낸다.116)

그런데 더 기이한 일은 주인공이 겪고 있는 노이로제 증상은 '현대인'의 표상일뿐더러 같은 아파트에 사는 다른 여자들에게서도 보편적인 증상에 불과했다. 이것이야말로 아파트의 크로노토프가 지닌 사회적 병리성을 의미한다. '닮은 방들'에 사는 아파트의 주민들은 '닮은 병들'을 가진 것까지 서로 닮았다. 주인공은 스스로의 삶을 진단하고 성찰한다. "이렇게 나는 철이 엄마나 딴 방 여자들이 남보다 잘살기 위해, 그러나 결과적으론 겨우 남과 닮기 위해 하루하루를 잃어버렸다. 내 남편이 십팔 평짜리 아파트를 위해 칠 년의 세월과 부드러움과 따뜻함을 상실했듯이."(284면) 노이로제와 권태, 공허의 견딜 수 없는 심적 상황 속에서 주인공이 취하는 행동은 다른 아파트에 몰래 들어가 이웃의 남편과 "간음"(298면)하는 일이었다.

박완서의 「포말(泡沫)의 집」(『한국문학』, 1976.10) 역시 표제에서 반영되듯이 소설의 공간적 요소들이 분명히 부각된다. 독자의 실제 독서와 해석 과정은 '포말(泡沫)의 집은 무엇인가?'라는 질문에 대한 답변을 구성하는 방식이 될 가능성이 높다. 따라서 '어디서(WHERE)?'라는 질문이 텍스트와의 만남을 통한 인지 과정에서 전면적으로 부상할 것이다.117) 먼저 '어디서'의 실제적인 주체이자 그 어디서의 소설적 의미를 작동시키는 '누가(WHO)'에 관한 문제부터 추적해 보기로 하자. 일인칭 서술로 진행되는 이 단편소설에서, 주인공의 역할이 다른 인물들보다 중요하다. 그녀는 아파트 단지의 피상적이고 획일화된 인간관계 속에서 도시 중산층 특유의 속물 의식으로 위선적인 타인 지향의 삶을 영위해 나

---

116) 김윤정, 『박완서 소설의 젠더의식 연구』, 역락, 2013, 100~103면.
117) 스토리세계의 공간적 국면에 관한 인지 서사학적 논의로 David Herman, *Basic Elements of Narrative*, pp. 131~132 참고.

간다. "나는 이 아파트 단지에 사는 아무하고도 친하지 않았지만 아무하고나 대개는 낯이 익었고 남 하는 대로 휩쓸리지 않으면 뒤로 욕을 먹을 것 같은 막연한 공포감을 갖고 있었다."118) 이 소설에 등장하는 모든 인물들은 적어도 정서적으로 냉소적이고 대부분 도덕적으로 타락해 있거나, 그렇지 않으면 심신의 건강에 크든 작든 문제가 있다. 참고로 서술자는 이 세 가지의 부정적인 조건들을 모두 갖추고 있는 셈이다.

서술자는 자기 자신을 철저히 고백하는 동시에 자기 폭로를 수행한다. 자기 진술을 통해 삶을 노출해감에 따라 그녀의 부도덕성 또는 가족의 위기가 역시 점점 선명하게 드러나기에 이른다. 바로 이 점에 있어 그녀는 역설적으로 최소한의 윤리성을 지닌 것이며, 거기에 고작 한 줌일지라도 자기반성이 담겨 있다. 결국 그녀의 서술 행위는 도덕적, 윤리적 측면에서 양면적인 의미를 갖는다. 그녀에게, 아파트는 중산층이라는 사회경제학적 지표이자, 그에 따른 사회심리학적 근간을 이루는데, 다음과 같이 심신과 도덕의 이중적 차원에서 병리적 징후를 보여줄 지반이기도 하다.

> (가) 나는 아파트 계단을 내려다보며 가벼운 현기증을 느꼈으나 그대로 아래를 향해 곤두박질을 쳤다. 발밑에서 계단이 무너져내리는 느낌과 함께 손바닥에선 난간과의 마찰로 찌릿찌릿 열과 전기가 나면서 심장도 날카롭게 찌릿찌릿했다.
> 발로 뛰어내렸다기보다는 계단이 와르르 무너져내리면서 저절로 땅을 디딘 것처럼 나는 사층에서 삽시간에 보도를 밟고 있었다. (64면)

---

118) 박완서, 「포말(泡沫)의 집」, 박완서 단편소설 전집2 『배반의 여름』, 문학동네, 2013, 72면. 앞으로 본문에 면수만 표기.

(나) 나는 이번엔 내 아파트를 찾아 달음질치며 몇 번이나 길을 잃었다. 매연 같기도 하고, 안개 같기도 한 어둠이 서서히 엷어지는 속에 무수히 직립한 아파트와 그 사이로 난 널찍널찍한 보도는 거기도 여기 같고, 여기도 거기 같은 모습으로 나를 혼미시켰다.

설사 내 아파트가 내가 찾아오기 쉽게 잠시 역립(逆立)을 하고 나를 기다려준대도 사정은 마찬가지였을 게다. 아파트는 성냥갑처럼 아래위가 없었으니까. (65면)

주인공은 아들의 선생님이 혼식을 엉터리로 해온 부모를 "고오발"하겠다고 농담 식으로 으름장을 놓자 아들의 도시락에 보리쌀을 더 넣기 위해 급하게 구하려고 가는 길이다. 인용문 (가)와 (나)에서 주인공은 이동하면서 동시에 크로노토프의 전환을 이끌어낸다. 가령, (가)에서는, 아파트 계단, 난간, 사층, 보도와 같은 명시적인 공간적 요소들이 초점자의 지각적 흐름(perceptual flux) 속에서 제시된다. 내려다보거나, 혹은 손과 발, 심지어 심장을 느끼는 특유의 고유수용감각을 포함한 이러한 신체적 지각들은, 물론 곤두박질치거나 무너져 내린다고 표현된, 아파트 계단을 내려가는 주인공의 신체 이동과 운동감각 속에서 이루어진다. 또한 이 공간 이동은 가벼운 현기증, 열과 전기의 느낌, 계단이 무너져 내리는 듯한 느낌과 같은 다소 이상하고 병리적인 증상과 분명히 신체화된 특정한 정서 속에서 이루어지는 것으로, 독자는 빠른 신체적 속도감 역시 환기할 수 있다.

인용문 (나)에서는, 상가의 싸전들이 모두 문을 닫자 다시 자신의 아파트로 향해 가는 주인공의 장면이다. 주인공-초점자에게 아파트 단지 내의 체험된 풍경 역시 기이하고 불편한 감각질로 표현된다. 매연 같기도 하고 안개 같기도 한 어둠이 일단 부정적으로 감각되지만, 아파트와 보도 역시 초점자에게 매우 적대적인 환경으로 다가온다. (가)가 현기증과 붕괴의 이미지로 요약된다면, (나)는 공간감의 혼미와 상실로 요약될 수 있다. 주인공의 심신의 상태도 병리적이며 그녀를 둘러싼 아파트의 크로노토프 역시 아주 혼란스러운 분위기를 자아낸다. 일반적으로 혼란과 붕괴는 신체적 균형 감각을 상실하는 부정적인 상황이다. 체험주의 언어학에서는 인체를 기준으로 위와 아래는 각각 긍정적 가치와 부정적 가치를 지닌다. 주인공이 위에서 아래로 균형을 잡지 못한 채 붕괴하듯이 내려가는 시공간 이동은 부정적 가치 즉 도덕적 타락을 표현하기에 적합하다. 이러한 건축물과 관련된 붕괴와 혼란의 신체 감각적인 이미지는 '포말의 집'이란 표제와 서사적 주제를 향해 의미를 집결시킨다. 또한 주인공은 아파트를 "거기도 여기 같고, 여기도 거기 같은 모습"으로 인식한다. '닮은 방들'로서 아파트의 그러한 부정적 공간 체험은 주인공이 개성과 내적 진정성을 상실한 것과 전혀 무관하지 않다.

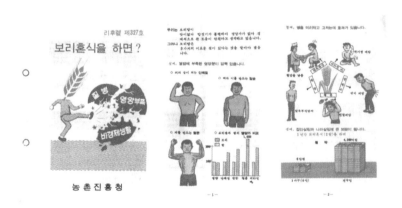

그림 4. 1970년대 보리혼식 장려정책. 77년 쌀 생산이 사상 최초로 4천만 섬을 돌파한 뒤 중단된다. 「혼분식, 국민먹거리를 제도화하다: 구호로 보는 시대풍경전」, 〈국가기록원〉 리플렛 자료. (http://theme.archives.go.kr)

이 소설에서 가장 중요한 '공간적 인지소(cog)'[119]가 아파트에 집중된다면, 가장 현저한 역사적 인지소는 '혼식'이 될 것이다. 한편, '언제(WHEN)'라는 인지적 질문에 대한 답변으로, 역사적 배경에 관한 가장 정확한 단서를 제공해주면서 어떤 독자들에게는 생소한 크로노토프 간 시대 감각의 차이로부터 이현실성을 만들어내기 때문이다. 혼분식 정책은 국가가 개인 섭식에 관여하는 간접적인 신체의 통제·규율 정책이라 할 수 있다. 그 점이 일단 문제적이지만, 그 정책을 따르는 아파트 주민들 역시 먹기 위해서가 아니라 그저 보여주기를 위해 냉소적인 태도로 오로지 형식적으로 보리를 쌀밥에 섞고 있을 뿐이다.

또한 "머리가 포도송이 같은 여자의 얼굴"(66면)로 표현된 아파트 이웃 여자의 머리 모양 이미지는 소설의 뒷부분에 나오는 '포말의 집'의 물거품 이미지와 시각적 유사성을 통해 오버랩될 수 있다. 주인공이 거주하는 아파트 주민들이 '포말의 집'을 공통적인 이미지로 공유하고 있음을 의미할 수 있다. 그 물거품의 이미지는 도덕적 해이와 불안정성에 다름 아니므로, 이 아파트의 크로노토프와 그 크로노토프를 구성하는 인자들이기도 한 주민들의 부정적 의미화에 기여한다. "나는 멀어져가는 의식 속에서 내가 사랑하는 아파트군이 그 견고하고 확실한 선을 뒤틀면서 해체되고 드디어는 방울방울 불면 꺼질 듯한 포말의 모습으로 겨우 그 잔재를 남기는 걸 보았다."(84면) 소설의 초두에서 주인공이 아파트 계단을 내리달리면서 느꼈던 현기증과 붕괴의 감각과 아파트 단지에서 체험한 혼란감, 그리고 소설의 마지막에서 수면제로 의식이 잦아들어가는 주인공의 모습으로 연결되면서, 아파트에 살아가는 현대 도시

119) 장일구, 「『천변풍경』의 서사공간과 인지소」, 106면.

인들의 중산층 속물근성, 주체성 상실, 성적 타락120), 관계 두절과 같은 사회 병리적 문제들까지 의미화한다.

● 신체 접촉 단절과 사회적 교감 및 인간성의 훼손:
   박완서 「황혼」, 이청준 「무서운 토요일」

  박완서의 「황혼」(『뿌리깊은나무』, 1979.3)은 "강변아파트 7동 십팔층 3호"121)에서 '늙은 여자'와 '젊은 여자'라고 지칭되는 고부간의 관계를 중심으로 전개되는 이야기이다. 이 단편소설에서 고부간의 의는 좋지도 나쁘지도 않았지만, 똑똑한 데다 완벽주의자인 젊은 여자는 늙은 여자를 근심으로서만 인정할 뿐이었다. 결정적으로 젊은 여자가 늙은 여자를 "우리집 노인네"(32면)라고 하는 말을 듣고 늙은 여자는 섭섭해서 며칠 동안 입맛을 잃게 된다. 늙은 여자는 자신의 몸이 늙지 않았다고 생각하고 있었기에, 젊은 여자의 그런 말이 자신의 '신체상(body image)'을 훼손시킨 것이다. 신현상학에 의하면, "신체상은 경험, 태도, 믿음의 체계로 구성되는데, 이 체계에서 그런 지향적 상태들의 대상은 자기 자신의 몸이다."122) 신체상의 내용은 지각적 경험에서 기원하며,

---

120) 주인공은 남편의 부재를 틈타 건축학도를 유혹하지만 성적 결합에는 실패하고 만다. 이 건축학도가 설계한 '포말의 집'의 물거품 이미지는 욕망의 실현이 실패하게 된 것을 암시한다. 이는 또한 내포작가의 작의(作意) 및 소설 전체에 걸쳐진 아파트의 크로노토프의 윤리적 주제화를 가능하게 한다. 박완서의 몇몇 초기 단편에서 아파트 거주 여성들은 권태롭고 병적인 삶에서 일탈하기 위해, 소설의 표현을 빌리자면, '간음'을 택하는 경우가 있다. 현대인의 몰개성적 삶의 양식을 초래하는 아파트의 크로노토프는 그러한 스토리의 형식적/주제학적 근거로 이해된다.

121) 박완서, 「황혼」, 박완서 단편소설 전집3 『그의 외롭고 쓸쓸한 밤』, 문학동네, 2006, 31면. 앞으로 본문에 면수만 표기.

122) 숀 갤러거·단 자하비, 박인성 역, 『현상학적 마음: 심리철학과 인지과학 입문』, 도서출

개념적, 정서적 국면들은 다양한 문화적 요인들과 대인 관계적 요인들에 의해 영향을 받는다.

이 소설에서 두드러지게 사용된 '늙은 여자'와 '젊은 여자'라는 대조적인 인물 지칭법은 젊은 여자가 늙은 여자의 젊거나 늙은 정도에 관한 자기 신체상을 훼손시키고 거기서 두 사람의 갈등이 초래하게 되었다는 점을 강조한다. 한국 사회에서, 특히 이 소설의 늙은 여자는 늙음을 부정적인 의미로 의식하고 있기 때문이다. 앤 해링턴에 의하면, 노인의 몸에 부정적인 인식을 심각하게 결부시키지 않는 문화도 존재하며 이러한 사회 내에서는 나이든 사람들이 훨씬 건강해 보인다고 한다. 심신 의학의 문화사적 연구들은 생물학적 몸이 사회문화적 영향과 결코 분리된 것이 아니라는 점을 알려준다.123)

「황혼」에서 젊은 여자에 대한 서운함과 자기 신체상에 대한 훼손은 늙은 여자의 건강을 악화시켰다. 가슴이 답답하고 명치 속에 응어리가 때때로 확실하거나 희미하게 만져지는 것이 가장 두려운 문제였다. 늙은 여자의 시어머니도 환갑 전에 가슴앓이로 죽었기 때문이다. 늙은 여자는 가슴앓이로 고생하는 시어머니를 위해 명치를 쓸어드리거나 민간요법으로 불돌을 올려 얹어드렸다. 늙은 여자는 젊은 여자의 손을 끌어다가 명치를 만져보게 하려다가 젊은 여자가 기겁을 하며 제 손을 씻어내는 걸 보게 된다. 두 사람은 그 일로 서로 충격을 받는다. 그만큼 늙은 여자에게 타인과의 '접촉(touch)', 즉 신체적인 동시에 비유적인 의미에서의 감촉/접촉은 그만큼 의미 있는 것이었다. 늙은 여자가 시어머니의 응어리를 쓸어드리고 나서 환한 얼굴을 접했던 것처럼, 그녀도 자

판 b, 2013, 259면.
123) 앤 해링턴, 앞의 책 참고.

신의 며느리의 공경의 손길을 기대했었다. 또한 "아이들을 양 옆구리에 끼고 어리고 싱싱한 체온과 숨결에 접한다는 건 늙은 여자가 도저히 거역할 수 없는 기쁨"(46~47면)이었으나 아이들이 방으로 들어오지 않자 서운함을 느낀다. 늙은 여자가 느끼는 소외감과 단절감은 자연과 인간과의 원활한 접촉을 방해하는 아파트 공간과 늙은 여자 방의 고립된 공간적 특성과도 상호 연루된다.

> 오늘 아침에도 늙은 여자는 깨어서 누워 있었다. 늙은 여자의 방은 이 아파트의 방 중 바깥으로 창이 나지 않은 단 하나의 방이었기 때문에 밖이 어느만큼 밝았나를 알 수 없었다. 문은 부엌으로 나 있었다. 그 방은 방이 아니라 골방이었다.

> 늙은 여자는 눈 감고 창 밖의 어둠이 군청색으로, 남빛으로 엷어지면서 창호지의 모공을 통해 청량한 샘물 같은 새벽바람이 일제히 스며들던 옛집의 새벽을 회상했다. 그 여자의 회상은 회상치곤 아주 사실적이었다. 아파트촌의 새벽이 그 여자의 회상을 따라 밝아왔다. (33면)

표 2. 「황혼」에서 인물들의 신체상

	'젊은 여자'	'늙은 여자'
신체상, 건강	젊음	늙음(가슴앓이)
신체의 공간 점유	자유, 개방적	단절, 폐쇄(골방)
접촉(신체 접촉 및 관계)	가족과 친구	단절, 고독

늙은 여자는 지금의 아파트와 비교하면서 예전에 살았던 옛집을 회상한다. 다감각적인 이미지와 다분히 시적인 향수 속에서 회상된 옛집은 자연스럽게 자연과 시간의 변화를 체험할 수 있는 친근한 '장소'로 떠오른다. 반면에, 지금 살고 있는 아파트의 자기 방은 빛이 차단된 골방에 불과한 '공간'

이다. 구체적 묘사로 형상화되면서, 이 크로노토프적 대비 관계는 늙은 여자가 지금 살고 있는 공간에 관심을 더욱 촉구하도록 한다. 단지 물리적인 고립감뿐만이 아니라 지금 그녀의 처지 탓에 이 방은 정서적으로도 관계적으로도 고립된 방으로, 독자의 마음속에 환기된다.

"늙은 여자 방은 작았지만 전화기도 따로 있고 텔레비전도 따로 있었다. 그래서 젊은 여자는 외출할 때 마음놓고 안방을 잠글 수가 있었다."(41면) 도구적·물질적 편의성, 경제적 풍요로움과 무관하게 늙은 여자의 방은 고독한 공간이었다. 늙은 여자가 자기 방의 전화기로 몰래 젊은 여자의 통화를 엿듣는 행위는 그러한 고독의 정서를 강화시킨다. 또한 그 엿듣기에는 젊은 여자의 통화를 들으며 자신의 젊음을 확인하려는 늙은 여자의 의도가 담겨 있었다. 하지만 늙은 여자는 젊은 여자의 뒷말을 듣고서는 더욱 서글퍼질 뿐이다. 소설의 결미에서 "늙은 여자는 지금 정말 불쌍한 건 혼자 사는 여자가 아니라 자기 뜻대로 아무것도 할 수 없는 여자임을 깨닫는다."(51면) 늙은 여자의 방은 고부 관계, 나아가 현대적 인간관계의 고독을 의미화하는 상징적 공간 구조로 형상화된다. 더불어 이 아파트 방의 단절된 크로노토프적 관계로 인해서 늙은 여자의 심인성 고독 내지 고통은 더 감각적으로 부각될 수 있었다.

이청준의 「무서운 토요일」(『문학』, 1966.8)은 각각 임포텐츠와 불감증이 있는 부부의 관계를 그린다. 주인공-서술자 남성은 아내가 성관계를 맺는 날로 토요일 밤으로 정하자 늘 '그날'을 피곤해하고 기피하게 된다. 부부는 성적 불능임에도 불구하고 약물에 의존해서 주기적으로 관계를 맺는데, 주인공은 그날이 다가오는 것을 괴로워한다. "어쨌든 이 오후 이 시간만이라도 나는 아내에게서 멀리 있고 싶다. 피곤과 웃음소리와 사격선의 꿈이 뒤따르는 아내와의 토요일 밤은 바로 그 아내를 향한 공포로 변한 지 오래였다. 그러나 이젠 사무실에도 더 앉아 있을 수가 없다."[124]

「무서운 토요일」에서 '토요일'은 기본적으로는 주기적 시간 표지이면서, 동시에 그의 "아파트"(115면)에서 아내와 신체적·심리적으로 접촉해야 하는 공간적 표지·사회적 약속의 표지가 된다. 이 토요일 밤의 아내와의 관계를 지칭하는 '그날'을 중심으로 텍스트세계의 시간적 - 공간적 구성이 진행된다. 주인공을 둘러싼 물리적, 심리적 시간은 다름 아니라 토요일을 향해서 다가가고 있으며, 주인공의 신체적 이동 경로는 토요일 밤의 아내와의 관계를 기피하거나 준비하기 위한 중간 경로로써만 그려진다. 더욱이 토요일은 단순한 시공간적 지점이 아니라 주인공-서술자의 강렬한 정서적, 심리적 집중이 이루어진다. 그에게, 토요일은 객관적 의미의 일주일 중 하루가 아니다. 토요일은 '무서운' 날이며, "토요일은 피곤한 날이다."(98면) 토요일은 "거추장스런 시간"(98면)이어서, "기피"하고 싶은 "혐오"(99면)의 대상이다. 불안과 초조를 불러일으키는 '그날'인 토요일은 주인공의 신체적-심리적 리듬을 좌우한다.

물론 주인공의 토요일 혐오증은 신체적으로는 임포텐츠(impotenz; 발기부전증)에 근거하고 있다. 하지만 그것은 어쩌면 간접적인 이유에 불과할 뿐, 그보다 더 근본적으로 심리적이고 사회적인 원인이 복합적으로 작용하고 있었다. 신체적으로도 성적 불능에 시달리는 그가 아내와 진심으로 원하지도 않는 성관계를 맺어야하기 때문이다. 그리고 그 이유에는 다시 자기 자신의 심리적 트라우마와 아내에 대한 부정적인 인식과 불화의 문제가 관여하고 있다.

---

124) 이청준, 「무서운 토요일」, 『병신과 머저리』. 앞으로 인용시 면수만 표기.

현재 그의 아내는 동물학 석사 학위를 쓰고 있는데, 그는 아내를 "사람을 싫어하는 성미"(101면)로 이해한다. 토요일 밤에 관계 전에 "최음제"(117면)를 먹은 그를 향해 그녀는, "좋아요. 당신은 참 훌륭한 기계니까. 약품 반응이 정확하거든."(122면)라고 말한다. 그가 체험하는 약리 효과는 아내에 의하면 기계적 작동에 비유된다. 알레고리적으로 볼 때, 그녀는 인간미와 거리가 먼 과학적 합리성과 현대성을 상징하는 존재로 이해된다. 두 사람은 심지어 신혼여행 중에도 "전혀 이야깃거리를 갖고 있지 못"(103면)할 정도로 문제가 많은 서먹서먹한 관계였다. 그러다 그의 아내는 잔인한 개구리 실험에 관한 이야기를 꺼내고 키득키득 웃어대는데, 그는 그 기억을 잊어버리고 싶을 만큼 불쾌한 것으로 인식된다. 실제로 임포텐츠가 신체적 문제만 아니라 심인성 또는 심신 의학적 증상이기도 하다는 점을 염두에 둔다면, 그의 성적인 문제는 아내와의 심리적 불화로 인해 일어난 것으로 볼 여지는 충분하다.

> 신혼 초 약을 생각해내기 전 아내와 밤을 보내면서 나는 늘 그 사격장에서와 같은 기분이 되고 번번이 그때와 같은 좌절감을 맛보고 했었다. 더 정확하게 말하면, 사격장에서와 같은 기분은 내가 아내와 잠자리를 같이 하려 하면 벌써 나를 휩싸와서 묘한 초조감과 불안감에서 헤어나질 못하게 했고, 끝내는 절망적인 좌절감 속으로 나를 빠뜨려 넣어버리곤 하였다. (110면)

그 이후에 그는 토요일 밤만 되면 그 웃음소리와 군대 훈련소의 사격장에 관한 악몽으로 괴로워하게 되었던 것이다. 그 자체로서 남성성의 좌절을 상징하는 임포텐츠와 사격장의 실패는 서로 결합하면서 주인공의 몸과 마음을 고통에 빠뜨린다. 그와 아내는 성적 불능과 심리적 문제에도 불구하고 약에 의존해서 이따금 임신을 하기도 했다. 그것을 주인공은 "영혼이 없는 육신의 잉태."(123면)로 부른다. 그리하여 주인공은 "이제 나는 이 기계를 달랠 또 하나의 기계가 되고 싶지는 않았다."(123면)고 고백한다.

> 영혼이 없는 육신의 잉태. 그리고 핏빛 눈발 속을 꺽둑꺽둑 걸어오는 사격 표시판들의 그 절망스런 육박! 아내에게도 그것은 견딜 수 없는 두려움이었으리라. 그래서 그 비정한 유희의 대가로 늘 학살을 되풀이해 왔으리라. 그런데 아내는 오늘 밤도 그 생명을 배는 흉내만의 공허한 행위를 되풀이하고 싶어 했다. 그것으로 혹시 그 영혼이 없는 육신의 생명을 배게 된다면 그것은 또 한 번의 살인을 예비하는 잔인한 유희일 뿐이었다. (123~124면)

이 부부의 성적 불능과 불임 아닌 기이한 불임 상태는 산업화 시기에 도구적 이성과 과학기술에 의해 그저 기계나 실험용 개구리로 처우 받는 황폐화된 인간관을 암시한다. 더욱이 "영혼이 없는 육신의 잉태."는 부부의 심리적 문제를 넘어서 생명 윤리의 문제로 확장된다. 주인공의 사격장의 악몽은 남성성의 좌절을 상징하는 동시에 살인을 저질렀다는 죄의식을 상기하게 하는 윤리적 불안으로 볼 수 있기 때문이다. 그리하여 진정한 교감과 인간적 대화(이야기)가 부재하는 이 부부 관계에서 독자는 현대적 병리의 한 축도를 발견하게 된다.

제4장

몸으로 읽는 소설의 인물

몸의 인지 서사학 질병과 치유의 한국 소설

몸으로 읽는 소설의 인물

1 신체화된 인물의 인격체 형상화[1]

1) 인물 이론의 부활과 신체화

이 장에서는 작중인물의 서사학 이론을 비판적으로 검토하고 새로운 관점의 도입 필요성을 제기하고자 한다. 이를 위해 인지 심리학과 인지 서사학의 관점, 그리고 미하일 바흐찐의 대화주의적 소설 이론 등 다양한 이론적 시각을 참조한다. 특히, 그러한 이론적 고찰을 통해서 텍스트 세계 내 작중인물의 신체적 형상화와 그들의 신체화된 행위 감각의 미학에 초점을 두고 논의할 것이다. 서사-체의 신체성을 논의하는 작업은 가장 직접적으로, 그리고 가장 직관적으로 우선 인물의 몸과 관련된다.[2] 그런 의미에서, 신체화된 마음의 서사학 체계에서 서사적 인물의 위상은 아무리 강조해도 지나치지 않을 것이다. 서사 텍스트 독서 현상

---

1) 이 부분의 논의는 노대원, 「서사의 작중인물과 '마음의 이론(Theory of Mind)' — 인지과학의 관점에서 본 인물 이론」(『현대문학이론연구』, 제61집, 2015)을 수정·보완한 것이다.
2) 푼데이는 몸의 서사학을 구상할 때 떠오르는 가장 첫 번째 이론 분야가 인물화라고 언급한다. Daniel Punday, op. cit., p. 12, 53.

을 생물학적으로 설명하는 진화비평이나 체험성을 강조하는 인지 서사학 차원에서도, 몸의 서사 주제학 측면에서도, 인물의 문제는 심장 부위에 속한다. 그런데, 일찍이 앙띠로망 및 포스트모던 소설들과 구조주의 문학 이론에서 제기된 '작중인물의 죽음', 그리고 현대 철학에서의 단일적 자아에 대한 거부 경향에 의해, 전통적인 인간관을 따르는 작중인물(character) 이론은 이미 폐기된 듯하다.3) 특히 스토리를 담화보다 중시하는 서사학 연구에서, 서사의 심층구조 내지 서사 문법은 텍스트의 추상물로 간주되며, 이 "구조적 추상 속에서 인물은 기능단위(actant)로 대체되기 때문에 이들 속에 심신을 지닌 구체적인 인간이 놓일 자리가 없다."4)

그러나 최근에는, 서사 현상의 미학적 경험과 독자의 인지 해석 과정, 서사의 수사학적 효과에 주목하는 포스트-고전서사학의 새로운 경향에서는 '작중인물의 부활'이 목격된다. 물론 이때의 작중인물이란 단일하고 안정된 자아, 그리고 규범적이고 표준적인 인간형을 따르는 보수적 인간학이 아니라, 다양성과 변화 가능성을 존중하는 인간상5), 그리고 비판적 포스트휴머니즘6)과 같은 새로운 인간상과 정치학에 근거해야

---

3) 작중인물 이론의 위상 하락 경향에 대해서는 Baruch Hochman, *Character in Literature*, Cornell University Press, 1985, chap. 1 참고.

4) 황국명, 「현단계 서사론의 과제와 전망」, 10면.

5) '작중인물의 죽음'은 반휴머니즘과 반부르주아 이데올로기와 관련 있었다. 인물의 '특권화'가 왜곡된 중산층의 편견을 반영한다는 것이다. 이에 대해서는 Baruch Hochman, op. cit., p. 15 및 S. 리몬 케넌, 60면 등 참고.
   트랜스리얼리즘도 이러한 정상적 인물(normal person) 개념을 경계하고 비판한다. 루디 러커는 합의된 리얼리티(consensus reality)에 대한 신화는 대중의 사고를 통제하는 주요한 도구라며, 여기에 정상적 인간 개념의 신화가 편승한다고 지적한다. Rudy Rucker, op. cit., p. 2.

6) "비판적 포스트휴머니즘은 현대 과학 기술의 성과를 보수적 윤리관이나 디스토피아적 공포 때문에 전적으로 거부하지 않으며, 동시에 과도한 기술 결정주의적 낙관론에 근거한

한다. 인지과학과 인공지능, 로봇 공학, 생태학 등의 발전에 힘입어 인간과 비인간 또는 사이보그를 비롯한 포스트휴먼과의 커뮤니케이션 문제가 부각된 것도 이러한 경향의 지성사적 배경을 이룬다. 인간과 로봇(비인간)의 커뮤니케이션 문제가 대두될 때, 대인 커뮤니케이션의 심리학에 근거한 인간 이해가 큰 관건이 되기 때문이다. 이를테면, 로봇에게 어느 정도의 자율성과 법적 권리를 줄 것인가 하는 법학적 문제나 로봇의 젠더나 감정 디자인을 어떻게 해야만 인간과의 상호작용과 공생에 유리한가 하는 로봇 감성공학의 문제 등과도 허구적 가상 인물에 대한 인지 서사학의 연구는 초학제적으로 서로 대화할 수도 있을 것이다.

　작중인물의 존재 양식을 언어적 구성물로 보아야 하는지, 인간으로 보아야 하는지를 두고 모방론과 기호론 간의 서사학적 논쟁이 있었다.[7] 허구 서사에서 작중인물은 물론 작가의 미학적 의도와 수사학에 따른 언어적 구성물이 분명하다. 하지만, 이와 동시에 현실의 서사 수용 과정에서 독자들은 작중인물을 이해하고 공감하고, 최종적으로 서사에서 문학적 감동을 일으키는 인간다움(humanness)을 지닌 실제적인 존재로 받아들인다. 심지어는 때때로 허구적 인물를 향한 독자들이나 작가 자신의 열광과 증오 등의 감정적 반응은 현실의 실제 인간을 향한 것보다 훨씬 더 격렬하게 나타나기도 한다. 피에르 바야르는 셜록 홈즈에 대한 독자들의 광적인 반응을 사례를 들어, "일부 창작자나 독자가 허구의

유토피아적 전망 역시 비판적으로 성찰하고자 한다. 헤어브레히터가 지적하듯이, 비판적 포스트휴머니즘은 "기술문화의 급진적인 변화에 대해 개방적인 태도"를 취한다. 캐서린 헤일스 등 비판적 포스트휴머니스트들은 트랜스휴머니스트들과 달리, 자유주의적 휴머니즘, 계몽주의 휴머니즘의 주체를 해체하고, 인간 구성에 대한 새로운 패러다임을 모색하고자 한다." 노대원, 「한국 문학의 포스트휴먼적 상상력」, 150면.
7) S. 리몬 케넌, 앞의 책, 61~64면; Isabel Jaén Portillo, "Literary Consciousness: Fictional Minds, *Real* Implications", p. 1.

인물에게 삶을 부여하고 애정이나 파괴의 친분을 맺게 만드는 열정적 관계"[8]나 복합적인 양가감정을 '홈스 콤플렉스'로 제안했다.[9] 이런 사례들로 우리는, 인물은 허구적 서사-체의 수사학적 힘 또는 효과라는 측면에서, 그리고 베르너 울프(Werner Wolf)의 용어로 허구적 이야기들이 생산하는 '미학적 환영(aesthetic illusion)'이라고 부른 것의 핵심 국면으로 볼 수 있다.[10] 인물은 우리가 체험하는 실제적인 서사 현상의 이해를 위한 초석이 된다.

김욱동은, 작가와 작중인물의 거리에 대한 두 견해 중에서 바흐찐은 중간적인 입장을 취하고 있다고 본다. 전통적인 이론은 작가와 작중인물 사이에 거리를 두고 않고 너무 밀착되어 있고, 구조주의나 후기 구조주의 이론은 작가와 작중인물 사이에 너무 먼 거리를 두고 있다는 것이다.[11] 이 연구서에서는 바흐찐의 인물 이론을 신체화된 인지과학과 현상학적 관점과 접속시켜 서사-체의 작중인물을 현실 속의 생생한 인간에 대한 이해와 체험에 더욱 긴밀히 관련된 것으로 이해한다.

인간이 아닌 작중인물이 아닌 어떤 실체(entities)[12]라 하더라도 대

---

8) 피에르 바야르, 백선희 역, 『셜록 홈즈가 틀렸다』, 여름언덕, 2010, 162쪽.
9) 노대원, 「홈스 콤플렉스 ― 최제훈 소설의 한 읽기」, 『문학동네』 2011년 겨울호 참고. 한편, 정신분석가이자 불문학자인 바야르는 애거서 크리스티 추리소설에 대한 독창적인 추리비평을 통해, 정신분석학은 픽션에 등장하는 사람들을 오로지 작중인물이라는 범주에 입각해서 읽을 게 아니라 그들을 초월하거나 능가하는 실체, 다시 말해 작품에 작용하는 심리적 힘으로 고찰할 수 있도록 한다고 논의한다. 피에르 바야르, 김병욱 역, 『누가 로저 애크로이드를 죽였는가?』, 여름언덕, 2009, 236면.
10) Marco Caracciolo, "Beyond Other Minds: Fictional Characters, Mental Simulation, and "Unnatural" Experiences", *Journal of Narrative Theory* 44.1, Winter 2014, pp. 31~32.
11) 김욱동, 『대화적 상상력: 바흐친의 문학 이론』, 문학과지성사, 1988, 167면.
12) H. 포터 애벗은 서사의 범주와 정의를 더욱 확장하기 위해 '실체'라는 용어를 사용한다. (H. 포터 애벗, 앞의 책, 48~49면.) 하지만 그보다는 오히려, 과학자들이 이야기하는 원자의 이동 같은 문학 이외의 특수한 서사에서만 실체라는 용어를 제한적으로 사용하는

부분 인간처럼 의도를 가지고 행동한다는 점에서, 그리고 독자는 인간다움을 서사 해석 과정에서 주목한다는 점에서 인물이라는 용어는 적절해 보인다. 애벗에 의하면, 허구적인 서사에서 등장인물을 구성하는 작업은, 일상에서 실제 다른 사람을 만날 때와 동일하게 '더읽기(overreading)'와 '덜읽기(underreading)'를 거치며, 이것은 다음과 같이 이해될 수 있다.

독자/관객 + 서사 → 독자/관객의 등장인물 구성 작업

인물 구성 작업은 심지어 다큐멘터리나 신문 기사와 같은 비허구적 서사에서 실제 인물을 다루는 때에도 일어난다.[13] 이러한 통찰은 작중 인물이 실제의 인간처럼 실재감(reality)을 갖는다는 것을 넘어서, 우리의 실제 삶에서 자기 자신과 타인들을 인식하고 대하는 방식에 관한 연구와 긴밀하게 연계될 수 있음을 의미한다. 그리하여 바루크 호크먼은 문학적 인물의 현실성(reality)을 논하면서, 이렇게 강조한 바 있다. "삶을 문학 인물의 전체 스펙트럼의 근원으로 인정하고, 우리가 그들과 유사한 모델 위에서 사람들을 지각한다는 점을 승인하는 것은, 비록 우리가 그들 사이를 날카롭게 구분한다고 해도, 그 어떤 방법만큼이나 좋고, 그 어떤 것보다도 더 나은 방법일 것이다."[14] 그런 이유에서 그는 우리 자신의 지식과 체험의 측면에서 인물의 이미지를 구성하는 것 외에는

것이 더 적절할 것이다. 실제로 애벗 역시 같은 책에서 소설이나 영화 같은 문학적 허구 서사에 관한 진술에서는 여전히 등장인물이라는 용어를 주로 사용하고 있다.
13) 같은 책, 255~257면.
14) Baruch Hochman, op. cit., p. 52.

대안은 없다고 한다. 비록 인지적 문학 이론을 전개하고 있지는 않지만, 인지 심리학을 응용하는 최근의 논의들에 앞서, 인물에 대한 독자의 반응과 체험성을 부각시킨다는 점에서 언급할 만하다.

최근 서사학적 전환에 힘입어 '서사로서의 삶'이라는 관점은 작중인물 이론에도 큰 영향을 주고 있다. 작중인물과 실제 인물에 대한 유사점과 인물의 인식 문제는 마음의 과학 전반의 연구 성과를 응용하려는 인지 서사학에 의해 더욱 구체적으로 논의될 수 있다. 앞서 언급했듯이, 모니카 플루더닉은 서사성 논의에서 신체화 양상을 중시하여 플롯보다 체험성을 중시했다. '자연적' 서사학에서, 서사의 신체화는 가장 직접적으로는 마음으로 존재하는 주인공의 실존과 그의 사건에 대한 체험이 중심을 이룬다.

> 나의 모델에서 플롯이 없는 내러티브는 가능하지만 어떤 종류의 내러티브 수준에서 인간 (의인화된) 경험자가 없는 내러티브는 존재할 수가 없다.
>
> In my model there can be narratives without a plot, but there cannot be any narratives without a human (anthropomorphic) experiencer of some sort at some narrative levels.[15]

플루더닉은 인간의 의식과 체험성을 강조하여, '사람됨(personhood)'을 서사성에 필수적인 것으로 보게 할 뿐 아니라 독자가 서사에 끌고 들어

---

15) Monika Fludernik, *Towards a 'Natural' Narratology*, p. 29; 여기서는 송민정, 「몸-마음-내러티브의 만남: 체화된 인지의 내러티브적 이해 - '자연적' 서사학을 중심으로」, 300면에서 번역과 함께 재인용.

오는 결정적 프레임으로서도 이해한다.16)

2) 마음이론(ToM)을 통한 인물의 마음 읽기

'마음이론(Theory of Mind, ToM)'이란 마음이 어떻게 이루어져 있으며 이것이 행동에 어떠한 영향을 미치는지에 대한 이해 능력을 일컫는다.17) 인지 심리학적으로 볼 때, 독자가 서사 텍스트로부터 작중인물을 구성하고 인지하는 과정은 일상생활에서 자신과 타인의 마음을 이해하는 능력, 즉 마음이론으로 설명될 수 있다. 또한 그 반대 방향으로 소설의 인간 이해 모델은 인간의 실제 마음에 대한 연구에 기여할 수 있다.

> 마음이론(ToM)은 최근에 인지 심리학, 발달 심리학, 비교 심리학의 연구로부터 출현한 가장 중요한 개념 중 하나다. 마음이론은 다른 사람 역시 세계에 대한 생각, 욕망, 믿음과 같은 심리적 상태를 가진다는 것을 이해하는 능력이다. 우리는 다른 이들이 생각하고 있다는 것을 몸짓, 표현, 어조, 그리고 사람들이 말하는 것(또는 말하지 않은 것)으로 추측할 수 있다. 그러한 추측은

---

16) 제임스 펠란, 앞의 글, 467~468면. personhood의 번역은 인용자가 수정.
17) 마음이론 발달을 설명하는 대표적인 이론적 접근들로는 세 가지가 있다. 1) 이론 이론 (Theory Theory)은 인간이 다른 사람의 마음을 읽고자 하는 통속적이고 상식적인 표상을 가지고 있다는 것이다. 2) 모듈 이론(Modular Theories)은 아동의 마음 이론의 발달은 그 영역을 관장하는 특정한 심리적·생리적 시스템, 즉 심리적 모듈(module)의 독립된 작용에 의해 이루어지는 것이라고 본다. 3) 시뮬레이션 이론(Simulation Theory)은 자신과 타인의 마음의 비교가 아닌 자신의 마음 상태를 통해 타인의 상태를 추론하는 소위 '시뮬레이션(simulation)' 과정을 통해 타인의 상태를 이해할 수 있다는 것이다. 김근영, 「마음 이론」, 한국심리학회, 『심리학용어사전』, 2014. (http://terms.naver.com/list.nhn?cid=41991&categoryId=41991)

모든 인간 사회적 맥락에서 일상생활의 처신을 위해 필수적이다.[18]

마음 이론은 우리가 제스처를 타인의 정신적 의도를 의미하는 것으로 이해하는 것을 가능하게 한다. 리사 준샤인 Lisha Zunshine의 『우리는 왜 소설을 읽는가? Why We Read Fiction』(2006)에서 든 예를 하나 이용하자면, 선생님들은 학생이 손을 드는 것을 호명되고자 하는 욕망의 표현으로 인식하지 겨드랑이에 통증이 있는 것으로 인식하지 않는다. 조금만 더 생각해보면 문학 서사도 마음 이론에 대단히 많이 의존하고 있다는 점을 알 수 있다. 그 이유는 서사의 인물들은 서사의 다른 인물들의 마음 상태를 그들의 행위를 관찰함으로써 끊임없이 추론해야하고 독자들 역시 이와 동일한 추론을 해야 하기 때문이다.[19]

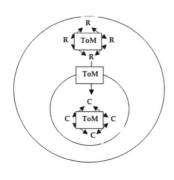

그림 5. 마음이론의 세 층위.
R=독자, C=인물

마음이론은 서사의 독자가 문학적 인물, 서술자, 저자를 이해하는 심리적 과정을 이론적으로 설명해준다. (그림 5.)[20] 그런 측면에서 마음이론은 독자의 문학적 해석 능력의 중요한 요소라 할 수 있다. 가령, 누보로망의 대표작인 알랭 로브그리예의 『

18) Howard Mancing, "Theory of Mind and Literature" (presentation abstract), ⟨The Cognitive Circle Research Group⟩, September 5, 2000. (http://www.cognitivecircle.org/ct&lit/CogCircleResearch/CogLit_ToM.html)
19) 제임스 펠란, 앞의 글, 478면.
20) Isabel Jaén Portillo, op. cit., p. 11.
인물들이 속한 문학적인 세계인 소우주와 독자의 현실 세계인 대우주에서, 인물들 상호 간 마음 읽기, 신체화된 마음에 의한 문학 활동에서 작가와 독자의 인물 쓰기와 읽기, 실제 인간들의 상호 간 마음 읽기의 관계에서 마음이론이 요구된다.

질투』21)는 서술자-초점자 자신의 심리적 진술을 포함한 인물로서의 형상화를 극단적으로 배제하고 있다. 그럼에도 불구하고, 우리는 이 소설이 서술자가 관음증적/감시적 시선으로 다른 인물들을 관찰하는, 그들을 향한 '질투'로 가득한 정념적인 스토리라고 인지하거나, 적어도 표제가 지시하는 질투의 주제를 중심으로 스토리를 재구성·해석할 수 있다.22) 또한 위에 인용한 펠란의 예시처럼 마음이론은 언어를 매개로 한 특정한 소통 양식을 넘어서, 신체와 신체 사이의 몸짓을 중심으로 이루어지는 마음의 대화로서 이 연구서의 관점에서 특히 주목할 만하다.

마음이론, 혹은 인지 심리학자들이 동의어로 사용하는 '마음 읽기(mind-reading)'는, 진화 심리학적 관점에서 보자면, 집단 내 타인의 행동을 이해할 필요가 있었던 인류에 대한 진화의 응답이다. 타인의 마음을 읽으면서, 타인의 행동을 해석하고 타인의 다양한 생각에 관심을 기울이며 상상하는 능력은 인간의 진화된 본성이다. 타인의 내적 삶과 동기에 접근할 수 있느냐가 경쟁과 협력이라는 생존 문제에 직결된다.23) 브라이언 보이드는 인간 두뇌의 전례 없는 팽창을 일으킨 동력은 언어보다 마음이론이라고 봐야 한다면서 진화론적 측면에서 중요성을 강조한다.24) 서사학적으로도, 마임이나 무성영화의 경우처럼 스토리텔링이 반드시 언어에 의존할 필요는 없으며25), 언어가 아닌 마음이론으

---

21) 알랭 로브그리예, 박이문·박희원 역, 『질투』, 민음사, 2003.
22) 『질투』에서 서술자-주인공의 신체적 이동이나 행위를 '사건'의 측면에서 인지할 수 있는 방법에 대해서는 시모어 채트먼, 김경수 역, 『영화와 소설의 서사구조: 이야기와 담화』, 민음사, 1999, 67~69면도 참고.
23) 브라이언 보이드, 앞의 책, 205~206면; 황국명, 「여행서사의 인지서사학적 접근(1): 개념과 방법을 중심으로」, 347~348면.
24) "실제로 두뇌에서 언어와 밀접한 연관을 가지는 브로카 영역과 베르니케 영역은 정신이론의 능력과 연관된 이마겉질에 비해 상당히 작다. 인간의 경우 이마겉질은 불균형적일 정도로 크다." 브라이언 보이드, 앞의 책, 216면.

로 사건과 이야기를 이해할 수 있기 때문에, 더 폭넓은 서사의 영역에서는 마음이론이 사실상 언어보다 더욱 중요한 이론적 관심사가 될 수 있다. 또한 바흐찐적 대화주의의 관점에서 보면 마음이론과 같은 이러한 타자 이해는 자기 인식의 토대가 된다는 점이 강조될 필요가 있다.

앨런 파머(Alan Palmer)는 허구적 마음(fictional minds)을 논의하며 독자들이 주로 소설의 스토리세계에 있는 인물들의 마음에 관한 기능을 따라감으로써 소설을 이해한다고 제안한다. 그는 루보미르 돌레첼(Lubomir Doležel)과 마리-로르 라이언 등이 제안한 가능 세계(서사세계, 스토리세계 등)의 서사학 이론을 수용해서 인물화(characterization) 논의를 비실제적 개인(non-actual individual) 접근법으로 설명한다. 여기서 비실제적 개인이란 "가능 세계에 존재하며 육체적, 사회적, 심적 특성을 부여할 수 있는 인물"26)이다. 따라서 허구적 마음은 비실재적 존재들(nonexistent beings)인 인물에 관해 독자가 다양한 방식으로 참여하고 이 존재들에게 반응하는 체험과 심적 과정에 귀인하기 위해 독자를 이끄는, 스타일적이고 서사적인 기술의 결과로 이해된다.27) 파머는 인물 이론 연구에서 유리 마골린(Uri Margolin)의 탁월한 성과를 인정하면서 그가 제시한 주요 개념들을 언급한다. "인지적, 정서적, 의지적, 지각적 사건들, 그리고 지식과 신념 체계, 태도, 소원, 목표, 계획, 의도, 성향 등과 같은 내적 상태 등. 그는 이것들의 심적 현상의 총합을 '내면성' 혹은 '사람됨'(interiority or personhood)이라고 부른다."28) 마골린의 '사람됨' 개념은 독자의 마음 혹은 체험 속에 환기된다는 점에서 플루더닉의 '체험

---

25) 같은 책, 229면.
26) Alan Palmer, *Fictional Minds*, University of Nebraska Press, 2004, p. 38.
27) Marco Caracciolo, "Beyond Other Minds", op. cit., p. 30.
28) Alan Palmer, op. cit., p. 38. 강조는 인용자.

성' 개념과 밀접하게 연관된다.

문학적 인물의 마음은 실제 인간의 마음처럼 공통적으로 의식(Consciousness), 마음이론(Theory of mind), *생태대화적 맥락(Ecodialogical context)*의 세 요소로 이루어진다.[29] 인지 서사학은 서사적 이해에 관한 독자의 통속 심리학적 추론 또는 통속 심리학적 능력을 이론적으로 참조한다.[30] 이것은 기본적으로 작중인물의 실제 인간과의 유사성을 전제하는 것이다. 귀인 이론(attribution theory)은 자신이나 다른 사람들의 행동의 원인을 찾아내기 위해 추론하는 과정을 설명하는 이론으로[31], 독자의 서사적 인물 인식과 해석 작업을 설명할 수 있게 한다.

허구적 서사의 인물을 실제 인물처럼 이해하고 받아들이는 이러한 인지적, 심리적 현상은 인간에게 아주 자연스러운 과정이다. 카차 멜만(Katja Mellmann)은 이러한 환영을 '심리-시학적 효과(psycho-poetic effects)'라고 부르는데, 우리의 일상에서든 서사 해석에서든 자신과 타인에 대한 이해가 마음이론 혹은 통속 심리학적 능력을 이용해서 가능해지는 것이다.[32] 인지 심리학적 통찰로부터, 우리가 인간을 이해할 때 일상적으로 단순화된 귀인의 오류를 범하거나, 매우 단순화된 유형을 통한 인물의 평면화를 자주 행한다는 사실을 다시금 확인한다. 독자들은 일상에서도 그렇듯이 인물의 모든 특성을 고려하고 기억하기보다는 몇몇 중요한 대표 특성들을 중심으로 인지적 어림짐작(휴리스틱; heuristics)한다.[33] 또한 입체적 인물 역시 다양한 '유형의 복합체'이며 유형 속에 인

---

29) Isabel Jaén Portillo, op. cit., p. 2.
30) David Herman, "Cognitive Narratology", op. cit., paragraph 20.
31) 김남희, 「귀인 이론」, 한국심리학회, 『심리학용어사전』.
32) Marco Caracciolo, "Beyond Other Minds", p. 30.

간의 복잡성을 담을 수도 있다는 애벗의 지적34)은 사회적 인지(social cognition) 논의와 관련해서 의미 있다. 인간의 인지는 생존을 위한 목적 때문에 그 경제성을 이유로 대인 인지에 있어 귀인의 오류나 휴리스틱의 단순화를 자주 일으킨다. 그러나 인물의 단순화되고 평면적인 이해나 스테레오타입화를 넘어서 구체적이고 살아 있는 인간의 아주 복잡하고 변화하는 내면이 있다는 것을 각성하는 것이 서사 인물에 대한 창작과 독서의 윤리이자 비평적 준거점이다.

바흐찐은 다성악적 소설 이론에서 주인공(hero)의 독립적인 지위와 대화적인 역할의 중요성을 강조한다. 다성악적 소설의 주인공은 독립성, 내면적 자유, 비최종화성, 미결정성을 지니고 있으며, 작가는 주인공과 철저하고 일관되게 대화적 자세를 취하게 된다.35) 그러므로 바흐찐의 소설 이론을 따른다면, 서사적 인물의 적극적이고 능동적인 역할

---

33) "대표성 휴리스틱은 우리가 어떤 대상이나 사람이 특정 범주의 전형적인 특성을 얼마나 많이 나타내는지, 즉 대표성이 있는지에 근거하여 특정 범주에 속할 확률을 판단하는 인지적 책략이다. […] 대표성 휴리스틱과 관련하여, 린다 문제(Linda Problem)가 가장 잘 알려져 있다. 트버스키와 카너먼(Tversky & Kahneman, 1974, 1983)은 린다(Linda)라는 가상의 인물을 설정하고, 이 인물에 대해 31살의 여성이며 독신이고 철학을 전공했으며, 인종 차별 반대와 사회 정의에 깊은 관심을 보이고 반핵 시위에 참여했다는 설명을 했다. 그리고 피험자들에게 린다가 은행 직원일 확률(A)과, 은행 직원이면서 여성 운동가일 확률(B) 중에 어느 것이 더 크냐고 예측하라고 했다. 이때 대부분의 사람들은 린다가 은행 직원일 확률(A)보다, 은행 직원이면서 여성 운동가일 확률(B)이 더 크다고 예측했다. / 그러나 논리적으로 생각해보면, 린다가 은행 직원이면서 여성 운동가라면 당연히 린다는 말 그대로 은행 직원이기 때문에, 은행 직원일 확률(A)이 당연히 은행 직원이면서 여성 운동가일 확률(B)보다 크다. 그러나 사람들은 여성 운동가라는 직업이 린다의 특성을 대표한다고 생각하기 때문에, 은행 직원이면서 여성 운동가일 확률(B)을 더 크게 생각한 것이다(Tversky & Kahneman, 1974, 1983)." 박지선, 「휴리스틱」, 한국심리학회, 『심리학용어사전』
34) H. 포터 애벗, 앞의 책, 261~262면.
35) 미하일 바흐찐, 김근식 역, 『도스또예프스끼 창작론』, 중앙대학교 출판부, 2003, 제2장(도스또예프스끼의 창작에서 주인공에 대한 작가의 입장과 주인공) 참조.

과 주인공의 대화적인 양상에 대한 주목이 요구된다.

또한 바흐찐은 소설에서 주인공(hero)의 몸이 차지하는 위상을 강조한다. "예술가[또는 말하는 자]가 하는 첫 번째 행위는 주연급 주인공에게 육체를 부여하는 것"이며, 그 육체에 "주변(surrounding)"을 부여하는 것이라고 한다. 게리 솔 모슨과 캐릴 에머슨은, 바흐찐의 예술론을 프로이트의 정신분석적 예술론과 비교하여, 근본적으로 창조적 예술은 무의식적인 신체상의 욕구 불만에 대한 반응으로 생산된 것이 아니라 의식적인 신체화(embodiment) 행위로서 생산된 것으로 본다. 어떤 것이 일단 육체를 지니게 되면, 예술가는 그것의 '외부'에 설 수 있게 되고, 심미적 활동이 시작된다.36) 바흐찐의 크로노토프론을 다루는 부분에서 이미 살펴본 것처럼, 생생한 인물 형상화는 육체와 분리 불가능하다. 롤랑 바르트도 '형상화'를 '재현'과 구분하면서 다음과 같은 예시를 든다.

바르베 도르비이는 멤링이 그린 성모 마리아에 대해 말하면서 다음과 같이 쓰고 있다. 『그녀는 수직적인 자세로 똑바로 서 있다. 순수한 인간들은 곧은 자세를 취하는 법이다. 우리는 자태나 몸짓으로 정숙한 여인을 알아볼 수 있다. 육감적인 여인들은 축 늘어져 나른하게 몸을 기울인 채 항상 쓰러질 찰나에 있다.』37)

---

36) 게리 솔 모슨·캐릴 에머슨, 앞의 책, 336면. ('embodiment'의 국역판 번역어인 '육화'는 원서를 참고하여 인용자가 '신체화'로 수정해서 인용한 것이다. Gary Saul Morson & Caryl Emerson, *Mikhail Bakhtin: Creation of a Prosaics*, Stanford University Press, 1990, p. 188.)
37) 롤랑 바르트, 「텍스트의 즐거움」, 104면.

바르트가 순수한 재현의 사례로 든 텍스트는 흥미롭게도 신체 자세에 관한 글이다. 인지 수사학의 통찰에 의하면 똑바르거나 올곧은 신체 자세는 똑바르거나 올곧은 도덕 개념의 신체화된 은유로 사용된다.38) 신현상학에 의하면, 직립의 생물학적 구조는 인간 종에 특유한 것으로, 지각 능력과 행위 능력과 관련해서, 인지적 삶 전체에 매우 강력한 영향력을 행사하기 때문이다.39) 이러한 신체적 인지는 즉각적이면서도 문화적인 영역과 함께 작동한다. 바르트가 사용한, 형상화의 (부정적인) 반대 개념으로서 재현은, 이데올로기적이며 욕망의 생산에 저항하거나 결코 제한적인 틀을 벗어나지 못한다. 따라서 형상화 개념은 텍스트(그림, 책, 화면)의 틀 밖으로 나오거나 돌출될 수 있도록 욕망의 의미를 생산하는, 매우 신체화된 과정으로 이해된다. 바흐찐의 소설론의 인물 이론, 그리고 바르트의 텍스트론과 결부된 형상화 개념은, 텍스트세계에서 생생하게 현실감을 갖고 살아가는 인물에 관해서 각각, 윤리성과 욕망을 옹호하는 관점으로 보인다. 라블레론에서, 바흐찐은 카니발 개념을 도입하면서, 물론 육체, 물질적 이미지의 시리즈를 전면적으로 부각시키는 방법으로 인간과 자연, 삶을 적극적으로 예찬하고 옹호한다. 이 점에서 바흐찐의 "카니발적(carnivalesque) 육체"40) 역시 바르트의 사유와 상호 공명한다.

이와 같이 작중인물의 서사 이론을 신체화된 마음의 이론과 결부시켜

---

38) 예를 들어, "('twisted' or 'warped' personality that leads to 'twisted' misdeed ['뒤틀린' 범죄로 이어지는 '뒤틀렸거나' '왜곡된' 성격에서처럼]) twisted를 심리적 의미나 도덕적 의미로 사용할 때도 이런 신체적 의미가 모두 사용된다. 다른 예로 당신이 standing straight and tall[곧고 높이 서 있음]의 의미를 알며, moral 'uprightness' [도덕적 '청렴']를 이해할 때도 이 의미를 사용한다." 마크 존슨, 앞의 책, 63면.
39) 숀 갤러거·단 자하비, 앞의 책, 232면.
40) Daniel Punday, op. cit., p. 97.

재개념화하고, 그리고 인물의 신체화 국면을 초점을 두고 독해할 수 있는 서사 비평 이론으로 제안하는 것이 '신체화된 인물(embodied person)'이다. 마음이론을 인물 분석과 해석에 적용할 경우, 서사학에서 특히 강조할 점은, 이러한 사회적 인지가 신체와 분리된 '정신'이 수행하는 내부 과정이 아니라 신체화된(embodied) 행동의 형태라는 점[41]이다. 신경과학계는 최근 거울 뉴런을 발견하여, 타인의 행동을 보는 것 자체가 자신과 타인의 마음 상태를 연결시켜 준다는 마음이론의 가정을 지지하는 생물학적 기제로 각광받고 있다.[42] 신체화된 인지의 사회적이고 상호주체적인 특성은 스토리세계의 인물과 인물 간 관계, 그리고 인물들에 대한 독자의 해석에서도 본질적이다.

서사를 신체성에 주목하여 고찰할 경우, 혹은 질병, 노년, 불구의 신체성이 직접적으로 부각되는 소설일 경우, 서술자나 인물의 '신체상(body image)' 인식 및 관련 사항은 중요한 문제로 대두될 수 있다. 신체상(몸 이미지)과 신체 도식(몸 도식)에 관해서 설명하면서, 엘리자베스 그로츠는, 신체상은 그 자체로 생물학적인 동시에 사회문화적인 관계망 속에서 구성된다고 보았다. 몸과 마음의 상호관계를 보여주는 학술 작업에서 신체상은 그 자체로서 뫼비우스적 매듭에 위치할 수 있다.

몸 이미지는 주체가 이 세계 속에서 자신의 환경과 더불어 행동하면서 접하는 다양한 접촉양식으로부터 형성된다. 이런 의미에서 몸 도식은 현재의 몸의 위치에 대한 지식, 그리고 행동을 위한 능력이 기록되어짐으로써 미래의 행동을 예견할 수 있도록 해주는 하나의 플랜이다. 또한 몸에 대한 다양한 정서

---

41) 마크 존슨, 앞의 책, 233면.
42) 김근영, 「마음 이론」, 앞의 책.

적·리비도적 태도로 구성되는 몸 도식은 특정한 형태를 수행하기 위한 일부이자 능력이 된다. 마지막으로 이는 또한 사회적 관계이기도 한데, 이런 관계 속에서 자기 몸에 대한 주체의 경험은 타자들이 그들의 몸과 주체의 몸과 맺는 관계에 의해 매개되고 연결된다.43)

인물의 신체상과 관련된 서사-체 해석에서 특히 흥미로운 지점은, 신체상은 언제나 주체의 실제 현상태 몸 상태보다 약간 늦게 뒤처져 있기 마련이라는 것이다.44) 이러한 신체상과 실제 몸 사이의 불/일치라는 사건에서 유발되는 주인공의 심리적 갈등과 만족은 중요한 서사적 동력 혹은 서사적 분기점으로 작동한다. 이를테면, 어느 날 문득 한 인물이 거울을 보고 생각보다 훨씬 늙은 자신의 얼굴과 몸을 발견하고 놀라는 경우 신체상 실제의 신체 상태보다 시간적으로 변화가 느린 것이다. 거식증의 사례도 그렇지만, 질병과 치유의 경과에 있어서도 신체상의 시간차는 중요하게 고려될 수 있을 것이다.

포스트-고전서사학의 논의는 주로 1인칭 서술에 집중될 수 있는데, 1인칭 서술이 실제 인간의 마음의 활동 상황과 가장 유사하기 때문이다. 또한 서사-체의 다양한 국면에서 작동하는 신체화와 작중인물의 몸에 관심을 두고 있는 이 연구서의 관점에서, 1인칭 서술자에 의한 자기 몸 인식, 혹은 타인의 몸 인식 등도 주목할 만한 사안이 된다. 독자는 서사적 인물의 신체와 신체상에 관해서 신체화된 인지의 거의 자동화된 시뮬레이션과 더불어 그러한 과정에 기반해서 반성적이거나 해석적인 주

---

43) 엘리자베스 그로츠, 앞의 책, 160면. 이 인용문에서 그로츠는 신체상을 다소 정신분석학적으로 이해하고 있다. 신현상학의 관점에서 신체상과 신체도식에 대한 설명은 숀 갤러거·단 자하비, 앞의 책, 259~260면 참고.
44) 엘리자베스 그로츠, 앞의 책, 188면.

제화 작업을 수행한다. 이 두 과정은 물론 사실상 분리된 과정이라기보다 서로 연속된 과정으로서 이해되어야 한다. 실제 서사 수용의 현상에서 우리는 정교한 해석적 개념과 명제를 감각적 이미지나 그 체험으로부터 얻기 때문이다.

대니얼 푼데이에 의하면, 서사에 나타나는 작중인물들의 신체적 요소들은 서사 전반적인 '신체적 분위기(corporeal atmosphere)'를 형성하고 이것은 해석학적 분위기를 만들어낸다. 등장인물의 신체를 두고 이루어지는 텍스트와 독자 간의 모든 상호작용에서, 서사는 신체성을 암시적으로 극화한다. 등장인물의 신체성은 어떻게 텍스트가 읽혀지는지 논평하는 방식으로 기능할 것이다.45) 마르코 카라치올로는 여기서 더 나아가, 신체적 분위기를 단지 서사 해석학의 도구만이 아니라 독자의 신체화된 서사 이해 즉 그의 '신체적 인지(somatic cognition)' 개념에 관한 현상학적 탐구를 위한 수단으로 끌어들인다. 서사에 의해 주제화된 신체화는 독자의 신체화된 서사 참여를 조절해서 담론적 패턴에 의해 환기된 신체적 느낌들을 더욱 잘 인식하도록 할 것이라는 견해이다.46) 이 논의들을 종합하자면, 서사적 모티프와 주제로서 작중인물의 신체와 신체적 요소는 표면적으로 스토리(what) 차원에서 서사의 주제론적 해석을 위해서 기여하며, 그 이전에 이미 더욱 구체적으로 서사담화(how) 차원과 독서의 현상학적 차원에서 서사에 대한 독자의 신체화된 이해와 의식적인 지각을 촉진한다.

---

45) Daniel Punday, op. cit., pp. 80~82.
46) Marco Caracciolo, "Tell-Tale Rhythms: Embodiment and Narrative Discourse", p. 61.

② 인물 간 상호신체성과 문학적 공감의 실현

1) 인물 간 접촉과 신체화된 상호주체성

이 절에서는 인물 간 상호신체성에 근거한 상호주체성의 문제들, 즉 인물들의 상호 접촉과 공감, 그리고 몸에 근거한 대화적 실천에 관해 논의하고자 한다. 서사적 인물 구성(characterization)의 간접 제시로는 행동, 말씨, 외양, 환경을 드러내는 방법이 있다.[47] 신체적인 외양 묘사뿐만 아니라 행동과 말투, 환경 등의 인물 특성 표지들은 실제의 삶에서 우리가 타인을 어떻게 인지하는지 간접적으로 알려준다. 서양의 인상학이나 동양의 체질론 또한 전통적으로 몸과 성격 사이의 환유적 관계가 오랫동안 인간 이해와 의철학에 활용되어 왔음을 안다. 유아 때부터 인간은 온전한 언어를 구사할 수 없더라도 몸의 지각적 능력, 운동 기능, 자세, 표정, 정서와 바람을 경험할 수 있는 능력을 갖고 의사소통하며 사회적으로 상호작용한다.[48]

인간의 타인에 대한 이해는 언어 이전에 몸의 인지적 능력으로써 가능하다는 점은 서사적 인물에 대한 독자의 이해에 있어서도 고려해야할 사항이다. 소설처럼 언어를 매제 삼아 서술되는 서사-체의 작중인물 역시 독자는 그것을 언어의 세부 사항으로 일단 대면하지만, 신체화된 인지적 구성을 통해서만 기억하는 것이기 때문이다. "최근의 신경인지적 연구가 보여주듯이, 인지는 무양식적인 언어 기호로 시작하는 게 아니

---

47) S. 리몬 케넌, 앞의 책, 112~121면 참고.
48) 마크 존슨, 앞의 책, 76면.

라 다양식적 경험의 다양식적 기억의 다양식적 시뮬레이션으로 시작한다."49) 신체화된 사회적 창조물로서 인간은 몸에 근거해 의미를 만들고 대화할 수 있다.

데이비드 허먼은 신체화된 상호주체성에 관한 논의를 무기 삼아 허구적 마음에 관한 '예외성 명제(Exceptionality Thesis)'를 논파한다. 허먼이 별칭을 붙인 도릿 콘(Dorrit Cohn)의 예외성 명제란, 허구 서사가 유일한 문학 장르일 뿐더러, 발화자가 묘사한 것보다 다른 사람의 말해지지 않은 사고, 느낌, 지각에 있어 유일한 종류의 서사라는 주장이다. 허먼은 이 명제가 이원론적인 데카르트적 사고의 소산이라고 본다. 만약 타인의 심적 상태가 접근 가능한 것이라면, 문학적 서사의 예외성 명제는 의심스러워지기 때문이다. 실제적이든 허구적이든 모든 마음은 정황에 의존해서 거의 직접적으로 조우되거나 체험되기 마련이다.50) 상호주체성에 대한 신체화되고, 상호작용적이며, 사회적으로 맥락화된 허먼의 견해는 신체화된 마음의 서사학에서, 독자-인물 관계에서든, 그 관계에서 파악되는 인물-인물 관계에서든 관찰될 수 있다.

바흐찐의 카니발적 언어는 의사였던 프랑수아 라블레가 소설에서 잘 그려낸 것처럼 카니발적 육체로부터 솟아나온 신체화된 언어이다. "육체 자체와 먹고 마시고 배설하는 것, 그리고 성생활의 이미지들과 같은, 삶의 물질·육체적인 원리가 라블레의 작품 속에 압도적으로 우세하게 나타나고 있다는 사실은 일반적으로 지적되고 있다."51) 그러나 바흐찐이 라블레의 소설 세계에서 목격하는 것은 단지 육체성의 과도한 범람

---

49) 브라이언 보이드, 앞의 책, 225면.
50) Marco Caracciolo, "Beyond Other Minds", pp. 30~31.
51) 미하일 바흐찐, 『프랑수아 라블레의 작품과 중세 및 르네상스의 민중문화』, 46면. 강조는 원문.

과 과잉된 재현이 결코 아니었다. 그는 라블레 소설에서 몸에 관한 언어들과 신체화된 언어들에 공명하는, 민중적이고 사회적인 카니발적 세계관을 목격한다.

> 삶의 물질·육체적인 원리는 여기서 보편적이고, 전 민중적인 것으로 인식되는 것이다. 즉 그러한 원리는 세계의 물질·육체적 뿌리로부터 이탈하고자 하는 모든 것들, 자기 자신 속에 고립되어 있고 감금되어 있는 모든 것들, 모든 추상적 관념화들, 대지와 육체와는 무관하게 단절된 의의에 대한 모든 요구들과 대립하고 있다. 반복해 말하지만, 여기서 육체와 육체적 삶은, 우주적이며 동시에 전 민중적인 성격을 띤다. 이것은 근대의 협소하고 엄밀한 의미에서 말하는 육체와 생리묘사(生理描寫)가 결코 아니다. 그들은 전적으로 개인화되는 것도 아니고, 남아 있는 세계로부터 구별되는 것도 아니다.52)

바흐찐에 의하면, 타자의 시선을 필요로 하는 것은 단지 신체의 외부적 파악만은 아니며, 우리의 내면에 대한 파악 또한 확고하게 타자의 인식과 연결되어 있다.53) 토도로프에 의하면, 바흐찐의 사유는 현대 정신분석학의 경험에 접근해 있다. 그런데, 한편으로 바흐찐의 타자와의 대화적 인지에 대한 언급들은 오늘날의 인지신경과학의 경험적(empirical) 연구와도 공명한다. 저명한 신경과학자 마르코 야코보니(Marco Iacoboni)는 인간은 거울 뉴런 덕분에 거의 반사작용 같은 내적 모방(시뮬레이션)을 통해 타자의 의도를 쉽게 자동적으로 이해할 수

---

52) 같은 책, 47면. 강조는 원문.
53) 바흐찐은 이렇게 적고 있다. "이런 의미에서 신체는 자족적인 것인 어떤 것이 아니다. 신체는 타자들, 타자의 확인과 타자의 창조적 활동을 필요로 한다." 츠베탕 토도로프, 『바흐찐』, 135면.

있다면서 이렇게 말한 바 있다. "우리(와 원숭이)는 타자를 바라볼 때 상대와 더불어 우리 자신도 알게 된다."54)

이렇듯 상호주체성은 서사 현상의 근본 조건이다. 우리의 체험이 너무 분명하게도 알려주는 것처럼, 서사 현상은 이야기를 하는 사람과 이야기를 듣는 사람이 없다면 불가능하다. 그것은 모든 언어에서 의미가 발생하고 소통되는 원리이다. 마크 존슨이 신체화된 의미론에서 강조하듯이, "신체적 표현, 몸짓, 모방, 상호작용을 통해 우리가 다른 사람들과 함께 있음을 말해 주는 몸 기반적 상호주체성body-based intersubjectivity은 가장 초기부터 우리의 정체성을 구성하는데, 이것이 바로 의미의 출생지인 것이다."55) 그러므로 신체화된 서사의 이론에서, 화자와 청자가 이루는 상호주체적 관계는 서사성을 가능하게 하는 다른 어떤 국면보다도 근본적인 함의를 지닌다. 서사-마음의 결합(narrative-mind nexus) 관계가 시작될 때 서사 현상과 서사적 의미 생성은 시작될 수 있다.

이야기하기를 시작하고 계속하려는 욕망과 의지, 잘 이야기하려는 수사학적 욕망은 물론, 이야기를 듣기 시작하고 계속 들으려는 욕망과 의지는 타인의 존재를 필요로 한다. 타자의 존재란 구체적으로 타자의 입과 귀, 그리고 눈을, 타자의 손짓과 몸짓, 타자의 몸 전체를 가리킨다. 상호주체성은 상호신체성의 다른 말이다. 마리 매클린에 의하면, "서사적 연행은 심지어 일상 생활에서 간단한 사건을 기술하는 경우처럼 가장 최소한의 경우에도 언제나 화자teller와 청자hearer 사이의 상호 작

---

54) 브라이언 보이드, 앞의 책, 207면. 강조는 원문.
55) 마크 존슨, 앞의 책, 98~99면. 강조된 용어의 번역은 '몸 기반적 간주관성'을 수정한 것이며, 강조는 원문.

용을 포함한다."56) 특정한 이야기에서 서사성을 경험한다는 것은 이야기하기와 이야기 듣기라는 상황과 역할 그 자체에 대한 자기 반영적 감각을 의미한다. 그리고 그 말은 대화하는 시공간에서 타자의 몸을 의식한다는 말이다. 그러므로 이야기하는 실제 화자 또는 실제 작가의 몸이 부재하는 서사 현상에서도 언제나 그의 존재는 잠재적으로 의식된다. 이야기 속에서 이야기를 통해서 '함께 있음'을 아는, 상호신체성의 자각이고 대화적 윤리이다.

서사 현상의 외적 조건에서뿐만 아니라, 텍스트세계 내 인물들의 관계에서도 상호신체성의 원리는 작동한다. 그 전에 상호신체성에 관해 예비적 고찰을 진행해 보자. 주체와 타자 사이의 관계로 이해할 때, 몸-마음은 다음과 같이 네 가지 범주를 상정해볼 수 있다: (a) 내가 인식하는 나의 몸-마음, (b) 타인이 인식하는 나의 몸-마음, (c) 내가 인식하는 타인의 몸-마음, (d) 타인이 인식하는 타인의 몸-마음. 주체와 타자의 관점을 기준점으로 삼아 이처럼 상식적으로 추상화·범주화될 수 있으나, 실제의 몸-마음의 인식 현상에서는 주관과 객관의 분리를 의미하는 것은 아니다. 이 점은, 대화주의의 원리와 상호신체성에 근거한 바흐찐과 현상학 및 인지과학의 견해에 기초한다. 즉, 우리의 현상학적인, 살아본 체험(lived experience) 속에서, 몸-마음(a)는 몸-마음(b)와 분리될 수 없으며, 몸-마음(c)는 몸-마음(d)와 분리될 수 없다. 또한 몸-마음(a)는 몸-마음(c)와 분리될 수 없으며, 몸-마음(b)는 몸-마음(d)와 분리될 수 없을 것이다.

후설의 현상학에 의하면, 자아와 마찬가지로 타인 역시 단순한 사물

---

56) 마리 매클린, 앞의 책, 19면.

이 아니며, 그 역시 자신과 마찬가지로 세계에 대해 구성적으로 활동하는 하나의 자아, 즉 '타아(alter ego)'이다. 그러나 이 설명에서 멈추면, 타아의 설정 역시 주관끼리의 상호작용이 설명되지 않은 채 각자의 세계로 존재하며, '유아론(Solipsismus)'에 갇혀 있다. 따라서 단지 많은 타아들이 존재할 뿐만 아니라 그로 인해 '상호주관적 세계'를 경험하는 것으로 나아가면서 객관적 세계의 자명성에서 안일하게 출발하는 철학을 거부할 수 있게 된다. 이후 메를로-퐁티는 '자기이입'을 더욱 신체적인 차원에서 일어나는 공명과 같은 것으로 파악하고, 따라서 처음부터 자기와 타자의 구별을 지니지 않는 '익명적인' 활동으로서 보고자 한다. "예를 들면 유아가 엄마의 웃는 얼굴에 동조하는 것과 같은 '몸가짐의 수태' 등은 바로 그러한 익명의 사건인데, 그것은 이미 〈자기〉이입이라고 부를 수 없는 것이다."57) 바로 이 점이 메를로-퐁티의 현상학이 최근 인지신경과학이 거울 뉴런을 발견하면서 그 상호신체성의 문화적 함의를 제기했던 바를 일찍이 선취했다고 볼 수 있다.58) 혹은, 거울 뉴런의 존재는 상호주관성의 생물학적 기제에 관한 경험적(empirical) 입증에 값한다.

　대니얼 푼데이는 엘리자베스 그로츠의 육체 페미니즘의 논의를 자신이 기획한 몸의 서사학에 이어받아 메를로-퐁티가 이미 강조했던 촉감과 '접촉(touch)'의 중요성을 부각한다. 여기서 접촉이란 인물들 간의 문자적인 의미에서 신체적인 접촉이자 대화적 상호관계를 맺는 비유적 차원의 두 가지 모두를 뜻한다. 그리하여 푼데이는 "서사적 인물은 서

---

57) 다키우라 시즈오(瀧浦静雄), 「상호주관성(相互主觀性), 기다 겐 외, 『현상학사전』. 같은 책에서 다케우치 오사미(竹內修身), 「상호신체성(相互身體性)」 항목도 참고.
58) 오영진, 「거울신경세포와 서정의 원리 - 상호신체성을 중심으로」, 『한국언어문화』 제50집, 한국언어문화학회, 2013, 33~34면 참고.

로가 접촉하고 상호작용할 때 의미를 갖게 된다."59)고 강조한다. 이러한 접촉의 사유는 인물 이론의 서사적 윤리학을 위해 대화주의적 사상과 함께 논의될 수 있다.

2) 인물의 인격성과 독자와의 공감적 대화

철학적 인간학을 수립하기 위한 바흐찐의 원칙 역시 인간존재는 타자와의 관계 밖에서는 고려할 수 없다는 것이다. 즉 우리 자신은 결코 우리들 모습 전체를 볼 수 없으며, 개인이 부분적으로밖에는 실현할 수 없는 자아인식의 완성을 위해서는 타자가 필요하다. "한 인물 전체, 완성된 한 인간에 대해 우리가 지니는 사고(혹은 환영)는 타자의 인식을 통해서만 우리에게 다가올 수 있지 결코 우리들 스스로가 우리 자신에 대해 지닐 수 있는 것은 아니다."60) 바흐찐의 이러한 '대화적 자아(dialogic self)'는 서사-체의 인물들 간의 마음 읽기와 그들에 대한 독자의 마음 읽기에 유효한 개념으로 도입될 수 있다. 대화주의의 심리학은 프로이트 정신분석학처럼 개인 무의식에 중심을 두기보다는 타자들의 존재, 타자들의 마음과의 대화 가능성에 근간을 둔다. "바흐찐이 인간이 내면 깊숙한 곳에서 발견하는 것은 프로이트가 말하는 '이드'가 아니라 다름 아닌 '타인', 즉 다른 동료 인간이다. 그는 다른 동료 인간과의 관계를 그의 심리학 이론을 비롯한 언어 이론과 문학 이론의 출발점으로 삼고 있다는 것이다."61)

---

59) Daniel Punday, op. cit., p. 81.
60) 츠베탕 토도로프, 『바흐찐』, 135면.

이 책은 앞서, 서사와 타자에 대한 이해에 있어 마음이론의 중대한 의미를 지적했지만, 그렇다고 언어나 대화의 중요성이 간과되는 것은 아니다. 타자들에 대한 이해가 상호주관성의 역량들에 의존하는 것이라면, 언어는 또한 이 역량들을 진척시키는 것이며, 그리고 또 훨씬 더 세련된 사회적 맥락 속에서 이것들을 작동하게 하는 것이기 때문이다. 타자의 행위에 대해 이해할 수 없는 경우에 더 많은 정보를 얻기 위한 가장 쉽고 신뢰할 수 있는 방법은 마음이론을 넘어서 언어적 요청을 통한 대화이며, '서사적 역량'이다.

> 중요하게도, 2세경에 발달하기 시작하는, 서사를 이해할 수 있는 능력은 타자들을 이해할 수 있는 더 미세한 방식을 제공한다. 우리 일상생활에 편만해 있는 서사와 서사적 역량의 발달은 더 간명한 대안을 이론이나 모의실험 접근방식에 제공하고, 또 우리가 타자들에 대해 갖고 있는 이해들이나 그릇된 이해들을 더 미세하게 설명할 수 있는 더 나은 방식을 제공한다. [...] 이것이 후토가 그의 서사적 실천 가설narrative practice hypothesis에 의해 제안하는 것이다.[62]

타인에 대한 이해가 서사적 역량에 근거한다는 서사 심리학 연구의 주장은 픽션의 독서와 사회적 능력과의 상관관계를 실험한 심리학 연구로도 입증된다. 한 실험 결과 픽션을 즐겨 읽는 사람이 논픽션을 즐겨 읽는 사람보다 사회적 능력과 공감 능력 검사에서 높은 점수를 받았다. 이 실험에서 사회성이 원래 뛰어난 사람이 자연스럽게 픽션에 끌린 것

---

61) 김욱동, 앞의 책, 63면.
62) 숀 갤러거·단 자하비, 앞의 책, 343면.

은 아니며, 성별, 나이, 지능 지수 등 개인별 특성을 고려한 두 번째 실험에서도 같은 결론이 도출되었다는 것이다.[63]

바흐찐은 '대화주의' 사상가로서, 대화와 상호주체성의 원리는 그의 사상과 문학론 전반을 관류한다. 그의 문학론에서는 모든 참여자, 모든 역할 수행자 들이 사람처럼 대화를 하는 존재들이다. 작가와 주인공이 대화하고, 작품과 독자가 이야기하며, 이야기와 이야기가 대화한다(상호텍스트성). 그들은 서로의 대화 속에서 타인과 자리바꿈함으로써 서로를 변화시킨다(바흐찐의 담론분석). 또한 작가와 주인공은, 그리고 소설 속의 말과 말(공식 언어 대 비공식 언어)은 서로 부딪치고 싸우거나 오케스트라의 음악처럼 한데 어우러진다(다성악적 언어). 카니발적 소설에서는 바보, 악한, 광대의 언어가 넘치고, 길들여지지 않은 웃음과 욕설, 악담, 상소리, 저주까지 난무(亂舞)하는 '거리낌 없는 광장 언어(familiiarno-ploshchadnaia rech')'[64]로 시끌벅적하다. '문학의 카니발화'[65], 그리고 카니발적 소설이란 곧 말들이 벌이는 유쾌한 육체적 축제이다.

한편, 메를로-퐁티에 의하면, 언어는 사고를 전제하는 것이 아니라 사고를 완성한다. "사람들은 책에 써넣을 바를 정확하게 알지 못하면서도 책을 쓰기 시작하는 그토록 많은 작가들이 실례로 보여주듯이, 왜 사고하는 주체가 자신의 사고들을 대자적으로 정식화하지 못하는 한, 심지어 말하거나 쓰거나 하지 못하는 한, 자신의 사고에 대하여 일종의 무지 상태에 있는가를 이해하지 못하고 있다."[66] 더욱이 듣거나 읽는

---

63) 조너선 갓셜, 앞의 책, 93면.
64) 미하일 바흐찐, 『프랑수아 라블레의 작품과 중세 및 르네상스의 민중문화』, 43면.
65) 이장욱, 「고골 미학의 대화주의와 카니발리즘 - 씌어지지 않은 바흐찐의 고골론」, 『러시아어문학 연구논집』 제24집, 한국러시아문학회, 2007 참고.

사람은 사고를 언사(parole)로부터 받아들인다는 것이다. 의미를 파악하기 위해서는, 혹은 의미화는 몸에 기반한 신체화(embodiment)에 의해서 가능하기 때문이다.

메를로-퐁티의 이 같은 관점으로 바흐찐의 소설 이론을 재조명해볼 수 있다. 바흐찐 소설론에서 주인공(hero)은 작가와의 관계에서 자율성을 지닌 존재이다. "작가는 모든 인물들의 언어적 시나리오를 감독하는 통치자도 아니고 마치 작가라는 개인 속에서 수많은 주체가 분리되는 것처럼 작가의 인물들은 작가의 담론의 대상이 아니라 그 스스로의 담론의 완전히 자치적인 주체로서 소설의 구성에 참여한다."67) 바흐찐의 주인공 이론이 과장이라는 비판이 있지만, 그럼에도 비유의 확대 적용 과정에 생긴 단순한 과장이나 오류라고 보아서는 안 된다. 작가가 소설을 끝까지 쓸 때까지, 즉 몸에 기반한 언사를 통해 작품을 만들어내기 전까지는 주인공의 말과 행동을 완전하게 알기 어렵다는 점을 생각해보면 바흐찐의 주인공 자율성은 과도한 주장으로 이해되는 것은 아니기 때문이다. 가령, 톨스토이가 『안나 카레니나』의 인물이 한 행동을 뒤늦게 깨닫고 놀라 그 스토리가 어떻게 진행되는지 알기 위해서 점점 더 빠른 속도로 써내려갔다고 한다. 이 예화에서 작가는 서사담화를 먼저 완성하지 않고서는 결코 스토리를 알 수조차 없었던 것이다.68)

바흐찐에 의하면 인물과 서사담화의 국면은 긴밀하게 상호 연관된다. 즉, 소설의 주인공은 소설에 나름의 스타일을 도입한다. 가령, 악한은 침착하고 쾌활하며 영리한 꾀를, 광대는 풍자적인 조롱을, 바보는 순진

---

66) 모리스 메를로-퐁티, 『지각의 현상학』, 277면.
67) 최현무, 「미하일 바흐찐과 후기 구조주의」, 츠베탕 토도로프, 『바흐찐』, 271면.
68) H. 포터 애벗, 앞의 책, 51면.

한 몰이해를 각각 지니고 있다. 답답하고 우울한 기만은 악당의 명랑한 속임수로, 탐욕적인 허위와 위선은 바보의 이기적이지 않은 단순성과 건강한 몰이해로, 인습적인 거짓은 광대의 풍자적 폭로로 대항하는 것이다.69) 다시 말해, 소설의 주인공은 자신의 고유한 형상화에 따라 특정한 문학적 스타일을 형성한다고 할 수 있다.

"인간이란 본질적으로 형성되는 존재라는 사실"70)을 강조했던 바흐찐의 인간학은 서사적 인물에도 관철된다. 그는 소설에서 전적으로 긍정적이거나 전적으로 부정적인 주인공을 등장시키는 것보다 인물의 '성격과 행위와 사건의 수사학적 통일성'을 파괴하는 것 또는 규범적 인물형을 부정(否定)하는 것을 높이 평가했다. 또한 피카레스크 소설의 주인공을 예시로 하여, 소설의 역사 시학적 측면에서도 다룬다. "인간은 자기 자신과 일치하는 법이 전혀 없다. 인간에게 'A는 A이다'라는 등식이 적용될 수 없다. 도스또예프스끼의 예술적 사상에 따를 때 개성의 참된 생명이란 인간은 자기 자신과 일치하지 않는다는 점에서 나오고 있다."71) 그런 이유에서, 바흐찐은 주인공의 성격(character)이란 용어보다는 '인격(personalities)'이라는 용어를 선호한다.

> 독백적 작가는 주인공을 '성격characters'으로 재현한다. 하지만 도스토옙스키는 주인공을 진정한 '인격personalities'으로 재현한다. 바흐친의 용법에 따르면, 성격이란 일련의 심리적·사회적 특징들을 가리킨다. 한 성격의 심리가 아무리 엄청나게 복잡하다 해도, 그것은 본성상 '객체화'되고 종결된 어떤 것이다. 이와 반대로 '인격'은 실제 사람들이 그러하듯이 그/그녀의 기본적 정

---

69) 미하일 바흐찐, 「소설 속의 시간과 크로노토프의 형식」, 『장편소설과 민중언어』, 355면.
70) 미하일 바흐찐, 「소설 속의 담론」, 『장편소설과 민중언어』, 238면.
71) 미하일 바흐찐, 『도스또예프스끼 창작론』, 74면.

체성을 변경시킬 능력이 있는 진정한 다른 사람이다. 주인공을 인격으로 재현한다는 것은 그를 참으로 종결 불가능하게 묘사한다는 것이다. "인격은 객관화된 인지에 종속되지 않으며(즉 저항하며), 오로지 자유롭고 대화적인 것으로(**나**를 위한 **너**로서)만 나타난다"(TRDB, 298쪽). 아무리 복잡하게 표현된다 해도, 성격이란 전적으로 '주어진' 것이고, 인격이란 늘 '창조되고' 있는 것이다.72)

바흐찐이 높게 평가한 인물은, E. M. 포스터의 용어로 말하자면 '평면적 인물'이 아니라 '입체적 인물'에 가깝다. 다양한 수준의 깊이와 복잡성을 지니고 있어서 결코 한 문장으로 요약될 수 없는 인간형인 것이다.73) 바흐찐이 소설 속의 인물을 이해하고 평가하는 척도는 살아있는 실제 인간에 대한 이해와 결코 분리되어 있지 않았다. 나아가, 그는 오직 인간의 삶만이, 혹은 적어도 인간의 삶과 직접적으로 관련된 것만이 예술적 긴장을 불러일으킬 수 있다고 했다. "인간적 요인은 아무리 미미하더라도 어떤 실질적 측면을 통해 드러나야 하며, 다시 말하면 그것은 일정한 정도의 생생한 현실성을 지녀야만 한다."74) 이러한 바흐찐의 인물론은 오늘날 인지신경과학의 자아론이나 서사적 자아의 관점과 상통한다.

인물의 종결 불가능한 인격성 개념은 실제의 독서 체험에서 인물이 어떻게 구성되는지와 관련된 인지 서사학 논의와 함께 살펴 볼 수 있다. 마골린이 제안한 인물 변화의 이론 즉 인물들이 서사의 진행에 따라 다양한 방식으로 변화하는 방법을 따라, 파머는 인물 변화가 서사에

---

72) 게리 솔 모슨·캐릴 에머슨, 앞의 책, 456면. 강조는 원문.
73) H. 포터 애벗, 앞의 책, 254~255면.
74) 미하일 바흐찐, 「소설 속의 시간과 크로노토프의 형식」, 287면.

서 핵심적으로 중요한 국면이라고 강조한다. "인물화는 연속적인 과정이다."75) 독자는 허구적 인물을 창조하면서 인물의 정형화(patterning)와 재정형화 작업을 계속해서 진행한다. 시간에 따라 진행되는 이 과정은 인물에 대한 감정적 평가나 기대감과 더불어 이루어지며, 인물 행동에 대한 해석과 예측이 수반된다. 여기서 인물의 (재)정형화 작업은 범주화라는 인지 과정을 거친다고 할 수 있다. 모든 생물은 생존을 위해 범주화하도록 진화되어 왔으며, 범주화는 의식적인 사유작용의 산물이 아니라, 대부분 신체화된 체험 속에서 생성된다.76)

서사적 인물의 자율성을 강조하는 미학적·윤리적 관점은 단지 당위론적 선언이 아니라 서사 현상의 실제적 측면에서도 이해되어야 한다. 텍스트세계 내의 인물을 인격적이며 늘 변화하는 존재로서 파악하는 관점은, 인물을 마음속에서 구성하는 독자의 인지적, 심리적 다양성과 체험을 통해서 더욱 강화될 수 있다. 피에르 바야르에 의하면, "문학 텍스트가 독자로부터 독립적일 수 없다는 점은 특히 등장인물의 영역에서 두드러진다."77) 또한 "등장인물이란 존재가 텍스트와 그 텍스트를 읽는 이의 주관성 사이에서 자율적 삶을 살려는 성향을 가진 존재임은 부인

---

75) Alan Palmer, op. cit., p. 40.
76) 신체화된 인지 접근의 다음과 같은 설명은 인물의 유형 및 범주화에 관한 이론을 위해서도 적용 가능할 것이다. "인간이 가지고 있는 범주들은 전형적으로 이른바 원형(prototypes)에 의해 한 가지 이상의 방식으로 개념화된다. 각각의 원형은 우리에게 한 범주에 관해 어떤 종류의 추론적이거나 상상적인 과제를 수행하도록 해 주는 신경 구조이다. 전형적인 경우의 원형은 어떤 특별한 문맥적 정보가 없는 경우에 범주 구성원들에 관해 추론할 때 사용된다. 이상적인 경우의 원형은 우리에게 어떤 개념적 기준에 관해 범주 구성원들을 평가하도록 해 준다. (둘 사이의 차이를 알려면, 이상적 남편과 전형적 남편의 원형들을 비교해 보라.) 사회적 스테레오 타입은 흔히 사람들에 관한 즉각적인 판단을 하는 데 사용된다." 마크 존슨·조지 레이코프, 『몸의 철학』, 50면. 강조는 원문.
77) 피에르 바야르, 『누가 로저 애크로이드를 죽였는가?』, 184-185면.

하기 어려울 것 같다."78) 이 견해는 바야르가 제안한 중간 세계의 개념과 관련된다. '중간 세계'는 문학 텍스트와 독자가 만나 이루어지는, 텍스트보다 더 개인적이고 유동적인 세계이다. 인지 서사학의 이론으로는, 서사와 독자의 마음의 결합에서 독자의 체험성이 강조되는 심적인 세계 모델과 유사하다.

　지금까지 살펴본 것처럼, 독자는 기본적으로 서사의 인물을 인격적 존재로서 그들의 마음 읽기를 행하면서, 문학적 공감은 이루어질 수 있다. 특히 인지과학과 인지 서사학은 인간 마음에 대한 진전된 과학적 연구 성과와 학제적 대화를 통해서, 서사가 독자의 마음과 인물의 (그리고 작가의) 마음 간의 상호주관적 활동의 대화 속에 탄생하는 것임을 알게 한다. 마음의 과학을 통한 작중인물 연구는 문학과 서사 연구의 경계를 넘어서 허구적인 캐릭터가 존재하는 문화 텍스트 및 일상 생활에까지 확장될 수 있다는 점에서 더 큰 관심과 후속 연구를 필요로 한다.

 3　질병-치유 서사의 신체화된 인물 분석

1) 사회적 인지의 신체화와 생명적 정동 음조

　질병-치유 서사의 인물이 여타 서사 주제학적 유형의 인물들과 비교

---

78) 같은 책, 185면.

할 때 가장 분명한 차이점은, 물론 인물들의 심신이 병중에 있거나 약해져 있는 상태라는 것이다. 그리고 대체로 그러한 몸의 부정적인 상태 탓에 인물의 신체상(body image)은 건강한 상황일 때와 다르게 모종의 변화를 겪는다. 병중의 신체상은 엘리자베스 그로츠가 몸과 마음의 관계를 '뫼비우스의 띠' 은유로 보았듯이 양자의 긴밀한 상호 교류를 다른 어떤 때보다도 선명하게 드러낸다. 인지신경과학의 용어로 말하자면, 신체의 '은폐성'이 벗겨지면서 몸에 대한 자의식이 증대하는 순간이라고 할 수 있다.

> 유기체적 질병은 몸 이미지를 변형시키는 감각을 유발한다. 유기체나 영향을 받은 신체 부위는 따라서 예민해진 감각의 증가나 변화 모두를 통해 자신을 강화시키며, 다시 이들 감각은 몸 이미지 차원에서 경험되고 등록된다. 그다음 차례로 몸 이미지는 주체의 심리적 상태와 일반적 태도에 영향을 끼친다.[79]

> 질병과 병을 앓은 결과로 몸이나 장기에 초래되는 변화는 직접적이지는 않더라도 몸 이미지의 변화에 반영된다. 예를 들어 암에 걸린 주체가 스스로 의식하지 못한다 하더라도, 기력과 몸의 피로 상태로 인한 일련의 변화가 그에게 뒤따른다. 몸에 있어서 생리적·심리적 변화 각각은 몸 이미지 변화에 부수적 영향을 미친다.[80]

그로츠는 프로이트를 인용하며, 병을 앓게 되면 외부세계와 사랑의

---

79) 엘리자베스 그로츠, 앞의 책, 178면.
80) 같은 책, 187면.

대상으로 향하던 리비도가 철회하여 주체의 자기 몸으로 이전된다고 기술한 것을 지적한다. 달리 말해, 신체상의 특정한 부위를 질병이 삼켜버리는 것으로 묘사된다.81) 변화된 신체상 혹은 변화된 리비도적 투자는 육체적 변화에도 영향을 미치기도 하여, 순환의 고리를 만들어낸다. 그렇다면 질병-치유 서사의 인물에게 이 설명이 어떻게 적용될 수 있을까? 먼저, 병중의 인물은 몸-마음과 신체상의 변화를 겪고, 자기 신체와 내면을 향해 민감한 시선을 갖게 될 것이다. 또한 질병 체험에서 신체상이 몸과 마음의 악순환의 고리를 만들어내기도 하겠으나, 이와 다르게 질병이 기대했던 치유와 회복으로 이어지면서 몸-마음의 새로운 변화 국면을 맞이할 수도 있다. 동양 의학 내지 심신 의학의 통찰에서처럼, 인간은 순수하게 몸-마음의 상태 이외에도 여러 다른 자연적 환경과 사회적, 문화적 맥락 안에서 몸-마음의 건강과 질병의 리듬 속에서 살아간다. 그러므로 여러 변수와 함께 질병-치유 서사의 인물의 몸-마음이 보이는 변화를 추적해 나가야 한다.

특히, 이 연구서는 인물의 몸-마음을 읽기 위한 방법으로 신체화된 상호주체성 및 마음이론과 연계된 서사학 논의들에 주목하고자 한다. 그러므로 병중에 있는 주인공의 신체상의 변화 국면뿐만 아니라 이 인물을 둘러싼 여러 타자들과의 대화적 상황에 관심을 기울인다. 사회적 인지의 이론, 바흐찐의 대화주의, 그리고 심신 의학과 정신분석학에서 모두 공통적으로 발견되는 것은 타자와의 상호주체적 대화적 관계의 중요성이기 때문이다. 건강의 회복 혹은 건강의 생성은 의료진과 같은 전문가는 물론, 모든 다른 타자들과의 관계 속에서, 나아가 더 넓은 사회

---

81) 같은 책, 174면.

적 관계망의 건강 안에서 가능하다는 통찰이다.

● 생명적 정동 음조와 표정 읽기의 심리적 귀인: 이청준 「퇴원」

다음은 이청준의 「퇴원」에서 병원의 유일한 간호사 미스 윤이 등장하는 장면이다. 주인공은 초점자로서, 서술자로서 다른 인물인 미스 윤을 형상화한다. 더욱이 아래 인용문의 경우, 이 서술자는 시각보다는 주로 자신의 독특한 태도와 감각 체험이 반영되어 있는 청각적 초점화로 미스 윤을 형상화한다. 따라서 이 대목은 초점자에 의한 다른 인물의 신체화된 지각을 보여주며, 혹은 인물과 인물 사이에서 일어나는 '접촉'을 예비하는 장면이다.

> 복도에서 미스 윤의 날렵한 발소리가 다가왔다. 미스 윤은 이 병원에 있는 단 한 사람의 간호원이다. 그녀를 처음 보았을 때 나는 그녀의 흰 귀에 반해 버렸을 만큼 미스 윤은 사랑스러운 귀를 가지고 있었다. 그리고 그녀의 발걸음 소리는 이 병원에서 나의 유일한 위안거리였다. 미스 윤은 그렇게 시원스런 발소리를 내며 걸었다. 나는 언제 그렇게 시원스럽게 걸어 본 적이 있었던가 싶을 지경이었다. 물론 나는 스스로의 발자국 소리를 의식해 본 적이 없지만, 가만히 귀를 기울이고 있으면 그녀의 발걸음 소리에는 분명 어떤 율동감 같은 것이 느껴지곤 하는 것이다. 그리고 그 율동감은 처음에는 바이올린의 고음처럼 아주 가늘게 떨고 있는 듯하다가, 걸음걸이에 조금씩 폭을 얻어 가면서 나중에는 나의 내부를 온통 차지해 버리기 때문에, 나는 한참씩 그 율동감 속에 의식이 마비되어 버리는 수가 많았다. (11~12면)

주인공과 미스 윤의 '접촉'은 우선 비유적인 것인데, 이 장면에서 두 사람이 시선과 응시를 교환하고 있지 않고 있음에도 불구하고 이 접촉은 그저 단지 비유만은 아니다. 『피부 자아』를 쓴 정신분석학자 디디에 앙지외처럼 시지각이 아니라 피부와 촉감을 우선시하는 관점에서 보자면[82], 미스 윤의 발걸음 소리를 주인공이 귀의 청각기관으로 '접촉'하고 있기 때문이다. 위 인용문은 주인공이 미스 윤의 외양을 시각적으로 묘사하기보다는 주로 발걸음 소리를 청각적으로 지각한 것들을 중심으로 이루어진다. 또한 주인공의 귀는 또한 에로스로 열린 귀(청각)이다. 그녀의 발걸음 소리에 대한 주인공의 태도가, 성애적인 동시에 생명력(삶의 본능)이라는 에로스의 이중적 뜻에서 그러하다.

주인공이 미스 윤의 발걸음 소리를 듣는 행위는 그 자체로서 타인의 신체적 이동을 지각하는 것이다. 미스 윤의 발걸음 소리가 다가오는 소리로부터 그녀가 다가오는 것을 과거의 많은 체험에 의해 기대할 수 있게 한다. 친밀함의 가까움은 신체적 거리의 가까움으로, 즉 "친밀함은 가까움이다"라는 신체적 체험에 바탕을 둔 개념적 은유로 파악되고 표현된다. 미스 윤의 발걸음 소리는, 라깡 정신분석학적으로는 주인공의 부분 충동에 대응하는 부분 대상[83]으로 기술될 수 있다. 그러나, 그 이전에 우선 여기서 강조하는 맥락으로는, 발걸음 소리는 미스 윤이 다가

---

82) "몸 표면은 유기체의 내부와 외부 모두로부터 정보와 자극을 수용한다는 측면에서 특히 중요한 위치를 점한다. […] 어떤 경우든지 간에 몸 표면에 위치한 피부와 다양한 감각은 감각자극의 원천을 이루는 가장 원초적이며 핵심적이고 구성적인 요소다." 같은 책, 105면.

83) "라깡이 제시하는 바에 따르면 네 가지 성감대가 있으며, 이에 대응하는 서로 구별되는 네 가지 충동들이 있다. '입(입술)-구순충동' '항문-항문충동' '눈-시각적 충동' '귀-청각적 충동'이 그것이다. 그리고 이러한 충동들에 대응하는 대상이 바로 '대상 a'라 불리는 것으로, 역시 각각의 충동들에 따라 넷으로 나뉘는데, 젖가슴, 배설물, 시선, 목소리가 그것이다. 이 대상 a는 통일적인 유기체를 구성하는 신체부위들이 아니라, 부분 충동에 대응하는 파편적 조각이므로 '부분 대상'이라 불린다." 서동욱, 「라깡과 들뢰즈」, 김상환·홍준기 편, 『라깡의 재탄생』, 창작과비평사, 2002, 418~419면.

오고 있음을 독자는 환유적 지시 과정을 통해 인지하는 것이다.84) 환유적 개념을 통한 인지 과정으로 독자는 주인공이 미스 윤이 오는 것을 열렬히 환호하고 있음을 안다. 그러한 환유적 개념의 토대 역시 물리적·인과적 연상(associations)을 포함하며85) 그것은 물론 우리의 신체지각적 체험에 의존한다. 하여, 발걸음 소리는 그녀와의 친밀한 만남과 대화의 순간을 예기한다고, 독자는 해석할 수 있게 된다.

주인공이 미스 윤의 발걸음 소리를 묘사하는 방식은 음악과 무용에 근거한 비유를 통해서다. 주인공은 음역과 율동의 변화에 빗대서 발걸음 소리가 지닌 특유의 '감각질(qualia)'을 인지하고 묘사한다. 그러한 비유적 묘사에 의해, 보이지 않는 미스 윤은 주인공의 상상 속에서 연주하고 춤추며 다가오며, 주인공이 느끼는 감각적 도취와 황홀이 전달된다. 신체의 어느 감각기관을 통한 지각인지, 그리고 그 지각의 내용이 무엇인지 단순화된 언어로 진술하는 것은 서사의 신체성이 지닌, 그리고 우리가 경험하는 세계의 풍부한 결과 무늬와 뉘앙스를 제한시키는 것이 된다. 하지만 신체적 느낌(feeling)은 기술하고 분석하기가 매우 어렵다.

이런 문제점을 해결하기 위해 서사학에서 인물이 체감하거나 서사담화로 표현된 느낌의 패턴을 기술하기 위해서, 다니엘 스턴의 '생명적 정동 음조(vitality-affect contour)' 개념을 도입하고자 한다. 예컨대 어머니가 아기를 부드럽게 쓰다듬으며 "자장~ 자장~"이라고 했을 때, 어머니가 말하는 것과 행동하는 것에는 같은 느낌의 패턴이 있다. 이 같은 패턴이 스턴이

---

84) 인지 수사학에서는 전통 수사학의 제유(synecdoche)를 환유의 특수한 경우로 포함시키며, 부분으로 전체를 대신 지시하는 용법으로 본다. 조지 레이코프·마크 존슨, 노양진·나익주 역, 『삶으로서의 은유』(수정판), 박이정, 2006, 76~77면.
85) 같은 책, 84면.

말하는 생명적 정동이다. 생명적 정동은 공포·화·놀람·기쁨 등의 고전적인 정서가 아니라 느낌의 패턴, 경험의 흐름과 발달 패턴이다. 그래서 '파도치는(surging)' '사라지는(fading away)' '덧없는(fleeting)' '폭발적(explosive)' '점점 더 강하게(crescendo)' '점점 여린(decrescendo)' '폭발하는(bursting)' '끌어당긴(drawn out)' 등의 동적·운동적 용어로, 또는 음악이나 무용 이론에서 사용하는 표현들로 더 잘 포착된다.86) 생명적 정동은 인간에게는 언어가 아닌, 혹은 언어 이전의 신체적 느낌의 풍부한 의미 영역이 존재한다는 것을 알려준다. 그리고 그것은 음악이나 무용, 연행 예술이 아닌 소설과 같은 서사 문학에서도 신체화, 그리고 인간이 세계와 몸으로 접촉하는 질적 국면(qualitative dimension)을 풍부하게 독해할 비평 도구로 활용될 수 있다. 산문 텍스트의 읽기에서 운율과 신체화된 리듬을 강조하다 보면 사실상 유사-음악적 효과(quasi-musical effects)를 발견하게 된다.87) 그 이유는 음악성이 본래 몸에서 기원하기 때문에, 혹은 문학보다

---

86) 마크 존슨, 앞의 책, 86~89면. '생명적 정동 음조'는 동적이며 음악적인 함의를 강조하기 위해 '생명적 정서 형세'라는 번역서의 용어를 '정동'이란 철학적 함의를 수용하는 역어를 중심으로 약간 수정한 것이다.
　　철학 개념으로서 정동(affects)에 대해서는 다음 설명을 참고. "스피노자에 따르면, 외부 사물(외부의 몸)이 인간의 몸에 일으키는 변화로 인하여 몸의 능동적 행동능력이 증가·감소하거나, 촉진·저지될 때 그러한 몸의 변화를 몸의 변화에 대한 '생각'(idea)과 함께 지칭하는 것이 정동이다(스피노자, 『윤리학』 III부 정리3). 따라서 정동은 신체의 일정한 상태를 사유의 일정한 양태와 함께 표현하며, 삶의 활력의 현재 상태를 보여준다. 정동적 노동은 편안한 느낌, 웰빙, 만족, 흥분 또는 열정과 같은 정서들, 감정들을 생산하거나 처리하는 노동이다. 정동은 라틴어 affectus, 영어와 불어의 affect에 상응하는 말이다. 네그리·하트와 들뢰즈·가타리의 저작에서 주요하게 사용되어온 이 용어는 '변양'(變樣)(『천 개의 고원』), '정서'(情緒)(『제국』), '감화'(感化)(『시네마』 1권), '정감'(情感)(『영화』 1권), '감응'(感應)(『질 들뢰즈』) 등 여러 용어로 번역되어 왔다." 조정환, 『인지자본주의』, 갈무리, 2011, 556~557면.
87) Marco Caracciolo, "Tell-Tale Rhythms: Embodiment and Narrative Discourse", p. 49.

더욱 신체화된 장르로 이해되기 때문일 것이다. "음악은 몸의 감각의 리듬이 특화된 것, 그 리듬이 상당 부분 사상되고 남은 것이다. 음악의 뿌리에 몸이 있다. 모든 리듬에 대한 감각과 그 예술적 표현의 뿌리에 몸이 있다."[88]

주네뜨가 지적했듯, 초점화는 시점(視點) 개념처럼 순전히 시지각적인 차원만을 갖는 것은 아니다. 하지만 분명 초점화는 광학-사진 기술적 의미에서 자유로울 수가 없고, 인지적·정서적·이데올로기적 측면까지 확대될 필요가 있다.[89] 서사 텍스트는 서술자와 인물의 시각은 물론, 청각과 촉감, 후각 등을 포함한 다양한 신체적 감각 경험을 제한된 언어적·매체적 수단을 통해서나마 독자와 수용자에게 전달한다. 그러므로 신체화된 인지의 이론에서 볼 때는, 시각 중심의 초점화 개념이나 서사 텍스트 분석은 여전히 신체에 기반한 의미들의 다양성과 풍부함을 온전히 길어 올리기엔 미흡하다. 실제의 서사 텍스트는 인물의 신체적 감각을 기존의 서사학 용어가 파악하는 시지각 차원을 초과하는 신체화된 이미지와 의미까지 전달하기 때문이다. "이해하는 것은 보는 것이다 (Understanding is seeing)"라는 신체적 의미에서 발생한 개념적 은

---

88) 이 인용문 다음도 계속 참고해 보자. "아리스토텔레스의 경우, 그가 주목하는 시예술의 리듬·운율·가락도 그 근원을 끝까지 추적하면 몸의 리듬으로 거슬러 올라갈 수 있으며, 몸의 리듬의 감각이 언어의 영역으로 분화된 형태에 지나지 않는다. "리듬은 몸의 움직임으로 전이된다. 모든 춤에는 마술적·종교적 의미 가 있다. 춤은 신들을 제압한다고 한다. 발을 구르는 몸짓은 신들을 불러낸다. 그 효용이 리듬을 시에 끌어들였다는 것이다." 이러한 니체의 말은 다시 한 번 디오니소스 숭배 의식을 이끌었던 미메시스의 의미를 환기시켜주고 있으며, 언어의 기원에 음악이 있다는, 니체 자신도 반복해서 표명한 적이 있는 견해를 다시 들려주고 있다. 언어 이전에 음악이 있으며, 음악 이전에 몸이 있다." 박준상, 『떨림과 열림: 몸·음악·언어에 대한 시론』, 자음과모음, 2015, 37~38면.
89) S. 리몬 케넌, 앞의 책, 129~130면.
   인지 서사학자 플루더닉은, 초점화는 이론가들 사이의 불일치 때문에 계속적인 재정의와 수정이 필요하며, 전통적인 배치에서의 개념은 버리는 편이 낫다고 보기도 한다. Alan Palmer, op. cit., p. 48.

유90)가 철학을 포함한 학문의 추상적 이론에 이르기까지 광범위하고 강력하게 작동하기 때문이다. '백문불여일견(百聞不如一見)'에 함축된 것처럼 인식에 사용되는 감각으로 시각이 압도적으로 그 중요성을 인정받아 왔기 때문이다. 다른 한편으로는, 구조주의 서사학의 의미론이 신체화된 의미의 풍부함을 포착하기 어렵기 때문이다. 시지각 이외의 다양한 신체 지각과 감각을 분석할 수 있을 때 서사 텍스트의 신체성은, 그리고 서사 전체의 해석은 더욱 풍부하고 섬세해질 수 있다.

「퇴원」의 다음 문단은, 미스 윤이 주인공에게 다가오기 전까지의 짧은 시간 동안 주로 주인공의 회상조의 체험을 중심으로 한 내면 의식을 진술한 부분이다. 여기서는 주로 시각적 초점화가 우세한 서술을 분석해볼 수 있다.

나는 그녀의 발소리가 더 가까워 오기 전에 몸을 눕히고 담요를 뒤집어썼다. 어쩐지 요즘은 그녀를 대하기가 여간 면구스럽지 않았다. 아침에 받아 내놨으니까 또 오줌병을 내밀어야 하지는 않겠지만, 체온계를 재갈처럼 입에 물고 멀뚱멀뚱 앉아 있기도 민망스럽기는 매한가지다. 그녀는 곧잘 왜 나를 그렇게 쳐다보는지 모르겠다. 나의 비밀을 눈치채고 있는 것은 아닐까? 입꼬리를 살짝 끌어올리면서 웃을 때, 그녀는 꼭 그런 것 같았다. 그리고 그 웃음은 영락없이 나를 비웃는 것이었다. 네까짓 게 무얼…… 그때마다 나는 이런 식으로 마음을 도사리지만, 입 표정과는 정반대로 조심스럽게 나를 지켜보는 그녀의 눈동자만은 어떻게 해볼 재간이 없었다. 속까지 환히 들여다보는 듯한, 은근한 핀잔을 담은 그런 눈초리였다. 그 눈과 마주치면, 나는 그녀의 입에서 금

---

90) "이 은유에서 근원영역(시각)의 요소들은 목표영역(지적 이해)으로 사상된다." 마크 존슨, 앞의 책, 258면. 이 은유에서와 같은 방식으로 다른 여러 추상적 개념도 신체화 양상으로 이해 가능하다.

방 나의 비밀이 튀어나올 것 같은 조마조마한 기분이 되어 버리곤 하는 것이다. (12면)

주인공이 떠올리는 것은 미스 윤과의 대면 당시 상황이다. 주인공의 회상 속에서 두 사람은 어떤 말도 전혀 주고받고 있지 않다. 그런데 주인공은 미스 윤의 마음을 추측하거나 자신의 그 추측 때문에 또 다른 정서적인 반응을 보이고 있다. 이런 일은 일상에서도 수없이 자주 일어나는 것이다. 그런데 그러한 일이 어떻게 가능한가? 그리고 그 일을 독자는 어떻게 이해할 수 있을까? 찰나와 같은 짧은 시간 동안이지만, 그리고 발화되지 않은 커뮤니케이션이기에 다소 애매모호하고 불분명하지만 두 사람의 관계에는 의미가 부여된다. 타인의 마음을 읽는 행위는 인지적 무의식의 차원에서 순식간에 이루어지는 것이지만, 마음이론은 사회적 관계의 초석을 이룬다. 또한 이 인용문에서 확인할 수 있듯이, 탈신체화된 정신 차원으로 이해되기 쉬운 인물의 내면 의식에서마저도 그것은 신체화된 감정 표현에 뿌리를 내리고 있다.

비트겐슈타인은 이렇게 말했다. "'우리는 **감정**을 안다.' …… 우리는 얼굴 근육이 변하는 것을 보고 그 사람의 기분이 좋다, 나쁘다, 따분하다고 **추론**하는 게 아니라, 표정을 보면 즉각 슬프다, 행복하다, 지루하다는 것을 안다. 심지어 그 표정을 딱히 형용하지 못하는 경우에도 그냥 알 수 있다." 우리가 **의식적인** 추론을 할 필요가 없다는 그의 말은 옳다. 하지만 실은 우리의 진화된 유형 맞춤 신경 처리 과정이 우리를 대신해 추론해준다. […] 예컨대 독자로서의 반응을 시험해보면 우리는 실제로 읽은 것과 추론에 불과한 것을 구분하기 어렵다는 것을 안다.91)

「퇴원」의 위 인용문에서, 주인공은 특히 미스 윤의 얼굴 표정에 주목한다. 미스 윤이 그를 쳐다보는 행위는 그에 대한 어떤 특정한 평가와 정서적 표현으로 읽는다. "입꼬리를 살짝 끌어올리면서 웃을 때"의 표정은 미스 윤이 그의 특정한 속마음을 읽은 것이며, 다시 이 웃는 표정에 대해 비웃음이라고 나름의 해석을 내리는 것은 미스 윤의 마음 읽기에 대한 주인공의 마음 읽기가 된다. 비언어적으로 타인의 마음을 읽어내는 "눈치" 채기가 이 인용문에서 두 사람이 처한 핵심 정황이다. '눈에 나타나는 특유의 표정'을 나타내는 "눈초리"는 입꼬리와 함께 비언어 얼굴 표정이지만 언어 못지않게 다양한 방식으로 나름의 신체화된 의미를 전달할 수 있다. 신체화된 마음의 이론에서 강조하듯이 의미 (meaning)는 언제나 언어(단어) 이상이며 개념보다 심오한 것이기 때문이다.

　여기서는 주인공이 일종의 부정 가치어인 '눈초리'라는 단어를 사용해서 그를 바라보는 그녀의 시선이 부정적이지 않을까 노심초사하고 있다.92) 물론 정신분석학적 용어로 말해서 (대)타자의 시선에 포획된 불안한 인물들은 이청준 소설에서 부지기수이고,93) 「퇴원」 역시 아버지와의 관계에서, 특히 아버지와의 관계에서는 더욱 그러하다. 이청준 인물들 특유의 내향적, 반성적 기질을 주인공에게서도 찾아볼 수 있으나94), 물론 이 장면에서만큼은 응시와 시선이 강조되는 이유는 주인공

91) 브라이언 보이드, 앞의 책, 196~197면. 강조는 원문.
92) 이청준 초기 소설에서 '눈(目)'과 시선의 문제는 상당히 중요한 모티프이다. 관련 연구로 김승만, 「이청준 소설에 나타난 여성의 눈에 관한 연구」, 『현대문학이론연구』 34권, 현대문학이론학회, 2008; 김지혜, 「이청준 소설에 나타난 징후적 '배앓이'와 타자의 시선 연구」, 『한국문학이론과 비평』 제48집, 한국문학이론과 비평학회, 2010 등을 참고.
93) 우찬제, 『텍스트의 수사학』의 1부 2장 및 우찬제, 『불안의 수사학』의 Ⅱ부 4장의 이청준 소설 분석을 참고.
94) 독자들은 스토리세계의 허구적 인물을 구성하기 위해, 장르나 상호텍스트성을 비롯한 실제 세계의 다양한 지식과 문화적 체험들을 활용할 수 있다. Alan Palmer, op. cit.,

과 미스 윤의 관계가 적대적이어서가 아니다.[95] 그보다는 오히려 우호적인 돌봄과 애정의 관계 속에서 주인공이 미스 윤이라는 타인의 마음을 헤아리고 얻기 위한 분주하게 마음의 활동을 벌인 것에서 그 불안의 의미를 파악할 수 있다. 물론 이러한 해석 역시 인물의 내면과 인물과 인물 사이의 심적 관계에 대한 독자의 마음 읽기 활동에서 이루어진 결과물이다. 독자는 미스 윤이 주인공에 대해 생각하는 것을 주인공이 생각하는 것을 생각하며[96], 이러한 과정을 거쳐 작가나 텍스트의 전체적인 의도나 주제적 의미를 생각한다.

미스 윤을 향한 주인공의 애정적 태도, 그리고 미스 윤의 마음을 정확하게 간파해낼 수 없다는 주인공의 생각은 두 사람의 상호 응시 또는 상호적인 마음 읽기 상황에서 인지적 비대칭을 야기하고, 그 결과 주인공에게 모종의 불안을 심어준다. 하향식 대인지각 방법[97]으로 인물을 이해해보려 할 때, 두 인물이 병원의 크로노토프에서 간호사와 환자라는 역할 관계를 맺고 있다는 점 역시 고려될 사항이다. 심신의 건강이나 신체적 활동력의 격차는 물론이거니와, 의료진은 주로 관찰자이자 더 많은 정보를 가진 자가 되고, 환자는 주로 관찰 대상으로서 정보의

---

pp. 41~43 참고.

95) 상호 응시는 사람들 사이의 본원적인 '나-너 관계(I-Thou relation)의 형태로, 상호주관성의 원형적인 형태를 이룬다. 마크 존슨, 앞의 책, 78면.

96) 미케 발(Mieke Bal)은, "생쥐들이 요가 자세를 하고 있는 한 고양이를 보고 웃고 있는 모습이 새겨진, 인도의 커다란 조각품에 대해 묘사한다. 그녀는 그 서사가 오직 생쥐들을 통해 초점화될 때에 이해될 수 있고, 관찰자들은 생쥐들이 고양이가 자기들을 쫓지 않을 거라고 알기에 웃고 있다는 사실을 이해한다고 설명한다." 발의 예화는 허구적 마음에 관해서도 재고할 만하다고 파머는 언급한다. Alan Palmer, op. cit., pp. 51~52.

97) "상향식 대인지각이 개개인의 세부적 자질을 확인함으로써 개별화를 촉진한다면, 하향식 대인지각은 현저한 개념이나 지식에 근거하여 성별, 인종, 연령 등을 결정함으로써 범주화를 촉진한다." 황국명, 「여행서사의 인지서사학적 접근(1)」, 347면.

권력관계는 전혀 균등하지 않기 때문이다. 게다가 간호사 미스 윤은 돌봄 노동자로서, 유난히 섬세하고 민감한 마음 읽기 또는 공감 능력을 지닌 사람으로 나온다.[98] 또한 인지신경과학적 설명을 추가하자면, 미스 윤과 주인공의 또 다른 차이의 원인은 어느 정도는 성 차이에서도 있을 것이다.[99] (이청준의 전형적 인물 유형으로서) 내향적이고 자의식적인 주인공은, 마음 읽기의 능력이 상당히 발달한 자로 보인다. 하지만 그것은 부정적인 의미의 신경질적인 민감함에 가까워 보이기도 한다. 그는 의기소침한 병적 상황 속에서 타인들과 대화적 관계를 원활하게 맺지는 못하기 때문이다. 그러나 간호사 미스 윤과의 대화적 접촉은 그러한 주인공을 점점 변화시키며 치유한다.

---

98) 한편, 이청준의 「조만득씨」에 나오는 간호사 윤지혜 역시 민 박사보다 훨씬 더 인간주의적인 방식으로 조만득 씨의 진정한 치유를 위해 성찰하는 인물로 나온다. 우찬제, 『텍스트의 수사학』, 73~74면 참고.
여기서, 윤지혜 역시 '미스 윤'이라는 점을 주목할 필요가 있다. 윤지혜는 의도적 명명법이 지시하는 그대로 지혜로운 인물인데, 간호사들이 이청준 소설에서는 『당신들의 천국』의 이상욱 과정처럼 의사들의 보조자로서 비판자/성찰자 역할을 수행하기 때문이기도 할 것이다.

99) 심리학자 다니엘 골먼(Daniel Goleman)은 통계적 관점에서 남녀의 감성지능은 평균적으로는 대부분이 비슷하다고 본다. 그러나, 극단적인 경우에서 큰 차이가 나타난다. 남성의 경우 타인과 공감하는 능력과 대인관계 능력이 모자라는 아스퍼거 증후군이 여성에 비해 많이 나타나고, 일부 여성의 경우 사회적 인지 능력이 월등히 뛰어난 경우가 많다. 따라서 전체적으로 볼 때 여성의 공감 능력이 뛰어난 편이라고 한다. *BrainWorld*, Issue 4, Volume 3, 2011; 「EQ 감성지능」, 〈브레인미디어〉, 2015.4.19. (http://www.brainmedia.co.kr/brainWorldMedia/ContentView.aspx?contIdx=13291)

● 타블로의 미학과 몸짓 읽기의 심리적 귀인:
박완서 「서글픈 순방」, 최인호 「견습환자」

신체를 하나의 기호처럼 수용하여 타인의 마음을 읽는 인지적 과정은 오직 인물의 얼굴 표정에만 국한되지 않는다. 김용수는 연극의 신체 언어를 통한 표현을 '기호연기'로 이론화하면서 인지과학을 근거해서 특정한 신체적 표현이 '신체화된 감정'과 나아가 '신체적 이해'까지 일으킬 수 있다고 보았다. 디드로를 필두로 기호연기의 이론가들은 공통적으로 '타블로(tableau)'의 미학을 추구했다. 타블로란 "무언의 장면(mimed scenes)"으로, 극의 진행을 잠시 중단시키며 극적인 상황을 '시각적인 기호'만으로 인상적으로 제시하는 방법이다. 타블로의 미학은 "신체기호(corporal sign)"로 "감정이 살아 있는 그림"을 연출해내면서 관객의 관심을 유지시킬 수 있다고 보는 연극학 용어이다.100) 하지만 타블로의 미학은 인지 서사학과 만남으로써 연극에서뿐만 아니라 다른 서사 장르들에서도 강력한 수사학적 힘을 발휘하기 위한 창작 기법 및 신체화된 의미를 정교하게 분석하기 위한 비평적 도구로 유용하게 확장되어 쓰일 수 있을 것이다.

그림 6. 디드로가 이상적인 타블로의 미학으로 보고 상세히 분석한 18세기 화가 그뢰즈(Jean Baptiste Greuze)의 〈배은망덕한 아들〉.

---

100) 김용수, 「기호로서의 신체적 연기: 그것의 연극적 특성과 인지과학적 원리」, 303~309면.

기유메트 볼렝(Guillemette Bolens)은 인물이 발화하는 언어적 차원뿐만 아니라 인물의 몸짓은 의미화 되어 있다는 것에 주목한다. 그는 인지적 문학론의 관점에서 신체 움직임, 자세, 몸짓, 얼굴 표현의 의미를 이해하는 우리의 능력인 운동 지능(kinesic intelligence)을 근거 삼아 '몸짓의 스타일(style of gestures)'을 제시한다. 그는 서사에서 우리의 신체적 연루는 해석과 주제적 의미의 생산을 촉진할 수 있는 것처럼, 인물의 몸짓에 대한 독자의 운동감각적 참여(kinesthetic engagement)는 더욱 의식적인 의미 생산 활동과 연결된다고 본다.101)

박완서의 「서글픈 순방(巡房)」(『주간조선』, 1975.6)의 한 부분을 분석하면서 인물의 신체적 몸짓을 통한 감정 표현을 텍스트적 단서로 삼아 인물 간 심리적 관계를 추론할 수 있는 독자의 인지적 해석 활동을 추적해 보도록 하자. 이 단편소설은 '처덕'이 없어 여전히 셋방살이를 한다고 생각하는 주인공 남편의 원망으로부터 시작해서 방을 얻으려 고생하는 스토리를 담았다.

나는 그날 온종일 거의 아무것도 입에 넣은 게 없었다. 영아 일로 가슴이 메어 식욕도 없거니와 남편 말대로 심한 입덧을 하는 척까지 해야 했기 때문이다. 식탁에서 풍기는 음식 냄새를 맡자 별안간 내 뱃속으로부터 힘찬 구역질이 치솟았다. 참을 수 없었다. 나는 손으로 입을 틀어막은 채 마루로 면한 화장실로 뛰어들었다. "웩웩." 아무것도 토해지지 않은 채 뱃속에선 폭풍인 듯 오장육부가 뒤집히고, 눈에선 뜨거운 눈물이 왈칵왈칵 넘쳤다.102)

---

101) Marco Caracciolo, "Tell-Tale Rhythms: Embodiment and Narrative Discourse", p. 53.
102) 박완서, 「서글픈 순방(巡房)」, 박완서 단편소설 전집1 『부끄러움을 가르칩니다』, 문학동네, 2006, 421면. 앞으로 본문에 면수만 표기.

부부가 집을 구하려 다닐 때 집주인들은 아기를 천덕꾸러기로 취급한다. 그런 이유로 주인공은 아이를 어머니에게 어쩔 수 없이 맡기고 임신 초기 상태인지라 입덧으로 고생한다. 그러나 남편은 서술자 '나'의 그런 억울한 상황을 충분히 공감하면서 위로하지 않는다. 남편은 남의 편이다. 주인공의 심한 입덧은 남편에게는 그저 "하는 척"하는 것으로 폄하되고 무시될 뿐이다. 그런 까닭에 그녀의 구역질과 고통의 원인은 단지 입덧으로 인한 것만은 아니었다. 또한 그녀가 구역질을 하는 신체적 모습에는 입덧의 괴로움과 함께 남편에 대한 혐오감과 원망의 감정이 포함되어 있다. 이 장면은 신체적 고통과 신체화된 감정을 독자에게 전달하면서 인물들 간의 심리적 관계와 표제가 지시하는 의미를 축조하도록 유도한다.

김윤정은 1970년대 박완서 소설들에 등장하는 여성의 자아 상실감 경험이나 광기적 행동, 조울증과 신경쇠약 등의 증상은 구체적 병명이 나타나지 않는 점이 특징이라고 지적한다. 여성의 병이 "이름 붙일 수 없는 병"이라는 것, 여성이 자신의 증상에 대해 자신의 언어로 표현하지 못한다는 점을 의미한다는 것이다. 즉 이것은 역으로 역설적으로 여성인물을 둘러싼 모든 현실이 병적 증상의 원인이 된다는 것을 반증한다고 분석한다.[103] 그러나 박완서 소설에는, 한편으로 그러한 여성을 둘러싼 억압적이고 병리적 조건들에 반응하는 여성 인물들이 다음과 같이 매우 섬세한 필치로 묘사되어 있다.

나는 남편에게 등을 돌리고 내 몸을 둥글게 오그려 아주 따습고 평안한 둥우

---

103) 김윤정, 앞의 책, 107면.

리처럼 만들어갖고, 그 속에 영아를 꼭 품고 잤다. (416면)

　이 문장은 주인공의 신체적 움직임이 표현되어 있고 매우 짧은 한 문장에 불과하지만, 신체화된 의미가 응축되어 있는 장면이다. 요컨대, 비록 정지된 장면은 아니지만 그 의미의 충만성으로 인해 타블로의 미학으로 접근할 여지가 충분하다. 이 문장 이전에, 주인공이 집에 돌아온 남편을 보고 울기 시작하고 남편은 화를 내는 장면104)이 제시되어 있기 때문에 인물의 신체적 감정 표출은 점점 극대화되고 있는 상황이며, 독자는 이것을 신체화된 시뮬레이션으로 따라가면서 인물의 감정에 (무)의식적으로 이입하게 된다. 그러한 인물과의 감정적 몰입 및 신체화된 연루 속에서 인용된 문장을 맞닥뜨리게 되는 것이다.

　여기서, 그녀는 서글픈 상황을 겪으면서 애틋한 마음에 아이를 꼭 품에 안는다. 남편에게 등을 돌리는 몸짓은 남편에 대한 무언의 항의 표시이다. 방향을 돌리거나 등을 돌린다는 신체의 방향 전환 운동은 단순한 물리적 이동만을 의미하지 않는다. 즉, 그 몸짓에는 방향을 바꾼 타자와의 친밀함을 버리고 마음을 바꾼다는 심리적 방향 전환의 의미가 내포되어 있다. 또한 반면에, 집을 얻는 일이 자꾸만 어렵게 되는 주인공은 어머니로서 아기를 단단히 보호하는 동시에 애착을 나타나는 몸짓으로 아기를 "꼭 품고" 잔다. 체험주의 인지 언어학에 따르면, 인물 간의 애착과 친밀감은, 신체화된 개념적 은유로 즉 인물 간의 '거리'로 표

---

104) "나는 저녁에 남편이 돌아오자 울기부터 했다. 그리고 낮에 당한 수모를 낱낱이 고해바쳤다. 남편은 내일이 공일이니 같이 집을 보러 가자면서 나를 달래려 들었다. 나는 싫다고 몸부림치며 땅을 사서 움막부터 시작하자는 소리를 또 꺼냈다. 남편은 또 발칵 화를 냈다."(415~416면)

현될 수 있다. 인물 간에 서로 물리적, 신체적 거리가 가까운 것은 심리적, 정서적인 관계가 우호적인 것으로 거의 무의식적 차원에서 인지된다. 이처럼 텍스트세계에서 인물 간 신체적 거리와 정서적 친밀감 형성 및 변화는 긴밀한 관계를 맺는다.105)

그녀의 몸은 둥근 "둥우리"로 아기를 위한 또 다른 집이 된다. 아기의 집으로서 그녀의 모성적 애정은 이렇게 몸의 자세로 나타난다. 아기를 '품는다'는 것은 위로하는 동시에 보호한다는 신체적 표현의 의미이다. 이 점은 매우 당연하게 인식되지만, 실은 그렇지 않다. 우리는 태아나 유아가 아님에도, 그리고 외부로부터의 '실제적인' 보호가 필요하지 않는 상황임에도 위로와 친밀의 의미로 서로를 품거나 어루만지며 이 신체 언어의 정서적, 심리적 의미를 알기 때문이다.

지금까지의 분석은, 우리 문화에서 통용되는 신체적 커뮤니케이션 혹은 신체적 공감의 의미에 대한 거의 상식적인/무의식적인 수준의 이해에 근거한다. 즉, 거의 대부분의 독자들은 이 문장에서 인물의 행동이 지닌 일차적인 의미 이상을 쉽게 이해할 수 있다. 하지만, 나아가 이러한 신체 커뮤니케이션에 대한 집중이나 섬세한 고려가 해석 과정에서 더욱 활성화한다면, 이 짧은 한 문장이 소설에서 인물과 인물의 심리적

---

105) 좌우의 신체 위치가 정치적 당파성을 가르는 용어가 되듯이, 신체적 거리 역시 특정한 대상과 집단을 향한 우애와 적대의 태도를 가르는 정치적, 철학적 개념으로도 발전될 수 있다. 예컨대, 문화적·정치적 귀족주의자였던 니체가 '파리떼'와 같은 대중과의 거리를 강조하는 용어인 '거리의 파토스(pathos of distance)'가 그렇다. 어떤 기준으로든 비천한 자들로부터 거리를 두는 고귀한 자의 고독한 파토스는 니체 특유의 생철학으로도 이해될 수 있다. 니체 철학은 개념적 은유가 아니더라도, 사상을 일종의 영양 섭취로 보거나, 앉기와 걷기로부터 존재와 생성의 철학을 암시하는 등 몸의 비유적 수사학이 넘친다. 니체는 그 자신이 독창적인 탁월한 수사가이자, 동시에 언어의 생리심리학적 기초를 염두에 두면서 언어의 보편적 수사성을 강조했던 아주 선구적인 수사학자였다.

관계와 그간 일어난 사건들을 압축적으로 표현하고 있다는 것을 인식할 수 있게 된다.

최인호의 「견습환자」는 작가 특유의 활달하고 유쾌한 수사법과 스타일을 통해 주인공-서술자가 타인을 묘사하고 그들의 마음을 읽는다. 특히 의사와 간호사와 같은 병원의 의료진들을 의사와 같은 예리한 시선으로 진단한다.

일층, 이층, 삼층, 사층, 모든 병동은 밤에도 환히 눈을 뜨고 있었다. 간호원들은 병실과 병실 사이를 부산스레 헤매고 있었고, 간혹 의사들은 '비상'을 알리는 주번 하사 같은 기민한 동작으로 층계를 오르내리고 있었다. 나는 그들이 균을 잡아먹는 백혈구와 같다고 생각했다. 그리고 그들의 무표정하고 뻣뻣한 얼굴에서, 균을 거부하는 강력한 항생제의 효능을 느껴야 했다. (15~16면)

(가) 나는 그 인턴이 정원 휴게실의 비치 파라솔 밑에 앉아, 혼자서 우유를 마시고 있는 모습을 본 적이 있다. 어둑어둑한 저녁이었는데 그는 한 차례의 수술을 끝내고 왔는지, 잔뜩 늙은 표정을 하고 있었다. 그는 방금 썩은 내장을 잘라내는 모습을 보았을지도 모른다. 백열 전구 밑에서 음영이 없어서 마침내 하얀 가면을 쓴 피에로처럼 마취상태에 빠져 있는 환자의 모습도 보았을 것이다. (20~21면)

(나) 우리는 곧 차에 탔고 차는 발동을 걸기 시작했다. 그때 나는 차창 너머로 그 젊은 인턴이 어떤 아름다운 여인과 파라솔 밑에서 콜라를 마시고 있는 모습을 발견했다. 그 모습은 한 폭의 그림처럼 인상적이었다. 그 순간 차는 급커브를 틀었고, 나는 온몸에 돋친 비늘이 반짝이는 것처럼 병원 창문마다 비낀 햇살의 반사를 무표정한 자세로 반추하고 있는 병원 자신을 쳐다보았다.

그리고 나는 점점 멀어져가는 병원 한구석 코스모스 피기 시작하는 병원

에서 방금 그 젊은 인턴이 웃음을 띤 것 같은 환영을 보았다. (28면)

　인용문 (가)와 (나)는 모두 병원의 동일한 장소인 "파라솔 밑"에 있는 젊은 인턴의 모습을 묘사한 대목이다. 그러나 두 인용문의 분위기와 인턴에 대한 주인공의 마음 읽기는 극적으로 대조된다. 주인공이 보기에, 인용문 (나)에서 젊은 인턴은 '혼자' '고독'해 보이며, (나)에서는 어떤 아름다운 여인과 '함께' '즐거워' 보인다. 독자는 이러한 해석을 위해 몇 가지 더욱 구체적으로 표현된 텍스트적 단서들을 참조할 수 있다. 가령, (가)는 "어둑어둑한 저녁"이며, (나)는 찬란하게 "온몸에 돋친 비늘이 반짝이는 것처럼 병원 창문마다 비낀 햇살의 반사"라고 화려하게 묘사된 밝은 오후이다. 이것은 단순히 물리적 시각(時刻)의 차이만이 아니라 음울하고 명랑한 분위기의 차이를 생성해낸다. 우리는 신체화된 체험을 통해서, 그리고 그 체험에 기반한 문화적 관습에 의지해서, 빛과 조명의 밝기가 긍정과 부정의 감정이나 가치 판단을 내포한다는 것을 (무)의식적으로 이해하기 때문이다. 연극이나 영화에서는 빛과 조명 등의 시각적 대조 기법은 더 직접적으로, 그리고 더욱 신체화된 효과를 일으키면서 사용되는 편이다.106) 가령, 대표적인 '질병-치유 서사'라 할 수 있는 영화 〈패치 아담스〉에서도 조명의 중요성을 찾아볼 수 있다. 이 영화에

---

106) 드라마 장르에서 "조명은 낮과 밤 혹은 밝은 날씨와 흐린 날씨 같은 사실적 정보를 제공할 뿐 아니라 상징적인 의미나 정서적 분위기를 조성한다." 김용수, 『드라마 분석 방법론: 연극, 영화, 그리고 TV 드라마의 해석을 위하여』, 집문당, 2004, 218면.
연극과 퍼포먼스의 경우, "빛과 소리 또한 분위기의 창출에 중요한 역할을 하며, 즉석에서 변화를 야기할 수 있다. [⋯] 인간 유기체는 빛에 특히 민감하게 반응한다. 빛의 지속적인 변화에 노출된 관객들은 의식적으로는 알아채지 못한 채 빈번하고 급작스럽게 바뀌는 자신의 기분을 발견하게 되며, 그들이 이런 변화들을 거의 통제할 수 없음은 말할 필요도 없다." Erika Fischer-Lichte, op. cit., p. 118.

서 주인공이 환자로 감금된 정신병원을 보여주는 우울한 흑백조의 분위기의 전반부는 아주 어둡게 시작하지만, '유쾌한 의사'로 활동하면서 점차 조명이 밝아진다. 그러나 「견습환자」에서 확인할 수 있듯이 소설과 같은 기술 서사에서도 중요한 기법이자 효과로 인식될 수 있다.

한편, 두 인용문에서 젊은 인턴이 마시는 음료는 어느새 '우유'에서 '콜라'로 바뀌어 있다. (가)의 우유는 그의 건조한 규율적인 삶을 지시한다. 말하자면 이 우유는 최인호 초기 소설에서 자주 우롱과 적대의 대상이 되곤 하는 이른바 '모범'적인 것들의 상징체계 안에서 의미화 될 수 있다. 그러한 상호텍스트적(문화적) 독해 이전에, 일반적으로 독자는 우유의 부드러운 미감(味感)과 흰 색깔 특유의 건전한 안전성을 상기시킨다. 이에 반해, 콜라는 탄산의 톡 쏘는 촉감과 미감으로부터 삶의 청량감과 소박한 일탈적 감각을 환기시킬 수 있다. 희고 검은 색깔 이미지의 대조 역시 이와 같은 신체화된 독서와 문화적 의미망 사이의 복합적 상호작용에 기여한다.

인용문 (가)의 젊은 인턴은 "잔뜩 늙은 표정"이다. 그런 피곤하거나 부정적인 얼굴 표정은 주인공으로 하여금 인턴의 마음 읽기의 중요한 단서로 작용한다. 주인공은 이 작은 단서만으로 몇 가지 시나리오를 금세 상상적으로 만들어낸다. 그것은 "썩은 내장"이나 "마취상태"와 같은 확실하게 불유쾌하고 마이너스(-) 가치를 지닌 신체 이미지들이 동원되어 만들어진 장면들이다. 이 이미지들은 인턴의 모습을 더욱 고독하게 보이게 하며, 그 장면을 부정적인 의미로 채색한다. 반면에 인용문 (나)에서 연인과 함께 있는 젊은 인턴의 마지막 모습은 마치 인상적인 "한 폭의 그림처럼 인상적"으로, 말 그대로 '타블로의 미학'을 만들어낸다. 인턴은 "웃음을 띤 것" 같고, 연인에게 "무어라고 손짓을 해가며 얘기를 나누고 있는"(28면) 모습이다. (가)의 "강한 고독"(21면)을 느끼게 하는 정적인 신체 동작과는 대조적으로 (나)에서 인턴은 '손짓'을 하며 연인과 '얘기'를 나누는 활발한 신체 동작을 보여준다. 그러한 긍정적(+) 가치를 갖는 활발한 신체적 움직임은 독자의 운동 감각을 활성화시키며, 밝은 햇살과 "코스모스"의 화사한 이미지와 연계되어 더욱 시너지 효과를 얻게 된다. (나)에서 인턴의 "찰나적인 웃음"(28면)과 신체적 활기는 순간 "급커브"하는 택시의 이동 속에서 더욱 역동적인 이미지가 되고, 극적인 장면을 연출할 수 있게 된다. 병원 창문 전체에 비추어진 햇살의 장면은 다분히 의도적으로 스냅 사진처럼 묘사 되는데, 영상 서사 장르에서 자주 활용되는 관습적 연출 기법과 그에 딸린 행복한 분위기, 긍정적 변화, 밝은 기대 등등의 문화적 의미들 및 해석적 코드를 환기시킨다. 이러한 신체화된 인지와 문화적 인지 능력을 동시에 이용해 독자는 주인공-서술자가 이 장면을 보면서 웃음을 잃었던 인턴의 상징적인 '퇴원'을 축하하고 있다고 해석할 수 있다.

2) 인물의 신체적 은유와 대화적 윤리

질병-치유 서사의 해석은 대부분 환부 그 자체의 은유와 상징적 측면에 집중하게 된다. 그러나 질병-치유 서사는 특유의 신체적 분위기(corporeal atmosphere)를 형성하면서, 기본적으로 가장 전경화되는 환부는 물론이거니와 환부 이외의 인물의 다른 신체 부위들에 관해서도 중요한 의미를 생산해낼 수 있다. 이를테면 인물 신체의 환부에 대한 직접적인 해석은 그 환부와 관련된 다른 신체 기관 혹은 여타의 부위과 연결되면서 해석적 연결망을 더욱 풍성하게 만들 수가 있다. 특히 질병-치유 서사에서는 몸-마음의 질병으로 고통 받고 고독한 주인공의 실존적 상황이 전경화 되기 때문에, 인물의 신체적 소통 기관으로서 입(말하기)과 귀(듣기)가 부각된다. 그런 의미에서 입과 귀는 (타인과의) '접촉'을 위한 신체 기관으로도 불릴 수 있을 것이다. 여기서 입과 귀는 축자적인 입과 귀이며 비유적인 의미의 입과 귀로 이해될 수 있다. 질병-치유 '서사'에서 환부 혹은 고통 받는 인물의 몸 전체는 서사를 만들어내기 위해 스스로 '말하는 몸'이 되어 '입'으로 비유되며 전경화 되기 때문이다. 질병-치유 서사에서는 질병-치유의 문학적 모티프와 주제 이상으로 '서사' 또는 말하기와 듣기(대화) 행위 그 자체에 대한 메타적 성찰이 주제적으로도 형식적으로도 부각될 수밖에 없다.

한편, 소설 속에서 인물들의 입과 귀에 대한 신체 감각적 표현과 은유적 개념들은 독자들의 신체적 감각에 공명하며, 그것은 독자의 몸과 무관한 어떤 정신적이고 관념적인 해석 활동이 아니다. 그 이전에 신체적 이미지와 감정을 전달하면서 소설의 주제를 활성화시키기 때문이다. 그리하여 입과 귀를 중심으로 한 서사-체의 고유한 신체적 분위기는 텍스트적 행동가능성(textual affordance)을 촉발하면서 '이야기하기와 이야기 듣기'와 관련된 윤리적 해석으로 독자를 유인한다. 그런 의미에서 이 유형의 서사들은 구술-청각의(oral-aural) 상호신체적 윤리를 알레고리적으로 환기시킨다고 볼 수 있다. 여기서 신체 부위의 은유화는 신체 감각적 연루와 무관한 탈신체화된 이성적 추론이나 서사 독서가 아니다. 독자가 신체 부위에 관한 텍스트로 집중하는 일은 신체화된 인지이며, 이 과정을 거쳐 해석이 아니라 연속적으로 이루어진다. 신체 감각 같은 하등 사고와 이성적 해석 같은 고등 사고가 전혀 단절된 것이 아니라는 인지과학적 이해가 그 연속적 과정을 입증한다.

● 귀의 전경화와 경청의 대화적 윤리: 이청준 「퇴원」

이청준의 「퇴원」은 앞서 분석했듯이, 매우 청각적인 초점화와 청각에 대한 서술자의 관심, 그리고 주인공의 미스 윤의 귀에 대한 거의 페티시즘적인 관심을 표현하고 있다. 즉 이 소설에서 '듣기'의 중요성에 대한 주제학 의미 부여는 다만 모티프와 서술자의 내적 진술 내용에 의해서만 구성되는 것은 아니라, 초점 지각의 감각적 선택과 서술적 스타일의 측면에서도 발견된다. 푼데이는 서사에서 신체는 단지 주제적 또는 문화적 영향에 의해 형성되는 것이 아니라, 작가가 신체를 재현하는 특정한 서사적 용어들에 의해서도 형성된다고 강조한다. 즉 신체의 재현에 있어 서술자를 표현하고, 배경을 묘사하고, 행위를 의미 있게 만들려는 노력 등과 같은 전형적인 서사적인 저자의 선택과 문제들이 관련된다는 것이다.107) 귀와 청각에 대한 서사 시학과 서사 주제학적 집중은 독자의 신체화된 감각을 집중시키면서 의미화에 기여한다.

「퇴원」과 다른 초기의 소설들에서, '자아망실증'은 중요한 용어로 등장한다. 「퇴원」에서 주인공이 겪었던 아버지와의 갈등과 불화는, 군대에 있을 당시 아버지가 "요령 없는 부정관리로 붉은 벽돌집으로 갔다는 소문"(19면)을 듣게 되면서 아버지의 몰락을 통해 수동적이지만 해소되었다고 볼 수 있다. 그럼에도 주인공은 저주의 발화로부터 스스로를 구제하면서 자존감과 정체성의 위기를 회복하지는 못한 상태였다. 병원에서 위궤양을 치료할 수 있었던 주인공은 이제 더욱 근원적인 차원의 심리적 고통을 치유해야만 한다. 병원의 유일한 간호사인 '미스 윤'은 주

---

107) Daniel Punday, op. cit., p. 57.

인공의 병적 상태를 '자아망실증'이라고 명명한다.

"바보들이로군······"
나는 혼잣말처럼 중얼거렸다.
"누가 말예요?"
"이제 내게 위궤양은 없어진 것 같소. 아니 그런 건 처음부터 없었소. 그걸
몰랐으니 당신네들은 바보지 뭐요."
말하고 나자 나는 아직 이런 소리를 하기에는 준비가 너무 덜 된 채인 것 같
아서 농담인 듯이 웃었다.
"위궤양이 싫으시담 더 멋진 병명을 붙여 드릴 수도 있을 거예요. 가령 자아
망실증 환자라든지······." (30면)

자아망실증이란 자아 정체성의 혼란과 위기를 의미한다. 서사적 정체
성의 이론으로 보자면, 정체성은 자기 자신에 대해 이야기할 때 만들어
나갈 수 있다.[108] 그러므로 자신의 이야기를 하지 못하는 사람은 정체
성을 상실한 자인 것이다. 그래서 미스 윤은 주인공을 병원 창밖으로
보이는 고장난 탑시계와 닮았다고 말했던 것이며, 그러한 진술은 정확
하게 주인공의 내면과 그 삶 전체의 이야기에서 비롯되는 병을 '진단'한
진술이다.

---

108) 폴 리쾨르는 정체성과 서사를 동일시하는 견해('서사적 정체성')를 대표한다. "이야기
가 한 인물의 지속적인 성격—이른바 서술적 정체성—을 구축함과 동시에, 인물의 정
체성을 만들어가는 플롯 intrigue만이 역동적인 정체성을 구성한다고 주장하는 바이
다." 리쾨르, 김동윤 역, 「서술적 정체성」, 주네트·리쾨르·화이트·채트먼 외, 석경징·
여홍상·윤효녕·김종갑 편, 『현대 서술 이론의 흐름』, 솔, 1997, 61면.
서사적 정체성과 질병 이야기의 관계에 대해서는, 아서 프랭크, 최은경 역, 『몸의 증
언: 상처 입은 스토리텔러를 통해 생각하는 질병의 윤리학』, 갈무리, 2013, 137면 이
하 참고.

미스 윤은 현명한 보조자로서, 주인공에게 내면의 성찰을 상징하는 '거울'을 빌려주고 이야기를 하게끔 부추기면서 그 스스로 이야기를 해 나갈 수 있도록 돕는다. 그녀는 주인공의 표현대로 "사랑스러운 귀"(11면)를 지닌 인물이다. 미스 윤의 흰 귀에 관한 강조는 그녀를 호의적으로 생각하는 서술자에 의해 관찰되었기 때문에, 그저 시각적으로 매력적인 외모라는 의미만은 아니다. 그녀는 경청과 공감의 인물로 형상화된다. 미스 윤의 "사랑스러운 귀"는, 타인의 이야기에 경청하는 (청각적 지각 능력에 결부된) 윤리적 태도와도 깊게 관련된다. 미스 윤은 '잘 듣기'라는 정신분석과 의학의 기본 윤리에 충실한 의료인이자, 연민을 아는 인간적인 인물이다.[109] 「퇴원」이 듣기와 말하기에 관련된 신체 감각적 언어들을 활성화함으로써, 서사(이야기하기)의 윤리와 이야기 듣기의 윤리를 주제화한다는 것은 소설 전체와 관련해서 해석할 수 있다.

반면에 주인공은 "나는 원래 이야기를 좋아하지 않는"(10면)다고 고백한다. 그런데 이 말은 같은 병실에서 다른 환자를 돌보는 말 많은 여자에 대한 진술 가운데 이루어진 것이라는 점은 유념할 필요가 있다.

> 종일 목에 가시가 걸려 있는 것 같아서 나도 잠시 기분을 돌려 보고 싶기는 하다. 이야기의 머리만 떼어 주면 여자는 장안의 잡동사니를 다 뱉어 놓을 판이다. 대화(對話)라는 것이 있을 리는 없다. 그저 상대방의 얼굴을 빌려 자기 이야기를 지껄이면 그만인 것이다. 그러나 내게 무슨 이야기가 있을 것인가? (10면)

---

109) "라캉주의 정신분석가는 증상을 설명하지 않고 오히려 환자가 전기biography를 구성하도록 돕는다. 이렇게 하면 질병과 일상사를 엮을 수 있다." 대리언 리더·데이비드 코필드, 배성민 역, 『우리는 왜 아플까』, 동녘 사이언스, 2011, 385면.

여자가 주인공에게 말을 건네는 행위는 그저 "구린내의 입가심"(10면)일 뿐인 것으로 폄하된다. 그런 까닭은 여자는 미스 윤과 다르게 "대화(對話)"를 위한 경청의 태도도 없을 뿐만이 아니라 다만 말을 걸고 나서 독백적으로 자기 이야기만을 전달하기 때문이다. 미스 윤처럼 여자도 주인공에게 이야기를 청하지만, 그 행위는 대화와 독백이라는 소통 상황의 차이 때문에 질적으로 전혀 다른 의미를 갖는다. 또한 이러한 차이는 여자와 미스 윤에 대한 인물의 심리적 태도와 평가, 거리감에 있어 차이를 낳게 한다.

주인공은 결국 이 소설의 일인칭 서술자로서 입원 중에 위궤양을 중심으로 자기 인생의 서사를 진술하는 데 성공한다. 이 소설에서 그는 '상처 입은 스토리텔러(the wounded storyteller)'이다. 아서 프랭크에 따르면, 상처 입은 스토리텔러에게, 질병은 이야기의 주제일 뿐 아니라 그 이야기를 하는 상황이다. 이야기는 단지 질병에 '관한' 것만이 아니라 상처 입은 몸을 '통해서' 말해진다. 몸은 그 이야기의 원인이자 주제이며 도구이다.[110] 다시 말해 상처 입은 스토리텔러의 이야기란, '신체화된' 스토리텔링의 전형으로 이해될 수 있다. 「퇴원」에서 이야기는 질병과 치유 사이를 연결하는 매우 핵심적인 모티프이다. 심신의 고통, 그리고 삶 전체를 짓누르는 실패의 고통에 관한 진술은 이야기를 통해서 이루어지며, 그 치유 역시 이야기를 통해서 이루어진다. 소설의 주인공에게 몸의 회복은 이야기의 회복(=진술) 과정과 다르지 않았다. 그가 새로운 서사를 도래할 삶에 써나갈 수 있을 정도로 의욕을 갖추게 되자 그는 마침내 스스로 퇴원을 결심하게 된다. 주인공이 자기 삶의 스토리

---

110) 아서 프랭크, 앞의 책, 39면.

텔러가 될 수 있었던 것은, 그리
하여 자기 삶의 이야기를 새롭고
정립하고 회복시킬 수 있었던 것
은, 미스 윤이라는 이야기의 청자
가 존재했기 때문이다.

「퇴원」에서 주인공의 자기 서사
회복을 통한 실존의 회복은 삶의
전반적 건강 생성에 가장 중요한
의미를 갖는다. 주인공의 퇴원은
미스 윤이란 인물과의 만남, 그리
고 그녀의 경청의 윤리적 실천이
있어 가능했다. 그림 7.은 컴퓨터
이용 텍스트 분석 프로그램인

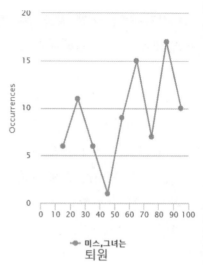

그림 7. 「퇴원」에서 스토리에 따른 미스
윤의 출현 빈도

'CATMA(Computer Aided Textual Markup & Analysis)'[111]를 이용
해서 「퇴원」에서 미스 윤과 관련된 어휘("미스"와 "그녀는"으로 검색) 출
현 빈도를 분석한 결과이다. 텍스트의 순차적 진행에 따라 미스 윤의 출현
빈도수는 증가한다. 소설 텍스트상에서, 그리고 서술자인 주인공의 마음
속에서, 그리고 서사와 서술자와 결합한 독자의 마음속에서 그녀의 존재

---

111) the web application CATMA version 4.2. CATMA는 독일 함부르크 대학교 연구
진이 개발한 프로그램이다. (http://www.catma.de)
"컴퓨터 서사학(computational narratology)은 컴퓨터 이용 및 정보 처리 관점의 서
사 연구다. 이 연구는 서사를 창작하고 해석하는 것, 형식적이고, 계산적 재현의 측면
에서 서사 구조를 모델링하는 것을 포함하는 알고리듬적 과정에 초점을 맞춘다."
Inderjeet Mani, "Computational Narratology"(Revised: 15. September 2013),
the living *handbook of narratology*, Paragraph 1.
(http://www.lhn.uni-hamburg.de/article/computational-narratology)

감이 점차 확대되는 과정을 추측할 수 있다. 이처럼 「퇴원」의 플롯은 점차 미스 윤과의 거리 또는 상호주체적 관계가 조성되면서 전개된다. 주인공이 소설의 끝에서 퇴원을 결심할 수 있었던 것도 이러한 대화적 관계의 회복을 거쳐 자기 삶에서 희망과 가능성을 발견했기 때문이다. 다시 말해서, 도표에서 가시화된 점선의 운동은 미스 윤과의 대화적 관계인 동시에 주인공의 생체적 활력을 측정하고 진단한 그래프와 포개어진다고 해석해도 무방할 것이다.

● 청각적 증상과 독백적 이데올로기 비판:
서정인 「후송」, 최인호 「미개인」

서정인의 등단작 「후송」(『사상계』, 1962)[112]은 '티나이투스(tinnitus)' 즉, 이명(耳鳴)이라고 추정되는 귓병을 앓는 주인공 '성중위'의 지난한 후송 과정을 다룬 단편소설이다. 이 소설에서 성중위의 귀는 가장 전경화되는 환부인 동시에 대화의 윤리적 주제를 위한 신체적 은유화를 촉진시킨다. 소설에서 처음으로 성중위가 받았던 진찰에서 군의관은 "고막 중앙에 조그마한 구멍이 뚫려 있을 뿐 별 이상은 없습니다."[113]라는 소견을 제시한다. 주인공의 고막 천공이 귀울림의 직접적 원인이 되지 않

---

112) 「후송」의 분석은 노대원, 「1960년대 한국 소설의 심신 의학적 상상력」, 154~161면을 수정 및 보완한 것이다.
「후송」은 『사상계』 제4회 신인문학상 당선작으로, 당시 소설 부문 심사위원 중 한 명이었던 안수길은 1962년의 소설을 평가·정리하는 글의 말미에서, 「후송」을 특별히 극찬했다. "이 作品은 主題面에서나 표현에 있어서나 近來 三, 四年間의 文藝誌와 綜合誌의 當選作의 수절을 훨씬 넘는 수확으로 금후의 小說志望者들이 깨지 않아서는 안 될 뚜렷한 목표를 제시했다고 보고 있다." 안수길, 〈62年의 白書 小說界〉, 『동아일보』 6면, 1962.12.28.
113) 서정인, 「후송」, 『강』, 문학과지성사, 2007, 11면. 앞으로 본문에 면수만 표기.

을 수 있고 쉽게 치료가 가능한 것일지 몰라도 신체적인 이상(異狀)임에는 틀림없다.114) 그러나 군의관은 이에 대해 무시할 뿐 아니라 성중위가 호소하는 귀울림 증상에 대해서 전혀 경청하지 않는다. 성중위를 진단하는 군의관들은, 비록 환자에 대한 깊은 관심과 이해의 태도가 부재한 안일한 진찰로, 그의 증상을 대부분 '노이로제'나 '특별한 병인 없음'으로 밝히고 있다. 자각 증세는 있지만 특별한 신체적 증상이 없다고 판단하고, 그의 질병은 대부분 인정되지 않고 있다. 그렇다면, 「후송」의 성중위가 실제로 경험하는 귓병을 어떻게 볼 것인가?

소설 속 또 다른 군의관의 진단처럼, 포병장교로서 밤낮 둔중한 폭음에 시달려야 하는 성중위의 현실적 생활조건이 귓병을 일으킨 1차적인 원인이 되었을 것이다. 성중위가 중동부전선에 있었을 때인 이십 개월 전, 백오십 발의 탄환을 권총으로 쏘아댄 사건이 "일종의 신경외상"(37면)을 야기한 것일 수도 있다. 최초의 현대전인 제1차 세계대전 상황에서 군의관들은 시각, 청각, 후각, 미각, 보행, 언어 장애를 겪는 군인들을 발견했다. 이들은 실제 부상이나 뚜렷한 장기의 질병이 없었기 때문에 원인을 파악하기 어려웠다. 영국 의사 찰스 마이어스(Charles Myers)는 가까운 곳에서 일어나는 포격 때문에 얻은 '정신적 외상(trauma)'이라는 눈에 보이지 않는 충격이 신경계에 영향을 끼쳐 발생한다고 여겼다. 이 이론을

---

114) 실제의 귀울림은 의학적으로 다음과 같이 설명된다. "귀울림은 귀에서 뇌의 청각중추에 이르는 청각 경로 중 어딘가에서 발생한다. 귀울림의 원인은 속귀에 있는 경우가 가장 많고, 소음성 난청과 관계가 많아서 총 소리나 디스코텍의 음악 소리 등 아주 큰 소음에 갑자기 노출되거나 시끄러운 공장에서 장기간 일할 경우 귀울림이 잘 생긴다. 또 귀울림은 노인성 난청에서 많이 생기므로 누구나 언젠가 귀울림이 생길 수 있다. 종종 난청 환자들이 난청이 있다는 것을 스스로 알기 전에 귀울림을 먼저 느낀다. 그런데 속귀와 청각신경을 제거해도 귀울림이 발생할 수 있다. 이 경우에는 중추신경이 그 발생 원인이다." 최현석, 「귀울림 - 뇌에서 울리는 바람 소리」, 『인간의 모든 감각』.

통해 만들어진 용어가 '전쟁 신경증(shell-shock)'이다. 그러나 특기할 점은 포격은커녕 실제로 전쟁을 목격하지도 않은 많은 병사들조차 신체적 이상 증상을 보였다는 것이다.115)

성중위의 귀울림도 단지 육체적인 원인에 의한 증상으로만 볼 수 없다. 그의 경우, 특히 육체적인 고통보다는 정신적 고통이 더 심각하고, 원인을 분명하게 알 수 없는 귀울림을 앓고 있다는 점에서, 그리고 정신적인 고통이 수반된다는 점에서 심신 의학적 질병에 가깝다.116) 신체적 고통이 있는 대부분의 환자들이 그렇듯이 성중위 역시 심리적 불안 증세가 함께 나타난다. 심신이 긴밀하게 상호작용한다는 관점에서 볼 때, 불안은 육체적 문제의 결과일 뿐만 아니라 그 원인이 될 수도 있다는 점에서 주목할 만하다.117) 그러므로 성중위의 신체적 이상과 더불어 그의 불안 심리와 여러 인물들의 관계를 폭넓게 살펴보아야 한다.118)

「후송」의 서사 전체에 걸쳐, 성중위는 불안 초조와 알 수 없는 죽음의 예감에 사로잡혀 심적으로 고통스러워한다. 불안이란, 프로이트의 견해에 의하면, 심리적 차원에서의 '위험 신호'라고 할 수 있다.119) 프

---

115) 앤 해링턴, 앞의 책, 92~93면.
116) 김주언은 성중위의 병을 주로 죽음에 대한 의식과 연관시키면서 외상성 신경증과 '정신 신체 의학(psychosomatics)'에서 말하는 '전환(conversion)'의 사례로서 "정신적 고통이나 갈등의 심화가 신체적 증상으로 치환되어 나타난 것이 성중위의 이명 현상의 실체"라고 진단한다. 김주언, 「서정인의 초기 소설에 나타난 죽음의 문제」, 『한국문학 이론과 비평』 제45집, 한국문학이론과 비평학회, 2009, 220~221면.
117) 서정인의 「강」, 「원무(圓舞)」 등에 나타난 불안의식에 대해서는 우찬제, 「불안의 원무와 원무의 불안: 서정인」, 『불안의 수사학』, 소명출판, 2012 참고.
118) 실제로 군 복무 시 소음에 노출되어 이명이 발생한 군인들의 경우, 이명장애가 높을수록 우울상태, 수면장애, 자살생각이 심해지는 것으로 나타났다. 한편, "이명과 우울은 일방적인 관계가 아니라 상호간에 관련된 양방향성일 가능성"이 있다. 이현준, 「이명을 경험한 군인들의 이명장애와 정신건강과의 관계」, 서울대 석사논문, 2013, 42면.
119) "불안은 위험 상황에 대한 반응이며, 자아가 그 상황을 피하기 위해, 또는 그 상황으로부터 물러나기 위해 어떤 일을 함으로써 미연에 방지된다." 지그문트 프로이트, 황보석

로이트는 불안에 대한 자신의 최종적인 견해라고 할 수 있는 「불안과 본능적 삶」에서 불안의 세 가지 중요한 형태로 실재적 불안, 신경증적 불안 그리고 양심의 불안을 제시했다. 그는 각각의 불안의 유형들은 자아가 의존하고 있는 요소, 즉 외부 세계, 이드, 초자아와 매우 쉽게 연결될 수 있다고 설명한다.[120] 물론, 불안의 원천은 한 가지일 수도 있지만 혼합된 것일 수 있다.[121]

> 빈 깡통을 본 순간, 그는 그것을 없애버리고 싶었다. 버려져서 뒹구는 빈 깡통이었다. 그는 그것을 향해서 연방 탄창을 갈아 끼우며 방아쇠를 당겼었다. 탄환이 떨어지고 어깨가 무거워지며 피로가 온몸을 습격해왔었다. 그러나 그의 마음은 후련해져 있었다.
> "그때부터 계속해서 소리가 났습니까?"
> 격발 반동은 쾌감을 주었다. 충격이 어깨에 전해질 때마다 쾌감이 전신으로 퍼져나갔다. 상쾌한 고통이 폭음과 더불어 짜릿하게 전신을 파고들었다. 격발할 때마다 총구와 깡통은 동시에 튀어올랐다. 격발은 반복되었다. 쾌감도 따라 올랐다. 탄환이 떨어지자 격발은 그쳤다. 갑자기 피로하여졌다. 빈 깡통은 보기 흉하게 이지러져 있었다. (36면)

성중위는 우연한 저주에 이어 발생한 교통사고 환자의 신음 소리를 계속 상기하는, 선량한 성격의 소유자였다. 그런 그였기에 깡통에 총을 쏘면서 무의식적 공격성을 휘발하면서 모종의 쾌감을 느낄 수 있었지만,

---

역, 「억압, 증상 그리고 불안」, 『정신병리학의 문제들』, 열린책들, 2007, 256면.
120) 지그문트 프로이트, 임홍빈·홍혜경 역, 『새로운 정신분석 강의』, 열린책들, 2003, 116면.
121) 불안에 대한 프로이트의 견해는 캘빈 S. 홀, 백상창 역, 『프로이트 심리학』, 문예출판사, 2000, 111~127면도 참고. 정신분석학의 불안 논의와 서사에서의 불안 분석 방법론으로는 우찬제의 『불안의 수사학』 제2장을 참고할 수 있다.

격발 뒤에는 소음 충격에 의한 신체적 손상을 얻게 되고 회귀해오는 '양심의 가책'에 의한 귀울림을 얻게 된 것이다.122) 이처럼 성중위의 귀울림과 심리적 불안 증상은 단일한 원인에 의한 것이 아니라, 그의 예민한 신체와 정신이 군대라는 극도로 억압적이고 통제적인 폐쇄 조직 안에서 복합적인 내적 갈등을 일으킨 까닭이라고 할 수 있다. 그의 증상은, 불안이 하나의 위험 신호라는 프로이트의 견해를 따르자면, 군대 밖으로 벗어나고자 하는 성중위가 지닌 내면의 소망을 의미한다.123)

「후송」에서 성중위는 자신의 예민한 정신이 갇혀 있는 군대로부터 다른 곳으로 '후송'되길 희망 한다. 그러나 더욱 심각한 문제는, 그의 '위험 신호'로서의 불안이나 귀울림이 아니라 후송 과정 그 자체에 있다. 그의 지난한 후송 과정은 그가 군대에서 귀울림과 신경 쇠약을 얻게 된 내력을 역으로 자연스럽게 이해할 수 있게 해주는 단서이다. 후송을 둘러싼 담당 군의관들의 불신과 사무적인 냉랭한 태도, 소통 불능의 양상들은 비교적 강한 초자아와 예민한 정신의 소유자인 그로서는 감당하기 힘든 것이다. 한 군의관은 성중위에게 "자각 증상이 진단에 많은 도움을 주는 건 사실입니다만, 단을 내리는 건 항상 의사 쪽입니다."(12면)

---

122) 니체는 양심의 가책을 인간의 내면화가 야기한 가장 심각한 병으로 간주한다. "적의, 잔인함과 박해, 습격이나 변혁이나 파괴에 대한 쾌감―그러한 본능을 소유한 자에게서 이 모든 것이 스스로에게 방향을 돌리는 것, 이것이 '양심의 가책'의 기원이다." 양심의 가책에 대한 니체의 견해는 프로이트의 문명론에 영향을 주었다. 프리드리히 니체, 김정현 역, 「도덕의 계보」, 『선악의 저편·도덕의 계보』, 책세상, 2007, 431~432면. 또한 엘리자베스 그로츠의 지적처럼, 외부로 배출되지 않은 공격적 본능이 내부로 향하여 양심이 된다는 니체의 발상은, 의식이나 정신이 몸의 변주이며 충동의 효과이자 결과로 보는 사유라는 점에서 이 연구서에서 주목할 만하다. 정신적 내부는 사실상 몸의 '범주'이자 몸의 산물이라는 것이다. 엘리자베스 그로츠, 앞의 책, 252~253면.
123) 이광호의 해설 또한 이 점을 지적한다. 이광호, 「소설은 어떻게 눈 뜨는가 ―서정인 단편 다시 읽기」, 서정인, 앞의 책, 327면.

라고 단호하게 말한다. 이 소설에서 그려지고 있는 의사와 환자 간의 커뮤니케이션은 권력의 비대칭 양상이며, 바흐찐적인 의미에서 대화적(dialogic) 소통이 단절되어 있는 독백적(monologic) 상황이다.124)

주인공 성중위의 귀에서 나는 소리는 내면의 불안한 목소리는 경청과 대화의 의지가 없는 군의관(=비인간적인 시스템)의 귀에 문제가 있음을 역설적으로 고발한다. 소설의 외면적 스토리에서는 묘사되지 않은 성중위의 군 생활 역시 그러한 심적 고통의 축적 과정이었으리라는 것을 예상할 수 있다. 실상, 심신 의학의 문화사에서도 '스트레스' 개념의 확산은 1950~60년대의 군대 집단으로부터 얻어진 것이었다.125) '현대의 삶에 망가지다'라는 심신 의학 내러티브에서 핵심 개념인 '스트레스'는 사실 두 번의 세계대전 사이, 그리고 제2차 세계대전 중 쇠약해진 병사들을 이해하려는 시도와 실험이 결합되어 발생한 새로운 개념이다.126) 내면의 비명을 지르는 예민한 소설 속의 인물을 통해서 관료화와 단절화, 비인간화된 불안한 현대 사회를 인식하게 된다. 「후송」에서 주인공의 귀울림과 불안은, 한 개인 내면의 비명인 동시에 사회적 의미에서의 반성적 울림으로 서사적 의미를 얻고 있다.

최인호의 「미개인」(『문학과지성』, 1971 가을)은 개발과 건설이 한참 진행되고 있는 서울 변두리 지역인 S동 주민들이 스스로를 문화인으로 자부하면서 한센병 미감아(未感兒)들을 배척하는 이야기를 다룬 평판작

---

124) 이상규는 바흐찐의 대화 이론을 의자의 환자 읽기 상황에 적용하여, 「후송」이 "권력의 비대칭, 인간이 아닌 질병에의 관심, 의사 중심의 관점 등" '단성적 환자읽기'의 전형적 모습을 보여주고 있다고 분석한다. 이상규, 「韓國 現代 小說에 나타난 醫師와 患者 간의 만남의 場面: 醫師의 患者읽기 유형을 중심으로」, 『醫史學』 제16호, 大韓醫史學會, 2000, 74면.
125) 앤 해링턴, 앞의 책, 197면.
126) 같은 책, 23면.

이다. 개발주의의 시대적 축약도인 S동과 그곳의 주민들을 비판적으로 관찰하고 대항하는 주인공-서술자는 최근에 국민학교로 갓 부임한 교사다. 그가 당대의 개발지상주의 이데올로기를 비판적으로 볼 수 있었던 이유는 그의 지성에도 있을 것이다. 또한 그가 S동의 배타적인 주민들처럼 미감아들을 옹호하고 지키려고 했던 것에는, 교사라는 그의 신분과 더불어, 그만의 신체적 조건과 무관하지 않다. 그는 월남전을 참전한 상이군인으로서 젊은 나이에 왼쪽 다리의 중요 부분을 잃고 목발을 짚고 다니는 장애인이다. 한센병 환자들의 미감아 자녀들이 입학하는 것을 저지하려는 학부모들에게 항변하다가 그는 하숙집에서 쫓겨난다.

거리 주민들의 시선 속에서 나는 언제나 이방인이었다. 그들은 얘기를 하며 듣다가도 나를 보면 엉거주춤한 표정으로 굳어지곤 했다. 때문에 나는 늘 거리를 감시당하는 기분으로 걸어야 했다. 등허리 부분이 젖어들어오고 있었다. 언제나 어디서나 따가운 시선이 햇살처럼 내 온몸에 달려들고 있었다. 때문에 나는 하루에도 열 번씩 거추장스러운 목발을 던져버리고 싶은 충동을 받곤 했다. 그들은 말하자면 나를 미감아를 보듯이 경외시하고 있는 셈이었다. 결국 정 선생의 집을 한 칸 얻기로 했다. 도배가 끝나는 대로 들기로 하였다.[127]

주인공-서술자는 S동에 최근에 부임해온 자로서 객관적 관찰자의 위치로 출발하지만, 시간이 경과할수록 그는 중간자적 위치에서 미감아들의 편에 서게 된다. 그는 실제로 이방인으로 타지에서 이 변두리로 이사해온 것이지만, 정주자들에게 의혹과 배제의 대상이 되는 타자적 존재라는 의미에서 "이방인"이 되고 만다. 그의 이방인으로서 부정적인

---

127) 최인호, 「미개인」, 『타인의 방』, 272면. 이하 인용시 본문에 면수만 표기.

사회적 평판은 그에게 방을 주지 않으려는 거부의 말은 물론, 주민들의 신체적 몸짓과 표정, 시선을 텍스트적 단서 삼아 독자에게 인지된다. 미감아들과 주인공 간의 상동적 관계는 주인공의 말과 행동 이외에도 다양한 측면에서 독자에게 해석될 수 있다. 방에게 내쫓긴 주인공의 상황은 학교에서 추방당할 위기에 처한 미감아들의 곤경과 유사하다. 미감아들에 대한 사회적 편견은 부자유스럽게 목발을 하고 걷는 주인공의 신체적 장애에 대한 불편한 사회적 시선과 중첩될 수 있다. 주민들에 맞서서 미감아들을 보호하려는 주인공의 언행뿐만 아니라 그러한 신체적 이미지의 유사성은 서사적 의미생산에서 중요한 몫을 한다.

「미개인」에서 신체적 시각 이미지뿐만 아니라 주인공이 감지하는 청각적 이미지들은 S동이라는 텍스트세계의 분위기와 이데올로기를 구성하고 주제적 의미를 도출하는데 중요한 인지적 단서로 작용한다. 가령, S동에 불어 닥친 개발과 건축의 열기 혹은 광기는 주인공이 듣는 '불도저의 윙윙거리는 소리'로 나타난다. 인용문들에서 확인할 수 있듯이, 이 배경음들은 상징적인 의미를 획득하면서 소설 전반에 걸쳐, 돌발적으로 그리고 수차례에 걸쳐 반복적으로 제시된다.[128]

> 그곳은 한마디로 요란스런 동리였다. 언제나 땅은 질퍽이고 있었고, 사람들은 생선 장수처럼 장화를 신고 거리를 돌아다니고 있었다. 한편에선 불도저가 왕왕거리며 산턱을 깍아내리면서 단지를 조성하고 있었고, 그런가 하면 한쪽에선 농촌 특유의 분뇨 냄새가 풍기고 있는 거리였다. (250면)

> 그렇다면 선생은 문둥이하고 악수도 해 보이겠소? 아니 그것보다도 더 심한

---

128) 노대원, 「최인호 초기 단편소설의 카니발적 특성 연구」, 97~98면.

것, 일테면 그것이라도 할 수 있겠소? 이러지 마시오, 헛허허. 어디선가 불도 저의 윙윙거리는 소리가 났다. 어디선가 갓 도배질한 벽 안쪽에서 서서히 썩 어들어가는 강한 부패의 향기가 났다. (260면)

멋대로 상상하십시오. 어디선가 불도저의 윙윙거리는 소리가 들려왔다. 정 선 생은 남은 투명한 소주를 단숨에 들이켰다. (265면)

이를 테면 저들은 어쨌든 부모들이 한때 문둥병 환자였다는 게 숨길 수 없는 사실로 되어 있단 말입니다. 여기에 대해서 인정하시겠습니까? 인정하겠습니 다. 나는 대답했다. 감사합니다, 선생. 어디선가 불도저의 윙윙거리는 소리가 들려오고 있었다. (274면)

친구, 공연히 잘난 체하지 말어. 어디선가 불도저의 윙윙거리는 소리가 들려 왔다. 당신은 좀 빠지라니까. 미안하게 되었습니다, 최 선생. 분명히 말하겠 소. 단 하루 동안 생각할 여유를 주겠소. (276면)

불도저 소리가 늘 불쑥불쑥 들려올 정도로 S동 지역이 개발과 건축이 과열된 채로 진행되고 있다는 점을 알 수 있다. 게다가, 인용문에서 불 도저 소리가 나타나는 대목의 공통점은, 대부분 갈등이 고조되는 두 사 람 사이의 대화 중간에 돌연하게 소음이 들려온다는 것이다. 다시 말해, 불도저 소리는 인지자가 주의를 기울이지 않아도 수동적으로 지각되는 반갑지 않은 소음일 뿐만 아니라, 주인공의 의도적인 의식과 특정한 심 리 상태 속에서 적극적으로 지각되고 발견되는 부정적인 사회문화적 기 표인 것이다. 이러한 부정적 청각 이미지들의 계열에는 성난 주민들이 규합하기 위해 쳐대는 종소리와 파시스트적인 광기가 어려 있는 웅변 속에서도 발견된다.

그때였다. 우리는 그 순간 마을 한복판 동회 앞에서 종을 치는 소리를 들었다. 그것은 교회에서 치는 종소리와는 아주 다른 금속성 소리였다. 깡깡깡깡 깡깡 메마르고 건조하고 진폭이 짧은 종소리였다. (266면)

종소리는 간헐적으로 이어지고 있었다. 깡깡깡. 그 소리는 어지럽고 별스럽게 신경질적으로 우리들의 뒤통수를 긁어내리는 것 같았다. 주민들은 조금씩조금씩 모여들어 잠시 한눈을 팔았다 싶으면 더욱 불어나 있었다. (267면)

어디선가 숨가쁜 한마디가 울려나왔다. 그리고 이윽고 달려가는 성난 소의 불 같은 딱딱하고 견고한 각질의 맹목적인 분노가 덩어리져 터지기 시작했다. 그 광기는 새로운 대상을 찾은 기쁨에 날뛰고 있었다. 부수는 흙, 집, 밭보다도 더욱 쾌감스러운 축축하고 더러운 대상을 발견한 그들은, 소리없이 보이지 않는 낫과 쟁기로 무장하기 시작하고 있었다. 그것은 새로운 반란이었다. (269면)

매우 부정적인 신체 감각을 조성하는 종소리에 이어지는 웅변 소리와 그것에 격렬하게 반응하는 청중들의 모습은 최인호 특유의 현란한 직유법으로 묘사된다. 청중들의 분노는 "성난 소"로 비유되면서 신체화되는데, 이것은 '불도저'의 시각적-청각적 이미지와 유사하다. 건축과 파괴, 문화와 미개의 이분법을 전복하는 「미개인」에서, 불도저와 성난 소는 건축과 문화를 표방하면서도 파괴와 야만을 일삼는 시대적 이데올로기를 효과적으로 표상해낸다. 주인공-서술자가 듣는 부정적인 청각적 심상들은 신체적 징후일 뿐만 아니라, 개발 산업화 시대의 이데올로기를 비판적으로 이해하는 작가와 독자 간의 의미 교환을 위한 사회문화적 주제화로 연속된다. 「미개인」의 소설적 성취는 단순한 사회문화적 이데올로기의 제시에 있지 않고 그것을 시공간과 인물, 사건 등의 신체화된 양상 속에서 획득된 것이다.

몸으로 읽는 소설의 사건

몸의 인지 서사학 질병과 치유의 한국 소설

5 몸으로 읽는 소설의 사건

 신체화된 사건성의 행위 형상화

1) 사건 및 플롯 이론과 신체화

여기서는 서사적 사건과 인과관계, 갈등, 플롯 개념과 이론이 신체화와 어떻게 결부될 수 있는지, 신체화가 서사적 전개와 어떻게 연계될 수 있는지를 논의한다. 우선, 사건과 플롯에 대한 기존 서사학의 주요 개념과 이론을 인지 문학 이론의 관점에서 검토해보도록 하자. 서사에 대한 기본적인 정의들 중 하나는 원인에 의해 상태가 변한다는 인과론이다. 서사성은 사건과 사건의 변화를 독자가 인지하는 것에, 혹은 사건과 사건 사이의 인과적 관계를 독자가 추론하는 적극적인 인지 과정에 크게 의지한다. 플롯 또한 사건들의 서사이며 인과성에 강조한다. 이러한 사항에 관해 논쟁이 다양하게 벌어져 왔다.

리몬-케넌에 의하면, 서사에서 사건들은 시간적인 연속(temporal succession)과 인과 관계(causality)에 의해 결합되어 사건의 연속이 된다. 그녀는 이어서, 스토리를 형성하는 최소 요건으로서는 시간적 연속성만으로도 충분하다고 주장한다. 인과 관계는 흔히 시간성과 겹쳐질 수 있고 사건의 전도(inversion)까지 고려하면 스토리의 범주가 과도하게 협소화되기 때문이라고 근거를 든다.[1] 물론 E. M. 포스터(E. M. Forster)의 유명한 지적처럼, 스토리가 아니라 '플롯'이 되기 위해서는 인과성의 감각을 통한 시간 연쇄(sequence)의 수사학적 조작이 서사의 중요한 요인으로 대두된다. 일반적으로 서사학자들은 서사가 시간적인 '변화'에 관해 의미 있는 표현을 기술한다고 생각한다. 디디에 코스트(Didier Coste)는 세상에 관해서 이행적인(transitive) 관점을 부여할 때마다 그리고 오직 그럴 때만 커뮤니케이션 행위가 서사가 되며 메시지의 효과가 발생한다고 했다.[2] 이러한 견해들은 일단 사건과 스토리, 플롯 개념 등에 대한 논의를 위한 기본적인 이론적 토대가 되고, 미흡하나마 서사성을 독자가 실제로 체험하는 인지적 과정에 의해 포착하려는 진술들이 포함되어 있다. 시간적 연속성이나 인과성의 감각은 결국 독자의 인지 체험에 의존하기 때문이다. 그런 이유에서 스토리나 플롯 구성에 대해 근본적으로 고찰하려면, 시간적 연속과 인과 관계의 인지적 구조나 과정, 그리고 생물학적 설명까지도 참조해야 한다.

우선, 인과와 사건, 플롯 개념 등을 체험주의적 인지 언어학으로 분석해 보자. 신체화된 크로노토프를 다루었던, 앞에서도 언급한 것처럼, 시간적 연속성에 대한 이해는 공간 이동 은유를 통해 개념화한 시간 개념화에 의지한다. 시간의 이동과 연속성에 대한 인식은 신체의 공간 지각 체험에 기반하고 있다. 사건들 사이의 인과 관계를 추론하는 독자의 능력 역시 그저 몸과 분리된 정신적인 작용이 아니라 신체화된 마음의 활동에 근거한다. 추상적인 사고의 작용 방식을 설명하는 메커니즘 중

---

1) S. 리몬 케넌, 앞의 책, 36~40면.
2) Daniel Punday, op. cit., p. 81.

중요한 것이 개념적 은유(conceptual metaphor)이다. 개념적 은유란, 추상적 개념이 몸에 기반한 감각운동 근원영역으로부터 추상적 목표영역으로 체계적 사상에 의해 정의된다는 이론이다. 그런 까닭에 개념적 은유는 인간 이해의 구조이고, 은유의 근원영역은 신체적·감각운동 경험으로부터 나오며, 이런 경험은 비롯한 추상적 개념화와 추론을 위한 기초가 된다고 할 수 있다.3)

인과적 은유는 인과성의 유형마다 서로 다른 은유적 개념이 있는 것으로 입증되었고 분석하기가 매우 복잡하지만, 몇몇 중요한 은유 개념을 제시할 수 있다. 그 가운데, 상태 변화를 한 위치에서 다른 위치로의 (은유적) 이동으로 이해하는 '위치 사건구조 은유'(Location-Event Structure metaphor)나, 상태 변화나 어떤 속성(또는 특성)의 소유를 소유물의 습득으로 간주하는 은유 체계인 '사물 사건구조 은유' 등이 기본적으로 제시될 수 있다. 마크 존슨과 조지 레이코프에 의하면, 인과성의 유형마다 서로 다른 은유적 개념이 있는 것으로 입증되었고 지금까지의 분석에서 20가지 유형의 인과성을 표현하는 20개 이상의 은유를 밝혀냈다. "인과적 상황에 대한 추론은 인과성 개념의 은유적 구조로부터 나온다. 은유 없이는 인과적 용어의 의미를 파악할 수 없으며, 적절

---

3) 마크 존슨, 앞의 책, 275, 301면.
　개념적 은유에 관해서는 다음 논문도 참고. "개념적 은유(conceptual metaphor) 이론은 인지언어학의 발전에 크게 기여했다. 개념적 은유는 한 개념을 다른 개념 영역을 통해서 인지하는 과정을 일컫는다. 그리고 은유가 단순히 단어 차원이 아니라 개념 차원에서 이루어지기 때문에 개념적인 것이다. 우리가 인식하려고 하는 개념적 영역을 '목표영역(target domain)'이라 하고, 이 목표영역을 인식하기 위해 사용한 개념적 영역을 '근원영역(source domain)'이라 한다. 근원영역은 우리가 이미 일상에서 경험한 영역이기 때문에 구체적이고 익숙한 영역인 반면에 목표영역은 추상적이며 새로운 영역이라고 하겠다." 봉원덕, 「몸과 마음의 상관성: 신체적 경험에 근거한 개념과 언어 표현」, 56면.

한 인과적 추론도 할 수 없다."4) 또한 우리는 일상적 언어에서 사건들의 인과 관계를 추론하기 위해서 '사건은 행위이다'(EVENT ARE ACTIONS) 은유를 사용한다. 이 은유 체계는 은유적인 언어 표현으로 한정되는 것이 아니라 인지의 과정이자 체계이므로 서사 텍스트 내에서도 존재할 것이며, 독자가 서사를 해석할 때도 사용될 것이다.

> 사건들을 이해함에 있어, 흔히 우리는 어느 특정 사건의 발생을 그 사건에 반드시 관여하는 어떤 필연적인 특성 탓으로 돌리곤 한다. 이것은 발생과 특성 사이에 있는 유의미한 인과적인 연결을 찾아보려는 것을 의미한다. 그래서 사건은 행위이다 라는 은유를 사용하여, 우리는 그러한 원인을 일으키는 특성의 소유자를 사건을 일으키는 행위자로 의인화할 수 있다. 예컨대 반드시 지나가는 것은 시간의 필연적인 특성이다. 어느 특정 사건의 발생을 시간의 경과에 돌린다면, 우리는 그 사건의 발생에 있어 원인적인 역할을 하는 행위자로 시간을 의인화할 수 있다.5)

이와 같은 사건의 개념적 은유를 체험주의적으로 이해하는 것은 서사성을 체험하는 독자의 신체화된 인지 과정에 기초하면서, 인물들 혹은 의인화된 존재들의 신체성에 대한 강조는 물론이거니와, 인물의 신체적 행위와 변화를 중심으로 한 텍스트세계 내의 전반적인 변화에 대한 관심을 제고하도록 한다. 인간의 마음은 불확실성, 임의성, 우연의 일치보다는 의미 부여가 생존이 유리하기 때문에 유의미한 패턴을 감지하는데 적극적이다. 심지어는 의미 있는 패턴이 존재하지 않으면 스스로 의

---

4) 마크 존슨, 앞의 책, 293면. 강조는 원문.
5) 조지 레이코프·마크 터너, 이기우·양병호 역, 『시와 인지』, 한국문화사, 1996, 58면.

미를 부여하려고까지 한다. 이처럼 의미 있는 패턴에 대한 갈망은 이야기에 대한 갈망으로 표현되어, 마음이 추상적인 패턴을 얼굴로 인식하듯 특정한 사건의 패턴을 이야기로 인식한다.[6)]

　다음으로 '플롯'의 신체화된 은유를 인지 언어학적으로 검토해 보자. 인지 언어학에 의하면, 서사 구조 역시 영상 도식적 구조를 반영한다. 시간이 공간의 운동으로 개념화되는 것처럼, 서사적 시간, 그리고 플롯으로 조직된 특정한 시간 역시 공간적이고 운동적인(kinetic) 은유로 풍부하다. 플롯은 대개 '선조적'이고, 다른 '가닥들(strands)'을 지니며 '직조'된다. 운동의 국면에서는 플롯은 '꼬이고' '회전하고' '호(arc)'와 '궤적'을 따르고, 한 장면에서 또 다른 장면으로 '거칠게 움직인다'. '플롯 반전(plot twist)'이라는 관습적 은유와 수용자의 '플롯 짜기(plotting)'가 이것의 좋은 사례이다. 이와 같은 은유는 영상 도식(image schema)의 용어로 이해되는 것이며, 세계에 대한 우리의 신체적 체험에 뿌리내리고 있는 것이다.[7)]

　우리는 태내에 있을 때부터 운동을 통해서 세계와 사물의 의미를 이해하기 시작한다. 신체적 운동의 전형적인 영상 도식에는 '근원지-경로-행선지, 위-아래(수직성), 안-밖, 향함-멀어짐, 곧음-굽음'이 있다. 운동은 또한 영상 도식의 내적 구조뿐만 아니라 모든 몸동작에서 반복되는

---

6) 갓셜은 삶에 의미를 부여하고 인과 관계의 질서 정연한 연쇄로 만들려는 '이야기하는 마음'의 습성을 애매모호한 단서로 그럴듯한 완벽한 이야기로 만들어내는 홈스의 행위에 비유해 '셜록 홈스 증후군'이라고 명명한다. 레프 쿨레쇼프가 동일한 배우의 얼굴 사진에 각각 관 속의 시체, 매력적인 여자, 수프 한 접시를 연결하여 관객에게 보여주자 슬픔, 욕정, 굶주림의 의미를 부여했던 실험 결과가 이에 관한 유명한 사례라 할 수 있다. 조너선 갓셜, 앞의 책, 130~138면.
7) Marco Caracciolo, "Tell-Tale Rhythms: Embodiment and Narrative Discourse", pp. 54~55.

'긴장(tension)·선형성(linearity)·진폭(amplitude)·투영(projection)'
의 네 가지 변별적 특질에 의해서도 정의되기도 한다.[8] 플롯이나 서사
적 구조에 대한 독자의 실제적 체험과 이해 역시 그러한 운동의 질적인
차원에서 가능하게 된다. 마크 존슨은 음악의 체험과 이해를 '이동하는
음악' 은유로 분석했는데[9], 다음은 이를 서사적 플롯에 적용해서 다소
수정해본 내용이다.

표 3. 이동하는 플롯 은유

근원영역(물리적 이동)	목표영역(서사적 변화)
물리적 사물	→ 서사적 사건
물리적 이동	→ 서사적 이동
이동의 속도	→ 템포
관찰자의 위치	→ 현재의 서사적 사건
관찰자 앞의 사물	→ 과거의 서사적 사건
관찰자 뒤의 사물	→ 미래의 서사적 사건
이동 경로	→ 시퀀스
이동의 출발점/끝점	→ 시퀀스의 시작/끝

이동하는 음악 은유에 의하면, 음악적 사건은 정지해 있는 수용자를
지나 앞에서 뒤로 이동하는 사물로 개념화된다. 그런데 일반적으로 시
간의 체험에 있어 서사-체는 음악과 다른 점이 존재한다. 음악의 '현재'
는 하나이지만, 서사의 시간은 독서-시간과 플롯-시간, 혹은 담화를 읽
는 데 걸리는 '담화-시간(discourse-time)'과 허구적인 시간인 '스토리
-시간(story-time)'으로 구분될 수 있다.[10] 따라서 음악에서는 관찰자

---

8) 마크 존슨, 앞의 책, 55~60면 참고.
9) 같은 책, 379~380면.

의 위치를 기준으로 음악적 사건의 현재, 과거, 미래 시간이 단순하게 비유될 수 있지만, 이 수정된 은유에서는 서사 수용자의 스토리-시간의 현재(now)를 중심으로 하지만, 담화-시간의 인지나 느낌과 같은 현상학적 체험 측면까지도 내포한다.

모니카 플루더닉의 '자연적' 서사학의 경우, 체험성과 서사화를 강조하면서 서사학에서 전통적으로 강조되어 왔던 플롯의 위상을 낮춘다. 하지만, 다른 인지 서사학자들인 패트릭 콤 호건(Patrick Colm Hogan)과 엠마 케이팔레노스(Emma Kafalenos), 데이비드 허먼 등은 플롯 개념에 대한 수정된 이론을 제출하면서 플롯 중심의 서사학을 갱신하기 위해 노력한다. 특히 허먼의 인지 서사학 이론은 플롯을 장르적 특성과 연계시키는 데 그 특장이 있다.

> 플롯에 대한 데이비드 허먼 식의 인지 비평 접근 방법은 장르와 선호 규칙 사이의 관련성에 관한 생각에서 나온다. 선호 규칙은 "X를 일련의 조건 Z를 부여받은 Y로 보는 것을 선호하는" 형식의 규칙이다. […] 왜 그러저러한 일련의 조건들(Z) 속에서 그러저러한 행위(X)를 수행하는 인물이 보통 그러저러한 장르(Y)라는 신호를 보내는 것인지를 설명하는 것이다. 그의 인지적 방향 설정은 일련의 조건들을 행위의 과정, 감각의 과정, 존재의 과정 등과 같은 "과정 유형들 process types"로 나누도록 그를 유도한다. 이 유형들은 우리가 행위를 이해하기 위해서 사용하고 인지적 이론이 가정하는 범주들이다. 그는 그 다음 다른 과정 유형들이 보통 어떻게 다른 장르들 내에서 결합되는지 알아본다. […] 서사시에서 행위의 과정은 존재의 과정보다 더 중요하다. 반면에 심리 소설에서는 감각의 과정이 행위의 과정보다 더 중요하다.[11]

---

10) 시모어 채트먼, 『영화와 소설의 서사구조』, 73~74면.
11) 제임스 펠란, 앞의 글, 458~459면.

'갈등(conflict)' 개념은 서사성이 풍부해지도록 하는 사건들에 관해 다룰 때 사건 대신 사용되곤 한다. 서사학에서 갈등은 핵심적인 용어로 사용되며, 서사 수용자들의 관심도 갈등에 쏠려있다. 애벗에 따르면, 갈등은 서사의 수사학적 힘에서도 주목할 지점이 된다. 독자의 흥미를 끄는 서사 안에는 거의 모든 경우에 갈등이 있기 때문이다.[12) 고대 그리스어에서 갈등이란 말은 '아곤(ἀγών; agon)'이었다. 아곤이란 단어는 싸움이나 경쟁(struggle or contest)을 가리킨다. 넓은 의미에서는 전차 경주나 경마, 음악과 문학의 공적 경연 대회를 가리키기도 했다.[13) 아곤은 싸움, 경기, 격투 등 매우 격렬한 신체적 투쟁 상황을 가리키는 단어였던 것이다. 서사성의 경험 측면이나 서사의 수사학적 힘에 관해서 논의할 때에 문학 용어로서 갈등(아곤)이라는 단어의 개념적 은유에는 신체화된 인지 과정이 전제된다. 인물이 사건이나 행위와 밀접한 (혹은 특정 서사에 따라 분리 불가능한) 관계라는 점을 염두에 둔다면, 그리스 비극 서사에서 주동인물(protagonist)이나 반동인물(antagonist)의 역할이 있었다는 것도 이해된다. 서사는 관념적이고 추상화된 갈등을 포함하지만, 그 이면에는 기본적으로 신체적 투쟁으로서 갈등이라는 신체화된 의미가 자리하고 있다.

2) 열린 복합적 가능성으로서 사건성과 상관론적 사유

이 연구서에서 사서학의 인과성, 플롯, 사건(event) 등의 용어를 검토

---

12) H. 포터 애벗, 앞의 책, 113면.
13) "Agon", 〈Wikipedia〉. (http://en.wikipedia.org/wiki/Agon)

하여 재개념화를 시도하려는 사건성(eventfulness) 개념은 기존 개념들에 대한 비판적인 이해로부터 출발한다. 바흐찐은 도스토예프스끼의 다성악적 소설에 대한 비평으로부터 특유의 플롯 및 사건성의 개념을 도출하여 소설의 일반 이론으로 정립하고 있다. 따라서 그러한 플롯과 사건성 개념은 일차적으로는 일종의 장르적 경향과 텍스트에 대한 가치 평가와 관련된 비평적 준거로 협소하게 사용될 수 있다. 그렇지만 바흐찐과 포스트-고전서사학의 사건성 개념은 사건의 체험성을 보다 일반화된 용어로 채택하여 활용하면, 서사 현상과 서사성에 대한 독자의 실제 체험에 근접해지는 장점이 있다.

게리 솔 모슨과 캐릴 에머슨은, 바흐찐이 사건과 플롯을 보는 관점을, 진행 중인 사건으로부터 폐쇄된 구조를 만들어내는 구조주의적 독법과 비교한다. 즉 구조의 탐색은 본질적으로 작품을 공시적으로 읽는 것으로, 플롯, 상징, 그리고 반향 등이 제자리에 있어서 한 순간에 완전히 포착될 수 있다는 것이다. 이러한 전통 '시학'과 달리 바흐찐이 주장한 '산문학'의 개념에서는 이미 전개된 플롯은 전개될 수 있었던 여러 가능한 플롯들 중의 하나에 불과하다. 이들은 구조주의나 형식주의적 개념의 플롯과 구조를 바흐찐적 다성성과 '사건성(eventness)'과 맞세움으로써, 포스트-고전서사학과의 연결 고리를 만들어낸다.[14]

---

14) 가령 구조주의 서사학에서는 사건을 롤랑 바르트의 경우 핵/위성(noyau/catalyse)으로 시모어 채트먼(1978)은 중핵/위성(kernel/satellite)으로 구분했다. '체험성'이나 문화적 맥락을 그다지 고려하지 않은 채 구조주의 서사 시학의 이론을 제안했던 채트먼은 마치 그러한 구분이 해석적 관점이 전혀 개입되지 않은 것처럼, 별다른 해명 없이 누구나 납득할 수 있는 자연스럽고 보편적인 구분이라고 주장했다. 한편으로 채트먼은 이러한 사건 구분이 주로 '고전 서사물'을 대상으로 한다고 하며, 보르헤스의 소설이나 로브그리예의『질투』같은 현대적 서사물 혹은 채트먼의 용어로는 '반서사물(antinarratives)'의 경우는 수많은 사건들의 가능성을 지닌다고 부연한다. 시모어 채트먼,『영화와 소설의

대화적 진리 감각처럼, 다성적 소설은 하나의 체계에 통합된 요소들로 만들어진 것이 아니라 잠재적 사건으로 가득 찬 목소리들로 만들어진다. 종결된 플롯 대신 도스토옙스키는 우리에게 "둘 또는 그 이상의 의식이 대화적으로 만날 때 벌어지는 **살아 있는 사건**"(PDP, 83쪽)을 제공한다. 우리가 직면하는 것은 구조가 아니라 '사건성'(sobytiinost')이다.15)

한편, 볼프 슈미트(Wolf Schmid)는 단순한 상태 변화에 사건의 자격을 주기보다는 적절성, 예견 불가능성, 효과, 비반복성 등의 부가적인 조건을 충족시켜야 한다고 본다. 그가 말하는 사건은 일상사가 아니라 일탈, 비상한 사건, 특별한 변화로, 중대한 사건 혹은 사건의 중대성을 의미하는 '사건성(eventfulness)'이다. 그렇다면 사건의 여부는 수용자의 개별적 판단과 사회 규범 체계, 장르 관습 등에 의해 중층적으로 판단되는 것이며 얼마든지 역사적으로 변화될 가능성이 있는 것이다. 사건성의 개념은 텍스트 내적 구조가 아니라 독자와 사회문화적 맥락에 의존하는 것이기 때문에 구조주의적 보편 구조론의 한계를 넘어선다. 한편, 모슨은 의외성과 예외성을 갖춘 사회적 일탈로 사건성이 확보된다는 것은 세계를 닫힌 것으로 보기 때문이라고 주장한다.16) 모슨은 서사 구조와 달리 체험적 삶은 완성된 생산물이 아니라 대안적 가능성들로 열려 있다고 보는 것이다. 황국명의 지적처럼 "삶은 열린 과정이며 따라서 완결적 서사구조와 비동형관계에 있다"17).

서사구조」, 61~69면.

15) 게리 솔 모슨·캐릴 에머슨, 앞의 책, 436~437면. 강조는 원문. / 원서는 Gary Saul Morson and Caryl Emerson, *Mikhail Bakhtin: Creation of a prosaics*, Stanford University Press, 1990, p. 251 참고.
16) 황국명, 「현단계 서사론의 과제와 전망」, 10~11면.
17) 같은 글, 16면.

페터 휜(Peter Hühn)은 사건 개념을 협의의 사건 I(event I)과 사건 II(event II)로 구분한다. 사건 I이 특별한 요구 없이 일반적인 상태의 변화를 지시한다면, 사건 II는 해석적이며 맥락 의존적인 결정에 근거해서 예상치 않은, 비일상적인 것에 관련되는 분명한 특질의 변화, 즉 일탈에 한정된다. 전자는 상태의 변화를 지시하는 술부들의 차이로 표현되는 것으로 언어학적으로 기술되며, 후자는 특정한 부가적 조건들을 필요로 하며, 문화와 맥락에 의존하는 해석적 범주이다. 그러므로 사건 I과 사건 I들의 조합은 사건 II로 변모될 수 있다. 또한 이 구분으로 플롯이 부재한 서술과 플롯을 소유한 서술, 과정(process) 서술과 사건에 근거한 서술 등으로 서사성의 기본적 유형들을 대조시킬 수 있다.[18]

두 유형의 사건 구분에 따르면, 사건 I은 다소 형식·구조주의적 관점에 가깝고, 사건 II는 바흐찐이나 슈미트의 사건성(eventfulness)에 보다 가까운 개념이라고 할 수 있겠다. 이 연구서에서는 지금까지의 논의를 비판적으로 참조하여 사건성을, 인간 삶이 근본적으로 종결 불가능한 유동성과 개방성을 지닌 것이라고 보았던 바흐찐의 철학적 인간학의 관점에서 정의하고자 한다. 그러한 면에서, 사건성은 단순한 인과론적 결정론으로 삶과 서사-체를 완결된 폐쇄적 구조로 보는 시각을 가능한 피하고자 한다. 인간 삶은 단순한 사건과 사건 간의 고리가 아니라 언제나 복합적이며 복잡한 사태들의 상호연관성 속에서, 그리고 사건에 대한 다양한 관점들의 대화적 시선 속에서, 열린 잠재적 가능성들과 함께 역동적으로 유동한다. 인간과 인간의 삶이 언제나 변화 가능한 대화적 지평으로 열려 있다고 본 바흐찐의 철학은 니체와 같은 '생성'을 강

---

18) Peter Hühn, "Event and Eventfulness", Peter Hühn et al. ed., op. cit., paragraph 1~5. (http://www.lhn.uni-hamburg.de/article/event-and-eventfulness)

조했던 철학적 사유들, 그리고 마크 존슨처럼 신체화된 마음의 철학과 미학으로 세계와 삶을 바라보는 관점과 상통한다.

니체·제임스·듀이와 많은 사상가들은 **인생은 변화이며, 존재는 지속적 과정**이라는 것을 보여주었다. 우리 삶의 순간순간마다의 변화에 맞서 싸워야 하는 수고를 덜어주는 영원한 논리학이나 절대적 형태는 없다. 우리 인간이 지닌 논리학은 탐구의 신체화된 논리학으로서, 이는 경험에서 발생하며, 상황이 변함에 따라 재조정되는 논리학이다. 듀이는 인간의 탐구를 신체화된 상황적·지속적 과정으로 정확히 정의했다.19)

삶과 사건에 대한 개방성의 철학을 숙고하기 위해서 상관적 사유를 참조하는 편이 좋을 것이다. 가령, 노자의 사유는 우리가 익숙해져 있는 인과론적 사유(causalistic thinking: 공자, 소크라테스, 유대교, 플라톤 등)가 아닌 상관적 사유(correlative thinking: 석가세존, 하이데거, 헤라이클레이토스, 파르메니데스 등)에 속한다. 인과론적 사유와 상관론적 사유는 세계를 보는 관점이 다르다. 인과론적 사유에서는 창조주와 피조물의 관계로 세계를 설명하지만 상관적 사유에서는 무(無)와 유(有)의 관계로 본다. 여기서 무와 유가 원인과 결과의 관계라고 해석해서는 곤란하다. 무는 유의 원인이 아니라 그것의 근거이다. 원인(Ursache)과 근거(Grund)의 차이는 하이데거의 소론을 통해서 설명할 수 있다고 한다. 즉, 원인은 결과를 밖으로 토해내지만, 근거는 근거 지워지는 것을 그 안으로 머금으면서 근거 지워지는 것의 존재를 가능하게 한다.20)

---

19) 마크 존슨, 앞의 책, 177면.

이러한 상관론적 사유와 생성의 철학에 의하면, 사건 a는 단순히 사건 b의 원인이 아니라 다른 무수한 사건들의 근거가 되며, 이 무수한 사건들의 연쇄들과 그물망은 삶을 닫힌 구조가 아닌 복잡성과 개방성을 지닌, 들뢰즈의 용어로 말하자면 '기관 없는 신체'나 '리좀'과 같은 무한한 생성 가능성 그 자체로 이해하도록 이끈다. 세계와 사건에 대한 이러한 인식은 현대 과학에 의해 촉발된 카오스모스 이론으로도 음미될 수 있다. 질서와 혼돈을 대립적으로 파악하던 서구 철학의 형이상학은 우연적이고 가변적인 카오스적 논리의 중요성을 발견하게 된다.21) 그리하여 질서를 중심으로 삼던 세계 인식은 질서(cosmos)와 혼돈(chaos)의 상호침투(osmose)하게 된다. 즉, 코스모스 중심의 환원론을 반대하고, 특정한 원인에서 생기는 것이 아니라 카오스에서 구성되는 '카오스모제(chaosmose)'라는 생성론으로 나아갈 수 있게 된다.22) 인과론과 구심적 인지 과정을 통한 질서의 세계관은 혼돈과 우연성을 배제하지 않는 원심적·개방적인 카니발적 세계 감각과 대화할 수 있게 된 것이다.

인간은 성인이 될수록 이성적 추론 능력이 발달하면서 점점 사건에 대해 인과 관계에 관심을 갖고, 사실상 (인간과 삶을 단순화해서 인식하고 표현하는, 독백적인) 많은 서사들은 인과 관계에 의지해 플롯이 구성된다. 그러나, 서사 현상을 인과론적 단순 연결에 따른 사건과 플롯 개념으로 이해하기보다 상관론적 이해를 바탕으로 한 '사건성'으로 이해하면서 삶과 서사의 복잡성과 개방성을 음미하는 체험주의적 서사 미학

---

20) 김형효, 『사유하는 도덕경』, 소나무, 2004 참고.
21) 권채린, 「카오스모스」, 한국문학평론가협회, 『문학비평용어사전』.
22) 「카오스모제」, 「분열분석」, 임석진 외, 『철학사전』.

과 해석 방법론이 필요하다. 예컨대, 질병이나 치유와 같은 하나의 사건은 하나의 사건으로 종결적으로 해석되는 것이 아니라 다른 무수한 사건들을 품고 촉발시키며 삶 전체와 이어지는 광대한 연속성 안에서 해석적 개방성을 얻는 것이다. 자기 삶과 텍스트세계의 해석자로서 서사적 주인공은 질병이라는 하나의 사건을 두고도 다양한 반응과 판단을 내릴 수 있다. 질병은 고통과 절망의 사건일 수도 있으나, 어떤 이에게는 특별한 성찰과 더욱 강건해질 수 있는 긍정적인 계기로 받아들인다. 그러한 주인공의 자의식과 사건 이해와 공감하고 대화하면서, 독자와 비평가는 서사적 사건(들)에 대한 풍부한 자기 해석을 만들어나갈 수 있게 된다.

표 4. 서사적 사건 개념

이론	논점	사건	사건성
1. 바흐찐	1) 용어	사건(event)	사건성(eventness)
	2) 개념 이해	완결된 구조, 플롯	잠재적 사건들의 가능성
	3) 사유 방식	구조·형식주의	대화주의
2. 슈미트, 훈	1) 용어	사건(event), 사건 I(event I)	사건성(eventfulness), 사건 II(event II)
	2) 개념 이해	일반적 상태의 변화	비일상적 특질의 변화, 일탈
	3) 표현 방식	술부들의 차이로 표현	문화와 맥락에 의존
	4) 범주 분류	언어학적 기술	해석적 범주
3. 『몸의 인지 서사학』 (1+2+α)	1) 용어	사건(event)	사건성(eventfulness)
	2) 개념 이해	탈신체화된 사건 인지	신체화된 사건 인지 (생물문화적 기제)
	3) 사유 방식	인과론적 사유	상관적 사유

인물의 신체 행위와 연행적 공명의 실현

1) 인물 신체와 행위 통한 사건의 신체화된 인지

고대 그리스 비극 「오이디푸스 왕」에 나오는 스핑크스의 수수께끼는, 인간은 아침에는 네 발로 기고, 오후에는 두 발로 걷고, 저녁에는 세 발로 걷는, 변화하는 몸의 존재로 서사화 된다.23) 소포클레스의 비극 버전에서도 오이디푸스 왕의 서사는 신체적 변화의 국면이 중요하게 작용한다. 조너선 컬러는, 소포클레스, 독자들, 프로이트는 오이디푸스가 아버지를 죽인 현장을 점검하거나 현장의 증인을 채택하여 정당한 재판을 거치지 않고 그리스 신화를 비극으로 만들기 위해 서두른다고 한다. 이것은 신탁이라는 원인(파블라)이 극의 형식(수제)를 앞지른 경우이다. 니체의 수사학은 원인과 결과의 관계를 뒤엎고 결과를 위해 원인이 사후에 만들어진다고 했다.24) 오이디푸스에게 저자와 독자들이 그렇게 쉽게 살인의 죄를 씌울 수 있는 것은 오이디푸스에게 부여된 신체적 흔적/각인 때문이다.25)

---

23) 소포클레스의 비극에는 이 수수께끼의 내용이 직접적으로 기술되어 있지는 않다. 하지만 우리는 다른 버전의 여러 오이디푸스 왕 이야기를 통해 잘 알고 있다.
24) 권택영, 「서사학 패러다임의 변모: 구조분석에서 개별 독서 경험으로」, 212~213면.
25) "오이디푸스   그대가 품에 안았을 때, 내가 어떤 고통을 당하고 있었다는 거죠?
　　　사자   　　　그대의 두 발이 증언해줄 것이옵니다.
　　　오이디푸스   아아, 어쩌자고 그대는 해묵은 나의 고통을 들먹이는 것이오?
　　　사자   　　　그대의 두 발이 한데 묶여 있기에 내가 풀어드렸사옵니다.
　　　오이디푸스   나는 요람에서부터 끔찍한 오욕을 타고났구나!
　　　사자   　　　그래서 그대는 지금의 이름으로 불리게 된 것이옵니다."
　　　소포클레스, 천병희 역, 「오이디푸스 왕」, 『소포클레스 비극 전집』, 숲, 2010, 70면.

Oidipous라는 이름은 '부은 발'이란 뜻이며26), 그는 신체적 표지로 사건들의 인과 관계를 추론하며, 종국에는 제 눈을 스스로 찌른다. 오이디푸스의 몸은 그의 비극적 운명과 다르지 않다. 「오이디푸스 왕」을 대상으로 신체적 근거에 관심을 두고 피에르 바야르 식의 '추리 비평'을 시도한다면, 오이디푸스는, 부은 발이든 못에 박혔던 발이든, 성치 못한 발을 가진 주인공으로서 왕의 행렬을 가로막고 달아난 사자 한 명만 빼고 모조리 죽일 만큼 행동할 수 있었을까 하는 반론도 제기될 수 있다. 발(걸음)은 길과 관련되며, 나아가는 길이 삶의 길 또는 운명의 길과 관련된다는 은유적 사고로부터, 오이디푸스가 제 갈 길을 방해하는 왕의 행렬에 맞서 제 숙명의 길을 끝까지 간 것27)(눈을 찌르는 것까지 포함해서)이라고 해석할 수 있다. 이 해석에서도 물론 신체화에 근거한 의미의 생성 작용이 근본적으로 작동한다.

「오이디푸스 왕」을 어떤 식으로 해석하든, 서사에서 신체적 표지들은 독자들의 해석에서 강력한 단서로 작동한다. 김용수는, 그리스 연극의 대사가 사건의 생생한 행위와 이미지를 환기시키기에 사건을 감각적으로 느끼게 할 잠재력이 크다고 본다. 과거의 사건들을 아주 길게 서술

---

26) "그리스어 arthra...podoin...enzeuxas를 Jebb 이후로 많은 고전학자들이 '복사뼈를 뚫어 (못으로) 고정시킨 뒤'로 번역하고 있는데, Daew는 arthra...podoin은 '복사뼈'가 아니라 '발'이란 뜻이며, enzeuxas를 '...뚫어 (못으로) 고정한 뒤'로 번역하는 것은 Oidipous('부은 발'이란 뜻)란 이름에서 비롯된 비약이라며 소포클레스의 현존하는 작품 어디서도 그런 해석을 뒷받침할 만한 구절은 없다고 말하고 있다." 역자의 주석, 같은 책, 484면.

27) 오이디푸스는 크레온에게 말한다. "나는 결코 병이나 / 다른 일로 죽지 않네. 기구한 운명이 나를 기다리고 / 있지 않았다면, 나는 죽음에서 구원받지 못했을 테니까. / 그러니 내 운명은 제멋대로 가게 내버려두게." 같은 책, 87면.
복거일은 『비명을 찾아서』에서 "내 운명이 가려는 곳으로 내 운명을 가게 하라"로 인용한 바 있다. 복거일의 인용문에서 오이디푸스의 의지적 결단이 더욱 강하게 느껴진다.

하는 그리스 비극의 대사는 최대한 그 사건을 신체 감각적으로 느끼게 고안되었다는 것이다. 엘즈(Gerald Else)는 그리스 비극대사의 특성이 "가상적 행동(virtual action)"을 창조하는 것에 있다고 지적했다.28) 신체에 주목하는 질병-서사 치유 서사들은 사건을 단지 문자화된 지시적 언어로 표현하지 않는다. 고통과 회복의 신체적 사건들은 절망과 쾌유의 감각을 포함한 신체화된 정서를 독자에게 활성화시키고 체감된 행위로 만든다.

서사적 사건을 논의할 때 몸과 신체화 국면에서 주목할 점은, 피터 브룩스가 욕망이 플롯을 작동시키는 서사적 원동력이라고 주장했던 방식29)처럼, 서술자와 인물들의 심신의 변화와 행위는 주요한 서사적 분기점이자 동력이 된다는 것이다. 대니얼 푼데이는, 브룩스의 정신분석적 서사학이 육체적 욕망에 근거한 설명일 뿐만 아니라, 그 이전에 노스롭 프라이가 『비평의 해부』에서 사계의 뮈토스를 제시한 것 역시 개인과 공동체를 탄생/사망/재생이라는 몸의 모델로 본 것이라고 지적한다.30) 그처럼 몸의 변화는 자연적이고 생체적인 시간의 변화를 통해 서사를 만들고 지각할 수 있는 근본 토대에 해당한다. 이를테면 동양에서 인간 삶의 기본적 서사는 '생로병사(生老病死)'로 이해되었다.

자신이 임시적으로 명명한 '진화비평(evocriticism)'을 중심으로 한

---

28) 김용수, 「인지과학의 관점에서 본 연극대사 ―〈아가멤논〉의 사례를 중심으로」, 156면.
29) "반복을 통해 텍스트에서 작용하고 있는 것은 죽음 본능이다. 쾌락 원칙 너머에 그리고 밑에 이 플롯의 기본 노선 즉 기본 "충동"이 있는데, 이것은 텍스트에서 우리를 되돌리는 반복을 통해 감지하고 들을 수 있다. 그러나 반복은 또한 텍스트의 또 다른 전진 진행의 동인인 쾌락 원칙의 발산만족의 추구를 지연시키기도 한다. 전진 진행의 두 원칙이 지체, 지연의 공간을 생산하기 위해 서로에게 작용하는 신기한 상황이다……." 피터 브룩스, 『플롯 찾아 읽기』, 167면.
30) Daniel Punday, op. cit., pp. 88~90.

생물문화적 접근법으로 서사 현상을 이해하려는 브라이언 보이드는, 다양한 경험적인 과학 연구들을 근거 삼아 '사건 이해'에 대한 매우 급진적인 견해를 제출한다. 우리는 문학과 문화적 학습을 통해서 사건과 이야기의 인식을 배우기도 하지만 그 이전에 본질적으로는 생물학적 차원에서 사건을 인지할 수 있는 역량을 지니고 있다. 보이드가 근거 삼고 있는 연구들에 의하면 심지어 쥐나 조류도 특정한 사태와 사태 간의 인과 관계를 인지할 수 있는 경우가 있다. 따라서 그는 이렇게 주장한다.

> 나는 사건이나 이야기의 이해가 관습과는 관련이 없다는 점을 강조할 것이다. 우리가 이야기에서 찾아내는 관습은 인간의 삶과 정신에 매우 중요한 규칙성을 반영한다. 우리는 이야기를 따로 배우지 않는다. 오히려 이야기는 우리가 사건을 이해하는 방식을 반영하고 있다. 크게 보면—중요한 예외는 있지만—그것은 포유류의 이해 방식이라고 할 수 있다. 인간 행동과 설명의 문화적으로 국지적인 규약은 대체로 일반적인 인지 체계 안에서 조정할 수 있는 변수다.31)

그는 사건과 서사 이해에 있어 생물학적 기원을 강조하기 때문에 그것에 관여하는 문화적 혹은 문학적 '관습(convention)'의 의미를 과도하게 약화시키는 경향이 있다. 실제 삶에서 단순한 사건을 이해하는 차원이 아니라 복잡한 문화적 관습에 근거한 서사 텍스트는 분명 문화적 교양의 습득 정도에 따라 그 이해가 크게 달라질 수 있기 때문이다. 그럼에도 불구하고, 보이드 등의 견해는 인간이 몸으로 인지하는 생물학

---

31) 브라이언 보이드, 앞의 책, 190면. (다음 원서를 참조하여 번역을 일부 수정하여 인용했다. Brian Boyd, *On the origin of stories: Evolution, cognition, and fiction*, Harvard University Press, 2009, p. 131.)

적 존재라는 인식을 괄호쳐버리고 오직 사건과 서사에 대한 문화적 이해를 강조하던 기존 관점에 대한 반성을 촉구하며, 더욱 입체적인 시각을 갖도록 기여한다. 서사 현상에 대한 기존의 문화적 접근과 새로운 생물문화적 접근 사이에서 적절한 균형 잡기를 할 수 있는 이론가라면, 생물문화적 접근이 매우 유용한 참조점을 제공해준다고 인정할 수 있을 것이다.

> 심리학자들은 의미적 기억과 사건적 기억을 구분한다. **의미적** 기억은 일반 지식을 저장한다. 이를테면 나무의 지식이나 나무, 뿌리, 참나무, 낙엽수 같은 말들의 지식인데, 지속적으로 학습되고 자동화되어 유사한 것을 찾으면 즉각 이용할 수 있다. **사건적** 기억은 내가 경험한 것, 내 것으로서 기억하는 특별한 사건을 저장한다. 이것은 내 과거의 특정한 장소나 시간과 관련이 있다. […] 이런 기억은 프루스트 식으로 감각적 유사성에 의해 촉발될 수 있다. 특정한 과거의 사건적 기억을 의도적으로 더듬어가는 것은 의미적 기억과 달리 연쇄적으로 진행되고 시간이 걸린다.[32]

서사-체의 독서 과정에서 독자는 의미적 기억과 사건적 기억 모두를 총동원할 것이다. 서사성에서 체험성을 강조할 때 그 체험이란 문화적인 의미적 기억과 직접 체험한 사건적 기억을 모두 지시한다. 단지 문화적 기억뿐만 아니라 우리는 특정한 크로노토프 속에서 벌어진 특정한 사건 체험 속에서, 신체화된 인지 과정을 통해 텍스트세계를 창조하며 인물의 마음을 읽어나간다고 할 수 있다. 또한 이야기에 대한 기억의 경험적 연구를 통해서 독자들은 행동과 관련된 함의에 주목할 수 있다.

---

32) 같은 책, 220면.

우리는 대체로 피상적인 요소보다 심층적인 요소를, 지엽적인 세부보다 '요점'을 잘 기억한다. 마찬가지로 이야기에 관해서도 단어보다는 연쇄, 원인, 목표에 관한 추론을 잘 기억한다. 우리는 피상적인 인상을 기억하기보다 행동과 관련된 함의를 기억한다. 문장의 경계 안에 있는 정보보다는 그 경계를 뛰어넘는 정보를 기억한다. 우리는 사건을 즉각 연쇄와 인과적 의미로 분류한다. 그래서 어린이든 어른이든 사건을 시간 순으로 떠올린다.[33]

질병-치유 서사에서처럼 일반적으로 볼 때 수동적·부정적 신체 상황이 아닌, 다른 적극적·일반적 상황부터 검토해 보자. 걷기라는 인물의 행동은 물리적 단지 공간의 이동이나 서사적 배경의 변화만을 야기하는 것이 아니다. 걷기는 신체적 크로노토프 전반을 물리적으로, 그리고 질적으로도 크게 변화시킨다. 또한 걷기 행위는 그 자체로 인물의 심리적·인지적 측면의 질적인 변화를 야기한다.[34] 누군가를 향해, 어딘가를 향해 걷는 지향적 운동 행위는 이념과 의도의 급격한 변화를 수반하거나 예상하게 하며, 타자와 사회적 관계를 변모시키는 결과를 낳는다. 그렇기 때문에, 서사에서 사건은 인물이나 크로노토프와 같은 다른 서사적 요인들과 결코 분리할 수 없으며, 독자는 인물의 신체화와 신체적 행위로 인한 사건들에 주목해야만 그 서사가 담고 있는 풍부한 서사성

---

33) 같은 책, 222면.
34) 니체는 "앉아 있을 때만 생각하고 쓸 수 있다"고 쓴 플로베르(G. Flaubert)에 대항해서, "걸으면서 얻은 생각만이 가치 있다."고 주장했다.(프리드리히 니체, 「우상의 황혼」, 책세상 니체 전집 15 『바그너의 경우·우상의 황혼·안티크리스트·이 사람을 보라·디오니소스 송가·니체 대 바그너』, 83면. 강조는 원문.) 존재의 철학에 대항하는 니체의 생성의 철학의 옹호로 해석되는 동시에, 동적 운동의 지성 활동과의 관련성으로 해석할 수 있다. 실제로 신체 운동과 두뇌 활동과의 밀접한 관련성은 이제는 상식에 속한다. 인간의 (삶의) 본성과 감각, 활력, 생성을 긍정하고자 한 니체에게 역동적인 상황 속에서 촉발된 사유야말로 가치 있고 건강한 것이었으리라.

을 감지하고 해석할 수가 있다.

2) 서사적 연행성과 신체화된 시뮬레이션 공명

서사-체의 신체화된 사건성 이론은 '연행성(performativity)'의 개념과 관련된다. 서사학에서, 연행성과 연행(performance)은 행위를 제시하고 환기하는 양식을 의미한다. 본래적인 협의의 의미(연행성 I)에서, 연행은 특정한 공간과 시간에 있는 청중의 공-현존에서 사건의 신체화된 실황적인 제시(embodied live presentation)이다. 더 광의의 의미(연행성 II)에서, 기술된 서사와 같이 비신체적 제시(non-corporeal presentations)에서도 연행의 모방이나 환영을 가리켜 연행성이 적용될 수 있다. 이 경우의 연행성은 독자들이 마음속에 연행을 재구성하는 것으로, '상상적인 연행'이라 할 수 있다. 또한 연행성은 스토리(연행성 i)와 서술(연행성 ii)의 두 층위에서 일어나는 것으로 구분될 수 있다. 가령, 소설에서는 서술자의 매개된 서술 행위 그 자체가 전경화되는 경우, 더 넓은 화용론적, 문화적 맥락에서 연행성을 주목할 수 있다(연행성 II.ii).35) 한편, 수행성(performativity)이란 본래 J. L. 오스틴의 발화 행위 이론(speech act theory)에서 행위로서의 발화(speaking as acting)의 의미로 제기된 것이다.36) 뒤에 이 수행성 개념은 연행 이

---

35) Ute Berns, "Performativity"(Revised: 22. April 2014), Peter Hühn et al. ed., op. cit., paragraph 1~2. (http://www.lhn.uni-hamburg.de/article/performativity)
36) 마리 매클린, 『텍스트의 역학: 연행으로서 서사』, 57~60면과 그 이후. 이 책은 산문시를 비롯해서, 서사 텍스트를 연행의 관점에서 분석하는 연구이다.
오스틴(J. L. Austin, 1962)에 의하면 화행을 행하는 모든 발화문은 '발화 행위', '발화

론('연행성')과 주디스 버틀러의 젠더 정치학('수행성')에서 전유되면서, 더 많은 문화적·사회적 함의를 추가했다. 특히 버틀러는 메를로-퐁티의 현상학에 근거해서 신체화를 위한 현상적 조건을 다루며, 신체화 과정에서 발생하는 수행적 정체성의 구성을 강조한다.37) 특히 실제의 신체적 공현존(bodily co-presence)을 강조되는연극학에서 메를로-퐁티와 신체화된 인지 이론 등의 '신체화(embodiment)' 개념은 퍼포먼스 미학의 핵심으로 이해된다. 신체화 개념은 종래의 '텍스트로서 문화' 나 '재현'의 개념에서 벗어나 마음과 문화가 언제나 몸에 근거하고 있다는 방법론적 이동을 나타내기 때문이다.38)

표 5. 서사적 연행성 개념

구분 \ 층위	실제 연행	서사적 연행
스토리	연행성 I.i	연행성 II.i
서술	연행성 I.ii	연행성 II.ii

이 연구서에서는 이와 같은 연행성 또는 수행성 개념을 참조하여, 주로 소설 등의 기술된 서사-체에도 적용할 수 있는 광의의 연행성 개념(연행성 II)에 초점을 두고자 한다. 즉 연행성을, 비록 연행자의 신체가 직접적으로 표현되지 않은 경우일지라도 몸과 분리된 정신적 추론과정을 통해 인과적 관계를 형성하거나 해석 활동이 이루어지는 것이 아니라, 텍스트적 단서들을 매개변수 삼아 독자에게 연행의 모방이자 환영을 가능하게 하는 신체 이미지와 감정을 불러일으키는 체감된 행위로 활성화된다는 의미로 사용한다. 다시

수반 행위', '발화효과 행위'로 구성된다. 여기서 발화효과 행위(perlocutionary act)는 발화함으로써 화자가 청자를 결국 설득하고, 놀라게 하고, 기쁘게 하는 등의 실제적인 효과를 갖는 발화영향 행위이다. 송경숙, 『담화 화용론』, 한국문화사, 2005, 157면.
37) Erika Fischer-Lichte, op. cit., pp. 24~29.
38) Ibid., pp. 89~90.

말해 서사적 연행성은 서사-마음의 결합에서 독자가 사건들을 신체화된 인지 과정을 통해 행위로 체감하는 것이 가능해진다.

이는 더 구체적으로, 인간의 체험을 구성하는 근본 구조인 신체화를 핵심으로 삼는 2세대 인지과학의 접근을 통해서 '행위(action)' 및 행위 관련 표현을 중심으로 더욱 면밀하게 분석될 수 있다.[39] 독자들은 문학적 텍스트에 직면해서 신체화된 참여(embodied involvement)를 하게 되며, 신체화된 패턴과 기억을 형성한다. '거울 뉴런'의 기능으로 잘 알려진 것처럼, 우리는 직접적인 운동 동사(motion verbs)나 더욱 문화적으로 전형적인 동작 표현에도 반응해서 뇌의 운동 영역을 시뮬레이션한다. 예를 들자면, '걷다, 열다, 오르다'와 같은 운동 동사들 또는 이러한 텍스트적 요인들은 지각과 운동감각과 연계된 뇌 영역을 활성화시킨다. 이처럼 신체화된 인지 접근에서는 우리가 행위를 이해할 수 있는 것은 추상적인 기호 처리가 아니라 감각-운동 정보의 '심적 시뮬레이션(mental simulation)'을 통해서 이루어진다고 본다.[40] 독자들은 무의식적인 신체적 반응과 의식적으로 체험된 신체적 느낌을 모두 포함해서, 몸을 통해서 지면 위의 단어들에 반응하며, 때로는 더욱 발달한 신체적 느낌들을 만들어내기도 한다. 신체화된 '현존(presence)'의 감각이나 스토리세계로의 몰입(immersion)은 이러한 '운동 공명(motor

---

39) Karin Kukkonen & Marco Caracciolo, "Introduction: What is the "Second Generation?"", *STYLE*, Vol. 48 Issue 3, Fall 2014, pp. 264~266. 이 논문에서는 헨리 필딩의 피카레스크 소설 『톰 존스』에서 인용한 두 문단을 '제2세대 독법'을 통해 예시적으로 분석하고 있다.
40) 감각 운동 활성화는 행위 이해뿐만 아니라 언어 전반의 이해에 관련된다. "감각 운동 활성화가 언어 이해에 결정적인 역할을 한다는 것은 감각 운동 시뮬레이션으로부터 나온 행동유도성이 의미적·통사적 처리 전반에 걸쳐 막대한 영향을 미친다는 사실을 통해서도 암시되고 있다." 에드워드 슬링거랜드, 앞의 책, 121면.

resonances)'41)에 연결될 수 있다.

레이코프와 존슨의 개념적 은유 이론은 인지 언어학에서 일찍이 제출되어 구체적인 신체화된 체험과 추상적인 개념 간의 상관성을 분석할 수 있도록 했다. 이 접근에 문화적 측면의 결합을 고려하여 더욱 복합적인 의미들의 연결망을 만들어낼 수 있다. 이것이 바로 로렌스 바살로우(Lawrence Barsalou)가 설명하는 제2세대 인지 이론에서 '상황 지어진 개념화(situated conceptualization)'라고 부르는 것이다. 신체화된 공명이 체험적 흔적과 문화적 기억들 속에 내포된 의미들과 더불어 상호작용하면서 독서 과정의 의미 생산을 가능하게 한다. 즉 생물학적이고 인지적인 조건으로서 신체화 국면과 문화적·역사적 실천은 서로 대립되는 것이 아니라 오히려 상호 변증법적 관계 안에서 이해되는 것이다. 그러므로, 신체화된 인지 접근의 생물문화적 독법은 오해와 달리 서사-체의 문화적 해석에도 기여할 수 있게 된다. 푸코와 버틀러의 탈구조주의 이론이나 최근 유행하고 있는 정동 이론(affect theory)은 모두 몸에 큰 관심을 갖는다. 그러나 대체로, 전자는 배타적으로 몸에 대한 문화적 발판(scaffolding)을 강조하며, 후자는 날것의 육체적 감정(emotion)을 강조하는 한계가 있다. 이들과는 달리 신체화된 마음의 접근법은 신체화된 체험에 관한 몸과 문화 양자의 국면들을 모두 고려하는 순환 고리(feedback loop)를 강조하면서, 세밀한 읽기(close reading)를 통해 새로운 해석적 방법론을 제시한다.42)

---

41) '운동 공명 효과(motor resonance effect)'는 관찰되는 행위와 현재 수행하는 행위 사이의 유사성에 의해 행위자의 운동 반응에 일어나는 간섭 혹은 촉진 효과를 말한다. 이동훈·신천우·신현정, 「사회적 행위 지각에 있어 해석 효과: 관점에 따른 운동공명효과의 조절」, 『인지과학』 제23권 제1호, 2012, 109면.

42) Karin Kukkonen & Marco Caracciolo, op. cit., pp. 266~268.

3 질병-치유 서사의 신체화된 사건성 분석

1) 생물-심리-사회 모델의 질병-치유 사건성 인식

의료 사회학자 아서 W. 프랭크는 『몸의 증언』(*The Wounded Storyteller*)에서 포스트모던 시대의 질병 체험 서사에 관한 이론을 제시했다. 그는 질병 체험 서사를 회복 서사(restitution narrative), 혼란 서사(chaos narrative), 탐구 서사(quest narrative)의 세 유형으로 구분하여 설명한다.[43] 질병 체험을 이야기하는 환자들에게 질병은 이야기 '주제'이자 이야기하는 '상황'이다.[44] 그에 의하면, 아픈 사람은 고통을 증언(testimony)으로 바꾸면서 윤리적 행위에 참여하게 된다. 그러므로 프랭크가 질병 체험 서사를 유형들로 구분할 때는 모두 몸의 변화에 '대한' 이야기이자, 몸을 '통한' 이야기 즉 신체화된(embodied) 이야기로, 서사적 형식과 내용 두 차원이 모두 관여하는 것이다. 이를테면, 혼란 서사는 그 자체로서 혼란스러운 플롯 형태를 지니는 일종의 비-서사가 될 수밖에 없다.

플루더닉의 '자연적' 서사학은 구술 상황의 대화에서 자연스럽게 일어난 서사를 기본으로 삼아 이론화된 모델이다. 그렇기 때문에 정교한 플롯 구성의 완결성과 유기적 일관성이 아니라 생애의 체험이 우선시된다. 사건의 유기적 통합을 서사의 질적 판단 기준이 된다면, 사회적 마이너리티의 이야기할 권리가 축소되기 쉽다. 또한 약소자들에게는 서술

---

43) 각 서사 유형에 관한 논의는 아서 프랭크, 『몸의 증언』의 각각 4, 5, 6장에서 전개된다.
44) 같은 책, 39면.

의 미학적 성취가 아니라 '들을 준비가 된 청중'이 필요하다.45) 플롯의 정교함에서 사건의 체험성으로 시선을 옮기는 서사학의 관점 이동은 서사 시학 이론의 변화를 넘어서 서사의 정치학과 윤리학에 근본적인 성찰을 촉구한다. 이야기꾼의 지위에서 배제되었던 다양한 하위주체들의 이야기들이 복구되고 활성화될 가능성이 열리기 때문이다.

더욱이, 아서 W. 프랭크가 세 가지 질병 이야기의 유형 중 하나로 꼽았던 혼란 서사처럼, 질병-치유 서사는 심신의 고통을 겪고 있는 서술자의 특성상, 정체성의 혼란과 함께 하는 플롯 구성상 다른 주제의 서사 유형들에 비해서 다소 형식적 혼란이 있을 수 있다. 환자들의 체험 서사가 아닌, 엘리트 문학 작가가 허구 문학으로서 심미적 의도를 지니고 창작한 질병-치유 서사의 경우에도, 실제 체험담과는 일정한 차이를 지니겠으나 다른 주제의 서사 유형들보다 혼란의 형식 또는 일관성이 결여된 서사 구조를 의도적으로 혹은 무의식적으로 활용할 가능성이 높을 것이다.

질병-치유 서사에서 인물의 몸-마음의 변화와 행위는 정신과 분리된 어떤 외부의 물리적이고 객관적인 사태가 아니라 인물의 감정과 태도, 이데올로기적인 국면에 깊게 관여한다. 이를테면, 서사에서 인물이 겪는 심신의 질병 또는 고통의 체험이라는 사건은 단순한 객관적 차원에서 단지 의학적 사건으로만 단순하게 환원되지 않는다. 심신의 변화와 고통으로 인해 인물은 신체적·의학적인 문제들을 경험하는 것은 사실이지만, 그의 심리 상태와 삶의 전반적 상황을 포함한 실존 역시 급격한 변화를 겪게 된다. 사회적 관계와 세계를 대하는 태도와 그 질감은

---

45) 황국명, 「현단계 서사론의 과제와 전망」, 21~22면.

크게 위축되기도 하고 오히려 더욱 섬세하고 적극적인 인간으로 강인하게 변화시키기도 한다. 그러므로 질병-치유 서사의 사건과 플롯은 기본적으로 질병과 건강, 정상과 비정상과 같은 인지적 범주 쌍에 의존해서 유형화될 수 있고 그 체계 안에서 독해되지만, 다시금 독자의 인지적 범주 체계를 교란하거나 재형성하도록 촉진하기도 한다. 질병의 사건은 고통과 절망뿐만 아니라 성찰과 깨달음, 인식의 확대와 심화, 그리고 치유와 회복, 더 큰 의미의 건강 생성처럼 다양한 삶의 가능성을 지닌 사건성을 함축하기 때문이다.

그 점에서, 질병-치유 서사의 고통스러운 사건들은 서사의 출발점과 역설적인 잠재력에 대해 숙고하도록 한다. 황국명은 서사는 인식적 가치를 지니며, 체험에 대한 기억으로부터 연관된다면서 과거의 존재 덕분에 우리가 이야기의 주인공이 될 수 있다고 본다. "서사의 주인공일 수 있음은 우리가 상실, 결핍, 억압, 폭력에 노출된, 상처 입은 자이기 때문이다. 달리 말해, '과거 있는 자'만이 이야기의 주인공이 될 수 있다."[46] 서동욱에 의하면, '상처 입을 가능성(vulnérabilité)'에 주목하는 철학자들은 트라우마의 상처와 고통이 주는 특정한(singulier) 체험의 기호를 계시처럼 해석해야 하는 작업에 비유했다. 들뢰즈는 진리에 대한 사유 활동은 심성에 주어진 자극에 의해 비자발적으로 시작된다고 말했다. "즉 사유는 "사유하게끔 강요하는 것과 맞닥뜨리는 우연성", 곧 우연히 나타나 심성에 폭력을 끼치는 것, 바로 트라우마에 의존한다. 그러므로 사유자는 무엇보다도 아픈 사람, 환자 patient여야만 한다."[47]

---

46) 같은 글, 18면.
47) 서동욱, 「상처받을 수 있는 가능성」, 『차이와 타자: 현대 철학과 비표상적 사유의 모험』, 문학과지성사, 2000, 101쪽.

들뢰즈에 의하면 사유는 폭력과 고통으로부터 시작된다.48) 하이데거는 사유가 주체 바깥에서 오는 '깊은 숙고를 요구하는 것'에 의존한다며, 사유를 시작할 수 있도록 해주는 이것을 가리켜 '선물'이라 부른다. 말하자면 상처 입을 가능성과 고통은 새로운 사유로 나아가도록 계시하는 선물이 될 수 있다.

신체화된 인지 접근법은 질병-치유 서사에 대한 형식적 분석 이론과 비평적 술어들을 제공해주면서, 이와 더불어 신체화된 마음을 지닌 인간의 존재론적인 차원에 관한 철학적 함의를 새롭게 성찰할 수 있도록 주제학적으로도 기여한다. 특히 몸과 마음의 이원론을 넘어서 인간 존재의 유한성을 자각하도록 해주며, 우리를 탈신체화된 영성이 아니라 '신체화된 영성(embodied spirituality)'으로 이끈다. 두 가지 초월의 개념 중 하나는 '수직적 초월(vertical transcendence)'로, 우리의 한정된 인간적 형태를 초월하여 그것을 벗어 버리고 무한성으로 '이어지는'plug into 능력이다. 이와 달리 '수평적 초월(horizontal transcendence)'은 인간의 유한성이 불가피함을 인정하고, 의미·마음·개인적 정체성의 신체화와 조화를 이룬다. 이런 인간적 관점에서, 초월은 우리의 세계와 우리 자신 모두를 바꾸는 변형적 행동에서 현재 상황을 종종 '초월하는' 우리의 행복한 능력이다.49) 신체화된 인지과학, 동양 사상, 현상학, 프래그머티스트 철학처럼 몸에 근거한 심신론으

---

48) "세상에는 사유하도록 강요하는 어떤 사태가 있다. 이 사태는 어떤 근본적인 마주침의 대상이지 결코 어떤 재인의 대상이 아니다. [⋯] 이것은 감탄, 사랑, 증오, 고통 등 여러 가지 정서적 음조들을 통해 파악될 수 있다. 하지만 이 음조가 무엇이든 상관없이 마주침의 대상이 지닌 첫 번째 특성은 오로지 감각밖에 될 수 없다는 데 있다." 질 들뢰즈, 김상환 역, 『차이와 반복』, 민음사, 2011, 311면. 강조는 원문.
49) 마크 존슨, 앞의 책, 425~426면.

로 인간을 이해했던 니체의 다음과 같은 전언은 신체화된 영성의 수평적 초월과 함께 음미될 수 있을 것이다. "모든 좋은 것은 본능이고—따라서 경쾌하고 필연적이며 자유롭다. 수고를 필요로 하는 것은 그것의 반대이다. 신은 유형상 영웅과 구분된다(내 언어로는: **가벼운** 발이 신성의 첫 속성이다)."50)

● 이야기 상실의 자아망실증과 서사적 정체성의 회복: 이청준 「퇴원」

이청준의 「퇴원」을 '질병-치유 서사'로 보는 관점에서, 가장 핵심적인 주인공의 사건은 물론 위궤양이라는 주인공의 병리적 증상에 있다. 그의 몸-마음의 변화 곡선에 따라 플롯도 변화하며 유동한다. 그러나 이 사건은 단순히 시간의 흐름 속에서 심각한 신체적 변화를 겪는다는 차원에서만 중요한 것은 아니다. 위궤양이라는 병리적 사건은 정적이고 분리된 신체적 상태의 변화가 아니라, 주인공 삶의 전체적인 서사가 과거의 병인으로 놓이고, 주인공의 미래의 삶을 향한 또 다른 잠재적인 사건들의 계기로, 역동적인 상관관계를 맺고 있다. 주인공은 공복이 되면 통증을 느껴 오랜 친구인 의사 '준'의 병원에 입원했다.51) 준은 주인공의 위궤양 증상에 대해서 다음과 같이 진단한다.

"하지만 알아둬. 위궤양이 발병할 조건은 첫째 정신적 긴장감, 둘째가 불규칙한 식생활, 셋째는 술이거든. 부정할 테지만 그런 점에서 자넨 영락없이 합격

---

50) 프리드리히 니체, 「우상의 황혼」, 책세상 니체 전집 15, 115면. 강조는 원문.
51) 「퇴원」에서부터 시작된 '배앓이' 모티프는 이후 『조율사』, 「귀향연습」 등 이청준의 다른 작품에서도 중요하게 등장한다. 김지혜, 「이청준 소설에 나타난 징후적 '배앓이'와 타자의 시선 연구」, 120면.

이야. 더욱이 공복시에 통증이 오고 식사로 그 통증이 가신다면 의심할 여지
가 없어, 잘 생각해서 하란 말야"
못을 박았다. 나의 처지에다 일부러 연관을 시켰는지 준의 말은 그럴듯하기도
했다. (21면)

이 진단 그대로, 주인공의 위궤양은 단순한 육체적 문제가 아니라 정
신적인 요인과 육체적인 요인이 결합된 심신 의학적 질병이다. 이러한
'마음의 병'은 심신의 상호관계 측면에서 정신분석학이나 신체화된 마
음의 접근에서도 주목할 만하다.52) 최근 의학 지식으로 볼 때도, 실제
로 위궤양은 심신을 포함한 여러 복합적인 원인 때문에 일어난다고 설
명된다.53) 의사 준은 단순히 의학 지식과 임상 경험을 갖추었을 뿐만
아니라, 주인공이 제대를 한 후 1년간이나 그를 지켜보고 경제적 지원
을 하면서 삶의 고충까지 이해해왔던 친구이다. 그래서 준은 주인공의
건강 상태를 정확하게 진단할 수 있었을 것이다.
　입원 후에 안정을 취하고 규칙적인 식사를 하자 통증이 사라진 것도
그러한 진단이 유효한 것임을 증명한다. "무엇보다 다행스러운 것은 이
제 배의 통증을 쫓기 위해서 꼭꼭 마련해야 할 세 끼의 식사에 대한 공

---

52) 이영의는 신체화된 인지 이론을 스피노자의 실체일원론과 정서 이론과 비교하면서, 인
　문치료의 대상으로서 '마음의 병'을 논의한다. 이영의, 「체화된 마음과 마음의 병」, 『철
　학탐구』 제23집, 중앙대학교 중앙철학연구소, 2008.
53) 1983년 베리 마셜은 헬리코박터 파일로리가 위에 있을 때 궤양이 일어난다고 주장했다.
　이 업적으로 그는 2005년에 노벨상을 받았다. 그러나 박테리아를 보유한다고 해서 모두
　위염이나 궤양에 걸리지 않으며, 궤양 발병 사례의 15%는 장에 헬리코박터 균이 전혀
　없었다. 박테리아가 주범이라는 단일 원인 모형은 병이 악마에게서 온다는 고대적 신념
　이나 미신에 가까운 것이다. 질병의 원인은 면역, 기질, 저항력, 생활환경, 심리 상태 등
　매우 복잡한 것이다. 대리언 리더·데이비드 코필드, 앞의 책, 42~45면 참고.
　가라타니 고진도 르네 뒤보스의 『건강이라는 환상』을 인용하면서, 결핵균은 결핵의 〈원
　인〉이 아니라고 지적한다. 가라타니 고진, 「병이라는 의미」, 150면.

포를 지니지 않아도 된다는 점이었다."(22면) 공복의 상태는 주인공의 위궤양을 일으킨 원인 중 하나였으며, 동시에 허기가 통증의 신호가 됨으로써 생활인으로서의 의무와 책임에 대한 심리적 중압감으로도 작용했다. "세 끼의 식사의 공포"는 현실원칙의 강제에 따른 것이라는 점을 알 수 있다. 그런 의미에서, 이청준 소설에서 "복통은 현실적 갈등에 따른 심인성 질병인 동시에 어떠한 선택 및 책무에서 벗어나고자 하는 도피의 심리를 담고 있는 것"[54]이라는 해석은 설득력 있다.

주인공의 위궤양은 더 오래 전의 삶의 사건들과 폭넓게 연계된다. 광속에서 안온한 낮잠을 즐기던 주인공을 비추던 아버지의 전짓불빛만큼이나 폭력적이었던 기억은 바로 아버지의 저주에 가까운 비하였다. 친구 준을 가정교사로 두는 것을 아버지는 반대하면서 "이틀을 굶겨 놔도 배고픈 줄을 모르는 놈입니다. 저놈은"(17면)이라는 폭언을 가한다. 심신 의학에서는 말 때문에 병에 걸릴 수 있고 심지어는 죽음으로 몰아갈 수도 있다는 사례를 제시하며, 암시와 최면의 효과에 관심을 갖는다.[55] 한편, 불편한 사고나 생각은 다른 것으로 바뀌기도 하는데, 프로이트는 이 과정을 전환이라고 정의했다. 전환 증상은 몸 안에 있는 '기념비(흔적)'로, 의미를 해독해야 하는 일종의 언어라고 보았다.[56] 그러므로, 주인공의 위궤양은, 그만의 '장소애'를 느낄 수 있는 고유한 크로노토프를 상실하고 부성적인 폭언/금지를 당한 뒤, 제대 후에도 계속된 실패와 방황을 겪은 삶의 흔적이자, 신체 공간에 새겨진 기념비이다. 정신적 고통과 허기와 음주가, 아버지에 의한 감금과 강제적인 단식이라는 괴로

---

54) 김지혜, 「이청준 소설에 나타난 징후적 '배앓이'와 타자의 시선 연구」, 122면.
55) 대리언 리더·데이비드 코필드, 앞의 책, 5장 참고.
56) 같은 책, 177~179면.

운 기억의 흔적을 호출하면서 위궤양이 발병했던 것이다. 허기의 순간에 주인공은 비하의 저주를 위궤양이라는 몸의 기억(기념비)으로 재차 체험하면서 복통을 경험했을 것이며, 원초적 향유의 욕망에 대한 상실감도 반복적으로 경험했을 것이다.

「퇴원」의 주인공은 '위궤양'이라는 의학적 병명으로 미처 포괄되지 않는 사건을 겪고 있다. 그의 질병은 단일한 원인과 결과로 이어지거나 하나의 병인을 갖는 생물의학적 사건을 넘어선다. 그의 '입원'은 신체적 증상을 넘어서는 삶의 트라우마와 고통들에 직면해, 혹은 미스 윤이 명명한 '자아망실증'이란 정체성의 위기에서 다른 사건들 속에서 배치된 결과다. 이 사건의 복잡성과 다면성만큼 그것은 단지 부정적인 심신의 위기로만 이해되지 않는다. 실제로 서구 근대의 생물의학적 사고의 틀을 벗어나 동양 의학의 전통적 사유나 건강 생성 패러다임에서 보면 질병과 건강의 사건은 이분법적으로 구분되지 않으며, 건강은 다만 지향해야 할 이상적 목표로서 인식되고 실천되는 것이다.

> 몇 가지 의문이 한꺼번에 몰려들었다. 미스 윤이 가지고 간 나의 혈압 기록지에는 내 혈압이 기재되어 있지 않았다. 미스 윤은 그 종이에다 '뱀'이라는 글자를, 그것이 무슨 원망스런 말이라도 되는 것처럼 가득 채워 놓고 있었던 것이다. 그러면 미스 윤은 나를 속인 것인가? 혈압은 재는 척만 했던 것인가? 그렇다면 그녀는 나의 병에 대해 모든 걸 다 알고 있는 것이다. 자아망실증 어쩌고 한 그녀의 말에는 좀더 특별한 뜻이 있었던 것 같다. 그러면 준은? 틀림없이 공모일 게다. 놈은 매일 그녀로부터 내 병세의 진단 자료를 보고 받는 대신, 나를 속이는 그녀의 연기에 관한 보고를 받을 테지. 기가 막히게 친절한 배려다. (31~32면)

주인공은 "완전한 자기 망각"(34면) 혹은 '자아망실증' 상태에서 무기력한 생활을 하다가 보조자 미스 윤과 친구인 의사 준의 도움으로 자기의 과거 삶을 투명하게 반추하려는 노력을 시도한다. 서사적 정체성의 회복과 재생성은 오히려 그를 입원 전보다 더욱 강건한 의지를 갖도록 한다. 그는 말할 이야기가 없거나 특별한 이야기를 할 수 없거나 자기 존재 가치를 증명할 수 있는 이야기를 찾지 못한 자에서, 타인에게 희귀한 이야기를 발화할 수 있는 최소한의 서사적 역량을 갖춘 사람으로 변모한다.57) 그 변화는 내적 변화인 동시에 사회적 소통 가능성을 열어 주는 사건이라는 점에서 대화적 사건으로 볼 수 있다. 그리하여 그는 병중에 오히려 삶에서 자기 자신을 긍정할 만한 새로운 서사의 단서를 발견하고 심신과 사회적 존재로서의 건강을 되찾을 수 있었다. 「퇴원」에서 주인공이 겪는 심신의 질병 사건은 변화와 생성으로서 치유의 사건의 잠재력을 지닌, 열린 사건성으로 해석된다. 「퇴원」의 마지막은 다음과 같이 도래할 삶(미래의 사건들)에 대한 비종결적 개방성을 시사한다. "정말로 꼭 한 번쯤은 다시 이곳을 들르게 될 일이 있을지도 모르겠다고 생각하면서, 지금 막 어둠이 깔리기 시작한 거리로 나는 천천히 병원 문을 걸어 나갔다."(36면)

한편, 현상학에서 행위(action)는 단순히 신체적 움직임이 아니라 행위자의 의도성에 의해 규정된다. "움직임이 행위가 되기 위해서는 목표를 향해 있어야 하고 의도적이어야 한다. 비록 외부로부터는, 즉 어떤 다른 사람들에 의해서는 행위로 해석될지라도, 반사적, 수동적, 하위의도적, 전의도적인 움직임은 행위가 아니다."58) 독자가 서사적 인물의

---

57) "심리학자 미셸 크로슬리에 따르면 우울증은 곧잘 "일관성 없는 이야기", "자신에 대한 부적절한 서사", "꼬여 버린 삶" 때문에 생긴다. 임상 심리학자들은 불행한 사람들이 자신의 삶 이야기를 바로잡을 수 있도록 돕는다. 감당할 수 있는 이야기를 만들어 주는 것이다." 조녀선 갓셜, 앞의 책, 212면.
58) 숀 갤러거·단 자하비, 앞의 책, 274면.

특정 행위를 의도적인 행위로 인지하는 한에서, 그 인물의 행위의 의미 있는 이유(reason)를 추론하는 일은 인물뿐만 아니라 나아가 서술자나 작가의 의도를 감지해내는 문학적 해석 활동이다. 한편, 인물의 의도적 행위가 아닌 신체적 움직임들을 서술한 경우에도 문학 텍스트에서는 많은 경우 서술자의 서술 행위와 작가의 의도에 비추어본다면 의미 있는 해석이 가능하다.

주인공의 신체적 행위와 시간적 연쇄 또는 플롯은 긴밀한 관련성을 맺고 있다. 「퇴원」의 주인공이 거울을 빌려 자신의 얼굴을 바라보는 일은 자아망실증에 맞서 자기 정체성을 회복하고자 하는 행위이다.[59) 주인공이 자신의 이야기를 발견하고 들을 준비가 된 미스 윤에게 그 이야기를 말할 수 있는 용기가 생기는 변화만큼이나 이 얼굴 보기 행위는 중요하다. 병원 밖 고장 난 탑시계를 수리하는 사건은 유비적으로 주인공의 회복과 치유에 상응한다. 미스 윤은 사람들이 탑시계에 시곗바늘을 끼워 넣자 거울을 돌려달라고 한다. 원활하게 작동하는 탑시계처럼 그걸 보면서 주인공이 회복될 것이라고 기대할 수 있기 때문이다. 그런 이유로 그녀는 주인공에게 탑시계처럼 바늘을 꽂아보라고 권유한다.

탑시계의 작동과 시각을 기점으로 삼아 파악해본 「퇴원」의 시간적 연쇄는 다음과 같다. (군영 시절의 회상은 제외)

"두 바늘을 잃어버린 시계" (8면) →
탑시계와 미스 윤 시계의 고장 확인 (23면) →
"사람이 하나 그 탑시계에 매달려 바늘을 끼워 넣고 있는 것이 보였다." (25면) →
"시계의 두 바늘이 3시를 가리키고 있는 것이 역력히 보였다." (28면) →

---

59) 이윤옥, 「텍스트의 변모와 상호 관계」, 이청준, 『병신과 머저리』, 376면.

"탑시계가 4시 반을 가리키고 있었다." (32면) →

"탑시계가 5시를 가리키고 있었다." (34면) →

"저녁을 마치고"(34면) "바늘을 끼워놓은 시계"(35면)로서 퇴원하는 주인공

이처럼 '탑시계의 고장 → 수리 → 작동' 과정과 '주인공의 자아망실/무기력 → 이야기 발견/발화 및 거울보기 → 치유와 회복'에 이르는 '퇴원' 과정은 기계적이거나 신체적인 움직임과 행위의 이미지로 전개된다. 「퇴원」의 탑시계는 단지 근대적 삶을 구획 짓고 규율하는 시계적 시간을 제시하는 것이라기보다는 주인공의 생체적 시간과 건강 상태를 지시하는 바늘의 움직임을 위해 작동한다. 특히 후반부에 이르러 더욱 자주, 제시되는 탑시계의 시각은 그 시간적 연속을 만들어내면서 주인공의 신체적 리듬과 플롯 전개의 리듬을 가속시킨다. 여기에 소설의 막바지에서 제시되는 파월 무장군인들의 행렬의 남성적인 이미지는 시계의 움직임과 주인공의 건강을 되찾은 신체적 움직임과 오버랩 되면서 결국 주인공이 병원 밖으로 신체를 이동하는 행위로 이어지며 플롯을 전진/종결시킨다. 이러한 플롯 진행의 템포(tempo)는, 신체화된 용어로 기술하기에 더욱 용이한 음악학의 빠르기말로 표현하자면, '아첼레란도(accelerando; 점점 빠르게)'와 '크레셴도(crescendo; 점점 세게)'에 해당한다. 소설의 전반부 분위기와 대조되는 후반부는, 전반적으로 신체적인 이미지들의 활기찬 분위기를 생각하면 '비보(vivo; 생기 있게)'라는 나타냄말로 표현될 수 있을 것이다. 이처럼 소설 후반부에 제시되는 다양한 사물/사람의 움직임의 이미지들이 활발하게 환기되면서, 독자는 '퇴원'과 건강의 회복이라는 주제적 의미를 신체화된 리듬으로 효과적으로 구성할 수 있게 된다.

● 지위 상실의 신경쇠약증과 현대적 불안의 상징적 기호: 김승옥 「차나 한잔」60)

김승옥의 「차나 한잔」(『세대』 17호, 1964)은 만화가 '이아무개'가 해고의 불안을 겪으면서 배앓이에 시달리는 이야기이다. 실제로 작가 김승옥은 대학생 시절 『서울경제신문』에 1960년 9월 1일부터 1961년 2월 14일까지 167일간 시사만화 〈파고다 영감〉을 연재했다.61) 또한 "20세 때 교내신문 『새세대』 기자로 「학원만평」 및 컷 등을 그리며 졸업 때까지 활동"62)하기도 했다. 김승옥은 1965년 7월에서 10월까지 학점 미달로 인해 대학 졸업을 하지 못한 상황에서 고향에 내려와서 낮에는 「차나 한잔」을, 밤에는 「무진기행」을 집필한다.63) 작가의 만화가로서 실제 경험과 대학을 졸업해도 취직자리 하나 변변치 않던 암울한 시대 분위기가 「차나 한잔」의 창작 배경을 이룬다. 이 소설의 주인공 만화가는 연재 만화가 재미가 없다는 이유로 신문에 실리지 못하게 된다. 남을 웃겨야 하는 그가 남을 웃기지 못해서 울상을 짓는 아이러니의 곤경에 처하게 된 것이다. 그의 곤경에 몸이 먼저 격렬하게 반응한다.

오늘 아침에도 그는 설사기 때문에 일찍 잠이 깨었다. 자리에서 일어나기가 싫어서 참을 수 있는 데까지 참아보려고 했다. 그러나 배가 뒤끓으면서 벌써

---

60) 이 부분의 논의는 노대원, 「1960년대 한국 소설의 심신 의학적 상상력」, 161~166면을 수정·보완한 것이다.
61) 이정숙·천정환·김건우, 『혁명과 웃음: 김승옥의 시사만화 〈파고다 영감〉을 통해본 4.19 혁명의 가을』, 앨피, 2005 참고.
62) 윤영돈, 「60年代에 대한 記錄: 金承鈺論」, 『學術論叢』 Vol.22, 檀國大學校大學院, 1999, 38면.
63) 같은 글, 35면.

항문이 옴찔거려서 견디어낼 수가 없었다. 휴지를 챙겨들고 변소로 갔다. 어제 저녁에 먹은 구아니딘이 별로 효과를 내지 못한 모양이다. 변소에 쭈그리고 앉아서 그는 자기의 배앓이에 대해 생각해보았다. 과식을 했다거나 기름진 것을 먹은 적도 요 며칠 안엔 없었다. 있었다면 좀 심한 심리의 긴장상태뿐이었다. 신문에서 자기의 연재만화가 요 며칠 동안 이따끔씩 빠져 있었기 때문에 그는 나쁜 예감으로 불안해 있었던 것이다.[64)

그는 자신의 설사와 배앓이가 특별한 육체적인 원인을 생각해내기가 어려운, 심인성 긴장 때문이라고 자각하고 있다. 선배 만화가와 함께 술을 마신 것도 중요한 원인이었겠지만, 스스로 "자기의 긴장상태 때문이라고 할 수 없이 생각했다."(217면) 최근의 잦은 음주 역시 그의 긴장상태 때문이기도 할 것이다. 신문에 자신의 연재만화가 빠진 것을 문화부장은 그저 기사 폭주 관계라고 가볍게 변명하지만, 주인공은 그 이유를 신뢰하지 못하고 불안해한다. "그런 이유로 그는 며칠 전부터 긴장되어 있었는데, 어제 새벽부터는 설사가 시작되었다. 그는 자기의 배앓이가 낭패해가고 있는 자기의 심리상태에서 결과된 것이라고 믿게 되었다."(214면) 실제로 주인공은 배앓이, 설사와 같은 신체적 증상뿐만 아니라 '긴장', '신경과민', '신경쇠약', '두통', '불안', '조바심' 등 신경정신과적 용어와 표현을 사용해서 자신의 불편한 심신 상태를 민감하게 자각하고 있다. 주인공의 상태는 단순한 설사가 아니라 몸과 마음, 그리고 삶의 전반에서 위기를 감지한 심신의 불안 상태였다. 실제로, 불안은 생물학적·심리적·사회적 영향들의 복합으로 발생하는 것으로, 본래 그

---

64) 김승옥, 「차나 한잔」, 김승옥 소설전집1 『무진기행』, 문학동네, 2010, 213면. 앞으로 본문에 면수만 표기.

자체로서 부정적인 것은 아니다. 진화 심리학적으로, 불안은 적응의 반응이다. 불안은 다가올 위협적인 상황에 대비해서 생존을 촉진하는 행위를 취할 수 있도록 촉진한다.[65]

> 우연 속에 자신을 맡겨버리는 습관을 가르쳐준 게 그놈의 군대였다. 그런데, 하고 그는 생각했다. 하긴 그것이 평안했어. 적어도 신경쇠약에 걸릴 염려는 없었거든." (216~217면)

> 자기의 신경과민으로 자기는 지금 큰 실수를 저지르고 있는 건 아닌지⋯⋯ (228~229면)

> 그는 이 수다쟁이 문화부장의 농지꺼리에 진력이 나기 시작했다. 신경의 한 올 한 올이 곤두서서 그는 작은 소리에도 깜짝깜짝 놀래었다. 보통의 경우에는 의식하지 못하는 모든 소음들―다방 안에서 나는 소리들과 거리에서 들려오는 소음들이 모두 한꺼번에 살아서 그의 귓속으로 밀려들어 그의 머리는 터져버릴 듯했다. (248면)

배앓이를 고백하는 주인공에게 신문사의 문화부장과 다른 인물들은 '크로로마이신'을 복용해보라고 권한다. 그 말을 듣고 주인공은 몇 번이나 반복적으로 이 약의 이름을 떠올리면서 다급하게 복용해야겠다고 다짐한다. 하지만 다른 신문사에 만화 연재를 부탁하자는 생각이 급해 당장 실현하지 못하고, 부탁이 거절당하고 나서야 약국에 들러 사먹을 수

---

65) Patrick A Palmieri & Wendy Heller, "Anxiety Disorders," Lynn Nadel, ed. *Encyclopedia of Cognitive Science*, John Wiley & Sons Ltd., 2005.

있게 된다. 이 소설에 몇 번씩이나 언급되고 있는 항생물질인 크로로마이신(Chloromycetine)[66]은 1950년대 후반과 60년대 초반에 이르는 시기 여러 신문 기사와 광고에서 볼 수 있는 것처럼, 안과, 이비과, 부인과의 다양한 증상(임질, 백일해, 무통분만, 임신오조[임신 후 입덧], 신경안정, 유행성감기)에 효용이 있는 가정상비약처럼 홍보·인식되고 있었다.

주인공이 배앓이 때문에 '구아니딘'이라는 약을 복용해도 효과가 없다고 하자, 복덕방 영감은 "허긴 요샌 가짜 약도 흔해서. 참 곶감을 달여 먹어보우. 뭐 금방 나을걸."(225면)이라며 민간 처방을 권한다. 실제로 1957년부터 "요즘 당지에는 가짜 「크로로마이세찡」(항생약품)이 범람하고 있어 환자들의 생명을 위협하고 있다."[67]는 기사 보도가 나오더니 김승옥이 「차나 한잔」을 집필하던 1964년에는 "구아니딘(설사약) 등으로 「크를로마이신」"[68]을 위조하여 판매한 약품행상 등을 입건한 일이 벌어지기도 했다. 〈남용되는 항생물질〉이란 제목의 칼럼에서도 일반 대중이 '크로로마이세찡'의 효용을 경험한 후에 단순 감기나 단순 복통에까지 남용하고 있다고 경고하고 있다.[69] 시사만화가로 활동했던 경력의 작가 김승옥이 1960년대 당시 사회 문제로 대두되었던 의약품 위조와 오남용 세태를 놓쳤을 리 없다.

---

66) "묘지의 흙에 관심을 가진 유태계 미국인 '왁스만' 박사는 흙(토양) 속의 방사균 배설물에서 '스트렙트마이씽'을 발견하고, 이래 이 방사균의 허다한 종류에서 '오래오마이씽'·'크로로마이세찡'·'테라마이씽'·'아이로다이씽'·'잘코마이씽'·'트리코마이씽' 등 경이적인 유효항생제가 속속발견되며, 항페니실링균·결핵균·토라코마·수충 등의 치료에 중요한 역할을 하게 되었다." 김석찬, 〈魔術에서 科學으로 醫藥 이야기〉, 『동아일보』 4면 과학, 1959.02.12.
67) 〈비싼 假짜 藥(마이세찡) 氾濫 多量押收〉, 『동아일보』 3면 사회, 1957.07.04.
68) 〈마이싱 多量僞造〉 『경향신문』 7면 사회, 1964.08.08.
69) 김근배, 〈남용되는 항생물질〉, 『동아일보』 4면 사회, 1959.07.28.

그림 8. 크로로마이신 신문 광고 (1)
"淋疾·百日咳에…斷然大好評! 크로로마이세친"

그림 9. 크로로마이신 신문 광고 (2)
"不安한 現代人의 生活必需品…"

김승옥의 「차나 한잔」70)에서 주인공은 주변 인물들의 강한 권유에 따라 복통과 설사를 멈추게 하려고 크로로마이신을 찾는다. 실제로 당시에 장티푸스 등에 가장 효과적인 항생물질로 이 약이 권유되었다.71)

---

70) 이 부분의 논의는 노대원, 「1960년대 한국 소설의 심신 의학적 상상력」, 164~167면을 수정·보완한 것이다.

이 약은 한편으로 50년대말에는 "自律神経安定劑"로, 60년대 초에는 "不安한 現代人의 生活必需品"으로서 불안, 초조, 우울 등 신경정신과적인 증상에 대한 치료제로 강조되어 널리 광고되기도 했다. 그 점을 감안해서 해석하면, 소설 속에서 주인공이 복용한 크로로마이신에는 복통과 설사의 중요한 심적 원인인 심리적·사회적 의미가 더욱 강조된다. 요컨대, 이 약은 심인성 설사와 불안과 신경쇠약, 즉 심신 상관적 증상으로 고통 받는 우울한 남성 주체의 고통과 동시에 치유 의지를 구체화한 상징적 기호이다.

문화부장과 헤어지자 그는 더이상 갈 데가 없어서 잠시 동안 길 가운데 마치 누구를 기다리는 자세로 서 있었다. 크로로마이신. 그는 문득 생각이 나서 사방을 두리번거렸다. 길 저편에도 그리고 자기의 바로 근처에도 '약'이라는 간판이 얼마든지 있었다. 그는 자기에게서 가장 가까운 곳에 있는 약방을 향하여 걸어갔다.

아마 대학을 갓 나왔을 듯싶은 젊은 여자는 설사라는 한마디에 약을 네 가지나 번갈아 내보였다. 그리고 약 한 가지마다 긴 설명을 덧붙였다. 약 자체의 값보다 설명 값이 더 많겠군, 하고 그는 생각하며 '크로로마이신!' 하고 짜증이 나서 투덜대는 목소리로 말했다. (249~250면)

주인공의 배앓이와 설사, 불안과 신경과민 등은 직업적인 불안정이라는 사회적 요인이 근본적인 원인이 되었다는 점에서, 이 약의 효과는 불행하게도 제한적일 수밖에 없을 것이다.[72] 크로로마이신에 흉터가

---

71) 고극훈, 〈腸「티푸스」症勢와 治療〉, 『동아일보』 4면 사회, 1962.12.11.

제5장 몸으로 읽는 소설의 사건

있더라는 주인공의 말은 일차적으로는 약사의 손에 있던 흉터를 가리키는, 취중의 무의식적 실언/농담이지만, 동시에 그 약으로도 자신이 온전히 치유되기 힘들 것임을, 또는 당장의 육체적 증상은 사라지더라도 실존적·심리적 상처가 오래 남을 것임을 암시하는 말이기도 하다. 주인공이 처한 심신의 곤경을 해결해줄 마법과 같은 약은 생화학적 약품이 아니었던 것이다. 다만, 한국의 문화적 현대성 혹은 일상적 현대성이 (재)구조화된 시기를 1960년대로 본다면, 당시 널리 활용되었던 크로로마이신에는 단순한 의학적인 측면뿐만 아니라 도시인의 현대적 불안이 광범위하게 인식되던 시기의 사회적·역사적 의미가 내포되어 있는 것이다.

2) 심신의 실존적 치유와 문화 의사의 서사적 역능[73]

근대의 시인과 작가, 그리고 근대의 예술가들은 부르주아적 모더니티의 진보적인 역사관, 그리고 계몽적인 기획과 규율 등에 대항하는 문화적 모더니티를 표출하며, 따라서 그들은 근대 사회의 아웃사이더를 자처한다. 문화사회학자 김홍중이 문화적 모더니티의 지배적인 '세계감(世界感)'을 멜랑콜리, 권태, 무기력, 우수, 슬픔 등 '토성적 정조'로 규정[74]한 것은 이러한 맥락에서 이해할 수 있을 것이다. 그런 까닭에 근

---

72) 심신의학과 정신분석학은 사회적으로 인정받지 못하면 쉽게 병에 걸릴 수 있다고 지적한다. 대리언 리더·데이비드 코필드, 앞의 책, 256면.
73) 문화 의사의 비평 개념 논의 부분은 노대원, 「식민지 근대성의 '문화 의사(cultural physician)'로서 이상(李箱) 시 — 니체와 들뢰즈의 '문화 의사로서 작가'의 비평적 관점으로」, 255~259면을 수정·보완한 것이다.

대의 시인과 작가는 대체로 사회에서 분리된 존재로, 그리고 정신과 육체의 질병을 앓는 고독하고 고통스러운 '환자'의 형상으로 이해되며, 근대 문학에서 재현되는 예술가, 작가의 이미지 역시 대체로 그러한 병자의 형상에 가깝다.[75]

게다가 '환자'로서의 근대 작가, 근대 문학에 대한 이미지는 정신분석학에 의해 더욱 고착[76]되었다. 프로이트가 문학 텍스트를 마치 신경증 환자를 분석하듯이 독해한 것처럼, 정신분석학적 문학비평은 스스로를 정신분석가 또는 의사의 자리에 착석하고, 작가와 문학 텍스트, 그리고 작중인물의 무의식 등을 분석하면서 문학과 작가를 환자석에 착석시킨다. 이러한 관점에서 문학 텍스트를 분석하고 이해하는 일은 분명 사회적 문화적 환부로서의 작가와 문학에 대한 이해를 확장시키고 심화시켰

---

74) 김홍중, 「멜랑콜리와 모더니티: 문화적 모더니티의 세계감 분석」, 『한국사회학』 제40집 3호, 2006, 9면. 여기서 '세계감'은 세계관에 대응되는 개념으로, 세계에 대한 감정의 구조를 의미한다.

75) 이재선은 에드먼드 윌슨이 『상처와 화살』에서 예술가의 원형으로 적시한 필록테테스(Philoctetes)의 우화를 소개한다. "필록테테스가 악취가 나는 상처나 질병 때문에 버림받거나 격하되면서도, 그가 지닌 신궁의 기예 때문에 오히려 그를 필요로 하는 사람들에 의해서 존경받는다는 이야기이다. 예술이나 예술가에게는 이렇게 초월적인 건강을 위해서 고통이 본질적으로 내재되어 있다거나, 문인(시인)은 '초월적 의사 transzendentale Arzt'(노발리스)라는 관념이 함의되어 있는 것이다. 문학, 특히 현대 문학은 삶과 인간적 조건의 손상이나 사회적·정치적인 이상 현상의 비유나 상징으로서 질병을 원용하여 질병 현상을 문학화하거나 주제화한다." 이재선, 『현대소설의 서사주제학』, 14면.

76) "사실 현대의 문학비평은 작가들을 병약한 존재로 치부하는 경우가 많다. 20세기의 사유가 자본주의와 정신분석의 영향이 큰 탓이기도 하다. 자본주의적 경제구조에서 문학은 그 가치가 경제적 효용성에 판단기준이 맞춰져 있어서 책의 판매부수에 따라 작가들의 능력이 평가된다. 또한 정신분석의 영향하에 작가는 늘 억압속에 욕망의 표출 통로를 찾지 못해 방황하고 있는 모습으로 분석된다. 작가들은 외디푸스의 억압을 표현할 길이 없어 고통스러워하고, 이를 극복하기 위해서 물신숭배에 집착하는 모습으로 그려진다." 민진영, 「문학과 건강 - 질 들뢰즈(G. Deleuze)의 문학론을 중심으로」, 『프랑스어문교육』 제29집, 한국프랑스어문교육학회, 2008, 526면.

다고 평가할 수 있다. 반면에, 문학 텍스트에 나타난 고통의 기원이 단순히 개인의 육체적 질병이나 가족사의 심리적 원인에만 있는 것이 아니라, 한 사회와 한 시대의 환부 때문일 수 있다는 중요한 사실을 주변부에 놓기 쉽다. 또한, 작가와 문학의 질병이란 근본적으로 그것의 진단과 치유를 겨냥하고 있다는 점을 간과하게 될 수 있다.

많은 문학과 작가들은 환부를 드러내는 다양한 징후들을 표현하고 있지만 질병을 극복하기 위한 다양한 몸짓을 드러냄으로써 자기 치유와 나아가 더 큰 사회와 문화를 진단하고 치료하고자 하는 의지를 표명한다. 이처럼, 탁월한 시인과 작가란, 단지 환자가 아니라 자신과 시대의 환부를 적극적으로 회복시키고 치료하여 새로운 가능성을 생성하고자 하는 '문화 의사(cultural physician)'이다. 문학비평의 중대한 과제가 있다면, 그것은 작가와 문학 텍스트 앞에서 의사로 군림하는 것이 아니라 오히려 문화 의사로서의 문학과 작가의 위상을 돌려주는 일, 바로 문학 본래 역할을 확증시켜주는 작업일 것이다.

프리드리히 니체에 의하면, 예술가와 철학자는 문화적 의사이다. 니체는 『즐거운 학문』의 서문에서 자신의 건강 회복을 언급하며 건강과 철학의 관계를 논의한다. 그는 철학자에게 영감을 준 것이 혹시 질병이 아닐까 하는 질문을 필두로 "철학은 단지 육체에 대한 해석, 혹은 육체에 대한 오해에 불과한 것이 아닐까"하는 의문을 제기한다. 물론, 그 질문의 답은 ('관점주의'의 철학자답게) 적어도 질문자인 니체 자신에게는 참이었을 것이다. 그는, 질문과 함께 '철학적 의사'의 지향점을 제안한다.

나는 여전히 단어의 예외적인 의미에서 철학적인 **의사**(醫師)를 고대하고 있다. 민족, 시대, 인종, 인류의 총체적인 건강의 문제를 진단하고, 내가 제기한 의혹을 끝까지 추구하여 모든 철학이 지금까지 다루어온 것은 "진리"가 아니라 다른 어떤 것, 즉 건강, 미래, 성장, 권력, 삶 등이라는 명제에 과감하게 니체는 '문화 의사'라는 용어를 직접적으로 사용한 적은 없지만, '미래의 철학자'에 대한 니체적 삼위일체는 철학자-의사·철학자-예술가·철학자-입법자로 문화적 질병의 기호를 진단하고 그것을 치유하는 치료자의 의미를 갖는다.78) 니체는 처참한 질병의 고통 속에서 살다가 광기 속에서 죽어간 철학자이다. 그러나 기존 가치의 파괴자이자 입법자로서, 니체는 건강과 질병에 대한 기존 관념 역시 전복시키고 상대화시켰다. 동양 의학의 건강관이나 최근 서구 의학계에 제시된 세련된 생물-심리-사회 모델의 건강관처럼, 니체에게 건강이란 심신의 건강뿐만 아니라 삶의 건강까지 포함하는 것이었다. 또한 니체적 의미에서 병이란 신체의 질병 그 자체가 아니라 긍정적인 방식으로 고통에 반응할 수 있는 능력의 부재를 의미한다.79) 그는 역설적으로 병고의 체험이 있는 자, 질병으로 고통 받는 자는 무엇이 진정 건강한 삶인지를 이해할 수 있다고 보았다. 그들은 병적 현실을 예민하게 포착하여 새로운 의미 문법을 만들어내는 창조적 고통으로서의 병을 앓는다.80) 니체 역시 자신

---

77) 프리드리히 니체, 「즐거운 학문」, 『즐거운 학문·메시나에서의 전원시·유고』, 27면. 강조는 원문.
78) 로널드 보그, 김승숙 역, 『들뢰즈와 문학』, 동문선, 2006, 29면.
79) 김정현, 「니체의 건강 철학」, 『니체, 생명과 치유의 철학』, 책세상, 2006, 380면 참고.
80) "허약함이 가진 이득—자주 아픈 사람은 그만큼 자주 건강해지기 때문에, 건강해지는 데 대한 기쁨을 더 크게 느낄 뿐 아니라, 자신과 타인의 작업과 행동 속에서도 건강한 것과 병에 걸린 것을 보는 극도로 날카로운 감각을 가지고 있다: 그 결과, 예를 들어 병에 걸린 저술가들—유감스럽게도 거의 모든 위대한 작가들이 여기에 속한다—은 자신들의 책 속에서 훨씬 더 안정되고 균형적인 어조의 건강함을 지니고 있는 것이 보통이다. 왜냐하면 그들은 육체적으로 강건한 사람들보다 정신적 건강과 회복의 철학과 그리고 이 철학을 가리치는 교사들인 오전, 햇빛, 숲 그리고 샘에 대해 더 잘 알고 있기 때문이다." 프리드리히 니체, 김미기 역, 『인간적인 너무나 인간적인 II』, 책세상, 2002, 199면.

의 심신의 고통과 질병을 스스로 치유하고자 노력했으며 동시에 시대와 불화를 겪으며 온몸으로 고통 받으면서 당대의 문화적 질병을 치유하고 자 애썼다. 니체는 차라투스트라의 입을 빌려 이렇게 말했다. "의사여, 너 자신의 병을 고쳐라. 그렇게 하는 것이 환자에게 도움이 될 것이다. 환자가 그 자신을 치유한 경험을 지닌 자를 직접 보도록 하는 것, 그것 이 그 환자에게는 최선의 도움이 될 것이다."81)

니체에게서 '철학적 의사' 개념을 수용한 질 들뢰즈(Gilles Deleuze) 는 『비평과 진료』(Critique et Clinique)에서 '문화 의사'로서 작가에 대해서 다음과 같이 설명한다.

> 이처럼 작가는 환자가 아닐 뿐만 아니라 오히려 의사, 아니 자기 자신과 세 계를 치료하는 의사인 것이다. 세계는 병이 인간과 뒤섞이는 증상들의 총체이 다. 따라서 문학은 건강계획서처럼 보인다. 그 이유는 작가가 굉장한 건강을 억지로 지니고 있기 때문이 아니라(여기에는 운동경기에서와 동일한 애매모호 함이 있을 수 있다) 그에게는 너무 크고 너무 벅찬 사물들로부터, 그리고 지 배적인 엄청난 건강이라면 불가능하게 만들었을 생성들을 그에게 줌으로써 그 과정이 그를 고갈시키는 숨쉴 수 없는 사물들로부터 그 자신이 보고 들은 것 에서 나오는 어쩔 수 없는 미미한 건강을 즐기기 때문이다. 자신이 보고 들 은 것으로부터 작가는 두 눈이 붉게 물들고 고막은 뚫린 채 되돌아온다.82)

들뢰즈가 새롭게 의미를 부여한 문화 의사로서 작가는 병적인 세계를 누구보다도 예민하게 인식하는 자이다. 작가는 압도적인 세계의 질병에

---

81) 프리드리히 니체, 정동호 역, 『차라투스트라는 이렇게 말했다』, 책세상, 2000, 125면.
82) 질 들뢰즈, 김현수 역, 『비평과 진단: 문학, 삶 그리고 철학』, 인간사랑, 2000, 20면.

대면해서 건강이 쇠약해지고 연약해진다. 그러나 작가는 그 질병에 완전히 지배당하지 않고 그 병적인 현실을 견디고 미미한 건강을 즐긴다. 미미한 건강이나마 유지할 수 있을 때 작가는 글을 쓸 수 있는 것이다. 들뢰즈에 따르면, 작가는 환자가 아니라 의사가 되어 자기 자신을 치료하고 문화적 병적 징후가 가득한 세상을 치료해야 한다. 니체적 의미의 건강은 '힘에의 의지'에서 기원한다. 따라서 니체적 의미의 작가는 긍정적인 힘에의 의지, 창조하려는 의지를 지닌 자이다. "긍정한다는 것은, 참고 견디며, 당연한 일로 받아들이는 것이 아니라 창조하는 것이다."83) 프로이트적 해석에서 작가는 일종의 병든 환자이지만, 니체와 들뢰즈적인 의미에서 작가는 긍정적인 창조의 의지를 갖고 세상을 치유한다.84)

작가는 병약할지라도 단순히 육체적인 질병에 시달리는 환자가 아니라 이른바 '문화 의사'로서 글을 쓴다. 작가는 겨우 글을 쓸 수 있는 미미한 건강을 지닐 뿐이지만, 그러한 심신의 상태는 역설적으로 니체적인 의미의 '위대한 건강(great health)'85)으로 민감하게 한 시대와 문

---

83) 로널드 보그, 『들뢰즈와 문학』, 30면.
84) "무엇보다도 니체적 문화 의사는 가치의 평가에 관여하게 되는데, 그것은 세계를 형성하는 힘과 그 관점에 대한 진단, 그리고 새로운 배치 내에서의 힘의 전개 양상을 진단하게 된다. 문화 의사는 기호의 해석자일 뿐만 아니라 문화적 병원균을 즐겁게 박멸하고, 삶을 고양하고 증진시키는 새로운 가치를 창안하는 예술가이다." 같은 책, 12~13면.
85) 위대한 건강의 심리학적·윤리학적 함의는 인간의 자연적 본성을 억압하는 '양심의 가책'이나 내면성과 대비되어 논술된다. "저편 세계의 것, 감각에 반하는 것, 본능에 반하는 것, 자연에 반하는 것, 동물성에 반하는 것에 이르려는 저 모든 열망을, 간단히 말해 전체적으로는 삶에 적대적인 이상이자 세계를 비방하는 자의 이상인 지금까지의 이상들을 양심의 가책과 밀접하게 연결하는 반자연적인 성향들이다. [⋯] 저 목표를 달성하기 위해 바로 이 시대에 있을 법한 것과는 다른 방식의 정신이 필요하다: 그것은 전쟁과 승리로 단련되었으며, 정복, 모험, 위험, 그리고 심지어는 고통까지도 필요하게 된 정신이다. 이 정신에 이르기 위해서는 날카로운 고지의 바람과 겨울의 방랑, 어떤 의미에서의 얼음과 산악에도 익숙해질 필요가 있다. 이 정신에 이르기 위해서는 일종의 숭고한 악의조차 필요하며, 커다란 건강에 속하는 극단의 자기 확신성을 갖는 인식의 방자함이 필요하다.

화를 진단하고 치유한다. 기존의 정신분석 비평에서는 작가와 텍스트, 작중인물을 환자로 보지만, 이는 문학 텍스트에 나타난 질병과 고통의 능동적 역할과 지위를 간과한 것이다. 질병-치유 서사 텍스트 내의 작중인물이나 그 저자는 질병의 체험 속에 있으나 자신과 사회를 치유하고자 하는 문화 의사가 될 수 있다. 이 연구서에서는 서사 텍스트에 체현된 병리적 증상을 단순히 부정적인 의미의 육체적 질병으로만 여기지 않고 그 사회적, 문화적 의미를 적극적인 실천 행위로 해석하고자 한다.

니체와 들뢰즈, 프랭크 등의 논의를 종합하면, 질병의 사건은 단지 부정적인 육체 현상이 아니라 이야기와 증언의 방식으로 적극적인 실천의 힘을 지닐 수 있다. 단순한 환자에서 문화적, 윤리적인 서사적 역능을 지닌 창조적인 문화적 치유자가 되는 것이다. 이처럼 문학 비평 역시 병리성과 고통에 노출되어 있는 작가, 서술자, 작중인물 등 서사학의 여러 참여자에 대한 관점을 변경할 수 있으며, 이는 해석상의 변별점을 만들어낸다. 때로 질병으로 약화된 신체는 지적 역량이나 이론적 상상력의 활성화를 촉진시키기도 한다. 이러한 통찰력은 민감성에 관한 현대의 심리학의 근거와도 상통하는 점이 많다.

● **정체성과 감성의 회복으로서 사건성의 신체화:**
   이청준 「퇴원」, 최인호 「견습환자」

이청준의 「퇴원」에서, 주인공은 단지 그의 병이 신체적인 것 이상의 문제라는 사실을 간파한 의사 친구 준과 간호사 미스 윤의 헌신적인 도

간단하고도 좀 나쁘게 말하자면, 이 커다란 건강이야말로 필요한 것이다!……" 프리드리히 니체, 「도덕의 계보」, 『선악의 저편·도덕의 계보』, 446~447면. 강조는 원문.

움으로 치유될 수 있었다. 타인들과의 대화적 관계 속에서 그는 정체된 자신의 삶에 활기를 불어넣을 이야기를 새롭게 만들어갈 의지를 발견한다. 한편 의사 '준'은 보조적 인물인 동시에 주인공의 자기 치유의 의지의 '심리적 심급'으로도 볼 수 있다. 이윤옥이 지적한 것처럼, 이청준 소설들에서 '준'이라는 이름의 인물들은 대체로 작가의 분신적인 역할을 수행하는 경우가 많다. 「퇴원」의 초고에서 '준'의 이름은 본래 '걸'로 나오지만 이후에 '준'으로 바뀌면서, 작가 자신이 투영된 인물이 주인공과 준으로 모두 두 사람이 된다. 당선 소식을 듣고 쓴 이청준의 일기를 볼 때 '준'은 작가 자신을 의미하는 것으로 보이기 때문이다.[86]

다시 말해, 작가의 분신인 주인공을 진단하고 치유하는 의사 인물은 전혀 다른 타인이라기보다는 작가 자신의 분신이다. 그런 의미에서, 「퇴원」의 주인공은 환자이면서 동시에 의사인 것이다. 주인공의 치유와 회복은 단지 외부로부터의 치료뿐만 아니라 자기 자신을 치유하고자 한 주인공과 작가의 적극적인 의지로 가능한 것임을 해석될 수 있다. 그러므로 소설의 표제인 '퇴원'은 퇴원(자기 회복과 치유)의 '의지'와 결코 다르지 않은 것이다. 이 연구서의 질병-치유 서사의 모델의 관점에서 본다면, 이청준의 등단작 「퇴원」은 그 이후에 다른 여러 소설들에서 반복적으로 전개될 병리적 증상들의 원형적 장면일 뿐 아니라 나아가 그것들의 치유와 회복을 향한 의지를 배태한 시원적 장면으로 해석되어야 한다.

최인호의 「견습환자」는 이청준의 「퇴원」보다 훨씬 더 직접적으로 '문화 의사'의 면모를 보여주는 주인공의 카니발적 플롯을 전개한다.[87] 「

---

86) 이윤옥, 「텍스트의 변모와 상호 관계」, 이청준, 『병신과 머저리』, 375면.
87) 이에 대해서는 노대원, 「최인호 초기 단편소설의 카니발적 특성 연구」에서 지적한 바 있다.

견습환자」의 첫 문장은 다름 아니라 "참으로 이상한 일이다. 나는 지금껏 그 사람들에게서 웃음을 본 일이 없다."(11면)고 하는 주인공의 관찰과 진단으로부터 시작한다. 그는 그가 입원해 있는 종합병원 병동의 분위기, 그리고 그 안에 있는 환자, 의사, 간호사 들의 행동 양상을 면밀하게 관찰하고, 특히 환자들이 아니라 오히려 병원 의료진들에게서 현대의 문화적 병리성을 간파해낸다. 이 병원에서는 근대적 규율과 통제가 엄격하게 이루어지고 있었고, 주인공의 독특한 관찰과 현란하고 유쾌한 비유적 진술에 의해 의료진들은 부산스러운 '백혈구'처럼 행동하거나 의료 목적만을 철저히 수행하기 위해 인간성이 결여된 자동 기계처럼 인식된다. 도구적 이성이 웃음과 감성 같은 인간적 측면들을 억압하고 카니발적 세계감각이 위축된 병원은 산업화 근대 사회의 병리를 드러내는 축도이다. 환자인 주인공은 자신을 오히려 의사로 간주하며, 책임을 가지고 의료진들의 웃음기 없는 병을 치료해야 한다고 생각한다.

> 이리하여 나는 그들을 웃기기 위해서 고용된 사설 코미디언 같은 무거운 책임의식을 갖게 되었고, 밤낮으로 그들이 무엇을 원하고 있는가를 알아내려 애를 썼다. 나는 스스로의 청진기를 들고 그들을 진단하기 시작했고, 웃음을 불러일으킬 수 있는 소인(素因)이 그들의 어느 부분에서 강하게 생겨나는가 하는, 임상 실험의 과정에 굉장한 열의를 기울이게 되었다. (17면)

바흐찐은 르네상스 시대의 작가, 특히 실제로 의사(醫師)-작가였던 프랑수아 라블레와 관련해서 웃음을 치료적인 관점에서 파악했다. 웃음의 치유력에 관한 학설과 웃음의 철학은 결국 웃음을 치유하고 재생시키는 보편적이고 세계관적인 원리로 규정하는 것이다. 카니발적인 세계관 안에서는 웃음이 긍정적이고 재생적이며 창조적인 의미로 인정되는 것이다.88) 니체 역시 무겁고 진지한 도덕성에 맞서는 광대적인 웃음의 가치를 건강과 질병의 비유로써 드높였다.89) 그에게 경직된 도덕성의 추구는 '질병의 악화'를 의미하는데, 이는 니체 특유의 실렙시스(syllepsis90))를 활용한 수사학적 표현으로 실제의 신체적 건강과 문화적 건강의 악화를 동시에 지시한다.

「견습환자」의 주인공은 의사들을 바라보며 "저들이 만약 외무사원처럼 웃으며 환자의 증세를 물어본다면, 그 환자는 얼마나 심리적인 위안을 받을 것인가."(17면)라고 탄식한다. 웃음의 원리를 강조하는 바흐찐의 카니발 이론에 따르면, 이 의사들은 "죽어가는 세계와 세계관을 대표하는 사람들 아겔라스트 agelast들(즉 웃을 줄 모르는 사람들)"91)이다. 주인공의 비판적 시각으로는, 그들은 웃음을 상실하여 치료자로서의 역량과 책무를 다하지 못하고 있으며, 동시에 웃음을 상실했다는 그것만으로도 문화적 의미에서의 환자에 해당하기 때문이다.

그리하여, 주인공은 늑막염 증상이 곧 퇴원을 해야 할 정도로 쾌조를 보이고 있음에도 인턴을 웃길 수 없다는 초조감과 불안 때문에 결핵 증

---

88) 미하일 바흐찐, 『프랑수아 라블레의 작품과 중세 및 르네상스의 민중문화』, 116~122면.
89) "우리는 궁극적으로 무겁고 진지한 인간이며, 인간이라기보다는 중량이기 때문에, 광대의 모자만큼 우리에게 유용한 것도 없다. 우리가 이것을 필요로 하는 것은 바로 우리 자신에게 맞서기 위한 것이다. […] 우리의 매력적인 정직성을 가지고 완전히 도덕에 빠져들어, 그 안에서 우리가 스스로에게 제기하는 극도로 엄격한 요구를 위해 덕으로 무장한 괴물이나 허수아비가 되는 것은 우리에게 질병의 악화를 의미하는 것이리라. 우리는 도덕 위에도 서 있을 줄 알아야 한다." 프리드리히 니체, 「즐거운 학문」, 앞의 책, 179~180면. 강조는 원문.
90) "실렙시스란 무엇인가? 고전 수사학의 정의에는 동일한 단어를 이중으로 사용하는 것이라 규정되어 있다. 단어를 고유의 의미와 비유적 의미로 동시로 사용함으로써 은유나 환유를 통해 형상화가 이루어지는 것이다." 피에르 바야르, 백선희 역, 『햄릿을 수사한다』, 여름언덕, 2011, 36면.
91) 미하일 바흐찐, 『프랑수아 라블레의 작품과 중세 및 르네상스의 민중문화』, 258면, 주 27.

세인 미열이 더 심해지기도 할 정도이다. 입원 환자들은 수동적으로 병원과 의사의 규칙과 지시에 따르게 되므로 자신의 삶에 대한 통제력을 상실하게 된다. 또한 환자는 때로 자기 질병을 제외하고는 인간으로서의 모든 지위를 상실하기 때문에 '비인간(nonperson)'으로 전락할 수 있다.[92] 주인공은 그러한 이른바 일반적인 '환자 역할 행동'의 억압적이고 제한적인 규범을 전복하고 위반하면서, 공식적 제도문화를 교란한다. 그리고 그러한 병원의 비인간적 측면과 도구적 이성의 문제점들에 맞서 감성과 웃음의 회복을 위해 유희적인 카니발적 행위를 수행한다.

바트 크넨(Bart Keunen)은 인지 심리학을 활용하여 서사 해석 과정을 바흐찐적 이론으로 설명하고자 했다. 그는 모티프적(motivic) 크로노토프를 이른바 '행동 도식(action schemata)'과 연결하려고 했다. 여기서, 행동 도식이란 레스토랑에 방문하거나 결혼식 파티에 참석하는 것과 같은 판에 박힌 상황 속에서 인간의 행동을 규제하는 정신 구조를 가리키는 인지 심리학 개념이다. 크넨에 의하면, 모티프적 크로노토프는 체험에 의거한 현실에 관한 실제적 지식에서부터 상호텍스트성을 포함한 전문적인 문학 지식까지 다양하게 저장된 지식을 활성화한다고 가정된다. 양자의 결합이 이른바 '기억 조직 다발(memory organizing packets)'(MOPs)을 야기하여, 독서와 해석의 과정을 총괄한다는 것이다.[93] 크넨의 인지 서사학적 관점으로 본다면, 「견습환자」의 주인공은 병원의 크로노토프가 규제하는 특정한 행동 도식, 즉 환자 역할 행동을 유희적으로 위반하면서 일탈적인 사건성(eventfulness)을 만들어내는

---

92) 환자 역할 행동이란 자신이 병이 있다고 믿고 병에서 회복하려는 사람들이 보이는 활동이다. 박지선, 「환자 역할 행동」, 한국심리학회, 『심리학용어사전』, 2014.4.
93) Nele Bemong & Pieter Borghart, op. cit., p. 12.

것이다.

그런 이유로 「견습환자」는 질병으로 입원한 환자의 입원기임에도 자신의 질병 사건 이상으로 주인공이 오히려 병원과 의료진들을 '진단'하고 치료하려는 사건이 더욱 의미 있게 서술된다. 특히 주인공은 한 젊은 인턴을 바라보며 마치 '유쾌한 의사'처럼 진지한 책무를 느낀다.

> 짧은 시일 내에 거리의 수많은 사람들이 모두 환자로 보일 것이며, 실제 사람들이 약간의 부종과 약간의 노이로제를 가지고 있다는 사실을 알고는 스스로 소외되어버릴 것이다. 그는 비치 파라솔 밑에서 홀로 우유를 마시듯, 언제나 강한 고독을 느껴야 할 것이다. 실상 자기 자신도 메말라 파삭파삭이는 정결한 소독환경 속에서 병리학 사전에도 없는 묘한 병을 가지고 있는 건조성 환자라는 것을 의식하지 못한 채.

> '나는 그를 웃겨야 한다. 이 병동 15호실의 환자, 습성 늑막염 환자인 나는 그 건조성 환자를 웃겨야 할 의무를 가지고 있는 것이다.' (21면)

주인공은 웃음기가 없는 고독해 보이는 젊은 인턴을 웃기기 위해 유머를 던져보기도 한다. 그 이야기는 불면에 시달리는 주인공이 간호사가 가져다주는 수면제로 잠에 들었다가 수면제 복용할 시간이 되었다고 주인공을 깨우는 내용이다. 이 농담 자체도 병원과 의료진들의 기계적인 비인간성을 조롱하는 비판이 담겨 있다. 그러나 인턴은 농담에 웃지 않고 주인공만 혼자 웃게 되는 실패를 겪는다. 병동의 문패를 바꿔놓는 마지막 장난도 병원의 규칙적인 운영에는 큰 문제가 되지 않는다는 걸 알고 완전히 좌절하고 만다. 주인공은 병세가 호전되어 퇴원하는데, 자신의 퇴원 사건에 결부되는 것은 인턴의 상징적인 '퇴원'이다.

그리고 나는 점점 멀어져가는 병원 한구석 코스모스 피기 시작하는 병원에서 방금 그 젊은 인턴이 웃음을 띤 것 같은 환영을 보았다. 나는 그것이 사실인가를 확인하기 위해서 바짝 차창에 눈을 밀착시키고 무어라고 손짓을 해가며 얘기를 나누고 있는 나의 사랑스러운 환자를 쳐다보았다. 하지만 내가 보았던 것이 한 개의 착각이었을까, 아니면 찰나적인 웃음에 틀림없었는가 하는 문제는 이미 별스런 의미를 가질 수 없었다. 왜냐하면 이제 우리는 상대적으로 환자가 아니기 때문이었다. 나는 그에게서 퇴원을 했고, 또 그는 내게서 퇴원을 한 셈이었던 것이다. (28면)

마지막 퇴원 장면은 다분히 영상적인 기법을 활용한다. 동생과 택시에 타 있는 주인공은 이동 중이라 인턴의 모습을 정확하게 인지할 수 없다. 신체 지각의 한계 속에서, 그리고 퇴원 상황의 즐거운 기분이 일으키는 주인공의 심리적 긍정 편향 속에서 인턴의 모습은 다소 모호하지만, 웃는 표정으로 포착된다. 주인공은 웃음을 상실한 고독해 보이는 인턴이 나중에는 연인과 함께 있는 자리에서 웃는 모습을 본 것 같았다. 습성 늑막염을 앓았던 주인공의 신체적 '질병-치유'의 스토리는 젊은 인턴의 웃음 상실이라는 정신적 '질병-치유'의 스토리와 동시에 진행된다. 그러한 플롯 구조에서 인턴의 웃음이라는 신체적-정신적 변화는, 그것의 실제 실현 여부를 떠나 주인공이 설정한 '질병과 치유' 사이를 분절하는 중대한 변화의 사건(event Ⅱ)이다. 따라서 「견습환자」의 끝 부분에서는 주인공뿐만 아니라 인턴도 함께 상징적인 의미에서 '퇴원'한다고 서술된다.

주인공은 본래 환자였으나 환자로서만 머물지 않고 '광대'적인 문화 의사로서 카니발적 세계감각의 상실을 진단하고 그 회복을 염원했다. 여기서 광대적인 인물은 '불일치(不一致)'의 상징이며 주변화 된 인물로 형상화된다.94) 바흐찐에 의하면, 광대 인물은 모든 종류의 인습을 폭로

하는 것, 즉 인간관계에서 그릇되고 상투화된 허위를 폭로하는 소설의 기본적인 임무를 수행한다는 점에서 특별한 중요성을 획득하고 있다.[95] 「견습환자」의 주인공은 카니발적 행위는 단지 플롯에 종속된 행위로 그치지 않으며, 병원과 현대 사회의 병리적 세계관을 카니발적 세계감각과 대비하고 뒤섞어서 양자를 대화화하며, 문화 의사로서 자신의 책무를 수행한다. 표제 '견습환자'는 일차적으로는 소설 속의 주인공을 지시하는데, 이 희화적 모순어법은 규범에 순응하는 환자가 되기를 거부하면서 카니발적 유희와 일탈을 시도하는 주인공의 광대로서의 성격을 암시한다.[96] 동시에 견습환자는 '견습의사'의 명백한 패러디적 용법으로, 중요한 상대 인물로 등장하는 젊은 인턴을 지칭할 수 있다. 젊은 인턴은 의사이지만 이성과 규율을 강조하는 공식적 문화 아래서 웃음을 상실한 현대인을 대표하는 상징적 '환자'로서, 문화 의사인 주인공의 진료의 대상이 된다. 주인공의 진료는 비록 실패하지만 인턴이 스스로 웃음의 건강을 회복하면서 두 사람 모두는 견습환자의 위치에서 '퇴원'할 수 있게 된 것이다.

● 사회정치의 비판적 진단으로서 사건성의 신체화:
  김승옥 「차나 한잔」[97], 이청준 「굴레」

「차나 한잔」에서 웃음과 울음의 복합적 아이러니는 형식적으로도 이

---

94) 게리 솔 모슨·캐릴 에머슨, 『바흐친의 산문학』, 733면.
95) 미하일 바흐찐, 「소설 속의 시간과 크로노토프의 형식」, 『장편소설과 민중언어』, 355면.
96) 노대원, 「최인호 초기 단편소설의 카니발적 특성 연구」, 46면.
97) 이 부분의 논의는 노대원, 「1960년대 한국 소설의 심신 의학적 상상력」, 166~167면을 바탕으로 수정·보완한 것이다.

소설의 인물화 및 전체적인 구성 원리이다. 그는 연재가 끊기는 것을 막기 위해 신문사 문화부장에게 웃음의 메커니즘을 프로이트의 논의98)를 빌려 설명하기도 한다. 그러나 결국 연재가 끊기고, 다른 이들이 모두 유쾌하게 농담을 하고 웃는 상황에서도 심적 불안과 복통에 시달린다. 특히, 결말에서 옆방 아주머니의 방귀 소리를 듣고 만화가가 아내와 함께 웃는 상황은 그간 스토리상에서 축적되어온 정념을 분출하면서 유쾌한 동시에 우울한, 양면적 복합 정서를 생성해낸다. 만화가 부부에게 옆집 아주머니의 방귀 소리는 "어지간히 성실하게" 살아도 "별수 없이 보리밥만 먹는"(256면) 신세를 알게 한다. 부부는 이 방귀 소리에 유쾌하게 웃지만, 실상 그들의 신세 또한 아주머니와 크게 다를 바 없다.

주인공은 만화가로서 자신의 직업 윤리에 충실하다. 그리고 그는 문화예술인으로서 삼분폭리사건(三粉暴利事件)이나 한일회담반대투쟁(韓日會談反對鬪爭)을 사회적 공분을 살 만한 일들에 분노할 줄도 안다. 하지만, 결국 연재가 끊기고 생계가 어려워질 것을 걱정한다. 그리하여 그는 무위도식하는 옆방 사내처럼 될 것 같은 우울한 예감을 느끼게 된다. 「차나 한잔」에서 방귀, 그리고 배앓이와 설사는 모두 소화와 배설에 관련된 가장 기본적인 육체의 생리적 현상이자 병적 증상이다. 주인공의 비정상적이고 통제 불가능한 심신 상태를 통해 그가 겪게 되는 심리적 좌절과 무력감을 보여준다. 그러나 한편으로, 질병과 불안, 신경과민의 상태는 자기 삶을 깊이 성찰하게 한다.99) 「차나 한잔」의 주인공 역시 자기 삶

---

98) 프로이트의 쾌락원칙과 농담 이론에 대한 진술은 최인호의 「견습환자」에도 발견되는데, 소설의 작중인물들이 그렇듯이 당시 프로이트는 상식적으로 널리 이해되고 있었다. 당시 정신분석에 대한 작가들의 이해는 심인성 질병 또는 심신증의 체현에 자연스러운 계기로 작용했을 것이다.
99) "우울증에 걸린 사람은 긍정적 환상을 잃었기 때문에 자신의 특징을 평균보다 훨씬 현

에 대한 서사화를 통해 불행한 현재를 우울하게 재구성한다. 아픈 몸은 침묵하지 않으며, 고통과 증상 속에서 생생하게 말한다.[100]

이처럼 「차나 한잔」의 주인공이 체험하는 고통은 상당히 복합적인 병인을 지니고 있으며, 질병의 현상학적 체험 양상 역시 결코 단순하지 않다. 그는 직업을 상실할 위기에 처해 있어서, 곧 도래할 사회적·경제적 위험에 관한 신체적 신호를 감지한다. 그러한 사회적·심리적 불안은 그가 체험하는 배앓이의 중요한 원인이 되었던 것이다. 한편, 신경 과학의 뇌 스캔 실험으로 증명된 결과, 우리는 신체적 고통을 느낄 때, 그리고 외면당하는 사회적 배제 내지 거절의 심적 고통을 경험할 때 모두 우반구 전두섬엽이 활성화된다. 부당한 대우를 받는다고 느낄 때 우반구 전두섬엽이 발화한다는 것이다.[101] 심지어, 자해 행위에 대한 가설적 설명 중 하나는 "신체의 통증이 심리적, 사회적 고통과 비교하면 차라리 더 견딜 만하게 느껴진다는 것이다."[102] 인간의 고통은 인간 행동의 가장 강력한 동기로 이해된다. 사회신경과학의 연구 결과는 신체적 고통과 사회적 고통 즉 사회적 단절과 배제 등이 활성화되는 뇌 영역이 동일한 것으로 보여준다. 인간은 신체적 고통을 회피하기 위해 진화한 것처럼, 외로움의 고통을 회피하여 사회적 고립을 피하고 연대할 수 있도록 진화했다.

사회적으로 위기에 처한 불안한 상태의 주인공은 오히려 자신의 고통

실적으로 평가한다. 그들은 자신이 특별하지 않음을 똑똑히 볼 수 있다." 조너선 갓셜, 앞의 책, 212면.

100) 아서 프랭크, 앞의 책, 38~39면.

101) 샌드라 블레이크슬리·매슈 블레이크슬리, 정병선 역, 『뇌 속의 신체지도: 뇌와 몸은 어떻게 결합하는가?』, 이다미디어, 2011, 274~275면.

102) 같은 책, 284면.

혹은 병리적 민감성 덕분에 현대 도시인들의 피상적이고 사무적인 인간 관계와 당대의 노동 현실과 억압적인 사회·정치적 상황에 이르기까지 건강한 타인들보다 오히려 더욱 민감하게 관찰하고 진단할 수 있게 된다. 주인공-서술자는 타인에 대한 진정한 이해와 공감보다는 "차나 한 잔"이란 말로 관계 맺기를 대신하는 도시인들의 사회적 커뮤니케이션을 예리하게 포착한다. 니체적인 의미에서 질병이 수행하는 '위대한 건강'의 역설이다. 병적 상태가 건강한 상태보다 오히려 더욱 비판적인 사유를 가능하게 하는 것이다.

이청준의 「굴레」(『현대문학』, 1966.10)는 취직난에 힘들어하는 한 청년이 M일보사에 면접을 보는 긴장된 과정을 다룬다. 표제의 '굴레'는 특정 지방 출신을 철저히 배격하고 인사 관리에 비공식이 심하다는 M일보사의 인사 지침과 관련된다. 주인공-서술자는 바로 그 특정 지방 출신에다 아버지까지 없기 때문에 사회적 '굴레'로 작용한다.103) 굴레는 본래 "말이나 소 따위를 부리기 위하여 머리와 목에서 고삐에 걸쳐 얽어매는 줄"104)을 가리키는 말로, 그 자체로서 속박과 구속을 의미하는 신체화된 비유 표현으로 쓰인다. 소설의 본문에는 '굴레'라는 단어는 전혀 등장하지 않지만, 표제인 '굴레'는 최초의, 그리고 핵심적인 인지적 표지로 소설의 전체적 인지 구성을 견인하고 최종적인 주제적 의미화에 중심 항으로 기능한다. 특히 굴레가 지시하는 바, 사회적 편견과 억압, 낙인과 배제 등 사회문화적 의미의 관계망은 신체적 구속과 부자유의 이미지 속에서 환기된다. 그러한 굴레의 신체화는 M일보의 면접

---

103) "'X지방 출신' '부 사망'이라는 '굴레'는 전라도 출신에 아버지가 없는 작가의 개인사와 겹친다." 이윤옥, 「텍스트의 변모와 상호 관계」, 이청준 전집 1, 『병신과 머저리』, 397면.
104) 〈국립국어원 표준국어대사전〉. (http://stdweb2.korean.go.kr)

시험장에서 주인공이 느끼는 긴장과 초조의 요의 증상으로 더욱 전경화된다.

> 사내의 주의가 끝나고 나서는 가끔 조심스런 잔기침 소리가 들릴 뿐, 대기실 안은 귓속말을 주고받는 소리조차 없었다. 그 기침 소리조차도 학교에서 애국가 봉창이 있기 전에 늘상 들을 수 있는 그런 헛기침 소리여서, 긴장한 대기실 안을 더욱 긴장시켰다. 벨 소리에 따라 한 사람 한 사람씩 각기 신상 카드를 들고 제1면접실로 사라져 들어갔다. 남은 사람들은 한결같이 그 출입문을 쳐다보고 앉아 있었다. 나는 오줌이 조금 마려웠지만 그냥 견디기로 하고 역시 숙연한 태도로 내 차례를 기다렸다. 벨 소리가 울려 나올 때마다 까닭 없이 가슴이 철렁 내려앉고 오줌이 조금씩 더 마려웠다.[105]

자신의 사회적 굴레를 작가하는 주인공의 요의는 점점 심해진다. 요의 증상은 먼저 자신의 불리한 사회적 조건에 대한 심신 상관적인 불안과 초조 증상이다. 하지만, 시간이 흐를수록 오줌을 참기 힘들어지자 요의를 견뎌야 하는 상황은 점차 불만과 울분으로 점화되기 시작한다. 억지로 자연스러운 배뇨 현상을 신체적으로 억압하는 상황과 사회적 억압과 구속 즉, 굴레에 침묵으로 순응해야 하는 곤경은 동일하게 신체적 억압의 이미지로 구현된다. 체험주의 언어학의 관점에서는, 몸속의 오줌이 차오르는 것과 분노의 감정이 차오르는 것은 유사한 패턴의 그릇 도식으로 사상(mapping)된다. ""분노가 끓어오르다, 분노가 폭발하다, 분노가 솟구치다, 분노를 참지 못하다, 분노를 터뜨리다, 열을 받다, 열을 식히다, 속이 부글거리다……"와 같은 분노와 관련된 은유적 언어

---

105) 이청준, 「굴레」, 앞의 책, 158면. 앞으로 인용시 본문에 면수만 표기.

표현의 개념적 은유는 [분노는 그릇 속에 담긴 뜨거운 액체이다]이다."106) 은유 차원을 넘어서, 오줌은 실제로 방광에 차 있는 뜨거운 액체이다. 그렇게 독자는 주인공의 사회적 굴레와 신체적 요의를 신체화된 의미로 통합시키며 인지하고 해석할 수 있다.

> 나는 이 자들 역시 나를 속이고 있다고 생각했다. 그렇게 해서 나에게 비굴한 웃음을 웃게 하고, 고분고분 대답을 시켜보자는 것이겠지. 이미 결정이 내려져 있는, 적어도 어떤 식으로 결정이 내려지리라는 것을 뻔히 짐작하고 있을 이들이 그 결정의 내용과는 정반대가 되는 결과를 내게 생각하게 하는 것은 가장 모욕적인 횡포요 사기였다. 그러나 나는 왠지 화가 나진 않았다. 오줌이 너무 마려운 탓엔지 아랫배만 잔뜩 뜨거웠다. (166면)

「굴레」에서 주인공의 요의와 울분이 정점이 되는 순간이 텍스트의 클라이맥스 지점이다. 감정과 느낌이 신체 변화의 감지에 의한 것이라는 신경과학자 다마지오의 신체 표지 가설에 의하면, 주인공은 자신의 요의로써 긴장과 초조, 불안을 감지한다. 참기 곤란한 요의는 다시 신체적, 심리적 불만의 원인으로 작용한다. 그 결과, 분노와 요의가 견딜 수 없어지자, 주인공은 면접관들을 향해 조롱과 분노로 결합된 비판적인 의견을 쏟아놓는다. 그리고서 나가라는 젊은 면접관의 지시에 그는 오줌을 누기 위해 변소가 어디냐고 묻는다. 그의 항변은 '분노는 그릇 속의 뜨거운 액체이다' 감정 은유로 본다면 배뇨처럼 쏟아 붓는 신체 행위이다. 즉 말 그대로 사회적 편견과 배제의 논리를 비판하는 카타르시스적 사건인 것이다.

---

106) 봉원덕, 앞의 글, 58면.

김승옥의 「차나 한잔」이 옆방 이웃의 방귀 소리를 들으면서 그간 실업의 불안으로 상실했던 웃음을 회복하고 부부의 사랑을 확인하는 결말과 비교된다. 이청준의 「굴레」는 억압시킨 오줌의 배출과 사회적 편견에 대항하는 젊은이의 분노를 겹쳐 놓는다. 두 소설 모두 공통적으로 신체적 배출 행위와 관련된 카타르시스적인 해방감과 웃음이 표현되지만, 주인공들의 완전히 해소되지 않는 경제적 현실에 대한 우려와 미래를 향한 불안감을 남겨 놓는다는 점에서도 공통적이다. 두 소설은 병적인 신체 증상과 심신 상관적인 증상을 통해서 사회적 문제에 대응하는 주인공들의 모습을 표현하며, 역설적으로 당대의 사회정치적 문제를 서사화하며 진단한다.

제6장

몸의 인지 서사학과 체험의 서사

몸의 인지 서사학 질병과 치유의 한국 소설

6 몸의 인지 서사학과 체험의 서사

 서사-체 분석과 해석의 새로운 지평

1) 질병-치유 서사-체 분석의 종합과 해석

지금까지 몸-마음의 상관성에 기초한 신체화된 마음의 서사학의 새로운 서사 분석 이론과 주제학적 해석 틀을 통해서 질병-치유 서사의 문학적 해명을 시도해 보았다. 이 연구서는 신체화된 인지의 과학적 논의와 문화 연구의 프로그램을 통합시키고, 서사학의 형식적 분석 이론과 문학주제학의 해석적 방법론 모두를 결합시킨 이론적 기획으로, 질병 서사의 새로운 해석 가능성을 제시한다. 신체화된 마음의 서사학은 이러한 비판과 반성을 거쳐, 텍스트에 재현된 몸과 그 문화적 해석은 물론, 독자가 서사-체 전반에 참여하는 인지 과정 중에 어떻게 몸이 정서적으로 반응하고 시뮬레이션 공명 등으로 공감할 수 있는지 설명하며 이것을 사회문화적 맥락과 결합시켜 진정한 통합적 문학 연구의 길을 열어 나갈 수 있다.

또한 이 연구서는 질병-치유 서사를 성급하게 텍스트의 사회적·역사적 맥락만으로 환원시켜 일종의 사회학적 자료로 만들면서 서사 문학의 풍부한 미학적 함의들을 소거시키지 않기 위해 노력했다. 물론 질병과 건강의 문학적 주제들은 역사적 전망 속에서 입체적으로 해석될 수 있고, 또한 그렇게 해석되어야 한다. 동양의 오랜 사유와 최근 심신 의학과 건강 생성의 패러다임이 제안하듯이, 건강이란 심리적이고 사회적인 건강과 안녕까지 포함해야 하며, 역으로 불건강한 사회적 조건은 심각한 병인이 되기도 한다. 하지만, 질병-치유 서사의 질병을, 인물이 겪는 고통의 실존적 측면을 섬세하게 고려하지 않은 채 그 시대와 사회의 병리성으로 곧장 환원시키는 많은 연구들 역시 분명한 한계를 노출한다. 또한 이 연구들은 해석상의 제한뿐만 아니라 실제 독서에서 독자가 얻는 감동과 해석적 주제화를 구체적으로 설명할 방법론으로 기능하지 못한다.

그런데 이 주제에 관한 많은 연구들이 방법론 삼아 기대고 있는 수전 손택의 『은유로서의 질병』은 어떤가? 이 책은 본래 오히려 환자의 인격을 고려하면서 질병을 사회적인 부정적 은유로 환원시키지 않기 위해, 질병의 은유가 가진 낙인과 스테레오타입화의 위험성을 경고하기 위해, 환자들의 실존적 고통에 귀 기울이기 위해서 집필된 일종의 사회 비평문이라고 할 수 있다. 문학이 공감의 예술이라면, 질병-치유의 서사에 대한 제1독법은 윤리적인 공감의 독서/해석일 것이다. (이것은 단순히 당위적 주장이 아니라 서사와 문학 현상에 대한 인지신경과학적 연구들이 뒷받침하는 경험론적 설명이기도 하다.) 그러기 위해서는 질병-치유 서사의 인물들의 고통을 실존적 차원에서 바라보며, 신체화된 의미 활동의 결과로 얻어지는 공감의 해석이 우선되어야 할 것이라고 보았다.

신체화된 마음의 서사학의 크로노토프, 인물, 사건성의 이론을 정립한 뒤에 이어지는 분석 작업은 질병-치유 서사의 연구 작업인 동시에 신체화된 마음의 서사학의 실제 텍스트 비평의 사례로 볼 수 있다. 여러 단편

소설 텍스트 가운데 이청준의 「퇴원」과 최인호의 「견습환자」는 크로노토프, 인물, 사건성의 제 국면에 걸쳐서 분석과 해석을 수행했다. 특히, 「퇴원」의 경우 단편소설의 짧은 분량의 텍스트이지만, 신체화된 마음의 서사학 특유의 미시적인 독해를 통해서 기존의 연구들의 비평적 시선이 미처 가닿지 않은 영역에까지 분석과 해석이 이루어질 수 있었다.

등단작 「퇴원」을 시작으로 해서, 이청준 소설에서는 인물들의 (도덕적) 불안과 배앓이 모티프가 유난히 자주 나타난다. 두 모티프는 서로 무관하거나 상호 독립적인 요인으로 이해되기가 쉽다. 그러나 윤리와 질병 모티프로 전혀 다른 영역에 속한 것 같지만, 몸과 마음의 통합을 중시하는 관점으로 보면 두 영역은 긴밀한 관련을 맺고 있다는 것이 파악된다. 신경과학 연구에 의하면, 불안해하는 사람들은 내장감각이 유난히 민감하다.[1] 이들과는 달리 사이코패스(psychopath)는 몸에서 기원하는 감각을 느끼는 데 어려움을 겪는 일이 잦은데, 이것은 그들이 자신의 행위에 대해서 죄책감, 양심의 가책, 불안을 느끼지 않는 이유다.[2] 내장과 몸의 내부 조직에서 기원하는 감각들을 읽고, 해석하는 능력인 '내수용성감각(interoception)'은 이처럼 윤리적 감각 및 정서적 민감성과 긴밀하게 연관된다. 이 점에서 이청준 소설 연구는 모티프 및 작중인물을 중심으로 한 작가론과 주제 비평에 있어 새로운 통합적 이

---

1) 샌드라 블레이크슬리·매슈 블레이크슬리, 앞의 책, 285면.
2) 같은 책, 277면.
   물론 최근의 신경과학은 생물학적 결정론으로만 경도되지 않는다. 사이코패스 역시 학대 대신 사랑과 보살핌을 받은 문화적 환경 속에서 탁월하고 과감한 군인, 정치인, 기업가, 과학자, 의사로 성장한다. 진화론적으로 극소수의 사이코패스가 도태되지 않는 이유는 그러한 사회적 필요 때문이라고 설명된다. 또한, 당연히 사회문화적 맥락을 배제한 채 내장 감각의 민감성만으로 윤리를 설명할 수는 없다. 노대원, 「사이코패스 소설의 신경과학과 서사 윤리」, 『영주어문』 47권, 영주어문학회, 2021 참고.

해를 도모할 수 있게 된다. 이 연구서는 작품론이나 작가론이 아니지만, 신체화된 마음의 서사학은 작품론과 작가론에도 유효한 방법론으로 활용될 수 있을 것으로 기대한다.

가령, 장편소설 『씌어지지 않은 자서전』를 비롯한 이청준의 여러 소설에서는 '글을 쓸 수 없는 작가'의 모티프가 자주 등장한다. 이러한 인물들의 글쓰기 장애(writer's block)는 '신문관'으로 상징되는 일종의 초자아적 검열자가 등장하는 것으로 극화(劇化)된다. 신문관 사내의 등장은 이청준이 매우 민감하게 포착한 것처럼, 내장감각과 분명하게 관련되어 있다. "그런데 그날은 내 심신이 너무 피곤하고 허기에 질려 있었기 때문인지 모른다."3) 그가 진술한 '생애 최초의 기억' 역시 다름 아니라 허기 상태에서 연을 날리던 유년 풍경이었다. 신문관은 윤리와 양심의 상징으로서, 허기나 배앓이, 단식 등 신체 내적인 감각과 밀접하게 연계된다는 것을 작가는 체험으로 정확하게 알고 있었던 셈이다. "이준은 이청준의 분신이며 이 소설은 자서전이다."4)이라는 해석은 그 점에서도 타당한 이유를 획득한다.5)

또한 박완서 소설에서 여성 인물들은 아주 민감한 신체 감각을 지녔는데 이들의 노이로제, 신경증 등은 생리적·심리적·사회적 요인들이 복합된 심신 의학적 증상에 가깝다. 또한 「포말의 집」과 「황혼」 등에서 확인 가능한 것처럼, 주인공들이 체험하는 신체적 동요는 정서적·윤리

---

3) 이청준 문학전집 장편소설 1, 『씌어지지 않은 자서전』, 열림원, 2001, 84면.
4) 권택영 해설, 「씌어질 수 없는 자서전」, 이청준, 같은 책, 275면.
5) 작가가 유년 시절에 겪은 가족들의 잇따른 죽음, 그리고 허기와 가난, 고향으로부터의 추방 의식과 귀향 욕망의 양가감정, 부끄러움과 죄의식, 4.19를 통한 자유의 체험과 5.16의 정치적 좌절 경험 등, 자전적 체험을 토대로 한 소설들은 이청준 문학 세계의 근원적이고 핵심적인 몫을 차지한다. 노대원, 「이청준 소설과 자서전적 텍스트성 — 〈가위 밑 그림의 음화와 양화〉 연작을 중심으로」, 『국제어문』 제62집, 국제어문학회, 2014, 374~375면.

적 동요를 동반하는 것으로 몸의 이상 징후들은 윤리적·사회적 문제를 제기한다. 이 여성 인물들이 겪는 신체 증상의 메커니즘은 인지신경과학적 관점으로 더욱 세밀하고 분명하게 이해될 수 있다. 여성들은 남자들보다 더 민감하게 자신과 타인의 고통을 감지해내고 타인과 정서적으로 공감할 수 있는 능력을 지녔다. '취약성(상처 입을 가능성, vulnerability)'은 자신과 타자를 향한 윤리적 민감성의 다른 측면일 수 있다. 한편, 여성들의 경우 자율신경계가 남자들보다 더 천천히 하락한다.6) 그런 까닭에 여성들은 신체적·정신적 고통을 겪는 시간도 더욱 길어진다. 몸과 문화가 통합된 생물문화적 접근이 적극적으로 도입되면 여성 소설의 심신 이론 또는 육체 페미니즘의 문학 이론을 더욱 진전시킬 수 있을 것으로 기대한다.

앞의 질병-치유 서사 분석에서 살펴본 것처럼, 서술자-초점자의 신체적 지각은 특유의 서사적 크로노토프를 만들어내며 이를 통해 하나의 텍스트세계가 창조되는데, 이는 매우 감각적이고 신체적인 과정이다. 또한, 크로노토프는 서사-체 또는 텍스트세계를 이루는 근본 토대로서 특유의 분위기와 세계 감각을 형성하고, 작중인물이나 서술자의 기분과 상호작용하면서 최종적으로는 서사-체에 대한 독자의 감정적 인지 및 의미 생산과 주제 해석에도 영향을 미친다. 가령, 「퇴원」에서 설정된 병원의 크로노토프는 소설 초반부의 정적이고 무기력한 분위기를 만들어낸다. 이것은 다시, 인물들의 기분에 관련되며 신체적 행위와 사건에 영향을 미친다. 인물들은 언어적 대화는 물론 신체화된 상호주체성으로 서로의 표정과 몸짓을 읽어낼 수 있다. 그리하여 인물들의 입과 귀의 신체적

---

6) 샌드라 블레이크슬리·매슈 블레이크슬리, 앞의 책, 277면.

은유를 중심으로 대화적 윤리는 의미를 획득할 수 있게 된다. 인물이 체험하는 질병의 사건은 기본적으로 고통과 고독의 부정적 상황이다. 신체화된 인지 접근에 의하면, 인간의 생물학적 조건은 인간의 기본적인 개념을 제약하는데, 이러한 기본적인 규범적 반응은 우리 인간이 어둠, 병, 약함은 싫어하고 빛, 건강, 강함은 좋아하기 때문이다.[7] 질병의 사건은 기본적으로는 부정적 인지 범주에 속하는 동시에, 자기 정체성의 성찰과 재생성을 촉발하는 등 또 다른 풍부한 사건성을 품고 있다. 서사적 인물은 환자이지만 문화 의사로서 서사적 역능을 지니는 또 다른 존재로 파악될 수 있으며, 이러한 인식은 문학적 대화와 소통에 참여하는 서술자, 독자, 작가에게도 확장되어 논의될 수 있다. 질병-치유 서사에 대한 신체화된 독서와 공감적 체험은 삶에 대한 독자의 독창적 관점과 사회문화에 대한 비판적 해석에도 기여할 것이기 때문이다.

의료 사회학자 아서 프랭크의 질병 서사 유형론을 주로 참고하고 그 외에 서사 의학 연구, 그리고 노스럽 프라이의 신화 비평(『비평의 해부』)의 사계의 뮈토스, 이니시에이션 소설 이론 등을 포괄적으로 정리해서 '질병-치유 서사의 유형론'을 제시하면 다음과 같다.

---

7) 에드워드 슬링거랜드, 앞의 책, 66면.

표 6. 질병-치유 서사의 유형론

서사	주인공의 심신 상황 및 플롯	서사적 스타일	감정·인지	사계의 뮈토스 (프라이)	텍스트
회복	치유와 회복, 건강 상태로 변화	안정된 플롯	안도·환희	겨울 → 봄	「퇴원」, 「견습환자」, 「차나 한잔」 등
혼란	질병과 악화된 상태	서술적 혼란 또는 플롯 부재	고통·혼란	겨울 → 겨울	「닮은 방들」, 「포말(泡沫)의 집」, 「황혼」 등
탐색	회복과 각성 위한 탐색 노력	회상적·성찰적	발견·각성	겨울 → ?	「퇴원」, 「후송」, 「2月 30日」, 『차라투스트라는 이렇게 말했다』 등

　　물론 각 텍스트들에 따라 유형들은 유형적 특성의 정도가 모두 다를 것이며 서로 복합적인 구성을 취할 수도 있을 것이다. 프랭크가 질병과 건강의 심신 상태 변화(사건)와 플롯 구성 등을 기준으로 회복, 혼란, 탐색의 세 가지로 서사 유형을 나눈 것은 상당히 타당한 구분이지만, 이것은 영구적이고 폐쇄적인 서사 도식이 아니라 그것을 넘어서기 위한 출발점으로서만 유효한 것이다. 앞서 논의한 사건성의 이론에 따르면 사건은 정적인 구조 안에서 포획되는 것이 아니라 개방적이며 역동적인 시야로 다양한 가능 사건들을 포함할 수 있으므로, 해석의 역동성이 확보될 수 있다. 즉, 프라이가 제안한 사계의 뮈토스 논의에 의하면 질병-치유 서사는 겨울과 봄 사이의 투쟁과 극복, 혹은 이행과 변화로 이해될 수 있다. 그러므로 니체를 빌려 말하자면, 이 서사들은 희망과 기대 섞인 "해빙기의 언어"[8]로 쓰이거나 겨울의 절망과 고난을 짊어진 언어

---

8) 프리드리히 니체, 「즐거운 학문」, 앞의 책, 23면.

로 쓰이거나, 양자의 결합된 봄 날씨 특유의 불안, 모순, 변덕을 보여준다. 엄동설한의 겨울 뒤에 맛보는 화창한 봄날의 기쁨이 더욱 환희에 찬 것이듯, 질병-치유 서사들의 정념적·생명적 정동의 음조는 단지 어두운 분위기만 보여주는 것은 아니다.

이러한 관점에서 몸의 사유를 보여준 철학자 니체의 대표작 『차라투스트라는 이렇게 말했다』는 몸과 마음, 질병과 건강에 대한 급진적인 철학적 사유(contents)를 담은 동시에, 주인공의 질병-치유의 서사적 리듬을 중심으로 전개하는 전형적인 질병-치유 서사로 볼 수 있다. 니체의 사상을 서사로 파악하는 논의는 전혀 생경한 것은 아니다. 들뢰즈는, 아마도 그 자신이 선호하는 방식으로, 니체 철학의 형식을 가면과 극화를 통한 것으로, 즉 '연극'적인 것으로 이해했다. "니체는 이념들을 '극화(劇化)하는' 사상가다. 즉 그러한 이념들을 긴장의 다양한 수준들에서 순차적으로 일어나는 사건들로서 제시하는 사상가다."[9] 니체는 철학에 잠언과 시라는 두 가지 표현 방법을[10] 끌어들였을 뿐만 아니라 극적이고 서사성 높은 텍스트들도 만들어냈던 것이다.

'회복-탐색'(그리고 때로 혼란)이 결합된 서사로서 『차라투스트라는 이렇게 말했다』의 서사적 운동은 질병과 회복이라는 심신의 상태 변화, 또는 입산과 하산의 신체적 이동을 중심으로 은둔과 고독, 번민·성찰과

---

9) 질 들뢰즈, 박찬국 역, 『들뢰즈의 니체』, 철학과현실사, 2007, 60~61면.
『차이와 반복』(김상환 역, 민음사, 2011)에서 연극과 가면에 대한 들뢰즈의 잦은 언급도 그런 추정에 더욱 힘을 실어준다. 니체 개론서, 『들뢰즈의 니체』에는 '니체 철학의 주요 인물사전'이라는 독특한 접근 방식이 활용되는데, 이 역시 들뢰즈가 니체의 철학을 연극이나 '서사 텍스트'로서 이해하는 방식을 보여준다. 실제로 들뢰즈는 『차이의 반복』의 「머리말」에서 "철학 책은 한편으로는 매우 특이한 종류의 추리소설이 되어야 하고, 다른 한편으로는 일종의 공상과학소설이 되어야 한다."(20면)고 주장했다. 실제로 『천 개의 고원』의 독특한 형식에서도 소설적 구성이 발견된다.
10) 질 들뢰즈, 『들뢰즈의 니체』, 29면.

대중을 향한 설파를 왕복하거나 반복한다. 니체가 그의 철학에서 가치 파괴와 가치 창조를 끊임없이 번갈아 설파하며 수행(들뢰즈의 용어로 말하자면, 탈영토화와 (재)영토화)하는 것은, 또는 질병과 건강, 우울과 긍정, 우정과 전쟁, 사랑과 몰락을 오고가는 과정을 그리고 있는 것은 주인공 차라투스트라의 입산과 하산 과정에 대응된다. 실제로, 차라투스트라의 저자이자 그 실제 모델인 니체의 실제 삶도 그러한 질병과 건강의 왕복 운동과 일치했다.11) 그러한 질병과 건강의 반복, 서사적 반복은 어떤 의미가 있는가? 『차라투스트라는 이렇게 말했다』에 관한 논평은 아니지만, 다음 인용문에서 나타나는 들뢰즈의 사유에서 참조점을 얻을 수 있을 것이다.

> 만일 반복이 우리를 병들게 한다면, 우리를 치료하는 것 역시 반복이다. 반복이 우리를 속박하고 파괴한다면, 우리를 해방하는 것 역시 반복이다. 반복은 이 두 경우 모두 자신의 '악마적인' 역량을 증언한다. 모든 치료는 반복의 밑바닥에서 이루어지는 어떤 여행이다. [⋯] 반복은 스스로 우리의 병과 건강, 우리의 타락과 구원을 선별하는 유희로 자신을 구성해간다. 어떻게 이 유희를 죽음본능에 관계시킬 수 있는 것일까? 확실히 그것은 랭보에 대한 멋진 책에서 밀러가 말하고 있는 것과 가까운 의미에서 예감되어야 한다. 즉 "나는 내가 자유로웠다는 것을, 내가 경험했던 죽음이 나를 자유롭게 해주었다는 것을 깨닫는다."12)

---

11) 프랑스 정신의학자 자크 로제는 『니체 신드롬』에서 니체를 환자로 설정하여 그의 삶을 정신 병력을 중심으로 소설적으로 재구성한다. 이에 따르면, 니체의 주요 질병은 뇌매독이 아니며, '니체 신드롬'으로 명명한, 악성 편두통을 동반한 조울증이다. 니체의 삶과 저술 활동은 "비상과 추락의 연속, 흥분과 의기소침의 반복교대"로 특징되었다. 고명섭, 「니체 광기의 실체는 조울증과 편두통」, 〈인터넷 한겨레〉. (http://legacy.www.hani.co.kr/section-009100003/2000/p009100003200005212206011.html)
12) 질 들뢰즈, 『차이와 반복』, 63~65면. 강조는 원문.

질병-치유 서사 특유의 인물과 그의 감정, 플롯의 반복과 변덕은 질병과 건강의 리듬, 또는 비유적으로 말해 겨울과 봄의 경계선의 넘나듦으로 인한 것이다. 그 반복은 고통을 더욱 강화하기도 하고 치유의 '여행'으로서 기능하기도 한다. 그러나 프로이트의 반복충동 논의와 달리, 니체와 들뢰즈는 그 반복에서 결국 죽음(충동)이 아니라 삶에 대한 무한한 긍정과 '힘에의 의지'를 발견하며, '위대한 건강'을 지닌 '철학적 의사'나 '문화 의사'의 위상을 제시하기에 이른다. 니체는 고통과 비극을 부정적인 것으로만 해석하지 않았으며, 고대 그리스 문화와 축제적 전통에 대한 인류학적 근거를 들면서 삶의 고통을 이른바 '축제극'으로 해석한다.13) 그러한 역설적인 철학은 질병-치유 서사는 물론 서사적 사건을 풍부한 사건성으로 해석할 수 있도록 한다.

바흐찐의 철학적 인간학 역시 라블레론을 중심으로 죽음의 공포마저 유쾌한 웃음으로 상대화시키며 물질적·육체적인 것과 삶에 대한 무한한 예찬을 보여주었다. 질병-치유 서사는 어둠과 밝음, 고통과 환희를 뒤섞는 희비극 또는 비희극으로서 인간의 실존적 삶의 극단적인 명암을 극화시키며, 더불어 사회문화적 병리를 민감하게 진단하여 서사적으로 신체화하고 구체화한다. 이 같은 사유는 '몸에 뿌리내린 마음의 작동'을 통해서 실증되며 동시에 그 인식은 또 다시 철학적 사유 형태로 독자의 서사 주제학적 해석에 기여한다.

---

13) 프리드리히 니체, 「도덕의 계보」, 『선악의 저편·도덕의 계보』, 408~412면.

2) 신체화된 접근의 대화주의적 윤리 비평

여기서는 생물문화적 접근에 근거한 윤리적 원리를 이해하여 이를 서사 윤리학의 차원으로 발전시킬 수 있는 잠재력을 확인해 보기로 하겠다. 일반적으로 윤리와 도덕은 단순히 사회문화적 담론에 의해 구성되는 것이며, 신체와는 무관한 정신적인 문제로만 이해되기 쉽다. 그러나, 윤리의 문제는 신체성과 불가분의 관계에 있다. 이를테면, 니체와 푸코의 사상에서, 도덕과 규범의 탄생은 신체 처벌과 고통에 기원을 두고 있다. 니체의 계보학적 탐구에서 '양심' 개념의 기원은 신체적 고통에 있었다.14)

프로이트의 정신분석학에서 양심의 가책 문제는 니체의 도덕의 계보학적 연구를 거의 그대로 따르면서 발전시키고 있다.15) 또한 프로이트의 용어인 '초자아'는 통상 외부의 사회적·문화적 규범과 금지의 각인과 영향으로 형성된다고 이해된다. 그러나 초자아에 대한 이론적 설명은 부모라는 실체와 유아의 신체적 관계가 있어야만 가능하다. 유교 인간학의 핵심 개념인 '인(仁)'이나 '수신(修身)'에서 볼 수 있듯이, 윤리는

---

14) 같은 책, 400면.
15) "대체로 [인간의] 본능들은 새로운, 말하자면 지하의 만족을 찾아야 했다. 밖으로 발산되지 않은 모든 본능은 안으로 향하게 된다.—이것이 내가 인간의 내면화라고 부르는 것이다. […] 적의, 잔인함과 박해, 습격이나 변혁이나 파괴에 대한 쾌감—그러한 본능을 소유한 자에게서 이 모든 것이 스스로에게 방향을 돌리는 것, 이것이 '양심의 가책'의 기원이다. […] 인류가 오늘날까지 치유하지 못하고 있는 가장 크고도 무시무시한 병, 즉 인간의 인간에 대한, 자기 자신에 대한 고통이라는 병이 야기되었던 것이다." 같은 책, 431~432면. 강조는 원문.
"즉 자기 징벌의 욕구는 가학적 초자아의 영향 때문에 피학적이 된 자아의 본능적 발현이다. 다시 말해서 그것은 자아 속에 존재해 있는 내면적 파괴 본능의 일부로서, 자아가 초자아와 성애적으로 결부되기 위해 동원한 것이다." 지그문트 프로이트, 김석희 역, 「문명 속의 불만」, 『문명 속의 불만』, 열린책들, 2007, 318면.

신체에 기원을 둔 것이며 지속적인 신체적 체험으로써만 가능하다. 리처드 슈스터만이 지적한 것처럼, 인격의 수양과 도야라는 유교적 개념인 '시유 셴(修身)'은 몸의 육체적 측면 이상의 정신적이며 사회적, 성찰적 측면을 잘 함축한다.16)

특히, 신체화된 마음의 이론에서 볼 때, 심리적이고 도덕적인 의미의 단어도 신체적 자세와 신체적 운동의 논리에 근거한다. 예를 들어, '뒤틀린 성격'이나 '올곧은 성격'에서처럼 '뒤틀린'이나 '올곧은' 단어를 심리적 의미나 도덕적 의미로 사용할 때도 신체적 의미가 사용된다.17) 윤리와 도덕에 관한 추상적 개념들도 모든 개념어들이 그렇듯이 실은 몸에 뿌리를 두고 있다. 인간의 의식 해명에 집중하는 인지과학과 현상학은 인지자의 의식 현상에 민감하지만 일부 오해와 다르게 전혀 유아론적 방법론이 아니다. 현상학은 후설과 메를로-퐁티 이래로 상호주관성의 철학을 전개해왔으며 그 전통을 오늘날의 신현상학자들 역시 이어받고 있다. 인지과학은 마음이론에 관심을 두면서 사회적 인지의 영역을 새로운 신경과학적 발견에 힘입어 지속적으로 탐구하고 있다.

이 연구서에서는 신체화된 마음의 인지 철학을 중심으로, 니체의 관점주의와 미학주의, 그리고 바흐찐의 대화주의와 대화하여 서사(학)의 윤리 정립을 위한 단초를 제시하고자 했다. 즉, 인간은 질병과 죽음에 대면해야만 하는 존재로서 언제나 유한성의 한계에 결박된 심신의 조건으로 세계 안에서 살아간다. 그럼에도 불구하고, 인간은 탈신체화된 수직적 초월이 아니라, 몸에 기반한 수평적 초월을 지향할 수 있다. 이 수평적 초월의 의지는 유한하고 불완전한 세계를 절대적으로 긍정하는 니

---

16) 리처드 슈스터만, 앞의 책, 16면.
17) 마크 존슨, 앞의 책, 63면.

체의 영원회귀 사상과 통한다.

신념은 의미의 풍부함, 종들간의 조화, 인간 층위뿐만 아니라 세계에서도 지속적인 창조적 발달로서의 번창을 증가시키는 진정한 긍정적 변형의 가능성에 대한 신념이 된다. 희망은 세계의 최종 종말적 변형이 아닌, 오히려 **국부적으로** 우리 일상의 투쟁과 쾌락에서 성장을 실현시킬 수 있는 가능성에 대한 신념이다. 은총은 상황을 더 좋게 만드는 것을 당신이 개인적으로나 단체로 이루지 못함에도 불구하고 변형적 성장에 대한 과분한 경험이다. 사랑은 최소한 당신을 부분적으로는 자아 중심적 욕구와 욕망을 초월하고 다른 사람과 당신의 세계에 대한 존중과 관심의 잠재력을 개방하는 방식으로서 다른 사람의 행복에 대한 신념이다. 이 가운데 어느것도 무한성에 기초하지 않으며, 한정적 인간 경험의 창조적 가능성에 바탕을 두고 있다.[18]

우리는 우리 몸과 삶의 유한성에 기초한 수평적 초월을 지향하면서, 한편으로 유일무이한 나의 서사적 세계(=삶)를 문학적으로 창조하고, 더불어 또 다른 한편으로는 상호주체적으로 타인의 세계와 대화하기 위해 애쓴다. 영구적이고 절대적인 탈신체화된 진리는 없고, 신체화된 의미에 의존하며 가치관과 관심에 따른 수많은 인간의 진리가 존재하며[19], 그러한 진리들은 창조와 해석, 혹은 차라리 발명의 대상이기 때문이다. 바로, 이것이 우리가 삶과 서사, 혹은 삶으로서의 서사에서 취

---

18) 같은 책, 426면. 강조는 원문.
19) 같은 책, 424면.
　　진리의 다양성에 대한 논의는 니체의 관점주의와 신체화된 인지 철학의 공통적인 주장이다. 물론, 진리가 다양하다는 것은 어떤 것이나 진리가 될 수 있다는 상대주의는 아니다. 오히려, 세계와 삶에 대한 자신만의 독창적인 해석을 예술적으로 창조할 때 진리가 가능해진다.

할 수 있는 '신체화된 마음'의 윤리적 지평이다.

이 연구서의 방법론으로 수용된 몸의 철학(몸에 관한 철학, 몸에 의한 철학)으로서 인지과학과 현상학, 프래그머티스트 철학, 바흐찐의 산문학, 니체의 사유 등은 방법론인 동시에 세계에 대한 풍부한 의미를 담는 철학적 관점들로서 서사-체 해석의 새로운 지평을 여는 데 동참한다. 물론 여기서, '대화'는 타자를 향한 감정이입과 이해를 위한 개방성을 기본 바탕으로 하지만, 타자와의 무조건적인 동일화로 오해되어서는 안 된다. 독자는 텍스트세계의 인물과 그 이데올로기와 대화하기 위해 귀를 여는 것이 필요하다. 그러나 특정한 인물과 이데올로기에 대한 과도한 감정적인 감정이입은 다른 인물과 사유에 대한 적대와 배제를 야기할 수도 있기 때문이다. 그런 점에서 서사 현상에서 감정이입에 대한 호건의 다음과 같은 비판적 검토는 중요한 지적이다.

감정이입은 타인의 경험을 상상적으로 모방하고 타인의 상황과 감정을 자신의 것으로 동일시하는 능력이며 윤리적으로 바람직하다고 이해된다. 그러나 감정이입은 자신과 가까운 사람에게 제한된다는 한계를 지닌다. 예를 들어, 특정한 정체성 범주(민족, 종교, 젠더)로 '우리'와 '그들'을 구분할 때, '그들'에 대한 감정이입은 금지 혹은 억압된다. 호건은 특정 범주에 기초하여 내집단의 견지에서 개인이 자신을 정의하는 것을 범주적 동일시라 하고 이를 감정이입 형식으로 간주하지 않는다. 왜냐하면 범주적 동일시는 인종중심주의나 배타적 사유를 통해 편견을 드러내기 때문이다. 그래서 집단경계를 횡단하는 감정이입만이 범주적 동일시를 약화시킬 수 있다고 강조한다.[20]

---

20) P. C. Hogan, *Affective Narratology: the emotional structure of stories*, University of Nebraska Press, 2011, pp. 241~248; 여기서는 황국명, 「여행서사의 인지서사학적 접근(1)」, 353면 요약으로 재인용.

무조건적이고 독백적인 일치나 자율성과 주체성을 상실한 일방적인 공감이 아니라 타자를 향한 대화를 강조하는 것이 바흐찐의 대화주의 사상에서 배울 수 있는 정치적이고 이데올로기적인 함의다. 따라서 권위주의적 담화가 아니라 내적 설득력을 지닌 담화를 옹호하는 바흐찐의 대화적 수사학은 거울 뉴런 등의 발견을 기폭제 삼아 활발하게 논의되고 있는 인지신경과학과 윤리학의 융합적 이론들에 적극적으로 참조될 필요가 있다. 즉, 감정이입이나 공감은 그것 자체로서 윤리적인 행위가 될 수 없으며, 타자에 대한 인격적 존중과 대화적 참여 행위에 의해 뒷받침될 때에만 윤리적 의미를 지닐 수 있을 것이다.

 ## 서사성의 체험과 변화—생성적 특성

1) 서사-체 내부 국면들의 하위 서사성

'신체화된 마음의 서사학'은 몸과 마음, 말의 상호작용과 상호교류에 관심을 두고 이론과 실제 비평을 전개하고자 했다. 앞 절에서 질병-치유 서사의 구체적인 분석에 대한 종합적 해석을 바탕으로, 다시 서사학의 일반 이론으로 논점의 방향을 돌려 보기로 하자.

앞의 본론 각 3장에서 살펴보았던 서사-체 내부 국면들인 크로노토프, 인물, 사건성과 관련된 서사(성)의 특성 즉, 하위 서사성이라고 할 수 있는 이현실성, 공감, 연행성과 그들 간의 관계와 상호작용을 검토해 보자. 크로노토프 간 이현실성, 인격적 공감, 사건의 연행성은 모두 서사-체의 각 국면의 텍스트적 행동가능성에 의해 촉발되고 환기된 독자의 '신체화된 인지' 활동에 의해 산출된다. 독자는 서사-체의 독서 체험을 통해서 텍스트세계에 상상적으로 동참하면서 신체적으로 반응하고 주제적 의미를 부여할 수 있게 된다.

또한 이 하위 서사성들은 모든 서사 텍스트에 균일하거나 동일하게 생성되거나 체험되는 것은 아니며, 각 서사 텍스트마다, 장르마다 하위 서사성의 특정 요소들이 더욱 현저하게 발현될 수 있을 것이다. 또한 이 하위 서사성에 관한 각각의 분석과 해석에서 공통적으로 강조되는 것은 단지 재현의 핍진성이나 형상화의 생동감뿐만이 아니라 비평가와 해석자의 대화주의와 윤리적 관점이다.

텍스트세계의 허구적 크로노토프와 독자가 위치한 실제의 크로노토프 간의 이현실성은 다양한 세계 감각 및 세계관에 대한 이해와 존중을 바탕으로 대화 의지를 시사한다. 세계의 다양한 해석 및 창조 가능성에 열린 태도를 가질 때 문학과 서사 역시 풍부한 해석의 지평에 도달하게 된다. 서사적 인물의 국면에서, 방법론적으로는 마음이론 및 사회적 동물로서 인간의 사회적 인지 이론에 관심을 둔다. 그리하여 텍스트세계 내 인물들 간, 나아가 작가와 독자의 서사적 소통의 참여자들 간의 다양한 상호 접촉 양상과 상호주체적 이해를 우선적으로 고려하며, 이것은 결국 문학적 공감의 형성에 이바지하게 된다. 또한 독자는 서사적 사건의 감각적 공명과 연행성의 체험으로부터 세계의 열린 변화 가능성과 대화 가능성을 인식하게 된다. 문학과 서사의 사건들은 현실의 크로노토프와 무관하지 않으며 독자의 세계를 변화시키는 사건 즉, 이 연구서에서 재개념화한 사건성으로 가능할 수 있다는 점이, 신체화된 접근에서 해명할 수 있는 효용론적인 의의이다.

이들 각 국면들 또는 각 서사 효과들은 서로 복잡하게 역동적으로 관계를 맺으면서 윤리적 대화의 감각과 해석 지평의 상승 작용을 일으킨다. 이러한 겹겹의 열린 대화로 인해 문학 독자로서, 서사 수용자로서 우리는 세계를 (텍스트세계와 현실 세계를) 더욱 긍정할 수 있게 된다.

2) 서사-체의 독서 체험과 변화-생성적 서사성

서사를 전통적인 방식으로 시간성으로 규정하든, 혹은 사건과 플롯, 갈등으로 규정하든, 서사란 대개 세계의 역동성을 담는 예술 장르로 인식되어 왔다. 서사성은 그러한 텍스트 자체의 특성과 더불어 텍스트를 체험하는 수용자와 독자의 신체화된 인지적 과정을 고려해야만 한다. 플루더닉의 '자연적' 서사학 이후의 인지 서사학에서 '체험성(experientiality)'이 서사성을 가늠하는 중요한 요소로 부각되기 전에도, 제럴드 프랭스는 하나의 서사에서 서사성이란 서사적 구성 요소와 배열 상태에서만 기인하는 것이 아님을 간파했다. 즉 그는 서사성의 정도가 서사의 수용 맥락, 구체적으로 서사를 읽는 독자와도 밀접하게 연관되어 있다는 점을 지적했다.21) 따라서 서사를 체험하는 독자의 마음과 인간의 본성에 관한 인지 신경과학학적 설명과 생리심리학적 설명을 간과해서는 안 된다. 또한 이 연구서는 인간 본성을 간과하지 않는 생물문화적 접근의 특장을 발휘하여 생명 철학이나 생의 철학의 논거들도 서사성에 대한 논의에 참여시키고자 한다.

이 연구서에서 제안하는, 서사성의 핵심은 서사와 독자 마음 간 결합

---

21) 제럴드 프랭스, 최상규 역, 『서사학: 서사물의 형식과 기능』, 문학과지성사, 1988, 221면.

(narrative-mind nexus)을 통해 텍스트세계의 '변화-생성'의 감각을 인지하는 것이다. 이러한 견해는 서사가 생명의 활기를 단어들로 표현한다는 재현의 관점에서만 그런 것이 아니다. 기본적으로 동물은 물론 인간의 인지적 특성도 외부 세계의 변화와 유정물의 운동에 강한 관심을 갖는다. 또한 생명 현상 자체가 운동과 매우 밀접하게 연결되어 있으며, 신체적 운동은 의미 창조의 많은 부분을 인식할 수 있도록 한다. 우리는 운동을 통해 체험하면서 의미를 생성하고 부여하기 때문에 서사성 역시 그러한 인지적 본성에 의해 포착된다고 할 수 있다.

> 우리 인간은 유생물로서, 운동하면서 태어난다. 우리는 원래 운동을 통해 우리에게 유의미한 세계, 즉 우리에게 의미심장한 세계에 거주하게 된다. 따라서 운동은 세상사 지식을 제공하며, 그와 동시에 우리 자신의 본질이며 능력·한계에 대한 중요한 통찰력을 밝혀준다.22)

서사의 변화와 이행의 감각은 주로 사건과 플롯을 통해 환기되겠지만23), 이 역시 크로노토프의 토대 위에서 인물의 마음 읽기를 경유해서만, 다른 서사적 국면과의 신체화된 인지 과정의 상호교류와 상호작용하에서 가능해지는 것이다. 크로노프도 인물도 사건도 지속과 변모의 결합을 통해 새로워지며 이채로워진다. 그것은 살아있음, 곧 생의 감각이다. 서사와 만나는 독자의 '신체화된 마음'으로 인식되는 생명의 리듬이 바로 변화-생성이다.

---

22) 마크 존슨, 앞의 책, 54면.
23) 신체화된 인지과학에 의하면 시간성 역시 성찰의 산물인 before, now, after를 경험하기도 전에 이미 신체적 운동의 사건적 감각질로부터 이해되는 것이다. 같은 책, 65~70면 참고.

서사-체와 텍스트세계는, 작가와 독자에 의해 새롭게 창조된 소우주로서 천변만화하는 세계와 부동(浮動)하는 생의 감각을 전달한다. 생물학자들이 설명하는 것처럼, 의식 아래 은폐된 인간의 몸은 겉으로는 고요해 보이지만 '펄펄 끓는 가마솥'에 가깝다.24) 인간의 몸은 그렇게 생동해야만 항상성을 유지할 수 있는 것이다. 항상성의 차원보다 더 적극적으로는 인간의 생리심리학적 측면을 파악한 철학적 논변 가운데 니체의 생성의 철학과 '힘에의 의지'는 좋은 참조점이 될 수 있다. 스피노자가 사람과 사물 등의 자기 보존 충동으로 설명한 '코나투스(conatus)'와 다윈의 '생존 투쟁' 개념의 소극성을 비판하면서, 니체는 더 적극적인 생의 충동을 강조했다.25) 코나투스는 정지 상태에 대한 원칙인데, 니체에게 정지 상태는 죽음을 의미하기 때문이다. 그리하여 니체는 현상태의 보존이 아닌 현 상태의 극복과 변화, 그리고 성장과 확산을 의미하며, 삶은 반응(reaction)이 아니라 행동(action)으로 이해한다.26)

인간의 신체도 항상성으로만 설명될 수 있는 것은 아니다. 사람의 몸은 신진대사와 노화과정을 거쳐 점차 새로운 세포로 대체되는데, 이 과정이 몇 년 동안 일어나면 한 사람의 몸은 물리적, 생물학적으로 전혀

---

24) 항상성에 대한 비유는 S. 조나단 싱어, 임지원 역, 『자연과학자의 인문학적 이성 죽이기』, 다른세상, 2004.

25) "힘의 확장을 지향하고, 이 의지 안에서 때로는 자기보존조차도 문제 삼고 희생시키는 삶의 근본적 충동이 위기에 처하거나 위축되었을 때 나타나는 것이 자기보존에의 의지다. […] 자연과학자는 자신이 처한 인간 세상에서의 구석 자리에서 벗어나, 자연을 지배하는 것이 궁핍이 아니라 터무니없을 정도의 과잉과 낭비라는 것을 인식해야 한다. 생존을 위한 투쟁은 예외에 속하며, 삶의 의지가 일시적으로 제한된 것에 불과하다. 크고 작은 투쟁들은 언제나 우월, 성장, 확산, 힘을 둘러싸고 이루어지고 있다. 이것들은 힘에의 의지를 따르고 있으며, 이 힘에의 의지가 바로 삶의 의지이다." 프리드리히 니체, 「즐거운 학문」, 앞의 책, 333~334면. 강조는 원문.

26) 최현석, 「니체」, 『인간의 모든 감정』, 서해문집, 2011. (http://terms.naver.com/entry.nhn?docId=1719740&cid=42063&categoryId=42063)

다른 몸이 된다.27) 인간의 자기 동일성마저 명백한 변화를 숨기지는 못한다. 마투라나와 바렐라가 제안한 인지 생물학의 오토포이에시스(autopoiesis) 이론에서도 생명의 본질을 고정된 존재가 아니라 스스로의 변화를 꾀하는 작동 체계로 본다.28) 생에 대한 이러한 인식은 서사-체에 대해서도 적용 가능하다. 정적으로 보이는 어떤 서사-체라도 이처럼 생동하는 변화의 감각 없이는 서사성을 산출해낼 수 없다. 만약 사건성이든, 인물의 상태이든, 크로노토프든, 변화-생성의 정도가 빈약한 서사-체라면, 독자는 그 텍스트의 서사성 정도가 약하다고 판단할 것이다. 애벗에 의하면, 서사성은 '형용사적인' 명사로 불릴 만하며, 전체적으로 정의 가능하지 않거나 점진적 변화를 조건으로 삼는 어떤 것, 즉 체감된 특질(felt quality)을 암시적으로 시사한다.29)

물론, 체험성이 서사성에 대한 충분조건이라거나 서사성이 곧장 변화-생성의 감각이라고 동일시해서는 안 된다. 그러한 주장은 서사 텍스트와 서사 현상의 다양하고 복잡한 특성들과 효과들을 단순화시킬 가능성이 있기 때문이다. 또한 서정시나 음악 등 다른 문학과 예술 장르에서도 변화-

---

27) 그리스 신화에서 "오랜 항해 동안 테세우스의 배는 조금씩 수선되고(원래 부품들이 새 부품으로 대체되고) 변형된다. 이런 과정을 거쳐 이 배는 원래 항해를 시작했을 때의 배와는 물리적으로 전혀 다른 배가 된다. 이 수선된 배는 테세우스의 배인가 아닌가?" 이러한 질문에 담긴 철학적 역설이 바로 '테세우스의 배(Ship of Theseus)'이다. 석봉래, 「옮긴이의 글」, 프랜시스코 바렐라 외, 앞의 책, 429면. 이 책 본문의 122~123면도 참고.
28) "마투라나는 생물을 특징짓는 기준으로 자기 자신을 지속적으로 생성하는 특징을 제안하였으며 이런 뜻을 내포한 단어로 생물을 정의하는 조직을 자기생성autopoiesis 조직이라고 부른다. 그리스어로 *autos*는 *자기 자신*을, *poiein*은 *만들다*를 의미한다. 하나의 생명체를 관찰해보면 서로 상호작용하는 분자들을 생산하는 체계를 발견하는데, 이 체계는 분자들을 생산하고, 이번에는 이 분자들이 분자들을 생산하는 체계를 생산하고 자신의 경계선을 한정시킨다. 이와 같은 네트워크를 자기생산적이라고 부른다. 이 체계는 물질의 투입에는 개방되어 있지만 그것을 낳는 관계들의 움직임과 관련하여서는 폐쇄적이다." '움베르토 마투라나', 〈위키백과〉.
29) H. Porter Abbott, "Narrativity", op. cit., paragraph 3. 강조는 인용자.

생성의 감각은 중요하지만 그것들 모두가 서사성의 정도가 풍부하다고 볼 수는 없다. 그럼에도 불구하고, 크로노토프와 인물, 사건 등 서사에서 '신체화된(embodied)' 여러 국면들은 모두 복합적인 생태대화적 관계망 안에서 이러한 감각의 생성과 실현에 기여한다. 즉 서사성에 대해서 체험성이나 변화-생성의 감각은, 충분조건은 아니지만, 필요조건이다. 또한 적어도 체험성은 중요한 '서사소(敍事素, narrateme)' 혹은 '서사의 기본 요소'로 간주된다.30) 이러한 견해는 서사학 이론과 연구에서 더욱 강조될 필요가 있다.

　신체화된 인지 접근을 채택하는 인문학이 일러주는 것처럼, 인지과학에서 가장 최신의 논의들은 유서 깊은 인문학적 유언비어를 대거 손상시키고 있다. 그 가운데 중요한 한 가지는 사고는 언어가 아니라는 점이다.31) 몸을 배제한 채 인간을 단지 언어적-문화적 존재로 전제하는 (인)문학 연구들과 달리 『몸의 인지 서사학』은 몸-마음-언어 삼자의 연속성과 통합을 추구한다. 심지어 언어를 매재로 삼는 소설에서도 우리는 단지 언어와 탈신체화된 정신의 작용으로 소설을 읽는 것이 아니다. 문학은 언어 이전에 타인의 마음을 읽어내는 공감의 생물학적 기반 위에서만 가능한 것이며, 실제로 우리가 문학을 읽을 때 신체화된 인지 과정을 거쳐서만 텍스트세계를 창조해내고 그 세계 속에 참여할 수가 있다. 우리가 현상학적 일상에서 매일 느끼고 체험하듯이, 의미는 언어 이상의 것이다. 언어 예술인 소설의 의미 생산 과정에서조차 언어로부터 독자의 이성으로의 추상적인 의미 전달은, 불가능하다. 소설과 서사 연구에서

---

30) 이러한 논지는, 서사성과 체험성을 등가적 관계로 보는 모니카 플루더닉의 자연적 서사학에 제기된 논쟁을 참고했다. Marco Caracciolo, "Experientiality", op. cit., Paragraph 9~10.
31) 에드워드 슬링거랜드, 앞의 책, 65면.

몸이 중요한 이유는 인물의 몸과 그 몸에 기반한 세계가 재현되기 때문만이 아니다. 이보다 더욱 근본적으로, 세계-내-존재 혹은 세계-에로-존재로서 우리의 몸은 모든 예술과 모든 일상생활의 미학적 체험 전체에 걸쳐 인지적 기초가 되기 때문이다. 우리는 그렇게 몸으로 소설을, 삶을 읽는다.

제7장

몸의 인지 서사학을 향해

몸의 인지 서사학 질병과 치유의 한국 소설

7 | 몸의 인지 서사학을 향해

지금까지 신체화된 마음 이론을 중심으로 하는 제2세대 인지과학과의 학제간 대화를 통해 서사학 이론을 재조명·재개념화하고, 이를 질병-치유 서사 텍스트의 분석과 해석에 실제적으로 적용해 보았다. 신체화(embodiment) 즉, '마음이 몸에 기반한다'는 2세대 인지과학의 핵심 명제는, 서사 현상의 다양한 차원과 국면 역시 경험적(empirical)으로 설명할 수 있다. 인간에게 근본적으로 의미(meaning)란 언어로 동일시되거나 관념적 정신 작용이 아니라 언제나 몸에 기반하고 있다는 논의는 서사 현상을 분석하고 해석하는 서사학 및 주제학의 핵심 명제가 되어야 한다. 따라서 심신의 비이원론은 그저 문학 텍스트를 해석할 때의 포스트모던적 인문학 담론 차원에서 보조적으로 지원되는 기존의 수준을 넘어설 수 있어야 한다.

이러한 문제제기로부터, 『몸의 인지 서사학』은 실제로 서사의 심신 이론을 갱신하여, 인지자(cognizer)를 기준으로 할 때, (1) 텍스트세계의 차원에서 '서술자 및 인물'의 마음은 신체화되어 있음을 확인하고, 더 나아가 (2) 서사 텍스트와 '독자'의 마음의 결합 차원에서도 신체화 양상이 인지신경과학적 수준에서 이론화했다. 문학에 재현된 몸을 분석하는 것(1)에서, 더 나아가 국내 인지 서사학 연구 최초로 서사 독자의 신체화된 인지 과정을 문학 연구의 영역으로 도입한 것(2)도 이 연구서의 의의라고 할 수 있다. (2)의 과정은 비록 의식적 현상의 이면에 자리한 인지적 무의식(cognitive unconscious) 차원이며 자연화된 과정이지만 인지신경과학의 다양한 이론으로 논의가 가능해진다.

또한 서사 텍스트에서 신체성이란 '인물의 재현된 몸'에서만 발견되는 것이 아니다. 텍스트세계를 구성하는 기본적인 인지 범주인 크로노토프, 인물, 사건성 등 서사의 제 국면 모두에서 몸과 마음의 결합 양상은 확인될 수 있었다. 그러므로 이들 국면들은 신체화를 중심으로 한 서사학 이론으로 재구축될 수 있고, 실제적 문학 분석과 해석에도 유효하다는 것을 입증할 수 있었다. 독자는 그러한 텍스트의 신체화 국면에 거울 뉴런의 시뮬레이션 공명 현상 등 신체화된 인지 과정으로 반응하고, 이것은 서사의 주제화와 의미 생산으로 연결된다. 『몸의 인지 서사학』은 인지 서사 시학과 서사 주제학의 연계 작업을 통해 서사 문학의 형식적 분석과 주제적 해석을 결합하여 총체적인 문학 연구를 시도했다는 점에서도 그 의의를 획득한다. 여기에서는 앞서의 분석과 논의 결과를 다시 점검함으로써 결론을 삼고자 한다.

신체화된 마음의 인지과학은 우리의 마음이 근본적으로 몸에 근거하고 있음을 과학적으로 증명해 보였다. 그간 심신 이원론을 극복하기 위한 철학적 노력은 이제 경험 과학에 의해 하나의 당위에서 실제적인 현상으로 받아들여지게 되었다. 그러므로 몸을 중심에 두는 인문학 이론은 새로운 전기를 마련했다고 해도 과언이 아니다. 몸은 그저 인문학 담론의 중요한 하나의 소재와 주제가 아니라 문학의 창작과 독서, 해석의 모든 측면에 관여하는 실제적인 현상 속에서 파악되어야 한다. 몸을 모티프와 주제로 중요하게 다룬 특정 유형의 문학뿐 아니라 모든 문학 일반에서는 갖는 몸의 위상이 그러하다. 물론, 신체화 정도는 문학 텍스트와 독자의 체험 및 준비된 상태에 따라 현저하게 차이가 날 수 있다.

그래서 이 연구서는 질병-치유 서사를 실제 분석 텍스트로 선정함으로써 신체화 국면에 더욱 집중적으로 논의할 수 있도록 했다. 문학과 서사의 체험과 해석 과정에서 신체화된 인지가 사회문화적 맥락에 의한 구성과 변증법적으로 상호작용한다는 점은 앞으로 문학 연구에서 더욱 강조되어야 할 것이다.

신체화된 마음의 서사학은 텍스트 이론과 체계부터 새롭게 재구성해 보았다. 하나의 서사 텍스트 역시 하나의 생체적 우주라는 인체의 은유를 통해, '서사-체'의 비유적 개념을 창안해 보았다. 서사-체는 허구적 텍스트세계를 포함하는 서사 텍스트에 대한 생명체의 은유로, 바흐찐, 바르트, 들뢰즈와 과타리의 텍스트 이론 등에서 착안했다. 또한 생태 심리학을 활용하는 인지 서사학에서 텍스트란, 단순한 언어 기호물이 아니라 특유의 행동가능성을 지니며 독자와 상호작용하고 신체화된 인지 과정에서 의미 생산을 가능하게 한다고 이해된다. 텍스트세계를 이루는 크로노토프, 인물, 사건성과 같은 서사-체의 내부 국면들 역시 인체의 기관들처럼 서로 생태대화적 관계망을 이루며 복잡한 상호작용 속에서 서사적 의미를 산출할 수 있게 된다. 서사-체의 생태대화적 관계망 모델은 폐쇄적 종결 구조가 아니라 역동적 상호관계 속에서 서사적 텍스트의 의미 생성 및 해석 과정을 설명할 수 있게 한다. 이러한 신체화 인지 이론에 따른 서사 텍스트 이론과 생태대화적 모델에 기초하여 본론부터는 본격적으로 차례대로 크로노토프, 인물, 사건성의 이론을 '신체화'하고 질병-치유 서사의 실제 분석과 해석에 활용해 보았다.

첫째로, 소설의 시공성을 가리키는 용어인 크로노토프를 바흐찐은 '신체화'의 비유로 설명하는데, 사건의 형상화와 그 서사성의 실현을 크로노토프와 긴밀히 결부시킨다. 메를로-퐁티의 신체의 현상학과 신체화된 인지과학에 의하면, 인간은 몸에 근거해서 시간과 공간을 지각한다. 더욱이 인간이 체험하고 지각하는 실제의 시간과 공간은 사실 상호 분리된 개념이 아니다. 시간은 공간을 통해 지각될 수 있으며, 시간은 공간에 의해 지각될 수 있다. 그러므로 '신체화된 크로노토프'로 재개념화하여, 정적이라기보다 역동적이고 관계적이며 신체화된 개념적 은유와 영상 도식 등에 근거하는 텍스트세계의 이론을 제시해보았다. 텍스트세계의 세계-내-존재(텍스트세계-내-존재)로서 서사적 인물은 세계 감각을 체감하며, 독자는 그러한 텍스트세계에 상상적으로 동참하여 기분과 분위기를 인지하고 공명하면서 서사를 읽고 해석해나갈 수 있다. 실제 세계와 텍스트세계 간의 크로노토프적 이현실적 상호 교류와 대화는 서사 현상의 근본 조건이다.

둘째로, 서사적 인물 이론의 부활을 설명하면서 문학적 인물 읽기와 실제의 인물 읽기 간의 상관성을 제시하였다. 서사에서 인물과 의인화된 실체는 신체화된 인지의 가장 중요한 대상으로 이해될 수 있다. 인지 심리학의 마음이론(ToM)은 문학적 인물의 마음 읽기는 물론 문학적 공감을 위한 근본적인 생물문화적 기제라 할 수 있다. 텍스트세계에서 인물들은 서로 간의 접촉을 통해 소통하며 의미적 관계망을 형성해 나간다. 서사적 인물들이나 독자 모두 신체화된 상호주체성으로써, 언어 이전에 그리고 언어와 함께, 얼굴 표정과 몸짓 등 신체를 통해 서로의 마음을 헤아리며 의미를 주고받을 수 있게 된다. 그 점에서 신체화된 마음의 인지 접근은 사회적 인지를 강조하면서 바흐찐이나 메를로-퐁티 등 대화적 윤리와 상호주관성의 철학적 인간학을 강조한 인문학적 담론에도 힘을 실어주게 된다.

셋째로, 서사적 사건과 인과관계, 갈등, 플롯 개념과 이론이 신체화와 어떻게 결부될 수 있는지, 신체화가 서사적 전개와 어떻게 연계될 수 있는지를 논의했다. 인지 언어학적 분석으로 사건 관련 개념들이 본래 신체화된 인지로부터 유래하는 것임을 밝혔다. 또한 사건을 구조적 완결 체계 안에서 이해하는 것이 아니라 사건성(eventfulness)의 차원에서 이해하여, 언제나 복합적이며 복잡한 사태들의 상호연관성 속에서, 그리고 사건에 대한 다양한 관점들의 대화적 시선 속에서, 열린 잠재적 가능성들과 함께 역동적으로 유동한다고 보았다. 신경생물학과 진화심리학적으로도 사건 이해의 과정을 설명하여, 사건 이해가 근본적으로 신체적 국면과 무관하지 않음을 논의했다. 실제 연행이 아닌 소설과 같은 기술 서사-체에서도 서사적 연행성은 신체화된 연행의 환영을 불러일으킬 수 있는데, 이는 신경과학에서 '거울 뉴런'을 중심으로 한 시뮬레이션 공명 현상으로 이해될 수 있었다.

이 연구서는 신체화된 마음의 서사학을 이론적으로 고찰한 뒤에, 질병-치유 서사에 대한 실제적인 분석과 해석을 시도했다. 이들 서사-체는 병원과 아파트 등의 크로노토프에서 특유의 (텍스트세계의) 세계 감각을 만들어내며, 질병과 치유 등 신체적 분위기를 연출한다. 이것은 다시 인물의 기분과 그들이 체감하는 감각질의 특성과도 관련된다. 이 서사적 인물들은 특히 민감한 신체적 조건 속에서 자신의 신체 이미지와 타인의 신체에 대해 민감하게 지각하고 반응한다. 그들은 여기서 그치지 않고 귀와 입 등 대화 및 서사적 소통과 관련된 신체 부위의 은유화로 대화적 윤리의 주제적 해석을 유도한다. 질병과 치유의 사건은 기본적으로 고통스러운 감각과 부정적인 가치와 관련되지만, 사건성과 니체적 관점, 그리고 건강 생성 패러다임에서는 이러한 통념은 전복될 수 있다. 문학적 소통의 참여자인 인물, 서술자, 작가 모두 환자일 수 있으나, 그들은 '위대한 건강'의 역설을 통해 '문화 의사'로서 서사적 역능을 발휘할 수 있다. 독자들 역시 그러한 서사적 사건성과의 대화를 통해 그러한 서사적 역능을 공유하면서, 문학 자체의 문화적 의사로서의 수사학적, 수행적 힘을 확인할 수 있게 된다.

이 연구서의 이론과 실제 비평은 신체화된 인지의 과학적 논의와 문화 연구의 프로그램을 통합시키고, 서사학의 형식적 분석 이론과 문학 주제학의 해석적 방법론 모두를 결합시킨 프로그램으로서 기존의 질병 서사의 새로운 해석 가능성과 방향을 열어 준다. 신체화된 마음의 서사학은 이러한 비판과 반성을 거쳐, 텍스트에 재현된 몸과 그 문화적 해석은 물론, 독자가 서사-체 전반에 참여하는 인지 과정 중에 어떻게 몸이 정서적으로 반응하고 시뮬레이션 공명 등으로 공감할 수 있는지 설명하며 이것을 사회문화적 맥락과 결합시켜 진정한 통합적 문학 연구의 길을 열어 나갈 수 있다. 물론 인지과학은 발전 도중에 있는 폭넓은 융합 학문으로서 여전히 문학 연구에 기여할 수 있는 다양한 시각과 이론을 제공해줄 수 있다. 따라서 이 책에서 중점적으로 논의한 서사-체의 텍스트세계에 대한 분석과 해석 이외에도 다양한 국면에 대한 이론화와 실제 비평적 활용이 가능하다고 생각한다. '마음의 과학'과 다양한 과학과 학문들에 인문학과 문학 연구가 개방적으로 대화함으로써 입체적인 인간 탐구와 인문학적 사유의 심화를 기대할 수 있을 것이다.

마지막으로, 인지 서사학, 더 넓게는 인지적 문화 연구의 전망과 과제를 논의해보는 것으로 인지과학과 문학의 가교를 놓는 초기 연구 작업으로서의 책무를 다하고자 한다. 『몸의 인지 서사학』을 포함한 신체화된 인지 접근의 문학 이론들, 나아가 인지적 문화 연구의 응용과 확장 가능성, 그리고 다양한 기대 효과를 논의함으로써 인지 서사학과 인지적 문화 연구의 후속 연구를 위한 제언이다. 신체화된 인지 접근의 서사학-주제학적 이론은 몸과 마음, 언어(문화와 담론)를 하나의 통합된 시스템으로 보고 이를 사회문화적 관계의 맥락 속에서 사유하여 이후의 문학 연구에서도 지평을 확대 심화할 수 있는 계기가 될 것이다.

첫째, 텍스트와 장르 차원에서, 소설을 중심으로 한 이 연구서의 방법론과 이론 및 분석틀은 다른 매체의 서사와 문화에 관한 연구로 확장될 수 있다. 이 책에서는 서사 텍스트 개념보다는 주로 서사성 개념을 중시함으로써, 소설 장르 외의 문화 예술 텍스트의 서사성에 접근할 수 있는 교두보를 마련한다. 가령, 연극과 영화는 물론, 시와 음악, 퍼포먼스와 같은 타 장르의 신체화된 서사성을 검토할 때 이론적 기초로 활용될 수 있을 것이라 기대한다. 신체화의 개념은 서사적 전환의 시기를 맞이하여 초장르적, 탈경계적 서사학 연구를 더욱 폭발적으로 촉진시킬 잠재력이 있다. 각 서사 장르와 인접 예술을 비롯한 다양한 문화 영역에 대해서도 이미 인지과학의 이론에 힘입어 문화 연구가 활발하게 진행되고 있으나, 국내의 경우 소개나 자체적인 연구가 상당히 미흡한 편이기 때문에 이 연구서의 관점이 참조점이 되리라 생각한다.

특히, 질병-치유 서사의 분석은 몸과 관련한 대중문화, 대중서사 연구에 기여할 수 있으리라 본다. 질병과 치유, 그리고 몸의 서사적 상상력은 인접 서사 장르들인 연극과 영화, 드라마와 웹툰 등 새로운 뉴미디어 서사와 대중 장르의 연구 및 해석 이론에도 일정 부분 기여할 수 있을 것이라고 기대한다. 특히, 대중장르에서는 몸에 대한 관심이 주목할 만하며, 예컨대, 새롭게 부상하고 있는 사이언스 픽션 장르에서는 포스트휴머니즘으로 대표되는 몸에 대한 새로운 과학적 상상력이 출현하고 있다. 탈신체화와 신체화의 담론은 포스트휴먼의 인물 표상뿐만 아니라 서사의 철학적 기반으로서 중요한 의미를 지닌다. 이들 서사 텍스트를 해석하기 위한 적절한 서사학적, 문학주제학적 담론이 필요할 것으로 예측된다.

둘째, 독자의 차원에서, 문학 교육과 관련된 함의이다. 신체화된 인지 접근의 서사학 이론은, 수용자의 서사 향유에 있어 풍부한 문화적 교양의 축적 이상으로 체험적인 측면을 다른 문학 이론보다 훨씬 강조한다. 특정한 예술적 서사 텍스트를 향유하기 위해서는 독자는 지식과 교양, 독서 경험을 갖추는 것만으로 충분하지 않으며, 자신이 몸소 겪은 문화적·사회적 맥락의 다양한 체험성을 활성화시키고, 무엇보다도 자신의 신체 감각을 섬세하게 열어두고 그것을 (무)의식적으로 포착하고 해석할 수 있어야 한다. 그 결과, 신체화된 마음의 서사학은, 문화 향유에 있어 '문학의 민주주의'를 옹호할 수 있는 또 하나의 학문적 근거를 제출할 수 있게 되었다. 또한 문학과 독서 교육에 있어서, 독자의 체험성에 근거한 상향식 접근 방법이 필요하다는 인식에 도달하게 된다. 서사를 감상한 뒤 (혹은 서사를 감상하고 있는 상황 중간에) 독자가 활성화한 감정, 그리고 환기시킨 다양한 체험과 감각 등을, 문학 텍스트를 교양과 이론으로 환원시킨 정적/공식적인 지식과 접속하기 이전에 중요한 반응으로 격상시켜야 한다.

셋째, 상호신체적 공감의 문학치료학적 가능성을 타진해 볼 수 있다. 독자는 작가 및 인물과의 상호신체적/소통에 근거하여 공감과 윤리적 감각을 만들어낸다. 텍스트세계 내의 인물들 간 윤리의 문제를 넘어서, 독자의 상호신체적 공감과 독서 체험의 윤리 문제로 확장시킬 수 있다. 질병-치유의 서사화는 과거와 현재 삶의 진술인 동시에 미래 삶의 변화 (재창조)와 관련된다. 그 점에서 질병-치유 서사의 논의는 질병의 서사 주제학 갱신과 더불어 문학적 치료의 임상적 실천에 응용될 수 있을 것이다. 최신의 인지신경과학의 다양한 연구 성과를 활용하는 신체화된 마음의 서사학은 다른 어떤 문학 이론과 방법론들보다 훨씬 과학적으로 실제적인 독서 현상의 전모와 서사의 수사학적·수행적 힘을 설명해낼 수 있다. 우리의 뇌는 가소성을 지녔고 학습(learning)과 역학습(unlearning)이 가능하며, 서사는 세계와 삶을 인식하는 중요한 인지 범주로 작동할 수 있다. 그러므로 부정적 세계 인식, 부정적 자기 인식을 변화시키기 위한 실천적 프로그램으로 서사의 학습과 역학습이 이용될 수 있다. 독자의 신체화된 서사적 대화 체험과 반응에 대한 과학적 이해는 실용론적 차원에서 유효하게 적용될 것이다.

넷째, 신체화된 인지 접근을 따르는 여타 인문사회과학과 대화함으로써 인지적 문학 연구는 생물문화적 접근의 인문학을 더욱 발전시킬 수 있다. 이미 인지 언어학자 조지 레이코프는 시학과 정치학에, 인지 철학자인 마크 존슨은 미학과 예술, 윤리에, 인지과학자 프란시스코 바렐라는 윤리학에 그들의 인지과학적 논의들을 확장시킨 바 있다. 국내에서도 마음의 과학 전반에 영향을 받은 마음의 정치학과 인지자본주의 담론들이 힘을 얻어가고 있다. 문학은 세상의 모든 담론들을 담을 수 있는 제도로서, 신체화된 인지 문학 연구는 이들 다른 학문들과의 대화를 통해 초학제적으로 인간과 문화에 대한 전반적인 앎의 심화와 확장에 기여할 수 있을 것이다.

마지막으로, 문학의 생물문화적 접근은 몸과 건강에 대한 다양한 (인)문학적 사유를 회통시킬 수 있는 좋은 담론적 계기를 마련해준다. 신체화된 인지과학은 기본적으로 심신의 이원론적 사유에 반대하기 때문에 티벳 불교와 유교 등 다양한 전통적인 동양 사유와 접속해가면서 철학적 폭과 너비를 갖추어 가고 있다. 포스트모던 문화상대주의와 달리 신체화된 인지 접근은 인간 본성의 보편성을 충분히 고려하기 때문에, 문화적 텍스트와 담론이 산출된 크로노토프의 현격한 차이에도 불구하고 독자들이 텍스트를 독해할 수 있는 몸과 문화의 통합적인 방법론을 제공할 수 있다. 따라서 신체화된 인지 접근은 인문학과 과학 간의 단절과 불통뿐만 아니라 동양과 서양, 혹은 다문화적 차이를 넘어서는 탈경계적 인문학 방법론으로 기여할 수 있다. 현재 서구 근대의 사유는 한계에 도달하여 그 돌파구를 동양적 사유와 고전에서 발견하고자 궁구하고 있다. 신체화된 인지 접근 등 현대 과학은 역설적으로 서구의 전통적 형이상학이나 근대 철학보다는 전통적인 동양 철학에 더욱 친밀한 결과를 보여주기 때문이다.

참고문헌

텍스트

● 분석 대상 텍스트

김승옥, 「차나 한잔」, 김승옥 소설전집1 『무진기행』, 문학동네, 2010.

박상륭, 「2月 30日」, 박상륭 작품집 Ⅰ 『열명길』, 문학과지성사, 1986.

박완서, 「닮은 방들」「서글픈 순방(巡房)」, 박완서 단편소설 전집1 『부끄러움을 가르칩니다』, 문학동네, 2006.

박완서, 「포말(泡沫)의 집」, 박완서 단편소설 전집2 『배반의 여름』, 문학동네, 2013.

박완서, 「황혼」, 박완서 단편소설 전집3 『그의 외롭고 쓸쓸한 밤』, 문학동네, 2006.

서정인, 「후송」, 『강』, 문학과지성사, 2007.

이청준, 「퇴원」「무서운 토요일」, 이청준 전집 1 『병신과 머저리』, 문학과지성사, 2010.

최인호, 「견습환자」「미개인」, 최인호 중단편 소설전집 1 『타인의 방』, 문학동네, 2002.

● 참고 텍스트

마크 포스터 감독, 〈스트레인저 댄 픽션〉, 2006.

알랭 로브그리예, 박이문·박희원 역, 『질투』, 민음사, 2003.

알폰소 쿠아론 감독, 〈그래비티〉, 2013.

이청준, 『당신들의 천국』, 문학과지성사, 1995.

이청준 문학전집 장편소설 1, 『씌어지지 않은 자서전』, 열림원, 2001.

소포클레스, 천병희 역, 「오이디푸스 왕」, 『소포클레스 비극 전집』, 숲, 2010.

질병-치유 서사

● 텍스트 및 질병-치유 서사 관련 연구

권보드래·천정환, 『1960년을 묻다: 박정희 시대의 문화정치와 지성』, 천년의
상상, 2012.

권택영, 「씌어질 수 없는 자서전」, 이청준, 『씌어지지 않은 자서전』, 열림원,
2001.

김명신, 「전복과 변형의 미학 – 박상륭 소설 「뙤약볕」 연작을 중심으로」, 『애
산학보』 22권, 애산학회, 1999.

김병익, 「중산층의 삶과 의식」, 『지성과 문학: 70년대의 문화사적 접근』, 문학
과지성사, 1982.

김소륜, 「여성 소설에 나타난 '병원' 공간 연구: '산부인과'와 '정신병원'을 중
심으로」, 『한국문화연구』 제18호, 이화여자대학교 한국문화연구원,
2010.

김승희, 『이상 시 연구』, 보고사, 1998.

김윤정, 『박완서 소설의 젠더의식 연구』, 역락, 2013.

김주언, 「서정인의 초기 소설에 나타난 죽음의 문제」, 『한국문학이론과 비평』
제45집, 한국문학이론과 비평학회, 2009.

김지혜, 「이청준 소설에 나타난 징후적 '배앓이'와 타자의 시선 연구」, 『한국
문학이론과 비평』 제48집, 한국문학이론과 비평학회, 2010.

김현, 「재능과 성실성 – 최인호에 대하여」, 『문학과 유토피아: 공감의 비평』,
문학과지성사, 1991.

노대원, 「1960년대 한국 소설의 심신 의학적 상상력 —서정인의 「후송」과 김

승옥의 「차나 한잔」을 중심으로」, 『문학치료연구』 제33집, 2014.

노대원, 「식민지 근대성의 '문화 의사(cultural physician)'로서 이상(李箱) 시 - 니체와 들뢰즈의 '문화 의사로서 작가'의 비평적 관점으로」, 『문학치료연구』 제27집, 한국문학치료학회, 2013.

노대원, 「이청준 소설과 자서전적 텍스트성 — 〈가위 밑 그림의 음화와 양화〉 연작을 중심으로」, 『국제어문』 제62집, 국제어문학회, 2014.

노대원, 「진단과 처방 — '앎의 의학'을 향해서」, 『서강대대학원신문』 120호, 2012년 4월 9일.

노대원, 「최인호 초기 단편소설의 카니발적 특성 연구」, 서강대 석사논문, 2009.

안미영, 『이상과 그의 시대』, 소명출판, 2003.

우찬제 , 『불안의 수사학』, 소명출판, 2012.

윤영돈, 「60年代에 대한 記錄: 金承鈺論」, 『學術論叢』 Vol.22, 檀國大學校大學院, 1999.

이민용, 「내러티브를 통해 본 정신분석학과 내러티브 치료」, 『문학치료연구』 제25집, 한국문학치료학회, 2012.

이상규, 「韓國 現代 小說에 나타난 醫者와 患者간의 만남의 場面: 醫師의 患者 읽기 유형을 중심으로」, 『醫史學』 제16호, 大韓醫史學會, 2000.

이윤옥, 「텍스트의 변모와 상호 관계」, 이청준, 『병신과 머저리』, 문학과지성사, 2010.

이재복, 『한국문학과 몸의 시학』, 태학사, 2004.

이재선, 『현대소설의 서사주제학: 문학 모티프와 테마를 찾아서』, 문학과지성사, 2007.

정숙·천정환·김건우, 『혁명과 웃음: 김승옥의 시사만화 〈파고다 영감〉을 통해 본 4.19 혁명의 가을』, 앨피, 2005.

조해옥, 『이상 시의 근대성 연구: 육체의식을 중심으로』, 소명출판, 2001.

채기병, 『소통의 잡설: 박상륭 꼼꼼히 읽기』, 문학과지성사, 2010.

「혼분식, 국민먹거리를 제도화하다: 구호로 보는 시대풍경전」, 〈국가기록원〉. (http://theme.archives.go.kr)

● 몸과 인문의학 담론

가라타니 고진, 박유하 역, 「병이라는 의미」, 『일본근대문학의 기원』, 민음사, 1997.

강신익, 『몸의 역사, 몸의 문화』, 휴머니스트, 2007.

대리언 리더·데이비드 코필드, 배성민 역, 『우리는 왜 아플까』, 동녘 사이언스, 2011.

박준상, 『떨림과 열림: 몸·음악·언어에 대한 시론』, 자음과모음, 2015.

수전 손택, 이재원 역, 『은유로서의 질병』, 이후, 2002.

앤 해링턴, 조윤경 역, 『마음은 몸으로 말을 한다: 과학과 종교를 유혹한 심신의학의 문화사』, 살림, 2009.

엘리자베스 그로츠, 임옥희 역, 『뫼비우스 띠로서 몸』, 여이연, 2001.

이현준, 「이명을 경험한 군인들의 이명장애와 정신건강과의 관계」, 서울대 석사논문, 2013.

조르주 캉길렘, 여인석 역, 「건강, 통속적 개념과 철학적 질문」, 인제대학교 인문의학연구소 편, 『인문의학: 인문의 창으로 본 건강』, 휴머니스트, 2008.

최현석, 「귀울림 - 뇌에서 울리는 바람 소리」, 『인간의 모든 감각』.

프랭크, 최은경 역, 『몸의 증언: 상처 입은 스토리텔러를 통해 생각하는 질병의 윤리학』, 갈무리, 2013.

한국정신신체의학회, 『정신신체의학』, 집문당, 2012.

황임경, 「의학과 서사」, 서울대학교 박사학위논문, 2011.

인지 서사학

● 국내 인지 문학 연구

김용수, 「기호로서의 신체적 연기: 그것의 연극적 특성과 인지과학적 원리」, 『

한국연극학』 52권, 한국연극학회, 2014.

김용수, 「인지과학의 관점에서 본 서사극 이론」, 『한국연극학』 49권, 한국연극학회, 2013.

김용수, 「인지과학의 관점에서 본 연극대사 ―〈아가멤논〉의 사례를 중심으로」, 『드라마 연구』 제35호(통합 제13권), 한국드라마학회, 2011.

김원희, 「강경애『소금』의 개념적 은유 접근 방법」, 『인문학연구』 41권, 조선대학교 인문학연구원, 2011.

김원희, 「문학 교육을 위한 강경애『인간문제』의 인지론적 연구」, 『한국문학이론과 비평』 제49집, 한국문학이론과비평학회, 2010.

김원희, 「문학 교육을 위한 백신애 소설세계의 인지론적 연구」, 『현대문학이론연구』 41권, 현대문학이론학회, 2010.

김원희, 「문학교육을 위한 정미경 〈밤이여, 나뉘어라〉의 인지론적 연구」, 『인문학연구』 40권, 조선대학교 인문학연구원, 2010.

김원희, 「박태원「소설가 구보씨의 일일」의 인지경로와 문학 교육」, 『인문사회과학연구』 제13권 제1호, 부경대학교 인문사회과학연구소, 2012.

김원희, 「이상 〈날개〉의 인지론적 연구와 탈식민주의 문학교육」, 『한국민족문화』 제41호, 부산대학교 한국민족문화연구소, 2011.

김원희, 「장용학「요한 시집」에 내포된 몸의 은유」, 『현대문학이론연구』 56권, 현대문학이론학회, 2014.

노대원, 「문학적 크로노토프와 신체화 ― 바흐찐 소설 이론과 2세대 인지과학의 만남」, 『한국문학이론과 비평』, 제67집, 2015.

노대원, 「사이코패스 소설의 신경과학과 서사 윤리」, 『영주어문』 47권, 영주어문학회, 2021.

노대원, 「서사의 작중인물과 '마음의 이론(Theory of Mind)' ― 인지과학의 관점에서 본 인물 이론」, 『현대문학이론연구』, 제61집, 2015.

송민정, 「몸-마음-내러티브의 만남: 체화된 인지의 내러티브적 이해 - '자연적' 서사학을 중심으로」, 『헤세연구』 제32집, 한국헤세학회, 2014.

송민정, 「문학 연구의 인지적 전환(1) - 텍스트에서 콘텍스트로 -고전서사학과 인지적 서사학의 비교를 중심으로」, 『독일언어문학』 Vol.61, 한국독일언어문학회, 2013.

오영진, 「거울신경세포와 서정의 원리 - 상호신체성을 중심으로」, 『한국언어

문화』 제50집, 한국언어문화학회, 2013.

이득재, 「인지과학과 문학」, 『서강인문논총』 제40집, 서강대학교 인문과학연구소, 2014.

이민용, 「인지과학의 관점에서 본 내러티브와 그 치유적 활용 근거」, 『어문논집』 Vol.69, 민족어문학회, 2013.

장일구, 「『천변풍경』의 서사공간과 인지소」, 『구보학보』 11권, 구보학회, 2014.

장일구, 「서사 소통의 인지 공정과 문화적 과정의 역학 ―방법적 개념의 모색을 위한 시론」, 『현대문학이론연구』 Vol.55, 현대문학이론학회, 2013.

전미정, 「문학 본능과 마음의 법칙(1) -모방본능을 중심으로」, 『현대문학이론연구』 54권, 현대문학이론학회, 2013.

최성실, 「세계 속의 한국문학: 내러티브 인지와 공감의 글쓰기 - 신경숙의 『엄마를 부탁해』를 중심으로」, 『아시아문화연구』 제29집, 가천대학교 아시아문화연구소, 2013.

최용호, 「인문학 기반 스토리 뱅크 구축을 위한 서사 모델 비교 연구」, 『인문콘텐츠』 제11호, 인문콘텐츠학회, 2008.

최용호, 『서사로 읽는 서사학: 인지주의 시학의 관점에서』, 한국외국어대학교 출판부, 2009.

최혜실, 「제2부 이야기와 인지과학」, 『스토리텔링, 그 매혹의 과학: 이야기의 본질과 활용』, 한울, 2013.

한미애, 「인지시학적 관점의 문체번역 연구: 황순원의 단편소설을 중심으로」 동국대 영문과 박사논문, 2013.

황국명, 「여행서사의 인지서사학적 접근(1): 개념과 방법을 중심으로」, 『동남어문논집』 제35집, 동남어문학회, 2013.

황국명, 「여행서사의 인지서사학적 접근(2): 윤후명의 〈여우사냥〉을 중심으로」, 『한국문학논총』 제63집, 한국문학회, 2013.

● 국외 인지 서사학 연구

허버트 A. 사이먼, 정상준 역, 「문학비평: 인지과학적 접근」, 『문학과사회』 1995년 겨울호(제32호).

Alan Palmer, *Fictional Minds*, University of Nebraska Press, 2004.

Anatole Pierre Fuksas, "The Embodied Novel", *Cognitive Philology*, No. 1, 2008.

David Herman, "Narrative Theory after the Second Cognitive Revolution," Lisa Zunshine ed., *Introduction to Cognitive Cultural Studies*, Johns Hopkins UP, 2010.

David Herman, *Basic Elements of Narrative*, Wiley-Blackwell, 2009.

David Herman, *Storytelling and the Sciences of Mind*, The MIT Press, 2013.

Howard Mancing, "Theory of Mind and Literature" (presentation abstract), 〈The Cognitive Circle Research Group〉, September 5, 2000.

Isabel Jaén Portillo, "Literary Consciousness: Fictional Minds, *Real Implications*", 〈The Cognitive Circle Research Group〉. (http://www.clas.ufl.edu/ipsa/2005/proc/portillo.pdf)

Karin Kukkonen & Marco Caracciolo, "Introduction: What is the "Second Generation?"," *STYLE*, Vol. 48 Issue 3, Fall 2014.

Marco Bernini, "Supersizing Narrative Theory: On Intention, Material Agency, and Extended Mind-Workers," *Style*, Vol. 48 Issue 3, Fall 2014.

Marco Caracciolo, "Beyond Other Minds: Fictional Characters, Mental Simulation, and "Unnatural" Experiences," *Journal of Narrative Theory* 44.1, Winter 2014.

Marco Caracciolo, "Interpretation for the Bodies: Bridging the Gap," *Style*, Vol. 48 Issue 3, Fall 2014.

Marco Caracciolo, "Narrative Space and Readers' Responses to Stories: A Phenomenological Account," *Style* 47, no. 4, 2013.

Marco Caracciolo, "Tell-Tale Rhythms: Embodiment and Narrative Discourse," *StoryWorlds: A Journal of Narrative Studies*, Volume 6, Number 2, Winter 2014.

Monika Fludernik, *Towards a 'Natural' Narratology*, Routledge, 1996.

Peter Hühn et al. (eds.), *the* living *handbook of narratology*, Hamburg University Press.

● 인지신경과학과 현상학

곽호완 외, 『실험심리학용어사전』, 시그마프레스, 2008.

국립특수교육원, 「고유 수용성 감각」, 『특수교육학 용어사전』, 국립특수교육원, 2009.

기다 겐 외, 이신철 역, 『현상학사전』, 도서출판 b, 2011. (http://terms.naver.com/list.nhn?cid=41908&categoryId=41972)

김영진, 「심리학의 다양한 접근」, 〈일상의 심리학〉.

마크 존슨·조지 레이코프, 임지룡·노양진 역, 『몸의 철학: 신체화된 마음의 서구 사상에 대한 도전』, 박이정, 2002.

마크 존슨, 김동환·최영호 역, 『몸의 의미: 인간 이해의 미학』, 東文選, 2012.

모리스 메를로-퐁티, 류의근 역, 『지각의 현상학』, 문학과지성사, 2002.

배문정, 「Enactivism을 Enact하기: 번역의 문제를 중심으로」, 『인지과학』 제25권 제4호, 2014.

봉원덕, 「몸과 마음의 상관성: 신체적 경험에 근거한 개념과 언어 표현 -감정 표현을 중심으로」, 『인문학연구』 19권, 경희대학교 인문학연구원, 2011.

샌드라 블레이크슬리·매슈 블레이크슬리, 정병선 역, 『뇌 속의 신체지도: 뇌와 몸은 어떻게 결합하는가?』, 이다미디어, 2011.

숀 갤러거·단 자하비, 박인성 역, 『현상학적 마음: 심리철학과 인지과학 입문』, 도서출판 b, 2013.

안수현, 「이성, 정서, 느낌의 관계 - 안토니오 다마지오의 "신체화된 마음" 이론을 중심으로」, 『동서사상』 제5집, 동서사상연구소, 2008.

에드워드 슬링거랜드, 김동환·최영호 역, 『과학과 인문학: 몸과 문화의 통합』, 지호, 2015.

이동훈·신천우·신현정, 「사회적 행위 지각에 있어 해석 효과: 관점에 따른 운동공명효과의 조절」, 『인지과학』 제23권 제1호, 2012.

이영의, 「체화된 마음과 마음의 병」, 『철학탐구』 제23집, 중앙대학교 중앙철학연구소, 2008.

이정모, 「뇌과학을 넘어서: 인지과학과 체화된 인지로」, 신경인문학 연구회 저, 홍성욱·장대익 편, 『뇌과학, 경계를 넘다: 신경윤리와 신경인문학의 새 지평』, 바다출판사, 2012.

이정모, 「이 시대의 두 큰 지적 사조(체화된 인지&내러티브 접근)의 연결」, 〈심리학-인지과학 마을〉, 2013.02.20.

이정모, 『인지과학: 과거-현재-미래』, 학지사, 2010.

이정모, 『인지과학: 학문 간 융합의 원리와 응용』, 성균관대학교 출판부, 2009.

이태신, 「운동 감각(運動感覺, kinesthesia)」, 『체육학대사전』, 민중서관, 2000.

조정환, 『인지자본주의』, 갈무리, 2011.

조지 레이코프·마크 존슨, 노양진·나익주 역, 『삶으로서의 은유』(수정판), 박이정, 2006,

조지 레이코프·마크 터너, 이기우·양병호 역, 『시와 인지』, 한국문화사, 1996,

주성호, 「심신문제를 통해 본 메를로-퐁티의 몸 이론」, 『철학사상』 제39권, 서울대학교 철학사상연구소, 2011.

최현석, 「고유감각」, 『인간의 모든 감각』, 서해문집, 2009.

한국교육심리학회, 「상황인지」, 『교육심리학 용어사전』, 학지사, 2000.

한국심리학회, 『심리학용어사전』, 2014.4.

BrainWorld, Issue 4, Volume 3, 2011; 「EQ 감성지능」, 〈브레인미디어〉, 2015.4.19.

Lynn Nadel, ed. *Encyclopedia of Cognitive Science*, John Wiley & Sons Ltd., 2005.

Mark Turner, *The Literary Mind: The Origins of Thought and*

Language, Oxford University Press, 1996.
Robert A. Wilson & Frank C. Keil, *The MIT Encyclopedia of the Cognitive Sciences*, The MIT Press, 1999.

서사학과 문학 이론

● 미하일 바흐찐

게리 솔 모슨·캐릴 에머슨, 오문석·차승기·이진형 역, 『바흐친의 산문학』, 책세상, 2006. / Gary Saul Morson and Caryl Emerson, *Mikhail Bakhtin: Creation of a prosaics*, Stanford University Press, 1990.

김욱동, 『대화적 상상력: 바흐친의 문학 이론』, 문학과지성사, 1988.

미하일 바흐찐·V. N. 볼로쉬노프, 송기한 역, 『언어와 이데올로기』, 푸른사상, 2005.

미하일 바흐찐, 김근식 역, 『도스또예프스끼 시학: 도스또예프스끼의 창작의 제문제』, 정음사, 1988. / 미하일 바흐찐, 김근식 역, 『도스또예프스끼 창작론』, 중앙대학교 출판부, 2003.

미하일 바흐찐, 이덕형·최건영 역, 『프랑수아 라블레의 작품과 중세 및 르네상스의 민중문화』, 아카넷, 2004.

미하일 바흐찐, 전승희·서경희·박유미 공역, 『장편소설과 민중언어』, 창작과비평사, 1988. / Mikhail Mikhaĭlovich Bakhtin, ed., M. Holquist, trans., C. Emerson, *The Dialogic Imagination: Four Essays*, University of Texas Press, 1981.

이득재, 「바흐찐 사상체계 안의 생기론」, 『러시아어문학연구논집』 17권, 한국러시아문학회, 2004.

이득재, 「바흐찐과 칸트 – 「행동철학에 대하여」에 대한 小考」, 『러시아어문학연구논집』 11권, 한국러시아문학회, 2002.

이득재, 「바흐찐의 생태문화론」, 『러시아어문학연구논집』 제40집, 한국러시아문학회, 2012.

이장욱, 「고골 미학의 대화주의와 카니발리즘 - 씌어지지 않은 바흐찐의 고골론」, 『러시아어문학 연구논집』 제24집, 한국러시아어문학회, 2007.

조준래, 「20세기 초 러시아 과학철학과 바흐찐」, 『노어노문학』 제17권 제2호, 한국노어노문학회, 2005.

츠베탕 토도로프, 최현무 역, 『바흐찐: 문학사회학과 대화이론』, 까치, 1987.

Charls I. Schuster, "Mikhail Bakhtin as Rhetorical Theorist," *College English*, Vol. 47, No. 6, 1985.

Jay Ladin, "Fleshing Out the Chronotope", Caryl Emerson ed., *Critical Essays on Mikhail Bakhtin*, Twayne Publishers, 1999.

Mikhail Mikhaïlovich Bakhtin, ed., M. Holquist, trans., C. Emerson, "Forms of Time and of the Chronotope in the Novel", *The Dialogic Imagination: Four Essays*, University of Texas Press, 1981.

Nele Bemong, et al., *Bakhtin's Theory of the Literary Chronotope: Reflections, Applications, Perspectives*, Academia Press, 2010.

R. Allen Harris, "Bakhtin, Phaedrus, and the Geometry of Rhetoric," *Rhetoric Review*, Vol. 6, No. 2, 1988.

● 서사학

H. 포터 애벗, 우찬제 외 공역, 『서사학 강의』, 문학과지성사, 2010.

S. 리몬 케넌, 최상규 역, 『소설의 현대 시학』, 예림기획, 2003.

권택영, 「미국과 유럽 서사론: 내포저자와 서술자」, 『아태연구』 16권 1호, 2009.

권택영, 「서사학 패러다임의 변모: 구조분석에서 개별 독서 경험으로」, 『OUGHTOPIA: The Journal of Social Paradigm Studies』 Vol.24 No.2, 경희대학교 인류사회재건연구원, 2009.

김경수, 「구조주의적 소설연구의 반성과 전망」, 『현대소설연구』 19권, 한국현
　　대소설학회, 2003,

김병욱 편, 최상규 역, 『현대 소설의 이론』(수정증보판), 예림기획, 2007.

김정희, 『스토리텔링이란 무엇인가』, 커뮤니케이션북스, 2014.

마리 매클린, 임병권 역, 『텍스트의 역학: 연행으로서 서사』, 한나래, 1997.

시모어 채트먼, 김경수 역, 『영화와 소설의 서사구조: 이야기와 담화』, 민음사,
　　1999.

움베르토 에코, 손유택 역, 『소설의 숲으로 여섯 발자국』, 열린책들, 1998,

제랄드 프랜스, 최상규 역, 『서사학: 서사물의 형식과 기능』, 문학과지성사,
　　1988.

제임스 펠란, 「서사이론, 1966-2006: 하나의 서사」, 로버트 숄즈·로버트 켈
　　로그·제임스 펠란, 임병권 역, 『서사문학의 본질』(수정증보판), 예림
　　기획, 2007. / Robert Scholes, James Phelan, and Robert
　　Kellogg, *The Nature of Narrative: Revised and Expanded*,
　　Oxford University Press, 2006.

주네트·리쾨르·화이트·채트먼 외, 석경징·여홍상·윤효녕·김종갑 편, 『현대 서
　　술 이론의 흐름』, 솔, 1997.

피터 브룩스, 박혜란 역, 『플롯 찾아 읽기』, 강, 2011.

피터 브룩스, 이봉지·한애경 역, 『육체와 예술』, 문학과지성사, 2007.

한용환, 『소설학 사전』, 문예출판사, 1999.

황국명, 「현단계 서사론의 과제와 전망」, 『인간·환경·미래』 제4호, 인제대학
　　교 인간환경미래연구원, 2010.

Daniel Punday, *Narrative Bodies: Toward a Corporeal Narratology*,
　　Palgrave Macmillan, 2003.

David Herman & Manfred Jahn & Marie-Laure Ryan ed., *Routledge
　　Encyclopedia of Narrative Theory*, Routledge, 2005/2010.

Peter Hühn et al. (eds.), *the living handbook of narratology*, Hambur
　　g University Press. (http://www.lhn.uni-hamburg.de)

Victoria Genevieve Reeve, "Genre and metaphors of embodiment:
　　voice, view, setting and event"(abstract), PhD thesis, Faculty
　　of Arts, School of Culture and Communication nexus.

● 생물문화적 문학 연구 관련

강호정, 「환원주의를 극복하려는 생물학」, 최재천·주일우 편, 『지식의 통섭: 학문의 경계를 넘다』, 이음, 2008.

노대원, 「한국 문학의 포스트휴먼적 상상력 ─ 2000년대 이후 사이언스 픽션을 중심으로」, 『질주하는 과학기술시대의 인문학: 제3회 세계인문학포럼 발표자료집』, 2014.

딜런 에번스·오스카 저레이트, 이충호 역, 『진화심리학』, 김영사, 2001.

리처드 도킨스, 『이기적 유전자』, 홍영남 역, 을유문화사, 2002.

마정미, 『포스트휴먼과 탈근대적 주체』, 커뮤니케이션북스, 2014.

박선희, 「탈육화 담론의 비판으로서 육화 이론」, 『언론정보연구』 제47권 제1호, 서울대학교 언론정보연구소, 2010.

브라이언 보이드, 남경태 역, 『이야기의 기원』, 휴머니스트, 2013.

석영중, 『뇌를 훔친 소설가』, 예담, 2011.

신상규, 『호모 사피엔스의 미래: 포스트휴먼과 트랜스휴머니즘』, 아카넷, 2014.

앨리스 플래허티, 박영원 역, 『하이퍼그라피아』, 휘슬러, 2006.

임석원, 「비판적 포스트휴머니즘의 기획: 배타적인 인간중심주의의 극복」, 이화인문과학원 편, 『인간과 포스트휴머니즘』, 이화여자대학교출판부, 2013.

전중환, 「자연의 미(美)와 진화심리학」, 『인문학연구』 19권, 경희대학교 인문학연구원, 2011.

조너선 갓셜, 노승영 역, 『스토리텔링 애니멀』, 민음사, 2014.

캐서린 헤일스, 허진 역, 『우리는 어떻게 포스트휴먼이 되었는가: 사이버네틱스와 문학, 정보 과학의 신체들』, 플래닛, 2013. / N. Katherine Hayles, *How we became posthuman: Virtual Bodies in Cybernetics, Literature, and Informatics*, University of Chicago Press, 2008.

켈리 올리버, 박재열 역, 『크리스테바 읽기』, 시와반시, 1997.

호세 코르데이로, 「인간의 경계: 휴머니즘에서 트랜스휴머니즘까지」, 『제1회 세계인문학포럼 발표자료집』, 2011.

S. 조나단 싱어, 임지원 역, 『자연과학자의 인문학적 이성 죽이기』, 다른세상, 2004.

Jonathan Gottschall, *Literature, Science, and a New Humanities*, Palgrave Macmillan, 2008.

Nancy Easterlin, *A Biocultural Approach to Literary Theory and Interpretation*, JHU Press, 2012.

● 어문학 이론 및 연구

가라타니 고진, 박유하 역, 『일본근대문학의 기원』, 도서출판b, 2010.

김승희, 『코라 기호학과 한국시』, 서강대학교 출판부, 2008.

김용수, 『드라마 분석 방법론: 연극, 영화, 그리고 TV 드라마의 해석을 위하여』, 집문당, 2004.

노대원, 「미래를 훔치다 ─ 피에르 바야르 『예상 표절』」, 〈창비 문학 블로그 '창문'〉, 2010.9.30.

노대원, 「홈스 콤플렉스 ─ 최제훈 소설의 한 읽기」, 『문학동네』 2011년 겨울호.

노스럽 프라이, 임철규 역, 『비평의 해부』, 한길사, 2000.

롤랑 바르트, 김희영 역, 『텍스트의 즐거움』, 동문선, 2002.

미셸 피까르, 조종권 역, 『문학 속의 시간』, 부산대학교출판부, 1998.

박상진, 「풍경은 어떻게 내면화되는가: 단테와 보카치오, 레오파르디의 내면과 상상의 지리학」, 『이탈리아어문학』 43호, 한국이탈리아어문학회, 2014.

박철희, 『문학개론』, 형설출판사, 2003.

송경숙, 『담화 화용론』, 한국문화사, 2005.

수전 손택, 이민하 역, 『해석에 반대한다』, 이후, 2008.

우찬제, 「버추얼 리얼리티, 가능 세계, 문학 이론」, 『한국문학이론과 비평』 제15집, 한국문학이론과 비평학회, 2002.

우찬제, 『텍스트의 수사학』, 서강대학교 출판부, 2005.

우찬제, 「현대장편소설의 욕망시학적 연구: 주체의 성격에 따른 욕망현시 유형을 중심으로」, 서강대 박사논문, 1992.

윌프레드 L. 게린 외, 최재석 역, 「수사학적 방법」, 『문학 비평 입문』, 한신문
화사, 1998.

이재선 편, 『문학 주제학이란 무엇인가: 주제 비평의 새로운 위상』, 민음사,
1996.

이재선, 『한국문학 주제론』, 서강대학교 출판부, 2009.

이재선, 『현대 한국소설사: 1945~1990』, 민음사, 1992.

캐스린 흄, 한창엽 역, 『환상과 미메시스』, 푸른나무, 2000.

테리 이글턴, 김현수 역, 『문학이론입문』, 인간사랑, 2001.

피에르 바야르, 김병욱 역, 『누가 로저 애크로이드를 죽였는가?』, 여름언덕,
2009.

피에르 바야르, 백선희 역, 『셜록 홈즈가 틀렸다』, 여름언덕, 2010.

피에르 바야르, 백선희 역, 『예상 표절』, 여름언덕, 2010.

피에르 바야르, 백선희 역, 『햄릿을 수사한다』, 여름언덕, 2011.

한국문학평론가협회, 『문학비평용어사전』, 국학자료원, 2006.
    (http://terms.naver.com/list.nhn?cid=41799&categoryId=41800)

Baruch Hochman, *Character in Literature*, Cornell University Press,
1985.

Erika Fischer-Lichte, Saskya Iris Jain trans., *The Transformative
Power of Performance: A new aesthetics*, Routledge, 2008.

Rudy Rucker, "A Transrealist Manifesto", *The Bulletin of the Science
Fiction Writers of America* #82, Winter, 1983.
    (http://www.rudyrucker.com/pdf/transrealistmanifesto.pdf)

기타 인문사회과학

● 니체와 들뢰즈

고명섭, 「니체 광기의 실체는 조울증과 편두통」, 〈인터넷 한겨레〉.
    (http://legacy.www.hani.co.kr/section-009100003/2000/p009

100003200005212206011.html)

고명섭, 『니체 극장』, 김영사, 2012.

김정현, 『니체, 생명과 치유의 철학』, 책세상, 2006.

로널드 보그, 김승숙 역, 『들뢰즈와 문학』, 동문선, 2006.

민진영, 「문학과 건강 - 질 들뢰즈(G. Deleuze)의 문학론을 중심으로」, 『프랑스어문교육』 제29집, 한국프랑스어문교육학회, 2008.

알렉산더 네하마스, 김종갑 역, 『니체: 문학으로서 삶』, 연암서가, 2013.

질 들뢰즈, 김상환 역, 『차이와 반복』, 민음사, 2011.

질 들뢰즈, 김현수 역, 『비평과 진단: 문학, 삶 그리고 철학』, 인간사랑, 2000.

질 들뢰즈, 박찬국 역, 『들뢰즈의 니체』, 철학과현실사, 2007.

최현석, 「니체」, 『인간의 모든 감정』, 서해문집, 2011.

프리드리히 니체, 김미기 역, 『인간적인 너무나 인간적인 II』, 책세상, 2002.

프리드리히 니체, 김정현 역, 『선악의 저편·도덕의 계보』, 책세상, 2007.

프리드리히 니체, 백승영 역, 『바그너의 경우·우상의 황혼·안티크리스트·이 사람을 보라·디오니소스 송가·니체 대 바그너』, 책세상, 2002.

프리드리히 니체, 안성찬·홍사현 역, 『즐거운 학문·메시나에서의 전원시·유고』, 책세상, 2012.

프리드리히 니체, 정동호 역, 『차라투스트라는 이렇게 말했다』, 책세상, 2000.

● 철학과 정신분석학, 사회과학

김산춘, 「뵈메의 새로운 미학: 분위기와 감각학」, 『미학·예술학 연구』 30집, 한국미학예술학회, 2009.

김상환·홍준기 편, 『라깡의 재탄생』, 창작과비평사, 2002.

김형효, 『사유하는 도덕경』, 소나무, 2004.

리처드 슈스터만, 이혜진 역, 『몸의 미학: 신체미학—솜에스테틱스』, 북코리아, 2013.

서동욱, 『차이와 타자: 현대 철학과 비표상적 사유의 모험』, 문학과지성사, 2000.

서울대학교 철학사상연구소, 「세계 제작」, 〈네이버 지식백과〉.

지그문트 프로이트, 김석희 역, 『문명 속의 불만』, 열린책들, 2007.

지그문트 프로이트, 임홍빈·홍혜경 역, 『새로운 정신분석 강의』, 열린책들, 2003.

지그문트 프로이트, 황보석 역, 『정신병리학의 문제들』, 열린책들, 2007.

철학사전편찬위원회, 『철학사전』, 중원문화, 2009.

최진석, 『노자의 목소리로 듣는 도덕경』, 소나무, 2001.

프랑코 베라르디, 서창현 역, 『노동하는 영혼: 소외에서 자율로』, 갈무리, 2012.

한병철, 김태환 역, 『피로사회』, 문학과지성사, 2012.

기타 백과사전과 신문, 웹 프로그램

〈국립국어원 표준국어대사전〉. (http://stdweb2.korean.go.kr)

〈두산백과〉. (www.doopedia.co.kr)

〈브리태니커 백과사전〉. (www.britannica.co.kr)

〈위키백과〉. (http://ko.wikipedia.org)

『경향신문』

『동아일보』

『사회학사전』, 사회문화연구소, 2000.

CATMA version 4.2. (http://www.catma.de)

용어 해설

〈용어 해설〉은 OpenAI의 거대 언어 모델(LLM) 인공지능인 GPT-3와 다양한 인공지능 번역 도구를 활용해서 작성했음을 밝힌다.

감각질(感覺質, qualia)

감각질은 감각 정보에 대한 주관적이고 의식적인 경험을 뜻하는 철학 용어. 날것의 느낌(raw feels)으로 정의된다. 여기에는 맛있는 음식의 맛, 장미의 향기, 해안에 부서지는 파도 소리, 또는 아름다운 일몰의 광경이 포함될 수 있다. 사람은 자신의 방식으로 세상을 경험하기 때문에 질질은 종종 개인에게 고유한 것으로 설명된다. 이는 부분의 합으로 환원될 수 없는 텍스트를 읽는 독특한 경험이 있음을 시사한다. 감각질 이론은 소설에서 등장인물의 주관적 경험을 이해하고, 문학적 장치의 효과를 분석하고, 독자가 어떻게 텍스트와 상호작용하고 해석하는지 밝히는 데 쓰일 수 있다.

개념적 은유(conceptual metaphor)

한 개념을 사용하여 다른 개념을 이해하는 비유. 예를 들어, 우리는 시간의 개념을 여행으로 이해할 수 있다. 이 은유는 시간을 여행과 같이 친숙한 것으로 이해하는 데 도움이 된다.

개념적 은유는 독자가 텍스트에서 의미를 이해하고 생성하는 방법을 설명하는 데 사용된다. 이 이론은 독자가 텍스트에서 의미를 생성하기 위해 자신의 경험과 지식을 사용하고 이러한 의미는 종종 은유를 사용하여 생성된다고 가정한다. 개념적 은유는 한 개념을 다른 개념으로 이해하는 데 사용되며 종종 복잡한 아이디어나 상황을 설명하는 데 사용된다. 예를 들어, 사랑의 개념은 여행으로 개념화될 수 있으며, 관계의 시작은 여행의 시작이고 관계의 끝은 여행의 끝이다. 이 은유는 독자가 사랑의 개념을 이해하고 관계를 설명하는 텍스트에서 의미를 만드는 데 도움이 될 수 있다.

거울 뉴론(거울 신경 세포, Mirror neuron)

동물이 행동을 할 때와 같은 행동을 하는 다른 동물을 관찰할 때 모두 발화하는 뉴런의 한 유형. 이 뉴런은 원숭이에서 처음 발견되었지만 이후 인간을 포함한 다른 동물에서 발견되었다. 거울 뉴런은 사회적 인지, 공감, 언어를 포함한 많은 인지 기능과 관련이 있다. 거울 뉴런 시스템은 우리가 다른 사람의 행동을 이해하고 모방할 수 있도록 하는 신경 시스템이다. 이 시스템은 사회적 인지와 의사소통에 중요하다고 생각된다. 거울 뉴런 시스템은 독자가 텍스트와 상호 작용하고 이해하는 방식을 이해하는 데 사용할 수 있다. 예를 들어, 독자가 행동을 수행하는 등장인물에 대한 설명을 읽을 때, 뇌의 거울 뉴런은 마치 독자가 직접 행동을 수행하는 것처럼 발화한다. 이를 통해 등장인물의 행동을 이해하고 등장인물에 공감할 수 있다.

마음이론(Theory of Mind, ToM)

　다른 사람들이 나와 다른 생각, 감정 및 신념, 욕망, 의도가 있다는 것을 이해하는 능력. 예를 들어, 내 친구가 우는 것을 보면 나는 그가 슬퍼하는 이유를 알지 못하더라도 그가 슬퍼한다는 것을 안다. '마음의 기전에 대한 이론'(The theory of mind mechanism)의 줄임말이며, '마음 읽기(mind-reading)'가 동의어로 쓰이기도 한다. 마음이론은 사회적 세계를 이해하고 탐색하는 능력인 사회적 인지에 관련된다. 마음이론을 통해 타인의 의도를 이해하고 행동을 예측하며 협력적인 방식으로 상호작용할 수 있다.

　마음이론은 사람들이 이야기를 이해하고 해석하는 방법을 설명하는 데 쓰인다. 즉, 마음이론은 등장인물이 어떻게 생각하고 느끼는지, 그들의 생각과 감정이 우리 자신과 어떻게 다른지 이해하는 데 도움이 되기 때문에 문학 연구에서 중요하다. 또한 작품을 만드는 작가의 의도를 이해하고 등장인물의 관점에서 작품을 감상하는 데 도움이 된다.

발제(發製, enaction)

　인지과학에서 세상과의 상호 작용을 통해 세상을 이해하게 되는 과정을 설명하는 데 사용되는 용어. 행위를 통해 의미를 창조하는 과정. 인지는 표상이 아니라 행위이다. 예를 들어, 아기는 손과 입으로 세상을 탐험하면서 세상에 대해 배운다. 아기는 주변 세계에 대한 정보를 수동적으로 받는 데 그치지 않고 적극적으로 참여하여 정보를 얻는다. 인지 문학 이론에서 이 개념은 독자가 텍스트와 상호 작용하는 방식과 읽기 경험에서 의미를 구성하는 방식을 설명하는 데 사용된다.

사회적 인지(social cognition)

사람들이 사회적 정보에 대해 어떻게 생각하고, 기억하고, 사용하는지에 대한 연구. 사람들이 다른 사람에 대한 인상을 형성하는 방법, 다른 사람에 대한 정보를 기억하고 사용하는 방법, 사회적 상황에서 결정을 내리는 방법을 포함하여 광범위한 주제를 포함한다. 사회적 인지는 사람들이 서로 의사소통하는 방법, 결정을 내리는 방법, 사회 세계와 상호작용하는 방법을 이해하는 데 중요하다. 이 개념은 사람들이 자신의 사회적 세계를 이해하기 위해 이야기를 구성한다고 가정하는 서사 이론과 관련된다. 또한 독자가 등장인물에 대해 추론하는 방식을 이해하는 데 사용할 수 있다. 사람들의 생각과 행동을 이해함으로써 이야기를 더 잘 이해할 수 있습니다.

서사 심리학(narrative psychology)

사람들이 이야기를 통해 삶을 구성하고 이해하는 방법에 대한 연구. 1970년대에 등장한 심리학 연구의 한 분야로, 인간 행동을 이해하는 데 가장 영향력 있는 접근 방식 중 하나로 성장했다. 서사 심리학은 사람들이 자신의 삶을 이해하기 위해 이야기를 사용하는 방법과 이야기가 세상에 대한 우리의 인식을 형성하는 방법에 관심이 있다. 서사 심리학 분야는 독자가 텍스트와 상호작용하고 텍스트를 해석하는 방법을 이해하는 새로운 방법을 제공했기 때문에 문학 연구에 중요한 영향을 미쳤다.

생물문화적 접근(biocultural approach)

생물문화적 접근은 생물학과 문화 사이의 상호작용을 연구하는 학제간 분야이다. 생물-문화적 접근(bio-cultural approach), 생물문화적 관점(biocultural perspective) 또는 생물문화적 모델(biocultural model)로도 알려져 있다. 생물문화적 접근법은 인류학, 고고학, 심리학, 사회학을 포함한 다양한 분야에서 사용된다.

이 접근 방식은 문학에서 독자들이 텍스트와 어떻게 상호작용하는지 이해하는 데 사용될 수 있다. 예를 들어, 생물학적 요인(뇌화학 또는 유전적 소인 등)이 사람들이 텍스트를 해석하고 기억하는 방식에 어떻게 영향을 미치는지 연구하는 데 사용될 수 있다. 또한 문화적 요소(사회규범 또는 공유된 믿음)가 사람들이 텍스트와 상호작용하는 방식에 어떻게 영향을 미치는지 연구하는 데 사용될 수 있다.

스키마(schema)

스키마 이론은 사람들이 정보를 처리하기 위해 정신적 지름길, 즉 스키마를 사용한다고 제안하는 인지 심리학 이론이다. 스키마는 사람들이 정보를 단순화하고 정리하기 위해 사용하는 세계의 정신적 표현이다. 예를 들어, 집의 스키마에는 지붕, 벽 및 창이 포함될 수 있다. 사람들은 세상을 이해하고 정보를 기억하기 위해 스키마를 사용한다. 이 이론은 사람들이 텍스트를 어떻게 해석하고 기억하는지를 이해하는 데 사용될 수 있다. 그 예로, 독자는 스토리 스키마(예: 영웅의 여정)를 사용하여 텍스트의 사건을 해석할 수 있다.

신체화된 마음(embodied mind)

정신 과정이 우리 몸과 일상의 육체적 경험에 깊이 뿌리를 두고 있다는 관점. 예를 들어, 의자를 생각할 때 모양과 색상만 생각하는 것이 아니라 앉았을 때의 느낌, 만졌을 때의 느낌, 움직일 때의 느낌 등을 생각한다. 이것은 마음이 새로운 상황을 이해하고 생각하는 데 도움이 되도록 의자(그리고 기타 물건)에 대한 과거 경험을 끊임없이 그리기 때문이다.

이 이론은 문학을 이해하고 경험하는 방법을 설명하는 데 도움이 되기 때문에 문학 연구에 중요하다. 이 관점은 몸이 정보를 처리하고 이해하는 방식에 역할을 한다고 본다. 예를 들어, 이야기를 읽을 때 우리는 등장인물과 사건을 이해하는 데 몸을 이용한다. 이 이론은 특정 문학 작품이 왜 효과적인지, 우리가 그것을 즐기는 이유를 이해하는 데 도움이 될 수 있다.

신체화된 인지(embodied cognitive)

몸과 마음의 관계를 탐구하는 인지과학의 이론으로, 마음이 몸과 일상의 육체적 체험에 깊숙이 뿌리를 둔 것으로 생각하는 관점. 인지 또는 사고 과정에서 신체의 역할을 강조한다. 즉, 몸을 우리가 세상을 이해하고 경험하는 방식의 중요한 부분으로 본다. 이 이론은 의미를 만들기 위해 마음과 몸이 함께 작동하는 방식을 이해하는 데 기여한다. 신체적 체험을 통해 텍스트를 이해하고 신체가 인지에 필수적이라고 가정한다. 인지 문학 연구는 특정 텍스트를 읽는 체험이 독자의 몸에 의해 형성되는 방식에 초점을 맞출 수 있다.

영상 도식(image schema)

생각과 경험을 구성하는 데 사용되는 세계의 기본 개념화. 영상도식은 신체적 경험을 기반으로 하며, 생각과 경험을 이해하고 전달하는 데 사용하는 정신적 템플릿이다. 예를 들어, 그릇 영상도식에는 내부와 외부, 경계, 일정 공간이 있는 무언가에 대한 아이디어가 포함된다. "집"에 대한 영상도식에는 지붕, 벽, 문이 포함된다.

인지 문학 연구에서 영상도식은 작가가 언어를 사용하여 독자가 이야기를 이해하고 시각화하는 데 도움이 되는 정신적 이미지를 만드는 방법을 분석하는 데 사용할 수 있다. 예를 들어, 작가가 언어로 등장인물, 배경 또는 사건에 대한 정신적 이미지를 만드는 방법을 영상도식을 활용해서 분석할 수 있다.

인지과학(cognitive science)

마음과 그 과정에 대한 과학적 연구로 마음의 본성, 기원, 작용을 연구한다. 즉, 인지과학은 마음이 어떻게 작동하는지에 대한 학문이다. 인지과학은 심리학, 신경과학, 인공지능, 철학, 인류학의 통찰력과 방법을 결합한 학제 간 연구이다. 지각, 주의력, 기억력, 언어, 의사 결정, 문제 해결에 대한 연구들이 있다.

문학 연구에 인지과학을 활용하는 '인지 문학 연구'가 생겨났다. 반대로 문학 연구는 마음이 작동하는 방식에 대한 통찰력을 제공하여 인지과학에 기여할 수 있다. 예를 들어, 문학 연구는 이야기 처리와 이해 방식, 정보의 기억과 망각 방식을 이해하는 데 도움이 될 수 있다.

인지 서사학(cognitive narratology)

이야기의 전달과 수용에 관련된 정신적 과정을 강조하는 서사학의 한 분야. 인지과학의 다양한 성과를 활용한 학제적 연구 프로그램이다. 이야기가 어떻게 만들어지고 기억되는지, 독자들이 어떻게 이야기를 이해하고 해석하는지를 연구한다. 실제 인지 서사학의 예로는 독자들이 등장인물의 정신 상태에 대해 추론하는 방법, 등장인물과 동일시하는 방법, 이야기의 줄거리를 탐색하는 방법에 대한 연구가 포함된다. 이야기가 우리의 행동에 영향을 미치고 변화시키는 데 사용될 수 있는 방식, 삶에서 결정을 내리기 위해 이야기를 사용하는 방식에도 관심이 있다.

인지 심리학(cognitive psychology)

주의력, 기억력, 문제 해결과 같은 정신 과정에 대한 연구. 사람들이 어떻게 생각하고, 배우고, 기억하는지에 초점을 맞춘다. 이 심리학 분야는 연구자들이 실제 문제에 인지 원리를 적용하는 방법을 모색함에 따라 최근 몇 년 동안 인기가 높아졌다. '인지'라는 용어는 정신 과정 자체와 이러한 과정에 대한 과학적 연구를 모두 설명하는 데 사용할 수 있다. 이러한 맥락에서 인지 심리학은 사람들이 정보를 획득, 사용 및 저장하는 방법을 이해하는 것과 관련이 있다.

인지 심리학은 독자가 텍스트를 해석하기 위해 배경지식을 사용하는 방법, 텍스트의 정보를 기억하는 방법 또는 단어의 의미를 이해하기 위해 문맥 단서를 사용하는 방법을 이해하는 데 도움이 될 수 있다. 다양한 문학적 장치가 독자에게 미치는 영향을 분석하는 데 사용할 수도 있다.

인지 언어학(cognitive linguistics)

인지적 관점에서 언어를 연구하는 학문. 언어가 일상생활에서 어떻게 사용되는지, 인지에 어떻게 영향을 미치는지 초점을 맞춘다. 이 분야는 최근 몇 년 동안 빠르게 성장했으며 현재 언어 상대성, 개념적 은유 및 정신 공간과 같은 주제에 대한 많은 연구가 이루어지고 있다.

이 관점은 독자가 텍스트와 상호작용하는 방식을 이해하는 데 사용할 수 있다. 예를 들어, 언어 상대성 연구에 따르면 사용하는 언어가 생각과 인식에 영향을 미칠 수 있습니다. 이것은 독자가 텍스트를 읽는 방식이 그것을 해석하는 데 사용하는 언어에 영향을 받을 수 있음을 시사한다. 개념적 은유 연구는 복잡한 개념을 이해하기 위해 은유를 사용한다는 것을 보여준다. 즉, 독자가 텍스트의 의미를 해석하기 위해 은유를 사용할 수 있다.

체험주의(experientialism)

체험주의는 인지과학의 성과를 토대로 서구 철학의 주류인 객관주의에 비해 인간 신체(body)에 깊은 관심을 갖고 새로운 철학적 이해를 시도한다. 언어학자인 레이코프(G. Lakoff)와 언어철학자인 존슨(M. Johnson)은 『삶으로서의 은유』(Metaphors We Live By)에서 은유가 단순한 비유가 아니라 우리가 체험을 개념화하는 방법의 중심이라고 주장했다. 이들은 세계와 그 안에서 우리 위치에 대한 이해를 구조화하기 위해 은유에 의존한다고 주장한다. 체험주의는 세계에 대한 이해가 개인적인 체험에 의해 형성되며 언어는 이러한 체험을 표현하는 한 가지 방법일 뿐이라는 생각이다.

행동가능성(affordance)

어떤 행동을 유도한다는 뜻으로, '행동유도성'으로 번역하기도 했다. 1970
년대 후반 제임스 깁슨(James Gibson)에 의해 처음 소개되었으며 이후 인지
과학 분야에서 널리 사용되는 용어가 되었다. 행동가능성은 물체와 유기체 사
이의 관계, 그리고 그 관계가 유기체가 물체와 상호작용할 수 있게 하는 방법
을 나타낸다. 예를 들어, 의자는 앉을 수 있고 문 손잡이는 돌릴 수 있다.

이 개념은 독자가 텍스트와 상호 작용하는 방식을 설명하는 데 활용할 수
있다. 예를 들어, 독자는 텍스트를 읽는 방법을 결정하는 데 도움이 되도록 텍
스트의 특정 신호(예: 글꼴 크기 또는 단어 간격)를 사용할 수 있다. 또한 독자
는 텍스트를 이해하는 데 도움이 되도록 텍스트의 컨텍스트(예: 장르나 배경)
를 사용할 수 있다. 텍스트의 행동가능성은 독자가 텍스트를 해석하고 기억하
는 방식에도 영향을 줄 수 있다.

찾아보기

용어

1~4

4E 접근법   10

ㄱ

가능 세계(possible world)   110, 113
가능 세계 의미론(Possible
World-semantics)   110
가상 현실성(virtual reality)   111
감각질(qualia)   190, 346
감각학   133
개념적 은유(conceptual metaphor)
     17, 95, 227, 347
거울 뉴런   22, 59, 169, 174, 177,
     247, 303, 314, 317
곁텍스트(paratext)   80, 118
경험과학   34
고유수용감각(proprioception)   58
고전서사학   46, 47, 50, 62
공간(space)   108
공간적 프레임(spatial frame)   131

관점주의(Perspectivismus)   122
구조주의   14, 33, 35, 45, 46,
     47, 48, 49, 50, 63,
     103, 110, 156, 158,
     193, 233, 234, 235
글쓰기 장애(writer's block)   292
기분(stimmung)   133
기분지어진 공간(der gestimmte Raum)
     133
길랭-바레 증후군(Guillain-Barre
syndrome)   128
귀인 이론(attribution theory)   165

ㄴ

내수용성감각(interoception)   291
노이로제   139, 140, 141, 214,
     277, 292
뇌과학   6, 8

ㄷ

다성악적   166, 180, 233

대안 세계(alternate worlds)　　110
대표성 휴리스틱　　166
대화적 자아(dialogic self)　　178
대화주의　　83, 155, 164, 176,
　　178, 180, 187, 238, 299,
　　300, 303, 304

ㅁ

마스터플롯　　54, 55
마음이론(Theory of Mind, ToM)
　　161, 348
마음 읽기(mind-reading)　　163
마음의 과학(sciences of mind)　　7, 10
메디컬 드라마　　116
몰입(immersion)　　247
몸의 서사학　　33, 36, 39, 47, 177
몸의 인지 서사학　　8, 9, 10, 13, 24,
　　25, 33, 40, 41, 51,
　　57, 66, 70, 82, 83,
　　84, 309, 313, 314, 318
몫　　130
문학과 과학　　4, 5, 72, 321
문학과 의학　　4
문학주제학　　289, 318, 319
문화 의사(cultural physician)　　268

ㅂ

발제(發製, enaction)　　348
발화 행위 이론(speech act theory)　　245
분위기(atmosphäre)　　133
비실제적 개인(non-actual individual)
　　164

ㅅ

사건성(eventfulness)
　　233, 234, 235, 238, 276, 317
사물 사건구조 은유　　227
사이코패스(psychopath)　　291
사회구성주의　　10, 11, 35
사회적 인지(social cognition)　　166, 349
상관적 사유(correlative thinking)
　　236, 238
상대성 이론　　88, 90
상처 입을 가능성(vulnérabilité)　　251
상호주체성　　80, 116, 172, 173, 175,
　　180, 187, 293, 316
상황 지어진 개념화
(situated conceptualization)　　248
상황 지워진 인지(situated cognition)　　70
서사세계(narrative worlds)　　61
서사 심리학　　15, 179, 349
서사 주제학　　12, 14, 25, 31, 79,
　　107, 109, 137, 139, 156,
　　185, 208, 298, 314, 320
서사성　　14, 47, 57, 60, 63,
　　64, 65, 66, 74, 75,
　　76, 80, 83, 93, 104,
　　110, 160, 175, 176, 225,
　　226, 228, 232, 233, 235,
　　243, 244, 296, 303, 305,
　　306, 308, 309, 315, 319
　　하위 서사성　　83, 303, 304
서사적 세계 제작
(narrative worldmaking)　　67, 74
서사적 실천 가설
narrative practice hypothesis　　179
서사적 역량　　179, 257
서사적 인지소(narrative cog)　　21, 78

서사적 전환 45, 319

서사적 정체성 15, 16, 209, 253, 257

서사-체(敍事-體; narrative-body) 68

서사학 7, 8, 9, 14, 19,
20, 22, 23, 31, 33,
35, 36, 37, 39, 45,
46, 47, 48, 54, 61,
63, 65, 79, 80, 87,
95, 107, 110, 155, 156,
164, 169, 187, 190, 192,
193, 225, 226, 231, 232,
245, 250, 272, 289, 303,
309, 313, 314, 318, 319, 320

세계감(世界感) 266

세계 감각
(世界 感覺, the sense of the world) 99

세계-내-존재(In-der-Welt-sein) 100

수사학적 비평 52

수신(修身) 299

생명적 정동 음조
(vitality-affect contour) 190

생물문화적 접근 242, 243, 293, 299,
305, 321, 350

생물학적 환원주의 6

스키마 350

스토리 공간(story space) 137

스토리세계(storyworld) 61

스토리텔링 19, 48, 163, 211

신경과학 7, 9, 12, 23

신경 문학 비평 4

신경증 140, 216, 267, 292

신체기호(corporal sign) 198

신체상(body image) 146, 169, 186

신체성 8, 10, 14, 22, 24,
25, 37, 52, 53, 54,
56, 57, 61, 71, 95,
123, 155, 169, 171, 190,
193, 228, 299, 314

신체적 분위기(corporeal atmosphere)
171, 206

신체적 인지(somatic cognition) 58, 171

신체표지가설 13

신체화 5, 7, 8, 9, 10,
13, 22, 24, 25, 31,
36, 37, 38, 41, 50,
58, 60, 64, 66, 67,
76, 81, 83, 87, 88,
89, 90, 92, 93, 95,
103, 109, 126, 167, 181,
246, 298, 313, 315

신체화된 마음 7, 8, 9, 10, 13,
14, 16, 21, 59, 60,
74, 79, 101, 105, 111,
112, 117, 155, 168, 173,
195, 226, 236, 248, 252,
254, 289, 290, 291, 292,
300, 302, 303, 306, 313,
314, 315, 316, 317, 318,
320, 351

신체화된 소설 59

신체화된 시뮬레이션 60, 201, 245

신체화된 인지 7, 8, 9, 10, 12,
13, 14, 18, 20, 21,
22, 24, 35, 39, 70,
71, 79, 80, 95, 105,
111, 115, 122, 130, 158,
169, 170, 172, 192, 206,
207, 228, 232, 239, 243,
246, 247, 248, 252, 289,
294, 304, 305, 306, 309,
313, 314, 315, 316, 317,
318, 320, 321, 322, 351

신체화된 영성(embodied spirituality)
252

신체화된 의미　　　12, 13, 51, 70,
　　　120, 139, 175, 193, 195,
　　　198, 201, 232, 284, 290, 301
신체화 스펙트럼
(The embodiment spectrum)　　81
심리-시학적 효과
(psycho-poetic effects)　　165
심신 이론　　　8, 13, 293, 313
심신 이원론　　　8, 9, 11, 314
심신 의학　　　8, 12, 13, 14, 23,
　　　28, 29, 40, 117, 147,
　　　187, 215, 218, 254, 255,
　　　260, 264, 279, 290, 292

ㅇ

아겔라스트(agelast)　　275
연행성(performativity)　　245
영상 도식(image schema)　　352
예술의 성애학　　69
예외성 명제(Exceptionality Thesis)　　173
오이디푸스 콤플렉스　　124
오토포이에시스(autopoiesis)　　308
운동 공명(motor resonances)　　248
운동 지능(kinesic intelligence)　　199
유체 이탈(out-of-body)　　126
육체 페미니즘　　37, 138, 177, 293
윤리적 전환　　87
이명(耳鳴)　　213
이현실성(移現實性; transreality)　　111
'위치 사건구조 은유'(Location-Event
Structure metaphor)　　227
인격(personalities)　　182
인지과학　　　185, 198, 207, 300,
　　　302, 309, 314, 318, 319,

321, 352
1세대 인지과학　　8, 9
2세대 인지과학　　9, 10, 23, 81,
　　　247, 313
인지 문학 이론　　7, 20, 22, 23,
　　　88, 225, 348
인지 서사학　　7, 13, 14, 15, 17,
　　　19, 20, 21, 22, 23,
　　　39, 45, 47, 48, 49,
　　　50, 51, 61, 62, 65,
　　　68, 80, 91, 98, 108,
　　　109, 113, 155, 156, 157,
　　　160, 165, 183, 185, 198,
　　　231, 276, 305, 313, 315,
　　　318, 353
인지 수사학　　13, 15, 17, 168
인지 시학　　17, 18, 19
인지 신경과학　　56, 57, 305
인지 심리학　　13, 21, 49, 104, 155,
　　　160, 161, 163, 165, 276,
　　　316, 350, 353
인지 언어학　　14, 17, 18, 20, 23,
　　　83, 94, 95, 97, 201,
　　　226, 229, 248, 317, 321, 354
인지자(cognizer)　　61, 80, 313
인지적 무의식(cognitive unconscious)
　　　12, 314
인지적 문학 비평　　4
인지적 어림짐작(heuristics)　　165
인지적 전환　　20, 45, 47, 48
인지 혁명　　45, 50
위대한 건강(great health)　　271

ㅈ

자기상 환기(autoscopy)　　　126
'자연적' 서사학('Natural' Narratology)
　　　50
장소(place)　　　108
장소감(sense of place)　　　108
전쟁 신경증(shell-shock)　　　215
접촉(touch)　　　147, 177
정동 이론(affect theory)　　　248
정신분석학　　　8, 11, 23, 33, 35,
　　　52, 55, 56, 174, 178,
　　　187, 189, 195, 254, 267, 299
재현(représentation)　　　70
조망-피신 가설(prospect-refuge theory)
120
종결 불가능성　　　66
진화비평(evocriticism)　　　241
진화 심리학　　　21, 53, 54, 120, 163,
　　　262
질병 인식 불능증(anosognosia)　　　126
질병-치유 서사　　　185, 187, 204, 206,
　　　207, 244, 249, 250, 251,
　　　252, 253, 272, 273, 289,
　　　290, 293, 294, 295, 296,
　　　298, 303, 313, 315, 317,
　　　319, 320

ㅊ

체험성(experientiality)　　　63, 305
체험주의　　　14, 94, 144, 201, 226,
　　　228, 237, 283, 354
체화성(embodiedness)　　　64
최소 이탈의 원칙(the principle of

minimal departure)　　　112
취약성(상처 입을 가능성, vulnerability)
　　　293

ㅋ

카니발적(carnivalesque) 육체　　　168
카오스모제(chaosmose)　　　237
카타르시스　　　57, 284, 285
쾌락원칙　　　29, 124
코나투스(conatus)　　　307
크로노토프　　　22, 67, 68, 71, 80,
　　　83, 87, 88, 89, 90,
　　　91, 92, 93, 94, 95,
　　　96, 98, 99, 103, 104,
　　　105, 106, 107, 108, 109,
　　　110, 112, 113, 114, 115,
　　　116, 117, 118, 119, 122,
　　　123, 124, 125, 126, 131,
　　　132, 134, 135, 136, 137,
　　　138, 139, 141, 143, 144,
　　　145, 149, 167, 196, 226,
　　　243, 244, 255, 276, 290,
　　　291, 293, 303, 304, 306,
　　　308, 309, 314, 315, 316,
　　　317, 321
신체화된 크로노토프
(embodied chronotope)　　　93
장르적 크로노토프　　　93, 104, 117

ㅌ

타블로(tableau)　　　198
탈신체화(disembodiment)　　　10, 110

텍스트세계(textworld) 66
텍스트적 행동가능성
(textual affordance) 207
텍스트의 즐거움 69, 70
트랜스리얼리즘(transrealism) 110
트랜스휴먼 10

ㅍ

포스트-고전서사학 45, 46, 47, 48, 66,
76, 87, 91, 103, 113,
156, 170, 233
포스트모던 9, 10, 34, 110, 156,
249, 313, 321
포스트휴머니즘 11, 31, 39, 319
비판적 포스트휴머니즘 156
포스트휴먼 5, 37, 157, 319
프래그머티스트 252, 302

ㅎ

허구적 마음(fictional minds) 164
현상학 8, 13, 40, 50, 82,
88, 95, 97, 98, 100,
101, 105, 106, 108, 109,
115, 122, 133, 135, 138,
158, 168, 171, 176, 177,
231, 246, 252, 257, 281,
300, 302, 309, 315
현실성(reality) 111, 159
현실원칙 124, 255
형상화(figuration) 70
행동가능성(affordance) 355
fMRI(기능적 자기 공명 영상) 59

인명

ㄱ

가라타니 고진 32, 121
강신익 26, 39, 40
게르노트 뵈메(Gernot Böhme) 133
게리 솔 모슨 90, 167, 233
기유메트 볼렝(Guillemette Bolens) 199
김승옥 25, 28, 30, 260, 263,
264, 279, 285
김용수 22, 23, 198, 240
김홍중 266

ㄴ

뉴턴 88

ㄷ

다니엘 스턴 190
다르코 수빈(Darko Suvin) 104
대니얼 푼데이 36, 171, 177, 241
데이비드 허먼 9, 49, 51, 61, 65,
74, 102, 173, 231
도릿 콘(Dorrit Cohn) 173

ㄹ

로렌스 바살로우(Lawrence Barsalou)
248

롤랑 바르트　　66, 69, 70, 167, 233
루디 러커(Rudy Rucker)　　110
류루어위(劉若愚)　　52
리사 준샤인　　162
리플리 증후군　　56
르네 데카르트　　6, 8, 9, 12, 34,
112, 173

ㅁ

마르코 야코보니(Marco Iacoboni)　　174
마르코 카라치올로　　81, 109, 171
마리-로르 라이언(Marie-Laure Ryan)
112
마르틴 하이데거　　100, 106, 133, 134,
236, 252
마크 존슨　　101, 102, 106, 114,
122, 168, 169, 172, 175,
184, 190, 191, 193, 196,
227, 228, 230, 236, 252,
300, 306, 321
모니카 플루더닉　　20, 50, 160, 231, 309
모리스 메를로-퐁티　　7, 101, 181
미셸 푸코　　11, 248, 299
미케 발(Mieke Bal)　　196
미하일 바흐찐　　275, 279

ㅂ

바뤼흐 스피노자　　191, 254, 307
박상륭　　117, 126, 127, 128, 130
박완서　　25, 30, 138, 139, 141,
142, 146, 198, 199, 200,
292

볼프 슈미트(Wolf Schmid)　　234
브라이언 보이드　　4, 163, 173, 175,
195, 242
비트겐슈타인　　194
빈스방거　　133

ㅅ

서동욱　　189, 251
서정인　　25, 28, 213, 215, 217
셰릴 빈트　　11
세르게이 에이젠슈테인　　57
소포클레스　　239, 240
수전 손택　　31, 32, 33, 69, 290
쉴로미스 리몬-케넌　　46
스탕달 신드롬　　56
시모어 채트먼　　163, 231, 233

ㅇ

아리스토텔레스　　57, 192
아서 W. 프랭크　　249, 250
안토니오 다마지오　　12, 13
알랭 로브그리예　　162, 163
알베르트 아인슈타인　　88
앤 해링턴　　27, 147, 215, 218
앨런 파머(Alan Palmer)　　164
엘리자베스 그로츠　　37, 169, 170, 177,
186, 217
우찬제　　12, 15, 28, 52, 53,
61, 66, 104, 109, 111,
118, 124, 195, 197, 215,
216
우흐똠스끼(A. A. Ukjtomsky)　　88

움베르토 마투라나　　　　　308
움베르토 에코　　　　　　66, 80
유리 마골린(Uri Margolin)　　164
이마누엘 칸트　　　88, 91, 105
이상(李霜)　　　　　　　　　27
이영의　　　　　　　　11, 254
이청준　　　25, 28, 83, 116, 117,
　　　　118, 119, 123, 124, 126,
　　　　131, 146, 149, 150, 188,
　　　　195, 197, 208, 253, 255,
　　　　258, 272, 273, 279, 282,
　　　　283, 285, 291, 292

ㅈ

자크 라깡　　　　　　　34, 189
장일구　18, 20, 21, 23, 78, 127, 145
제라르 주네뜨　　　　　　　192
제임스 펠란　　　45, 46, 48, 49, 63,
　　　　　104, 161, 162, 231
조너선 갓셜　　54, 56, 59, 180, 229,
　　　　　　　　　257, 281
조지 레이코프　　7, 11, 12, 17, 19,
　　　　　64, 95, 184, 190, 227,
　　　　　　　　228, 321
주디스 버틀러　　　　　　　246
존 듀이　　　　　　　　　7, 13
줄리아 크리스테바　　　　　　33
지그문트 프로이트　215, 216, 299
질 들뢰즈　72, 191, 252, 267, 270,
　　　　　　　　296, 297

ㅊ

최인호　　　25, 28, 30, 99, 131,
　　　　132, 135, 136, 137, 139,
　　　　198, 203, 205, 213, 218,
　　　　219, 220, 222, 272, 273,
　　　　　　　279, 280, 291
최인훈　　　　　　28, 104, 109
츠베탕 토도로프　　174, 178, 181

ㅋ

캐릴 에머슨　67, 88, 90, 91, 167,
　　　　　183, 233, 234, 279
캐서린 헤일스　5, 24, 37, 38, 71, 157

ㅌ

탈콧 파슨스(Talcott Parsons)　　116
테리 이글턴　　　　　　55, 56
토마스 네이글(Thomas Nagel)　　101

ㅍ

페터 휸(Peter Hühn)　　　　235
펠릭스 과타리　　　　　　　72
폴 리쾨르　　　　　16, 18, 209
프란시스코 바렐라　　10, 11, 105
프랑수아 라블레　100, 103, 134, 136,
　　　　　173, 180, 274, 275
프리드리히 니체　217, 244, 253, 268,
　　　　269, 270, 272, 275, 295,

298, 307
피에르 바야르   157, 158, 184, 240, 275
피터 브룩스   35, 55, 241
필록테테스(Philoctetes)   267

ㅎ

황국명   21, 23, 46, 99, 156,
            163, 196, 234, 250, 251,
                          302

A~Z

E. M. 포스터   183, 226
J. L. 오스틴   245
M. H. 에이브럼즈   52